# 地心之旅

# Il continente buio

## 探索山洞、岩穴与地下世界

〔意〕弗朗切斯科·绍罗 著
文铮 李欣怡 译

Francesco Sauro

Caverne, grotte e misteri sotterranei
Alla scoperta del mondo sotto i nostri piedi

人民文学出版社
PEOPLE'S LITERATURE PUBLISHING HOUSE

著作权合同登记号　图字 01–2023–2042



图书在版编目（CIP）数据

地心之旅：探索山洞、岩穴与地下世界 /（意）弗朗切斯科·绍罗著；文铮，李欣怡译. -- 北京：人民文学出版社，2024
ISBN 978-7-02-018288-6

Ⅰ. ①地… Ⅱ. ①弗…②文…③李… Ⅲ. ①纪实文学－意大利－现代 Ⅳ. ① I546.55

中国国家版本馆 CIP 数据核字（2023）第 197709 号

责任编辑　王烨炜
责任印制　苏文强

出版发行　人民文学出版社
社　　址　北京市朝内大街166号
邮政编码　100705

印　　刷　北京盛通印刷股份有限公司
经　　销　全国新华书店等

字　　数　269千字
开　　本　880毫米×1230毫米　1/32
印　　张　12　插页19
印　　数　1—5000
版　　次　2024年3月北京第1版
印　　次　2024年3月第1次印刷

书　　号　978-7-02-018288-6
定　　价　82.00元

如有印装质量问题，请与本社图书销售中心调换。电话：010–65233595

阿蒂利奥·贝内蒂和他的菊石。这些菊石收藏来自意大利维罗纳的莱西尼山脉，其螺旋形状象征着永无止境的求知之旅。

——弗拉维奥·佩特内 / 摄

埃尔奥科特森林中一个未开发的天坑，位于墨西哥恰帕斯州。在热带雨林的保护下，至今尚未有人到达此处。数十座洞穴和深渊分布在该地，等待着人们前去探索。

——纳塔利诺·鲁索（拉文塔协会）/ 摄

墨西哥恰帕斯州洛佩斯·马特奥斯高原的奎扎尔地洞。图中的钟形峡谷与一座洞穴相连，向雨林下方延伸，在几公里深的位置开始向四周发展，形成里奥拉文塔地下系统。

——弗朗切斯科·绍罗（拉文塔协会）/ 摄

斯普鲁加·普雷塔深渊中的竖井，位于意大利莱西尼山脉。在这座131米深的深渊中，阳光在万花筒般的反射中消散，留下一片绝对的黑暗。

——弗朗切斯科·绍罗/摄

安提卡之路，位于威尼托莱西尼山脉的斯普鲁加·普雷塔深渊。经过近 80 年的探索，直至 2003 年，人们才发现这条通往地下空庭的通道。

——桑德罗·塞德兰 / 摄

坐落于菲律宾巴拉望岛的圣保罗地下河。在地下空庭中，数十万只金丝燕进入山体，在数公里深的山体内部筑巢。

——维托里奥·克罗布（拉文塔协会）/ 摄

位于法国比利牛斯山脉的皮埃尔·圣马丁保护区。坐落于此地的韦尔纳空庭是迄今为止在欧洲地区发现的规模最大的地下洞室，体积可达260万立方米。照片里，洞穴探险者的身影消失在宽阔的洞穴中。

——布里塞·马斯特拉奇/摄

勒皮诺竖井，位于法国比利牛斯山脉的皮埃尔·圣马丁保护区。该洞穴有一条深达320米的垂直通道，其底部曾发生过探险事故，队员马塞尔·卢本斯在此丧生。

——布里塞·马斯特拉奇 / 摄

皮埃尔·圣马丁保护区，位于法国的比利牛斯山脉。自 20 世纪 50 年代首次探索以来，该地下系统已被探索逾 80 公里长、1410 米深。

——布里塞·马斯特拉奇 / 摄

皮埃尔·圣马丁保护区，位于法国的比利牛斯山脉。一条地下河流经皮埃尔·圣马丁深渊内部最为悠久的历史遗迹：韦尔纳空庭。

——布里塞·马斯特拉奇 / 摄

皮亚尼·埃特纳洞穴系统，位于意大利贝卢诺多洛米蒂国家公园。图为探险者们在该系统中建立的名为“海盗旅馆”的大本营。从此地进发，可以探索洞穴系统中最为偏远的地区以及伊莎贝拉洞的入口。

——弗朗切斯科·绍罗/摄

皮亚尼·埃特纳洞穴系统，位于意大利贝卢诺多洛米蒂国家公园。从竖井中一路向下，可以到达古渗流网内部。

——洛伦佐·罗萨托/摄

皮亚尼·埃特纳洞穴系统，位于意大利贝卢诺多洛米蒂国家公园。这座深渊的表层地带被大量地下冰层所覆盖。

——弗朗切斯科·绍罗 / 摄

克里姆·普里洞穴，位于印度的梅加拉亚邦。该洞向内发育超过 25 公里，形成了一座几何迷宫。洞内每个岔口的形态都十分相似，在地下世界无限地重复着。

——托比·哈米特（“探索云中界”项目）/ 摄

位于美国新墨西哥州的列楚基耶洞穴。在这里，碳酸钙不断沉积，经过数十万年的时间，形成了众多的钟乳石和石笋。

——罗比 · 肖恩 / 摄

位于格陵兰岛罗素冰川的克拉肯瓯穴。从冰川深处攀缘而上，整座洞穴笼罩着北极光。

——阿莱西奥·罗密欧（“走进冰川”项目）/摄

位于格陵兰岛罗素冰川的克拉肯瓯穴。图为“飞行力”无人机准备降落至冰川洞穴底部的瞬间。

——阿莱西奥·罗密欧（“走进冰川”项目）/ 摄

位于格陵兰岛罗素冰川的克拉肯瓯穴里，生物学家约瑟夫·库克正在向我们展示冰晶。地下深处的冰层将藻类和细菌封存其间。

——阿莱西奥·罗密欧（“走进冰川”项目）/摄

奈卡巨晶洞，位于墨西哥奇瓦瓦州。在这里，我们穿上名为“托勒密”的厚重冰衣，缓缓穿行在由硒矿晶体组成的森林中。

——保罗·彼得里尼亚尼（拉文塔协会）/ 摄

奈卡巨晶洞，位于墨西哥奇瓦瓦州。在进入地狱般的洞穴之前，我们戴上呼吸器，检查好无线电通信的情况。

——弗朗西斯科·洛马斯特罗（拉文塔协会）/ 摄

什科茨扬洞，位于斯洛文尼亚迪瓦卡村。1884 年至 1890 年，人们在里耶卡河上方的峭壁上开凿出一条应急通道，沿着波涛汹涌的地下河蜿蜒而行。

——鲍鲁特 · 洛泽伊 / 摄

乌鲁格贝格洞，位于乌兹别克斯坦的白桑塔山区。图中，安东尼奥·德威沃正在穿越一条结冰的通道，前往帖木儿竖井。

——图利奥·贝尔纳贝伊（拉文塔协会）/摄

马尔加·普雷塔洞穴，位于意大利威尼托大区。朱塞佩·特朗康刚从斯普鲁加·普雷塔深渊出来，48 小时后，又转身投入了“科诺·阿奎里奥”行动中。

——埃齐奥·安萨内洛（“科诺·阿奎里奥”行动）/ 摄

什科茨扬洞，位于斯洛文尼亚迪瓦卡村。图中，来自美国宇航局、欧洲航天局、日本宇宙航空开发机构、中国宇航学会和俄罗斯联邦航天局的宇航员们，正在追溯一个多世纪前先驱者探索里耶卡河的足迹。

——阿莱西奥·罗密欧（欧洲航天局）/ 摄

位于意大利的里雅斯特的喀斯特地区。欧洲航天局组织的“CAVES（洞穴）”培训项目将这里设为宇航员的大本营。

——阿莱西奥·罗密欧（欧洲航天局）/ 摄

伊万里耶塔洞穴，位于委内瑞拉的奥扬特普伊山中。此地传说为水神拉托所掌管。图中，一位探险家的身影投射在瀑布的水幕上。

——罗比・肖恩（拉文塔协会）/ 摄

亚达奈马·埃武特洞穴，位于委内瑞拉的萨里萨里纳姆高原。在委内瑞拉高原内部，矿物世界与微生物世界融合在一起，创造出世间少有的美丽景观，神秘无比。

——维托里奥·克罗布（拉文塔协会）/ 摄

兰萨罗特岛，位于西班牙的加那利群岛。图中，一条熔岩隧道通向大西洋，仿佛石头巨人与海怪搏斗时张开的血盆大口。

——阿莱西奥·罗密欧 / 摄

兰萨罗特岛上的蒂曼法亚国家公园，位于西班牙加那利群岛中。在这里，液态的岩浆在滴落的过程中逐渐冷却，形成熔岩钟乳，一直保持着石化的状态。

——阿莱西奥 · 罗密欧 / 摄

暗星洞穴，位于乌兹别克斯坦的白桑塔山区。沿着“冰冻小河”前进，探险者的头灯照在成千上万的冰晶上反射出光线。

——阿莱西奥·罗密欧（拉文塔协会）/摄

谨以此书纪念

乔瓦尼·巴迪诺、朱塞佩·特朗康、贾尼·塞戈尔

他们是我的朋友、老师和地下世界的探险者

没有人到达过如此深的地方，没有人知道我们要去往何方，没有人能够描绘出我们所见到的一切，也没有任何事物曾如此绚丽地展现在我们眼前。此情此景，我们不由得产生了同样的疑问：这难道是在梦境中吗?

——爱德华 - 阿尔弗雷德 · 马特尔

《朗格多克的喀斯山》，1889 年

# 目 录

# 引　言

我看见了地平线、繁星，还有天空。天空一片漆黑。在这黑暗背景的衬托下，飞驰而来的星星在我眼中似乎变得更加明亮清晰。接着，我看见了地球的轮廓，地平线呈现出一种奇异的蓝色。这种色彩越来越强烈，渐渐变成红色，最后陷入绝对的黑暗之中。

1961年4月12日，尤里·加加林成为首位进入太空并完成绕地球飞行的宇航员。次日，他这样描绘地球在太空中的景观：弯曲的地平线、幽暗的天空和蓝色的大气层。地球是一个被抛到宇宙空间的完整球体——他的描述第一次刷新了人类旧有的感知。

这段简短的描述似乎预示着人类将结束对地球的探索，把目光转向地表之外。从此，陆地、海洋、山脉、湖泊、沙漠与森林，人类可以在太空尽收眼底，所有这一切都从脑海中的想象变成了能够明确感知的现实。从太空俯瞰，地球的瑰丽色彩与宇宙神秘莫测的黑暗形成了强烈的反差。

实际上，从这个春日向前追溯20多万年，早在那时的非洲大草原上，我们的祖先就渴望能够看到地球的全貌。起初，人类只是将周围的空间视作赖以生存的资源，为了探索新的机会、征服新的领土和跨越未知的土地，我们的祖先又一步步拓展认知的边界。就这样，在不知不觉中，人类成为探险家。尽管如此，世界的外沿却止步于人类认知的边界，边界之外仍充斥着黑暗和神话。在对新空间的疯狂探索和对突破感知边界的渴望中，洞穴成为远古世界的浓缩体现。人类利用洞穴躲避外界的风雨，然而洞穴深处则愈发灰暗，漆黑一片，可怖的生物藏匿其间。

火的发现是人类迈出的第一步。在那一刻，人类产生了自我意识。由于恐惧与好奇在内心不断斗争，在当时，深入洞穴甚至进入广阔的地下世界进行探索的旅程仍然被划为巫术的范畴。毫无疑问，火是人类的朋友。但火焰只能照亮部分黑暗，能量耗尽之后，黑暗又会重新笼罩在探险者周围。而在自己生活经历和对阴影部分的印象之外，面对夜晚的满天繁星，人类只能将心中产生的无数问题，汇聚在奇异而富有幻想的天体图中。

假如洞穴没有终点和出口，杂乱无章，无迹可寻，人类便会始终在地表游荡，永不停歇。3万年前，人类的足迹已经遍布欧洲和澳大利亚的大部分地区。2.5万年前，冰川作用使海平面降低，人类借此机会从西伯利亚向北美洲进发，一往无前，穿越了一片片森林和一道道山脉，跨过了一个个气候带。在这个过程中，人类发现了许多新的物种和未知的地理景观。1.4万年前，人类来到跨越美洲大陆3.5万公里旅程的最后一站——巴塔哥尼亚。最终，在1000多年前，人类已经到达并探索了全部主要的可居住大陆，北至格陵兰岛，南至新西兰。虽然如此，我们人类对于空间的这种感知却在一代又一代的绵延繁衍中渐渐消失——仿佛整个世界被一层薄纱笼罩在一个预先设定的地理视角周围，只有一部分地区可以成为焦点，其他部分则被时间、距离和信仰的镜头扭曲变形。

当地表的征程接近尾声时，人类发现了自己探险家的天性。也许是口述故事和文字著作的诞生给予我们内化天性的可能，盲人荷马得以通过尤利西斯的眼睛观察并讲述世界。那种对自然界、对海怪、对未知岛屿、对像河流一样迷失的男女的触目惊心，再度唤醒了人们的恐惧。人类认为必须设置不可逾越的边界——任何人也不能跨越这一边界，即使运用想象力也不能。然而，对知识的渴求是无法遏制的，正如但丁在《神曲·地狱篇》第二十六章中所叙述的那样，由于超越了人类知识的极限，作为惩罚，越过海格力斯之柱的尤利西斯葬身大海。

1492年，克里斯托弗·哥伦布率领三艘帆船横跨大西洋。这次航行的意义不在于探险，而意味着世界地理将由此逐渐拼合成一个统一的认知结构。海洋成为地球上亟待游历的新表面，它是一个连续、同质的空间，将所有存在的大陆连接起来。1511年，麦哲伦经过6年海上航行，首次完成环游地球的壮举，证明了地球是一个球体。这一观点颠覆了人们过去对世界的认识：人们发现，地球上每一个位置都可以同时成为同一单程旅行的起点和终点，与此同时，这颗星球被完全包裹在一个有限的表面之中。从它的辽阔，我们突然感知到了它的边界——世界的尽头不再是地图的边缘，而在我们的头顶和脚下。我们发现，陆地花园仅限于在土地与天空之间的一切。仅此而已。

然而，地球上仍有一些地方是完全未知的：如果不依靠先进的技术或身体自身的适应性，我们在这些地方的环境条件（如海拔、温度）下根本无法生存。即便如此，人类也只用了不到一个世纪的时间，就完全征服了这些地方。到达地球两极一直是人类探险旅程中最迷人的篇章之一，人类完成此举所用的时间置于历史长河中，也不过是弹指一挥间。人类跨越数千公里的大陆冰川和海洋冰河，穿越了所有的“舒适区”，仅仅为了到达地球的极点，其目的也不再为求生，只为求知。然而，南极和北极不过是地球表面两个没什么意义的点，是地表与地球自转轴的交会处。20世纪初，罗尔德·阿蒙森和罗伯特·法尔肯·斯科特在几周内相继到达南极，除了南极高原的广袤冰雪之外，他们并没有什么特别的发现。对这些地方的感知，刷新了人们对于地球空间的构想。人类的探险活动第一次成为象征性的行为。斯科特和他的队员在返回营地的途中遭遇不幸，然而仍有人像他们一样，愿意为纯粹的地理探索而献出生命。

20世纪后半叶，人类不可阻挡的征服欲打破了世界之巅高不可攀的神话。1953年，丹增·诺盖和埃德蒙·希拉里一行人成功登上了珠穆朗玛峰，“大地之母”见证了首次到访的人类。几年后的1960年，雅克·皮卡尔和唐纳德·沃尔什搭载“的里雅斯特号”深潜器首次下潜到10916米深的马里亚纳海沟底部。在这个与太空同样一片漆黑的地表最深处，科技使人类又一次赢得了挑战。

在苏联“东方一号”载人飞船沿其首条轨道越过黎明线的那一刻，人类对地球终于有了真实的感知。在人类首次不到两个小时的太空飞行中，记录到加加林在一小时内说了二十多次“Vizu Zemlju”（我看到了地球）。人类的视野至关重要，就像我们遥望一座雄伟的山峰，虽未攀登，却已经想象到了山顶的风光；就像我们看到海洋向远方延伸，消失在地球的球体背后——就是在这样的凝视中，人类创造了地理学。

但是，当我们看不见的时候，又会发生什么呢？在各种各样的探索之后，人类未尽的旅程只剩下一处彻底被黑暗笼罩的地方：洞穴。在那里，空间的边界就是火把的微光所能照亮的地方，我们无法感知从脚下延伸出去的无边无际的黑暗，只能通过自己的想象。这条从光明通向黑暗，从现实通往想象的道路，是通往黑暗大陆的起点。而这片黑暗的大陆，便是本书将要讲述的内容。

在过去的20年——我生命中相当长的一段时间里，我有幸可以看到地球表面之外的世界。毫无疑问，我们现在得到的对洞穴的印象必然是零散的。现在人们无须翻山越岭就能对一座山进行全面的观察，而黑暗大陆则不同：人类只能借着光源一段一段地照亮、一米一米地了解这个地下世界。这与几千年前第一批智人进入洞穴，突破他们认识的边界是一样的。如今，我们可以运用声纳、雷达和卫星技术，以极高的分辨率绘制海底地图，甚至能够以厘米级的分辨率穿透热带森林的树冠观测地表，然而，仍然没有任何仪器可以让我们清楚、详细地了解地表之下的情况。因此，黑暗大陆是陆地探索最后一个重要的前沿阵地，一个仍然可以重拾并发扬我们探索者天性的领域。

近年来，我探索了世界许多地区的洞穴，从欧洲到中亚，从墨西哥的沙漠和森林到格陵兰岛的冰盖，从菲律宾的海滩到乌拉尔的森林。我曾进入加那利群岛的火山内部，进入阿尔卑斯山的冰川中，也曾深入横跨巴西、哥伦比亚和委内瑞拉的亚马孙流域的山脉腹地。我曾绘制了地下一千多米、长百余千米的洞穴地图。地下世界总是频频带给我惊喜。最重要的是，我有幸在这么多同行的伙伴中窥见人类探险家的原本面貌。他们在不经意间，以洞穴学的视角找到了人类本性最崇高的表现形式。

现在，是时候公开这段沉浸在黑暗中的旅程了。公开往往意味着揭开神秘的面纱，剥去遥远世界的魅力，使之回到现实中来。但这并不令我担心，我知道魅力和魔力不会褪去，因为在黑暗大陆上，现实总是超乎想象。无论以孩子的眼光还是以科学家的眼光来面对这段旅程，视角都是一样的：通过理性的镜头或祖先神话、传说的视野来观察洞穴，人们会感到同样的神圣感。人们总是面临新的问题，必须向绝对知识的不可能性投降。

“speleologia”这个词来源于希腊语“*spélaion*”（洞穴）和“*lógos*”（话语），意思是谈论洞穴、它的性质、它的内容，但也要讲述人在其中的影子。这就是为什么我把这本书分为三个部分，其中第一部分专门讨论洞穴及其基本要素：洞口、黑暗、寂静。黑暗大陆的视野由其深度开拓，又通过交错如迷宫般的洞穴向外扩展——当人们困于其中时就会发现，那里的每个转角都会带来无限可能。除此之外，我们还应考虑到第四个维度：时间，也是该空间的一部分，有的洞穴有数百万年的历史，而有的昆虫如蜉蝣，比人的生命还要短暂。我们将一路向下，寻找一切的根源，探索通往地心的岩洞到底有多远，探索火山、熔岩，了解它们怎样与地球的内能联结起来。最后，我们将会到达连想象力也无法企及的深处，那便是超地层。

本书的第二部分献给我们这个时代最后的地理探险家：洞穴学家。两个世纪以来，对研究的热情和对未知事物的痴迷催生了洞穴学和研究黑暗大陆的洞穴学家。为了探索知识，他们有时会显得十分疯狂、难以理解，甚至愿意面对难以想象的困难和风险，只为将已知的领域推进一点点。在工作中，我有幸与各个学科的研究人员共同探索洞穴。我惊奇地发现，洞穴学家与宇航员的形象相映成趣。这两种看起来似乎非常不同的人，在面对地球内部的黑暗和遥远宇宙边界的黑暗时的感觉是相似的。因此，我以加加林作为本书的开篇人物，并不是巧合。

在故事的最后一部分，是我对其他黑暗大陆的一番畅想，从委内瑞拉特普伊山巨大而神秘的洞穴，到月球灰色表面下的巨大熔岩管道，还有我们观察到的，火星红色表面的深井。与其说这是一次穿越我们所知的旅程，不如说是寻找可能存在但却存在于我们地平线之外的东西——那片延伸到地图之外的空白区域，就是我们总想走得更远的原因。我们站在整个人类历史的基础上向前迈进，当然，也超越了我们的生命本身。

第一部分

# 地下世界

# 洞　口

我看到岩洞入口的第一反应便是恐惧。这种激动的情绪汹涌而来，如潮水般在血管中漫延，让我明显感受到心脏怦怦跳动的声音。我本能地把目光转向别处，让自己想些别的事情，假装岩洞入口并不存在。关于那天的细节，我已记不太清，但有张照片曾经记录下这个场景：画面中，外公外婆、我的母亲和我的姐妹们在一起，四周岩石环绕。母亲带着她的相机盒，我和姐妹们戴着老旧的塑料头盔（头盔的直径足足是我们脑袋的两倍），而我的手指间，还握着一个铜铃。回想起来，那天我似乎一直把它带在身边，因为倘若进入洞穴后遇险，可以摇铃求救。我害怕那些看不见摸不着的东西，这座洞穴别名“狐狸洞”，于是这种恐惧便具象化地成为一只狐狸。作为一个四岁的小孩，我不禁想象，在山洞里匍匐前行时要是遇到狐狸该怎么办？它肯定不乐意看到我们进它的窝，兴许会咬我们呢。这个时候摇铃铛能让我们得救吗？

我们穿过摇摇晃晃的岩石，爬过洞穴入口。父亲鼓励我们不要怕，还告诉我们，再过几米就能进入一个可以起身行走的大洞穴，空间中那未知的黑暗就会随之消失。但这种无力的安慰适得其反，更加放大了在黑暗面前无能为力的感觉。某种程度上来说，黑暗压倒了一切。想到这里，我不禁哭了起来。姐妹们还在向前爬行，而我却转过身，朝向昏暗的出口方向，寻找母亲的声音。就这样，我迈出了第一步，跨过了洞口。而恐惧却占了上风。

沃尔佩山洞坐落于维罗纳的普雷阿尔皮地区，是莱西尼山众多山洞口之一，也是喀斯特地貌分布地区。在这里，水渗入地下，将石灰岩慢慢溶解，在数千年的时间里造就了一个神秘的洞穴网络。而地下的暗河则沿着不为人知的路线悄然流淌，一直到维罗纳北部的蒙托里奥村，才从一个旺盛的泉眼处重新钻了出来。

小时候，每逢周末和假期，我们都去山上的爷爷奶奶家。在那里，无论是和父母去林间散步，还是偷跑去离家几百米远的地方秘密旅行，沿途总会发现许多地面上的洞，山里人管它们叫作“斯普鲁加”（splughe）。这些洞口的内部，是几近垂直、极度危险的无底深渊，所以一般用铁丝网把它们围起来。在当地，这样的洞口不计其数，在夏天放牛的高山牧场上尤其多。一旦有牛掉入这些洞里，就成了牧民的噩梦。一次，我们从家出发，走了很远很远，回来时告诉奶奶我们发现了这样的一个洞。奶奶听后害怕极了，担心我们在外面会不小心坠入洞穴迷失方向，再也回不来了。

山洞、峡谷和地下洞穴从来不是什么“有趣”的地方，那里危机四伏，是另一个世界的入口，而为确保安全，最好不要凑近观察。人们常用从田野里收集的石头、泥土和树枝树叶堵住洞口，直到它们从记忆里消失。然而，一旦下起雨，它们总会再次打开——显然，在洞口之下有一个极为巨大的洞穴，那些琐碎杂物根本无法将其填埋。

和世界上其他山脉一样，莱西尼山也不乏关于洞穴的传说。小学快毕业的那年，我在爷爷的书架上发现了一本书，书名叫《Filò的故事》(*I racconti del Filò*)。“Filò”一词指的是傍晚时分山里人一家子聚在牛棚马厩里的时刻。这个时候人们还没上床休息，牲畜的鼻息温暖了整个屋子。男人们谈论着当天发生的事情，女人们忙着纺纱，女孩们则会等待附近的心上人来约会。而孩子们最期待的则是讲童话故事。后来，随着电视的发明，这个传统几乎完全消失了。所幸当地一位先生把这些故事记述了下来，又将那本书传到了我的手中。就这样，每天晚上，我都会在睡前读一个故事。这些故事相当吓人，“地下世界”也常被提及。在当地方言称为“科沃洛”(cóvoli)的洞穴中，住着食人妖法德和奥尔科，他们会迷惑进入此地的探险者，以永生作为诱饵引诱他们进山。一旦不知情的登山者屈服于诱惑，进入山洞，身后的岩石就会立刻关闭，把他们永远困在这里。在其他洞穴里，还藏匿着强盗和歹徒，建造了能把人熔化的熔炉。如果走夜路时路过一些山洞，还可能会招引蛇怪。蛇怪头顶鸡冠，不仅会飞，还能把遇到它的人统统变成哑巴，让他们再也无法描述所看到的东西。每个故事的发生地都是现实里真实存在的，这些地名，连同那种惊悚的、令人着迷的印象，就这样留在了我的脑海中。其实这些传说的初衷不过是为了告诫孩子们远离危险，虽然我心里害怕，但这些故事还是深深地吸引着我，让我久久不能进入梦乡。

大概在我七岁那年，一天，父亲决定带我们去坎波西尔瓦诺。那是位于莱西尼山区的一个小村庄，因斯芬吉山谷而闻名，那里有一片草木丰茂的洼地和风雨侵蚀而成的石林迷宫，一个巨大的洞穴坐落在盆地中央。想要进入洞穴，就得从一座古老的石屋出发，沿着一条短短的小路前行。一位老先生坐在入口处的树墩上，仿佛一个守门人。他的脸上褶皱纵横，粗大的手里夹着一支烟，升腾起浓浓的雾，在空中盘旋。他叫阿蒂利奥，是我父亲的朋友。看得出来，他见到我们很是高兴。在房门一侧，有块巨大的红石板。那是一块岩石中薄薄的一片，上面有圆盘和尖牙的印记。在它周围，其他赭红色的石头则呈现出各式各样奇怪的螺旋形状。阿蒂利奥看出了我的好奇，走到我身旁说："喏，你看，这是一条大鲨鱼的脊骨，它生活在恐龙时代、白垩纪时期。这些是蛇，它们被史前大洪水吞没，变成了化石。"

就这样，科学和童话交织在一起，给我留下了很深的印象。后来，当我得知我面前的这个老先生就是阿蒂利奥·贝内蒂——那本伴我入梦的故事书的作者时，我惊讶得说不出话来。让我更心虚的是，他笑了笑，接着说道："走，到科沃洛里面去，去看看洞穴的顶部是什么样的，那里也有这些螺旋形状的玩意儿。等你回来，我再给你讲讲它们是什么东西。"

与沃尔佩山洞不同，这里没有黑暗泥泞的通道，一个巨大的洞口向外敞开。穿过树林，先要进入一个庞大的露天围场，几十米高的岩壁环绕四周。在林立的巨石之间，一条小路蜿蜒其中。沿着小

坐落在莱西尼山脉的坎波西尔瓦诺洞。据说，这座洞穴曾给予但丁灵感，启发他写下了《神曲·地狱篇》。在洞穴的底部，有一处冰层，就像诗中位于地狱底部的“托勒密环”一样。

路一路前行，才会到达真正的入口。洞口的景色简直是奇观——在这里，外界的热空气和停滞在山洞里的冷空气相遇，凝结出一片片翻涌的云层，一股神秘的气息悄然而生。迈入洞口，光明逐渐向黑暗过渡，和所有这些典型的大岩洞的入口一样，光线在这里玩着颜色的游戏。顺着碎石坡往深处走，是蕨类植物生长的密林。阳光穿越繁茂的草丛，反射出碧绿的颜色，在潮湿的岩壁上勾勒出神秘的轮廓。

这一次，我体会到了与在沃尔佩山洞完全不同的感觉。这种地下的景致深深迷住了我，我不再那么抗拒恐惧的情绪。沿着岩石间湿滑的小路走到尽头之后，我转过身，回望身后逐渐消失的光线。

从内部向外看，洞穴的景色是完全不同的，感觉仿佛进入了一座神殿。在我的想象中，每一块岩石都变成了一件远古时期的雕塑，而空庭中央的那块巨石则化作一头鲸。再往里便是冰层，在半明半暗中向内延伸，直到消失在黑暗中。洞里寒气刺骨。入口处，太阳的光芒穿过树林钻入洞里，仿佛邀我们重新回归到光明的怀抱。可就在那一刻，我却把目光转回到黑暗中。那里面到底有什么呢？我发现，与我心底的恐惧紧紧交织在一起的，还有一种无比强烈的好奇心。

多年以后，当我读到达·芬奇的话，才彻底领会了这一点。他曾面对一个黑暗的山洞口，对于人类面对未知的感受做出了极富美感的描述："很快，我的体内有两样东西渐渐觉醒——恐惧和渴望。对黑暗、危机四伏的洞穴的恐惧，对发现神秘物质的渴望。"这种恐怖源于对看不见的、未知的、不可想象的东西的畏惧，但同时又潜伏着一种诱人的冲动。那片黑暗里藏着什么奇妙的东西？一旦我们察觉到它，一旦好奇心被点燃，未知的一切便会吸引着我们，让我们回转过身，去探索那片黑暗中的未知。这就如同在黑暗里点燃火把：在热量燃烧的同时，光线向我们的周围不断延伸，显现出物体的轮廓。从此，黑暗再也无法阻挡我们的视野，全新的视角就这样被开辟出来。

达·芬奇一定不会忘记他参观"黑暗洞穴"时的感受。对自然界未知事物的恐惧和迷恋凝结在一起，以一种出其不意的方式在他所创作的宗教类作品中孕育成形——两幅题为《岩间圣母》的画作由此诞生。事实上，圣母无原罪始胎兄弟会委托给他的作品主题十分明确，画面也很经典：圣母衣着华丽，幼子在其身边；圣父在高处笼罩在金色的光辉里；两位先知连同其余人，被奏乐高歌的天使们包围着。然而，达·芬奇作品的描绘方式则完全不同，而且极其神秘——最突出的一点是，画面上方不再有圣父的形象，取而代之的则是山洞的拱顶，既有典型的石笋，也有硕大的石灰岩，上面遍布着被侵蚀的沟壑。这位佛罗伦萨艺术家的创作灵感来自他的洞穴之旅，也来自伪福音中的故事。根据记载，圣母玛利亚和伊丽莎白在逃离希律王的屠杀时被上帝拯救。上帝打开洞穴的入口，并派来一位天使帮助照亮岩洞以帮助她们逃脱。

每次想到恐惧和好奇这两种截然相反却又相辅相成的感受，我脑海里都会浮现出无数童年回忆。而山洞则以最强烈、最纯粹的方式，展现出人类每日面对大自然未知事物时的感受。我们是天生的探险家，启程探索世界，因为恐惧而却步，又在好奇心的驱使下继续前行。其实，我们这些大人早就忘记了这样的时刻——如今，我们躲在信仰的庇护所里，确保周遭的一切都是熟悉的、都是我们经验的一部分（也许是从别人那里学到的经验）、都能通过观察得到证实。为了维护我们作为成年人的沉稳智慧、我们对于现实的理性判断，我们假装不去感知未知的事物。只有从孩子的视角感受这一切，我们才能跨越岩洞入口，看到那些超越表面的东西。

我想阿蒂利奥肯定知道我在那段从光明走入黑暗的旅程中经历了什么。当我们从科沃洛参观回来时，他拿着一串钥匙，打开他家旁边一座小石屋的门，招手示意我进来。屋里，在布满灰尘的陈列架和玻璃柜中，存放着数以千计的菊石标本。原来，那些印在岩

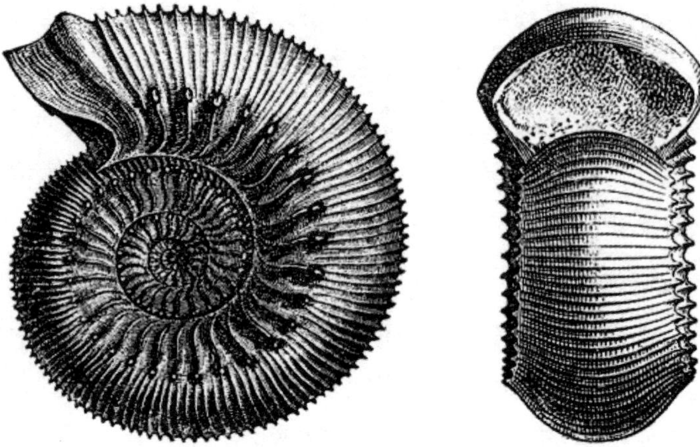

菊石是一种已经灭绝的软体动物的壳。这些生物曾经在地球各处的海洋中均有分布。它们印刻在岩石上形成的螺旋形状，启发了许多关于地球深处的民间传说。

石上的螺旋形状，不是传说中石化的蛇怪，而是现已灭绝的贝壳化石。那些错综复杂的纹路则是它们从岩石内部穿透出来时所开辟的通道。我觉得自己仿佛走进了一个藏宝屋。阿蒂利奥满意地望着我——他看到我的眼里闪烁着不一样的光芒。在所有这些化石中，有一个标本深深地吸引了我的注意：那是一块巨大的颅骨，嵌有锋利的牙齿，前额长而突出，下颌骨厚重且结实。说明牌上手写着："*Ursus spelaeus*，于维洛山洞发现的洞熊头骨，1956年"。旁边的照片中，阿蒂利奥戴着头盔，手提电石灯，身着迷彩服，站在山洞里。周围遍布石笋和钟乳石。

那次旅程给我留下了很深的印象，以至于每周我都会请求父母带我去那里拜访阿蒂利奥，参观他的化石收藏。11岁时，我经常独自穿越爷爷奶奶家与坎波西尔瓦诺村之间的山谷，骑着自行车到阿蒂利奥家去。到了那里，我一敲门，老先生二话不说就让我进去。他的屋里堆满了东西，有工具、化石、书籍、老照片、图画和地图，中间放着一台电脑。他一般在那里编撰一些科学文章，介绍他发现的新的菊石物种，他宽大的身影常常笼罩在一片烟雾之中。墙上的画中印有歌德的话："无论你能做或者梦想能做什么，去做吧。胆识将赋予你天赋、能力和神奇的力量。现在就开始！"我跑去找他是为了听他的探险故事。阿蒂利奥自学成才，他不是学术意义上的地质学家，但无疑是一位洞穴学家，从他身边的每一样东西都能看出他对地下世界充满兴趣。他讲故事的时候，一句话和另一句话之间，总会有长长的停顿，使他冒险历程的每一个情节都富有神秘气息。阿蒂利奥出生的地方在一个巨大岩洞的洞口附近，他是听着神话传说长大的，第二次世界大战后他移居比利时，从事煤矿工作。黑暗激起了他对未知事物的好奇心。于是，在1952年，他只身前往比利牛斯山脉。在那里，一些洞穴探险先锋正在探索当时地球上已知最深的洞穴，皮埃尔·圣马丁深渊。当时，一位名叫马塞尔·卢本斯的洞穴探险家在深达320米的石灰岩深渊中发生事故，引发了第一次大型国际洞穴救援。阿蒂利奥毛遂自荐，希望自己能够下降至深渊岩壁间的一个小平台上，引导抬升的担架沿石壁上行。不幸的是，他刚刚到达不过几小时，卢本斯就去世了，他也无能为力。这一事件是地下世界探索史上最惨烈的一页。悲剧之后，阿蒂利奥回到莱西尼山，在这里聚集了一群年轻爱好者，开始探索家乡的洞穴。

想来阿蒂利奥也知道，当他和我讲述他家附近那些山洞的时候，一粒顽强生长的好奇的种子就这样深埋在我心里。我虽然听他讲故事，却不敢提出那些萦绕在我脑海中的问题——直到有一天，我再也按耐不住，问起了那块硕大的洞熊头骨。

“那是一个悲伤的故事。发现这块头骨没有带来任何的好处。”

“为什么呢？这块头骨多美啊，我从来没有见过这样的东西。”我有点失望。

“问题在于，很多时候，探索意味着要去揭开许多被未知保护起来的东西。一旦没有了那层保护，任何人都可以破坏它。”

“不过好在你把它收进了你的小博物馆，现在每个人都能欣赏它了。”他悲观的回答让我略感吃惊。

“听我说，孩子。不只这块头骨，在这个山洞里，其实有几十具骨骼，而且不只有洞熊的。这些都是在我探索维洛山洞的过程中发现的。当我还是个孩子时，曾听过山里人编的故事，于是这些洞口就一直吸引着我。据说在这些洞穴里，有被史前大洪水淹没的动物骨架。当我像你这么大的时候，我经常沿着山谷左侧的小路往前走，直到望见山洞洞口。在我的脑海中，想要钻进那片黑暗的念头几乎是无法抗拒的。”

“那你是什么时候第一次进入科沃洛的？”

“上世纪50年代，从比利时的矿区回来之后，我带着一盏电石灯进入这里，穿过一条长长的地道，一直走到身体无法通过的地方。但那条非常狭窄的地道里吹出一股气流，说明里面还有其他洞穴存在。于是我决定拓宽它继续往前走。挖了几天之后，我开辟出很大一块地方，可以走得更远了。”

阿蒂利奥顿了顿，又点燃了一支没有滤嘴的烟。我被吊着胃口，犹豫着要不要说点什么来打断他的沉思。差不多一分钟过去，当螺旋状的烟雾充满了整个房间，阿蒂利奥又开始了。

“通道那头是一个很大的空庭。脚下的地面由陶土堆积而成，土里埋着洞熊，完完整整的，有好几十只。”

我在心里想象着洞熊颅骨被阿蒂利奥的提灯照亮的情景。由于

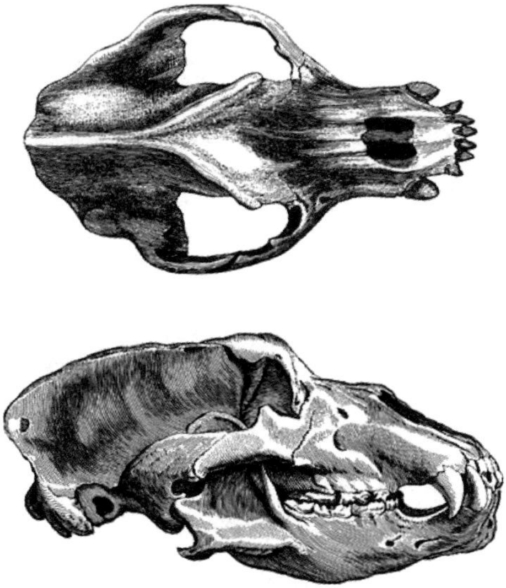

几个世纪以来，在维洛山洞（位于莱西尼山脉）中，人们挖掘出数以百计的洞熊骨架。

太过兴奋，我不禁问了一个幼稚的问题。

“那它们在哪儿？你没有带走吗？我怎么没在你的博物馆里看到那些骨架呢？”

阿蒂利奥摇了摇头。

“不，我是不会带走的。你看，这就像是一场穿越时空的旅行。那些大家伙早在三万多年前的冰河时期就已经死在洞里了。我是第

一个进入那里的人，带去第一束照亮那里的光，我第一个发出声响，打扰到了它们永恒的睡眠。我绝不会把它们带走。非但如此，在发现这一切之后，我立刻封死了隧道，从那以后，任何人都无法进去了。”

“也就是说，那些骨架现在还在那里？”我一脸震惊，认为阿蒂利奥向我透露了他最大的秘密。

“就算面对未知，人类还是会不停地干些愚蠢的事。最开始在挖隧道的时候，村里有几个年轻人曾过来给我帮忙。虽然我叫他们别把这件事说出去，但消息还是传开了。几天后，我才知道，有非法商贩已经进入山洞，把所有东西都带走了。我急匆匆地赶到洞口，发现他们正将一个完整的头骨装在盒子里往外抬——那还不是熊的，是一只洞狮的头骨。”

“你去制止他们了吗？”

“他们四个人，还拿着铁锹和十字镐，而我就一个人。我什么也做不了。那天，我只救出一个熊的头骨——就是你在橱窗里看到的那个。他们把它留下，预备随后来取，就在那个时候，我下决心把它带了回来，好让古生物学家用来研究。”

在他讲述的过程中，我体会到了那种内心的苦闷。这个发现曾经那么动人、那么震撼，却被一些贪婪无知的人剥夺了所有的魅力。于是我又问道：“你觉得还有其他洞室可以探索吗？是不是还有其他可以通往宝藏的地道呢？”

“很有可能……”

“后来呢，你发现别的东西了吗？”

“那次之后我就决定，如果在洞穴或者其他地方发现了什么新的宝藏，我就再也不告诉任何人。”他笑了，他知道这句话点燃了我心中的火花，把我带到维洛洞穴之外遥远的地方。

我再也按捺不住。我必须去看看，看看那些洞穴的模样，把我的幻想变成现实。当然，我肯定没法独自前往 —— 一来我挺害怕，二来可能真的会有危险。

我开始打我表哥的主意。他叫乔瓦姆巴蒂斯塔，比我大两岁，是个胆大又有点莽撞的野孩子，也是我姐妹的噩梦 —— 他总爱对她们搞点可怕的恶作剧。我也对他有点畏惧，但毋庸置疑，他肯定是跟我一起探险的最佳人选。他好像什么也不怕，我说起进入山洞的想法时他没有半点惊慌的神色。为了模仿在阿蒂利奥照片中所看到的装备，我们找来了泥瓦匠的头盔、电灯、一身机械师工作服和一身军用迷彩服，就这样我们向维洛洞穴的山谷出发了。我们用一把钩刀在丛林里开路，劈开荆棘和倒下的树枝。因为实在不知道洞穴在哪里，我们就沿着一条前人遗留下来的小道走 —— 这路显然不太好走。虽然乔瓦姆巴蒂斯塔很适应他的“探险家角色”，但我觉得还不够：阿蒂利奥的故事萦绕在我的脑海，不断催促我继续前进，但在内心深处，我仍担心会碰上什么麻烦事。

当我们到达岩洞的壁脚时，展现在我们眼前的不是一个 —— 而是足足五个岔口。哪条路会把我们引向洞熊的巢穴呢？我们立刻钻进最大的一个入口，穿行几米之后，来到一处地下空庭，几束光线从三两个更加窄小的入口里透出来。地洞向山里延伸，可以顺着走一小段，再往后就必须趴下身子匍匐前行。就这样前进一百多米之后，地道戛然而止。阿蒂利奥所挖的地道和藏有那些古生物骨架的洞穴，都不见踪影。我们只好失望地折回来。这些故事会不会只是那个老头随口编出来的而已？也许那个地下世界，并没有传说中的那么迷人、神秘？我们又钻进其他三个岔口寻找，依旧失望而归。不过，还剩下一个我们一直没太注意到的小洞口。

时至今日，每当我回想起把头探入那个小洞口的瞬间，那种奇异的感觉还是那么熟悉，恍若昨日。外面空气温暖，可进入那个小洞里，却明显感受到内部的阴冷潮湿。空气中弥漫的味道也完全不一样。与外面不同，在这里，可以嗅到鲜活的植被的气息，仿佛在一个矿物世界里呼吸。这和我们刚刚探过的那几条通道大不相同。穿过一条低矮的甬道，我们进入一个无比黑暗、像铁路隧道般宽阔的隧道中。到了——这里就是我魂牵梦绕的熊洞，但比我想象中的大得多，也神秘得多。

怀揣着激动的心情，我们一言不发地穿过隧道，彼此交换了一下眼神。是的，这条路是对的。在隧道的尽头，我感到一阵微风袭来，这时我们看到了那个传说中的地洞，仍保存着明显的挖掘痕迹。置身泥泞而狭窄的通道，风飞快地掠过我们的脸。我们不再害怕，而是迫不及待地想要看看更多的东西。就这样，在隧道尽头，我们走进一处很高很大的空庭。一条极为庞大、由石灰岩凝结而成的瀑布坐落其间。我不禁想象这里曾经发生的场景：身躯硕大的洞熊们盘踞此处，正在酣睡。一头洞狮在其间悄悄徘徊，准备趁洞熊熟睡时来一场偷袭，让它们成为自己的盘中餐。在黑暗里，两种如此巨大而凶猛的生物之间，会发生怎样激烈的战斗呢？

当我沉浸在这些幻想之中时，乔瓦姆巴蒂斯塔从地上捡起了一根洞熊犬齿，差不多10厘米长。他骄傲地向我展示，仿佛手中拿着一件珍奇的宝物。原来阿蒂利奥的故事是真的。

从山洞出来之后，我们变得和从前完全不同了。去寻找其他类似的岩洞，去穿越时空的念头在我们的脑海里久久盘旋。跨过洞口，我们仿佛进入了永恒之地，那里的一切都不可改变，直到永远。我们终于明白为什么在所有文明的传说中，进入洞穴的人们出来时都变成了另一副模样。几千年来，时至今日，洞穴仍然是摆脱蒙昧的地方。

在那之后的两年里，我们用了两个夏天，探遍我家附近每一个听说过的山洞。我们一起溜进无比狭窄的地道，通过不断向对方挑战，来克服自己的恐惧——毕竟在山洞里，没有人想当胆小鬼。有时，我们被迫在黑暗的深谷前止住脚步。黑暗中极易迷路，由于缺乏设备和经验，我们不敢贸然涉足这些深谷，只能扔下一块石头，听它消失在地球深处，传回弹跳的声音。把石子扔进深渊的那个瞬间，仿佛充满神奇的魔力一般，深深印刻在我的脑海里，历久弥新。石子不断滚动，越来越远，最终没入地心引力与黑暗所聚成的漩涡。那些从渺远的地方传回的声响，激发了无穷想象力的火花。下面会有什么呢？洞室里会是什么样的？也许会有一个宽广的空庭，一座湖，一个镶满水晶的房间。回到家躺在床上，临睡的时候，我的思绪总比我的身体走得更快更远。我希望能够摆脱这种笨拙的探险方法，飘越所有这些障碍物，跨过黑暗，看到转角背后的东西。

起初，就像第一次去维洛山洞时，我们迈入洞口是受其诱惑，想要发现洞穴里蕴藏的东西。但很快，这种海妖歌声般的诱惑渐渐转变成了别的东西：一些关于地理的、未知的、本质性的东西。当然，随之而来的还有无数疑惑：这些地洞通向哪里？我们到底能走多远？

一个新的地理环境呈现在我们眼前。没有地表上道路、小径、山脉和森林的限制，这是独属于我们的秘密花园。在那里，我们可以和一些“大家伙”做游戏，这样的经历是很难和同学或老朋友讲清楚的。

其实，这些探险都是偷偷进行的，每次和父母说起，我们总是含糊其词。其中有一次探险最为重要，它标志着我们真正踏上寻找未知的道路。而现在想想，那次旅程没有发生意外，实属侥幸。有人告诉我们，20世纪70年代，当地曾开凿过一条人工隧道，将河流改道以灌溉山谷。一旦大坝筑成，这里就会变成一座人工湖，为缺少地表河流的山区提供新的水源。然而，这个项目遇到了一些出乎意料的问题，当时的工程师和地质学家对此毫无准备。当时开凿的隧道分为两段，第一段长达3公里，第二段长达6公里，隧道一直深入到山体内部。在挖掘隧道的过程中，工人们发现了维洛山洞和其他许多人们不太熟悉的洞室。

隧道开凿到半公里左右的时候，一次爆破引发了第一个问题。在无数轮爆破的冲击波过后，工人们忽然感觉到隧道里吹过一股新鲜的风。他们赶到隧道的最前端，却没有发现阻挡的岩壁：一个巨大的洞穴出现在他们面前。在这深不可测的黑暗中，一道瀑布从70多米的高处飞流直下。现场的工程师们目瞪口呆，不知如何解决这个难题。一时间，整个项目都处于危险之中。或许他们可以选择再建一座桥，穿越这个岩洞，但为了真正了解清楚将要面对的困难，他们必须对这个地下空间进行测量。当时，在维罗纳，最为活跃的洞穴学家是由著名摄影师马里奥·卡涅尔领导的“猎鹰洞穴探险队”。他们自愿来此地进行勘探，为工程师绘制出实用的地形图。由于隧道挖掘工作刻不容缓，他们只有两天的时间用来勘测。于是，洞穴学家们绳降到空庭的底部进行测量。原来，岩壁上分布着不同的洞口，洞内的甬道一直向前延伸，没有尽头。这个空庭的直径超过50米，高约70米，地面上巨大的坍塌石块说明洞顶并不稳定。为了避免事故风险，工程师们决定不再进行人为干预，而是改变隧道的开凿路线。泰奥利隧道 —— 那段通向空庭的人工隧道，从此被封堵住，再也没有人能够进入其中。

讽刺的是，这只是山脉对人类发出的第一个警告。第二条隧道竣工后的技术调查显示，这座山下还有其他中空的洞穴。倘若河流改道进入这片洼地，河水将无可避免地回流至地下深处。这种情况的后果是无法预见的，为了避免10年前瓦伊昂大坝滑坡那样的悲剧性事故，开发团队后来决定放弃了整个项目。

如今，当我们游览此地的时候，这个项目留下唯一的痕迹只有那幅猎鹰探险队绘制的地图。这张图纸汇聚了关于这个山体内部的洞穴所有已知的信息。我们在父亲的一本书里找到了它，细细地观察这张图纸上的每一个细节。在那短短两天的考察时间里，肯定有无数不为人知的洞穴支线没有找到。在没有任何通往地表的自然隧道的情况下，居然会有如此宽广的洞穴在山体内部出现，这一点让我无比着迷。事实上，这个现象超出了我们当时全部的经验认知。如果一个洞穴有一个入口，这个入口就是人类可以探索它的路线。可如果从地表根本没有进入洞穴的通道，那么人类又怎么可能知道它的存在呢？这个问题为我们打开了无限的想象空间。或许，每座山里都可能包含着完全未知的巨大洞穴。就这样，我心中的整个地下世界突然之间充满了各种各样的幻想，以及许许多多人类无法涉足的地方。

同样的念头无疑也困扰着其他曾经前来到访的人，当我们走近废弃隧道时，忽然发现封堵的混凝土间有一个缺口，一股猛烈的风正从那里吹出来。原来，在挖掘工作结束后的几年里，曾有人找到一位还记得洞口确切位置的工人，根据他的指引将那条通道重新打开过。因此，我们得以看到这个处于绝对黑暗之中的地下空庭。这次探索并不简单。为了降到空庭底部，我们带来了一些尼龙绳、一对施工用的安全吊索、几个八字环下降器，以及带有小功率头灯的登山头盔。顺着绳索降落在岩洞地面上之后，我们开始沿着地洞前行，但很快却发现，这条山洞并没有被猎鹰探险队的洞穴专家绘制在地形图上。山洞向上延伸，经过几个连续的泥泞的窄口，就到达了一个小小的空间。一条长长的甬道从这里开始，向远处蜿蜒。这是一条高而逼仄的走廊，把我们引向了尽头的深洞，深洞向下延伸，直至消失在黑暗之中。这是我们第一次真正意义上的探险，第一次游历地图上从未记载过的地方。我们意识到，就在此刻，我们超越了已知的极限——而这更坚定了我们继续前行、迎难而上的决心。第二个周末，我们带着两根30米长的绳索和岩钉回到洞里。我对乔瓦姆巴蒂斯塔非常信任，因为他把钉子敲进岩石间裂缝里的动作，看起来十分娴熟——但说实话，我俩谁也不知道这些岩钉是否真的能够承受我们的重量。然而，我们血液里的肾上腺素一路激增，就这样我们一点点下降到洞底，照亮了这个20多米深的竖井。当然，比起这个美丽的竖井，更有意思的还在前方，那就是被风裹挟着的狭窄甬道，以及那甬道后面等待我们探索的东西。即使对十四五岁的孩子来说，这条甬道也极为狭窄，不便通过。然而在未知的神秘召唤下，我们还是了克服这个难题。为了纪念我们克服它所做出的努力，我们给它起了个名字，叫作“针眼道”。

这里不仅狭窄险仄，还遍布泥浆。我们的衣服、头盔和手套都粘在了墙上，像涂了胶水似的。后来的很多年里，我再也没有在任何一处洞穴里见过这种奇特的效应。在甬道那头，我们望见了一个宽阔的空庭，一道瀑布正从穹顶飞落下来。我们的兴奋之情溢于言表，忙把绳索拴在一块巨石上，降落到黑暗空庭的底部。岩洞很大，我们的灯光甚至无法照亮岩壁。我们就这样走下去，一直走到屹立在地底的巨石跟前。就在这时，眼前的一切把我们惊呆了：两个背包，正静静地躺在巨岩之间的地面上。有人先于我们到达这里？不可能！足足过了几秒钟，我们才反应过来发生了什么：原来，面前的两个背包就是我们自己的——探险之前，我们把包留在最初的空庭中。这地方看起来像一个新的洞穴，但换个角度瞧，就会发现实际上还是原来的环境。地下世界和我们开了个玩笑。我们已经在地下漫游了几个小时，冒着生命危险在深井中爬上爬下，突破体格的极限钻过狭窄的缝隙。当时我们失去了时间和空间的概念，但其实只是绕了一个圈。明白了这一点后，我们起初非常失望，但后来，当我们坐下来，看着彼此沾满泥巴的脸时，不禁又开怀大笑起来。这真是一场最精彩、最激动人心的游戏。

父母虽然已经看出我们有多么着迷于那危机四伏的洞穴世界，但直到那时也没有阻止我们。他们年轻的时候，也曾探索过这里的许多洞穴，也清楚这件事有多危险。我想他们也希望我们能够获得同样的体验，但却没想到我们会用那点简易的工具走如此之远。从泰奥里隧道出来的时候，我们的工作服已经变成破衣烂衫，背包伤痕累累，浑身青一块紫一块，连内裤上都沾满了泥巴——父母是该管管我们了。但我们很清楚，此时此刻，他们已经无法阻拦我们，唯一的办法就是为我们提供更恰当的工具，教会我们方法，从而帮助我们更好地探索地球深处。

我父亲邀请了两个朋友，莫妮卡和皮耶罗，到我们家来。作为洞穴教练，他们要和我们待上一个星期，教我们使用单绳升降的技术，使用相关器材的方法，固定安全钉和打绳结的技巧，以及基本的安全规则。爸爸将那顶带有电石灯的头盔送给了我。电石中的碳化钙和水发生反应产生的气体被点燃后会发出明亮的火焰，这种炼金术般神奇的现象让我感受到，水才是驱散黑暗的关键。那一周里，让我们印象最深的是皮耶罗讲述的关于洞穴的故事：其实，有很多人和我们一样，都被地下世界的魅力所征服。人们聚集在一起，成立了俱乐部、协会和洞穴学研究小组，在意大利的各个地区展开探索。只有在探险过程中发生事故时，我们才会在电视上得知有关他们的消息。这样的新闻总会引起轩然大波，人们不明白是什么东西驱使着这些人如此充满激情地向地下探索。然而，在聚光灯外，洞穴探险者正是这个星球上最后的冒险家。即便经验十分有限的孩子也知道，地图册外，还有我们从未探索过的地方，那里有全新的知识，不再受学校老师的局限，是满足我们渴望的幻想之地，它们就在我们脚下的山洞里。

从第一次站在洞口的那一刻，从第一次体会到恐惧与好奇相互交织的感觉，一路走到今天，在这个星球上，我已经探索过许许多多未知的洞穴。然而，无论我走到哪里，这通往黑暗的入口，始终是点燃我想象力的第一束火花。进入洞穴，任凭自己被黑暗吞噬的过程，让我们清醒地意识到自己仍然有机会成为一个探险者。这是一个真实的游戏，我们可以步入从未有人真正涉足的地方。当然，它的吸引力不仅来自成为“第一人”的快乐，更来自“照亮一片黑暗”的魅力 —— 照亮一片从未被人类文明记述过的地方，一片宇宙中原先并不存在的土地。

远古时期，土著部落和那些岩穴入口、深洞深渊一起生活了几千年。直到原始人用火把照亮了山洞的黑暗，一切从此变得不同。火的发现，唤醒了自然界所有的神秘谜团。神奇的火焰刺穿了未知的黑暗，就这样，一个由神话搭建的世界逐渐转变成了现实世界。

洞穴的入口也是我们人类进入地下空间的唯一通道。我们可以在卫星图像中看到这些洞口。它们有时坐落于人类极难到达的地带，譬如森林或沙漠的中心。许多洞穴学家夙兴夜寐，根据卫星图像寻找洞口可能存在的位置，那是最为伟大的发现。我自己就有几十个潜在的洞口坐标，这些地方从未有人到达或探索过。我总会望向图纸上在那些黑色的洞口，在那里，像素点变得完全漆黑，只有想象力可以进一步向内延伸。

在通往黑暗大陆的众多入口中，有一个洞口给我的印象尤其深刻。一个自然地理区域之所以能够衍生出神话传说，源于诸多因素，首先便是名字。近年来，一座叫作“世界之脐”的地表洞穴已经成为探险者的圣地。这里让无数冒险家魂牵梦萦，不可抗拒地被这座神秘的岩洞所吸引。

它的发现可以追溯到1993年。当时，一些意大利洞穴学家在查看墨西哥恰帕斯州埃尔奥科特森林的航拍照片时，注意到了一个巨大的地洞（西班牙语为*Sotano*）的存在。那是一个圆形深洞，将森林吞没到地下深处的黑暗之中。然而，更可怕的是，这个地狱般的深洞坐落于另一个地狱之中 —— 人类难以穿越的热带雨林。这里神秘莫测、险象环生，有失落的玛雅文明，也有如美洲豹和瑙亚卡蛇的可怖猛兽。考虑到无法穿越丛林，1994年，安东尼奥·德威沃和加埃塔诺·博尔德里尼从墨西哥警方的一架缉毒直升机上降落到洞穴的边缘，展开探索。这是一次极其危险的行动。两人冒着直升机坠毁的风险，沿着一根百米长的绳索，最终降落在雨林的树冠上。这根绳索就像一根脐带，悬在世界的边缘，把探险者和洞穴连接起来。在安保人员到达前的几个小时里，他们只能下降到约100米的深度 —— 但洞穴的实际深度却远超这个数字。这是一次让许多洞穴探险者梦寐以求的旅程，这些年来，很多人和我一样读着那些故事，从电视上看着那些画面，听着两位探险家接受的采访。那可真是一个神奇的地方，那样神秘，令无数探险家心醉神迷。也正因如此，我的兴趣所在也从莱西尼山的小洞穴，扩展到了更令人心驰神往的广阔区域。

1998年，几十个当地和国外的探险家组建了一支队伍，经过为期数周的不懈努力，开辟了一条全长35公里的道路，从陆路到达“世界之脐”，让两位探险者重新进入深渊，继续展开探索。他们的探索发现，穿过最外层的岩洞，有一个深不见底的天然竖井坐落在洞的内部，外面的光线已经无法抵达这个深度，雨林里鹦鹉的叫声也已经消失在耳畔。关于这里的神话不但没有消亡，反而疯狂滋长，仿佛早就知道迟早会有人被吸引至此。

10年之后，我24岁了，已经在意大利和欧洲的洞穴探险中积累了不少经验。终于，我还是被那个遥远的洞口所散发出的，海妖之歌般的诱惑所吸引，来到了这片墨西哥丛林。我与意大利探险家詹尼·托迪尼和其他伙伴一起，在当地佐齐尔人兄弟卢卡斯和艾布拉姆·鲁伊斯的带领下，在森林中穿行了数日，寻找更短的新路线，来到“世界之脐”。这是一次无比美妙的远征，我们要在树林中找到那个庞大的洞口。这是一项艰巨但充满趣味的挑战：森林十分茂密，密密层层的枝叶将我们视野缩小到只有几米，地平线则被足足30多米高的大树挡得严严实实。詹尼对这样严酷的条件早有准备。他告诉我们，秘诀就是将自己忘我地融入雨林里，让雨林把我们吞没，忘记我们从哪里来，又要到哪里去。经过几天的跋涉，土地变得越来越难行，我们的水源储备也降到了红线。然而，甚至在还没有真正亲眼见到那个岩洞的时候，我们就有预感——一大群绿鹦鹉一面叫着，一面从树顶上飞过。原来，它们被我们发出的声响吓坏了，从“世界之脐”——它们的巢里跑了出来。到了，就是这里！我们紧紧抓住藤蔓，望着眼前这个绿色的深渊。这是一幅难以言喻的景象：森林穿过雾气和阳光，逐渐沉入大地的深处，陷入越来越幽暗的阴影之中。没有人能够揭开“世界之脐”的神秘面纱，我们也不例外。沿着最外缘的深洞向内，一片塌方阻断了下行的通道。就这样，墨西哥最令人回味的洞穴将它的秘密永远隐藏起来。

与“世界之脐”一样，在地球上，还有许多其他巨大的洞穴（西班牙语为 *sotano* 或 *sima*）只被人类探索过一小部分，有些甚至从未被人类探索。如委内瑞拉萨里法马林中巨大的司马洪堡和司马马特洞穴，以及位于中国南方、体积多达数千万立方米的巨大天坑。在巴布亚新几内亚新不列颠岛上，纳卡奈山脉中，奥拉、明耶和纳雷山脉等巨型山脉之下，无人知晓的暗河悄然流淌。墨西哥著名的戈隆德里纳斯天坑，纵深高度为376米；而介于意大利与斯洛文尼亚之间石灰岩山区的茨多葛拉维察深洞，纵深高度达603米，创下了深度纪录。除了望不见底的深渊之外，还有洞穴庞大的入口，那是地球向外敞开的门户。在恰帕斯州里奥拉文塔峡谷中，坐落着名为“时间之门”的洞穴入口。在远古时期，当地土著琐克人会将他们的祭品带到此处，献给冥界的神灵。位于巴西圣保罗州的卡萨德佩德拉斯山洞，足足有173米之高。而坐落于加里曼丹岛的鹿洞，每当日落时分，就会有300万只蝙蝠从洞里飞出来。越南韩松洞的洞口更是辽阔无比，甚至可以穿越一架波音747飞机。在我们星球的表面，有数以万计的深渊与洞穴有洞口向外延伸。每一个洞口——包括我在儿时探索的莱西尼山的那个小小入口，都代表着进入地心之旅的开端。一旦迈入洞口，你的好奇心战胜恐惧之后，就再也没有回头路了。

# 黑 暗

有光则不黑暗，置身暗处则无光。黑暗与光明仿佛两极，仿佛宇宙中的阴和阳，交织在一起，便形成了阴影。阴影存在于白昼与黑夜之间，存在于密林间若隐若现的昏暗处，存在于熄灯睡觉时向我们迫近的黑暗中。我们所处的世界介乎于这两个对立面之间，光明和黑暗总是融合在一起，我们的眼睛也可以适应或明或暗的不同场景。即使在晚上，身处漆黑一片的房间里，当我们的眼睛适应之后，仍然可以捕捉从门缝和窗沿中渗入的，来自月亮或星星的零散微光。

然而，曾涉足地下世界的人们都知道，夜晚的阴影游戏与洞穴的黑暗比起来，就是小巫见大巫了。在地表之下，跨越半明半暗的洞口边缘，便会进入一个没有任何光线可以到达的地方。在这里，即使是猫头鹰、眼镜猴这些视力最为敏锐的夜行生物，也只会感到一片虚无。从人类对时间浅薄的理解来看，这个地方的黑暗可以被称为永恒。

想要刺穿这片黑暗大陆上最厚重的黑暗，只有两种可能的方法：其一便是持续千年的侵蚀作用 —— 这种地质作用使得洞穴的底部和顶部不断变化，逐渐破坏洞穴的拱顶，让光线从上方照进洞穴内部。第二种方式则只能由我们人类来完成，那便是运用特殊的能力驯服火焰，从燃烧的能量中汲取光明。

当一个人初次进入洞穴，用灯光驱散黑暗的时候，最有趣的事情就是找一个安全的地方坐下来，把自己的头灯熄灭，细细咂摸那种不可名状的、黑暗的滋味。在这里，人们会彻底失去对周围空间的感知，失去对三维世界的衡量尺度。这种感觉会使人非常痛苦，甚至让人产生一种超脱于物质世界的感觉。倘若我们在眼前摆摆手，仿佛就能看到手指。这就是所谓的“洞穴学家的幻觉”。国际科学期刊上有诸多研究表明，我们的身体在运动过程中，会向大脑传递感官信号，即使在完全没有光脉冲的情况下，仍可以产生真实的视觉感知。人类大脑已经习惯了阳光下地表的生活，在黑暗里，它可以据此将手的运动转化为视觉感知。当然，这种极端的黑暗全然不在人类神经系统处理的情况中。

绝对的黑暗才是地下世界的本质。当我们去想象或者描述地球表面的一个地方时，我们会不可避免地将其与特定的光照情况联系在一起，也因此得以感知每一个独一无二的奇妙色谱。可地表之下则不同。那些深渊里的神秘景观隐藏在永恒的黑暗之中，除非人类身处其间，将光线浸没在那片黑暗里，否则那些景象我们既无法想象，也无法感知。

对于洞穴探险者来说，向从未进入地下世界的人描述自己的探险经历总是很困难的。洞穴与山脉不同，人人都可以站在远处眺望山峰：攀登者与岩石搏斗的过程可以在成百上千人的注目下进行，观众可以通过双筒望远镜，从遥远而又宏观的视角，分享攀登者顺着岩壁探险的过程。通过这个过程，一个或许永远无法登顶那座山峰的人也会因此与探险者产生共鸣——而洞穴则不然。深渊只能从其内部进行探索，对它的认知只属于一小部分人。正因如此，在人类历史上，洞穴总是一小部分“行家”的专属——这个地下世界只为少数有勇气跨越洞口的人保留。山洞内部是创作的园地。在黑暗中，人们可以画出狩猎仪式的场景，而其存在将会被遗落在永恒的黑暗之中。相比于白纸，一张全黑的纸中蕴含着更大的创造力。我们可以在上面展开想象，书写任何关于现在和未来的内容。

正如19世纪英国摄影师玛格丽特·卡梅伦所说：“创造力，就像人类的生命本身一样，始于黑暗。”而洞穴摄影，恰恰是最能让我们了解地下世界本质的手段之一。在探索世界各地不同洞穴的过程中，我曾有幸与这方面的专业摄影师一起工作，如《国家地理》杂志的罗比·肖恩，也遇到了很多才华横溢的朋友，如意大利摄影师阿莱西奥·罗密欧、纳塔利诺·鲁索、维托里奥·克罗布、保罗·彼得里尼亚尼，法国摄影师米歇尔·伦达和美国摄影师亚当·海多克。洞穴摄影艺术始于绝对黑暗，需要依靠头灯或闪光灯构成的人造光线描绘出这个原本漆黑一片的环境。通常，创作之前，摄影师会要求大家关闭灯光，只有在彻底的黑暗中，才会打开相机的光圈。在这时，传感器上还没有任何光子留下痕迹，但随后，他会像乐队指挥一样，对预先布置在环境各处的闪光灯发出指令，示意同伴打开灯光，照亮洞穴的特定区域。几秒钟内，闪光灯和光束不断交替变换，光线的波长和强度在时间和空间中巧妙分布，流入镜头，像画笔一样在墙壁上不断描绘。当光圈关闭时，山洞的景象便如魔法般被相机的屏幕记录下来。当我们给其他人讲述洞穴的时候，往往只能用这些照片来介绍那里的景观——这些照片虽然失真，但在一定程度上，最接近我们所熟悉的对世界的感知。

20世纪90年代末，罗比参与了对泰坦洞穴的勘探。那是英国最深的峡谷之一，如果只靠头灯，很难感受到这个巨大的深渊有多么浩瀚。罗比试图通过摄影技术呈现出来，为了完成这个难度极高的拍摄任务，在带设备进入山洞之前，他甚至需要在笔记本上发挥想象，预先画出那个看不见的环境。通过这些图纸，他试图了解光源应该布置哪里，戴着头灯能够到达洞内多远的深处。当年，数码摄影还处于起步阶段，在新闻报道和自然研究中很少使用，只有回到地面上拉出胶卷，到暗室把照片洗出来，才能够看到拍摄结果。因此，在摄影过程中，一切都靠直觉和经验，如果照片光线不足，则必须沿着数英里长的、湿滑蜿蜒的道路折返，重新用光线描绘洞内的画面。通过这些技术，罗比使原本埋藏在巨大黑暗中的景观变得肉眼可见，譬如婆罗洲的萨拉瓦洞穴。这是地球上迄今为止被发现最大的地下洞穴，有圣彼得大教堂八倍之大，其面积多达16.4万平方米，体积约占1000万立方米，岩壁之间相距近600米，地面和洞顶之间有150余米高。如果没有照片和长曝光等技术记录下光的笔触，仅靠头灯的光亮，只能呈现出一个荒芜的世界——没有岩壁，无边无垠，仿佛一个没有星星的黑夜。

站在洞外来看，这片黑暗的大陆无法被我们人类感知，因此并不存在。即使我们以探险家的身份面对它，也只能领略到它的一部分。这也是洞里的黑暗令人害怕的原因。每一片我们未曾照亮的阴影都保留着神秘，如果光线突然熄灭，我们就会在地下世界迷失，再也找不到出去的路。因此，光源的质量和可靠性是让我们尽可能走得更远的关键。

从孩提时代起，我便对关于黑暗和洞穴的故事兴趣盎然。这些故事中，陪伴我最久的就是法国著名的洞穴探险家诺贝尔·卡斯特雷在他的传记《地下三十年》中描绘的，对于蒙特斯潘洞穴的探索。1923年，二十六七岁的卡斯特雷已经被洞穴世界深深吸引，他独身一人，在比利牛斯山脉不断寻找新的岩洞。他搜寻的工具非常有限，只有一顶保护头部的军用头盔，蜡烛和火柴则是他唯一的照明光源。在蒙特斯潘岩洞中，一条庞大的地下暗河流经此处，最后通过虹吸作用爬升至一座湖里，在那里，拱顶彻底没入水中。在这处探索的极限，卡斯特雷脱掉衣服，赤身裸体浸泡在冰冷的水中，试图找出湖中的水流究竟源自哪个位置。要想检查洞穴是否还在继续向前延伸，唯一的办法就是自由潜水。但众所周知，蜡烛无法在水下燃烧。于是，潜水必须在一片漆黑中进行，探索的过程也因此变得几近疯狂。多年以后，卡斯特雷细数他在黑暗中潜水时所面临的风险：“我发现，面前的河水吞没了整个洞顶，就像站在起点一样，我可能会撞到堵在洞中的岩石，遇到死胡同而碰壁；可能会钻到一个黑暗的水室，因为缺乏空气而窒息；又或者坠入深渊，卷入一团被水撕扯拉拽的碎石，最后葬身于此”。倘若不是被一种不可抗拒的好奇心所驱使，没有人会接受这样凶险的挑战。

在我儿时的梦中，曾想象过很多次那种紧张的气氛。当时，卡斯特雷已经被水淹没到了脖颈——他把点燃的蜡烛放在面前的石壁的凹陷处；那微弱、闪烁的光亮，是他回头那一刻坚持下去唯一的希望——就这样，他深吸一口气，闭上眼睛，陷入绝对的黑暗。在我的想象中，在水下游泳，就如同宇航员迷失在无限的宇宙空间，没有目的地，也没有基准点。视觉失灵的情况下，其他感官接管了他对世界的感知：“因为看不到任何东西，我就只能小心翼翼地触摸着头顶的岩壁，这个时候，指尖已经成为我的眼睛。”他在水下潜行了一分多钟，就在快要支撑不住，无法转身返回的时候，突然间，他的头在一个未知的空间浮出水面，使他得以再度呼吸。他在哪里？ 四周是彻头彻尾的黑暗，他能感受到的只有虚无。如果转身，迷失方向，就意味着一切都结束了，再也无法找到通往出口的水下地道。卡斯特雷做出了正确的决断：掉转过身，他再一次潜入水中，直到他看到蜡烛的光芒出现在了地道的那头。

这是一次真正堕入黑暗的经历，一次疯狂的冒险。未知的世界令卡斯特雷将所有的常识和安全规则抛诸脑后。但在另一边，洞穴仍在继续延伸，须用光把它照亮，才能揭开它的真面目。

几周后，卡斯特雷携同伴再度回到这个山洞，并把蜡烛和火柴放在橡胶箱里带了过来。在黑暗中，他们潜行通过了虹吸水道，在淹水的通道那侧再度把火焰点燃。洞穴里，一个难忘的惊喜正等着他们：原来，早在很久之前，就已经有人来过这里。通道的岩壁上画有马群和野牛，而在空庭的中间，有一个陶土做的雕塑，塑造了一只被斩去头颅的洞熊形象。史前人类大概是从虹吸水道的另一个入口进入的，他们带着火把进山，跋涉了一公里多，来到这里，进行了一番神圣的艺术创作。黑暗的魔力了不仅吸引了卡斯特雷，也吸引了一万三千年前的祖先。尽管他们害怕被黑暗永远地吞噬，但还是赤脚踏上黏土，一步步走入山洞之中。

多年后，蒙特斯潘洞穴又揭开了另一个迷人的秘密。在最靠里的一个洞室内，人们发现了一条被斩首的蛇骨架。无独有偶，1913年，在同一地区的一个名叫塔克·多杜勃（Tuc d’Audoubert）的洞穴中，也发现了一具类似的骨架。有显著迹象表明，这几具骨架可以追溯到同一时期，是大约一万三千年前某些典礼仪式遗留下来的沉积物。这个洞穴与蒙特斯潘洞穴有很多特点较为相似，均有地下暗河经过，均绘有狩猎场景的岩壁画和陶土雕塑。2016年，索邦大学的法国人类学家朱利安·杜荷站在全新的视角，穿越古今，穿越地表地下两片大陆，通过研究洞穴所绘神话的方式来理解这两个发现的意义。事实上，从比利牛斯山脉到巴斯克山脉这片地区，流传着一个关于巨蛇的传说。这条巨蛇的形象变幻莫测，有时甚至可以化为天上彩虹的形状。它四处游荡，摧毁农田，吞噬居民和牲畜。为了阻止巨蛇作恶，有一人挺身而出，引诱它吞掉由一片大火幻化而成的虚假猎物。嘴里大火燃烧的余烬让巨蛇口渴难耐，为了解渴，它被迫喝光了河流和湖泊中的水，但无济于事，于是又找到渗入地下的水源，将头探入其中。巨蛇死后，它的头颅仍然卡在土里；而一经斩首，它的嘴就会把喝掉的水重新送回地面，再度形成河流和湖泊。朱利安·杜荷收集了许多类似的传说，在这些传说中，彩虹的形象在非洲、欧洲和亚洲多种文化中，都与这条将头钻入地下的巨蛇有所联系。据此，人类学家通过复杂的过程，进行了一种类似于进化论的研究，从而找出各种神话传说之间共同的元素和发源的基因。他们构建出了一棵系统发育树，以证明巨蛇传说如何在几千年前发源于非洲，然后在各个主流文化中传播和演变的。原来，史前人类在河流纵横交错的洞穴内放置蛇的斩首骨架，正是相关祭祀仪式的遗迹，其目的是祈求地下世界的恩惠，希望平息极端天气并让泉眼发源。然而，洞穴内部的绝对黑暗与彩虹的意象恰恰相反，想要打败神话中的巨蛇，需要喂给它火把上的火焰，刺穿洞穴的黑暗，将火光推向它五脏六腑的最深处，将其斩首，让水从它的咽喉处不断喷涌出来。和卡斯特雷一样，史前人类在探索之前就清楚地意识到，这可能是一次有去无回的旅程。

黑暗被火焰所征服，这种燃烧的化学反应使我们得以重新创造光明。在史前人类所用的树脂火把和卡斯特雷所用的蜡烛之后，很长一段时间里，乙炔气体燃烧所产生的火焰，是探索地下世界的光源之一。在锂电池普及和 LED 灯发明之前，电筒的续航时间有限，且亮度往往不足。因此，直至21世纪初，乙炔灯（电石灯）仍然是洞穴工作者和矿工工作的主要光源。而碳化钙，通过魔法般的反应过程，可以产生强大的火焰，形成一个发光的、滚烫的球体，围绕在探险者周围，守护着他们。电石灯看起来像一个罐子，它的设计

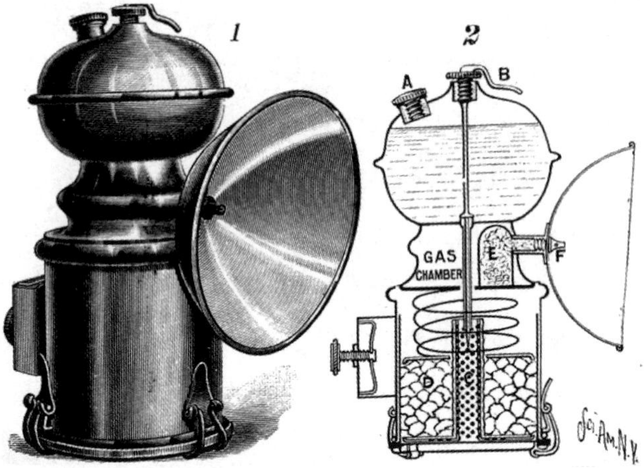


在电石灯中，碳化钙与水接触，释放出可燃气体，从而起到照明作用。它的光芒曾陪伴过一代又一代洞穴探险者。

简单而巧妙：罐体被隔成上下两部分，上面的隔腔里装水，下面的隔腔里放碳化钙，也就是电石。转开螺旋开关，水就会从上面隔腔滴到下面隔腔里的电石上，引发化学反应，产生乙炔。就这样，可燃气体在罐内不断产生。通常人们把罐体部分斜挂在肩上，通过一根橡胶管将产生的乙炔气体输送至头盔上的喷嘴。在喷嘴处通过压电点火器将乙炔点燃后，灯就亮起来了。与卤素灯相比，电石灯有着显著的优势。它成本低廉、光照持久，而且保持化学反应所需的水在山洞里随处可见。

一个多世纪以来，乙炔独一无二的刺鼻气味一直是全世界洞穴探险队身上的名片。14 岁之后，我加入了帕多瓦洞穴学家协会。即使在会议举办的所在地，房间里仍有乙炔的气味，这种特殊的味道彰显了洞穴学家在业内的身份。然而，碳化钙中还蕴藏着一种潜在的、可怕的能量。如果用点燃的香烟接近装有碳化石的罐子，就会发生爆炸。因为意外爆炸，山洞里曾经发生过无数起事故（幸好几乎都是小事故）。很多时候，探险者必须穿过淹水的通道，如果装有备用电石的罐子或内管密封不严，则会有水渗入其中，在短时间内释放出大量气体。探险者闻到周围不断蔓延的气味，就会打开罐子，想要解决问题，但同时又忘了熄灭自己的头盔上的火焰——这种情况下，难免会发生爆炸，这个可怜的倒霉蛋只好顶着一张烧焦的黑脸走出山洞。有时，头盔上的喷嘴被淤泥堵塞，阻碍了气体的排出，而探险者误认为是碳化物产生的乙炔太少，因此则将开关打开得更多。这时，内部产生的压力会让喷嘴爆裂，甚至炸开输气管。于是，火焰从头顶直冲向两米高的高空，探险者仿佛变成了一个人形火把，随时可能爆炸。还有时候，灯会莫名地熄灭：电石灯的结构非常精细，火焰经常因为复杂的管道和狭窄的瓶颈而熄灭，引发中毒的危险。这时候，探险者只好骂骂咧咧地反复点火，点不着只能再点。此外，电石灯的使用还存在健康隐患，在密闭的环境中连续数小时呼吸着电石灯散发的烟雾，探险家们的鼻孔里经常充满了黑色的烟尘，这对肺部的健康毫无益处。

然而，这种火焰又是不可替代的——甚至对我们来说，它是神圣的。它使我们的里程能够在深山洞穴中推进数日，而不必担心电池电气接触。只要有电石和水放进罐中，我们就可以继续前进。火焰的热量可以使我们保持干燥，避免体温过低。把它放在两腿之间的披巾下，我们就可以暖和地睡着了，直到不经意间有什么东西——很可能是鞋子或工作服——着了火，散发出塑料烧焦的烟雾，把我们熏醒。就这样，电石灯陪伴我探索了多年，直到2009年，我终于也放弃了这种老式照明工具，换为更实用的LED灯和锂聚合物电池。如今，只需携带几百克的重量，就足以保证长达数天的照明。放弃对电石灯的使用就仿佛和一个朋友道别（当然，鉴于它故障时我们数落它的次数，其实我们遗憾太多）。我们对火焰带来的光亮无比怀念：放弃电石灯，就像放弃了一个古老的仪式，放弃了洞穴本质的一部分。

阿蒂利奥·贝内蒂同我讲过，在一次探险中，电石灯曾救了他的命，同时也让他发现了一种从未被人注意到的独特现象。1965年，他前往阿普利亚探索费拉泰拉河谷。探索发现，在深渊的底部，大约220米的深处，有一条狭窄的隧道向外敞开，通往无限的可能。为了确认洞穴是否会继续延伸下去，阿蒂利奥几乎头朝下钻进了那条通道，身体把洞穴的空间挤得满满当当。他戴着头盔和电石灯，一寸一寸地向前挪，但迈出某一步时，火焰突然熄灭了。他本以为是电石灯的老毛病，可反复点了多次，灯还是不亮。乙炔的气味飘散在洞穴中，就在这时，阿蒂利奥忽然意识到，他正处于危险之中：如果火焰并非因为故障而熄灭，那就说明这里的空气中缺乏燃烧所需的氧气，他必须尽快离开。紧要关头切忌惊慌失措，于是，在爬行倒退出去之前，阿蒂利奥决定先让自己的呼吸放松下来。在一片漆黑之中，他将自己的脸颊贴在冰冷的泥浆上，开始倾听自己的呼气吸气的声音。就这样，他睁开眼睛，让双眼适应黑暗的环境，却突然意识到，这个岩洞并不是完全黑暗的，有一些微弱、浅绿色的光点，把整个洞穴的轮廓勾勒了出来。原来，这光线是一些幼虫发出来的，它们极其微小，悬挂在洞顶的细丝上。这无疑是一个颠覆性的发现 —— 在此之前，欧洲从未发现过适应洞穴黑暗环境的发光昆虫。经过一番周折，阿蒂利奥终于从狭窄的山洞中脱身，返回了地表。但在之后的几年中，进入这个洞穴的通道却被这片土地的所有者堵上了。而那些昆虫也就再也没有人知晓：直至今日，它们仍未被发现和研究。

世界上有记载的洞穴发光生物的案例极为罕见，即使是少数几种人们较为熟知的发光生物，其发光目的也并非照亮周围环境，而是将猎物（如小蠓虫和蚊子）吸引至微弱的化学光中。新西兰怀托摩洞穴中大量分布的小真菌蚋幼虫就是一个典型的例子。生命的演化在黑暗的洞穴里重新创造出灿若繁星的景观，甚至为宇宙中没有光子到达的角落也带来了光明。

然而，像怀托摩洞穴和费拉泰拉洞穴这样的案例实际上是鲜有的个例。大多数情况下，洞穴生物往往通过忘记视觉来发展其他感官，如触觉和嗅觉，以及相互的化学作用 —— 这种作用使得某些地区特有的地下昆虫大量繁殖，成为生物链的一部分，在黑暗中找到属于物种自身的活动范围。

而我们人类则不具备适应这种环境的能力，视觉感知仍然是我们理解和领略地下世界的主要手段。

照明工具的演变，从火把到蜡烛，从电石灯到 LED 灯，虽然使我们的视野越来越宽广，但并没有完全打破我们与洞穴世界的隔阂。同样的山洞，在不同的照明工具下参观，会给人带来全然不同的体验。调节发出光线的强弱，我们能够照亮的区域可近可远，从而将同一片环境中不同的部分印刻在我们的脑海之中。洞穴可以在我们的感知中不断发展变化，通过特殊的细节和崭新的环境变得更加丰富，但永远无法被我们完整地了解与掌握。

洞穴学家所绘制的地图就很好地体现了这一点。正是由于描绘地下世界存在诸多固有的困难，洞穴学家不仅要将山洞照亮，而且需要通过地形图来将这些新的探索领域呈现出来。一旦洞穴学家来到一个新的环境，就会立刻拿出指南针、测斜仪和一根公制的尺绳，开始逐段测量，连接各点，在辅助线上标好数字，并把这些数字整理在一个笔记本上。通常情况下，一旦回到地表，“测绘”工作就要以两种不同的、互补的视角，复原洞穴的形态：其一是平面图，即从上方俯瞰洞穴的走势；其二则是剖面图，即倘若沿着洞穴的走势垂直剖开山体，我们将会看到的地形情况。如今，新的仪器，如激光测距仪、指南针和电子测距仪，可以建立起三维模型，使我们能够看到山内洞穴的走势——更确切地说，是看到我们已知的那部分洞穴的情况。

然而，作为地理地图，洞穴平面图和剖面图画出的内容仍然有限，只能呈现洞中迄今已被照亮并勘测的部分。还有很多事情我们并不知晓：这个地下的空洞如何形成，又如何演变而来？它的地形如何分布，而作为探险者的我们，又会面临怎样的障碍？

然而，那些方格纸上用铅笔画的图纸，也蕴含着丰富的内容。通常情况下，当涉及绘制巨大的地下环境（如几十米深的竖井、空庭以及幽深的峡谷）时，图纸上必须用虚线而非实线标注，以表明我们目前的照明设备还不能完全探索到这个地理环境的尽头，需要借助想象力和未来不断探索才能得以确定。实际上，在绘图过程中对于未知情况的保留，与人类早期对于世界的许多表述颇为相似，如“hic sunt leones”（此处有巨兽）、“terrae incognitae”（无名之地）和每一片“zona bianca”（留白区域）。而打破那条代表黑暗边界的虚线，正是洞穴学探索的意义所在：化幻想为现实，从中汲取知识。当一座洞穴被勘探完成，这片地方就会与它的探索者产生极为紧密的关联。正是探索者把它带入光明——又或者说，正是探索者把光明带入洞穴之中，把对这座洞穴的感知，洞穴的形状、它的地图、它的存在本身，告诉地表世界的人。在过去的几个世纪，这个过程总是发生于不为常人所知的地理世界中，而今天，则更多出现在基础科学研究中，地理方面则主要体现在两个截然不同的学科，即洞穴学和天文学。2019年，我曾有幸受到博洛尼亚大学校长弗朗切斯科·乌贝蒂尼的邀请，在开学典礼上与马里卡·布兰凯西教授一道，讲述我在洞穴学方面的探索和研究经验。马里卡·布兰凯西教授是多信使天文学的学术领头人之一，她通过对于引力波的探测，尝试在宇宙地图上定位信使的源头。互相了解了对方的故事后，我们不禁产生了共鸣。虽然我们的研究方向看似相去甚远且方向相反，但却在探索发现的过程中获得了同样的体验，正因如此，我们也都对探索的过程无比着迷。我谈到了委内瑞拉平台状的山中的岩洞，和大家讲述我是如何预先想象洞穴的存在，然后逐步发现、探索它，进而深入研究这片地球上最古老、最迷人的生态系统之一。马里卡则与我们分享了她的天文学故事。在引力波探测器接收到来自宇宙未知区域的信号时，她曾预先告知了全世界范围内的天文学家。这个直观的判断与一种探测法相关：通过三角测量引力波的来源，有可能在宇宙地图上追溯到源头的位置坐标，并观察到产生引力波的事件。基于这个思路，2017年8月的一个夜间，所有的望远镜都对准了宇宙中引力波传来的那个角落，在瞬息之间见证了一个光点的闪现：原来，两颗中子星相互发生碰撞，光谱上全部的光线都投射到了太空。站在地球上望去，一场宇宙的巨变仅仅化作几个像素的光点，如果不是凭借一种直觉，凭借一种不知是否会成真的梦，没有人能够感知到它的存在。就这样，想象力不断拓宽宇宙的边界，开创新的地理学视野。

同样的探索过程，不仅发生在马里卡无垠的宇宙空间，也发生在地球有限的内部世界。在安提卡之路的探险让我切身体会并理解了这个过程。安提卡之路是斯普鲁加·普雷塔深渊内的一条大分支，2003年，我在莱西尼山脉第一次发现了这个分支，而斯普鲁加则是我冒险踏入的第一个巨型深渊。实际上，在15岁时，我就已经可以到达近900米深的洞底，绳降进入极深的竖洞，跋涉经过湿滑曲折的地道，在那黑暗的垂直上下的迷宫中度过几十个小时。但我对所处环境的熟悉是这一切的前提——进洞之前，我就已经对先前几十位探险家描绘的地图熟稔于心。第一批到达此地的探险者是路易吉·德巴蒂斯蒂和詹尼·卡比安卡，他们于1925年首次绳降至洞穴131米深的深处，开始了一场国际洞穴学历史上传奇般的探险活动。此后的80年里，不断有探险者深入其中。就在人们想当然地以为这个洞穴已经被探索至极限，不再有任何秘密可言的时候，随着时间的推移，洞穴的地形却悄然发生了变化。与此同时，人类用于测量的技术设备和洞穴探险者的能力也在几十年间不断提升。此刻，面对地图，仍有几条虚线让我跃跃欲试，牵动着我的神经。其中一条正处于一座竖洞的岩壁上——这座巨大的竖洞坐落在一处断层旁边，从地表上可以看到，它通往阿迪杰山谷陡峭的岩壁。

当我试图照亮那面岩壁的时候，我看到一抹挥之不去的阴影。就在我前方大约20米处，岩石并没有完全闭合，而是形成了一个潜在的通道，通道那头便是吸引我前往的神秘之地。但想要到达那个洞口并非易事：岩壁是垂直的，光滑又潮湿，而在我身下更有一道50多米深的深渊。时至今日，我还记得，就在第一次考察后的那几天，那几夜，潜意识带我游历了许多梦境，醒来之后，梦境竟显得无比真实。在其中一个梦里，我在斯普鲁加·普雷塔深渊的底部，置身于史上著名的“黑暗空庭”之中。虽然从远处看，岩壁似乎完全封闭了，可当我走近它时，一种神奇的视觉效果逐渐显现出来。在光的变换下，我发现两片交错的岩壁间，隐藏着一道高而深的走廊。穿过它之后，再向前一点，我便发觉自己突然走到了地表之上，走入了绿色森林之中，一阵风吹过，树木的枝丫在空中摇曳。梦醒之后，我越来越强烈地感受到，我的想象力正在执着地催促我跃出地图的边界，去虚线之外看一看。终于，几周之后，我顺着岩壁艰难地横爬过去，直到那座悬空的竖洞面前，我继续沿着这个洞穴前行，直至来到另一座竖洞的边缘。再往前走，岩壁上有一个裂口正向外张开。我朝里丢进去几颗石子，不一会儿，洞里传回诡异的弹跳声和隆隆声，在那片未知的地方回荡了12秒才消失——我们要开始新的探索了，要在那张白纸的虚线之外补充新的东西。接下来几年的时间里，我都将投身于这张地图的绘制工作中。

在洞穴世界里，如果你突然发现地图画得不全，只呈现出那些通道、空庭、峡谷或深渊的一小部分——不必惊奇，这个现象实际上相当普遍，因为洞穴的边界总是非常不稳定，而且是人为勾勒出来的。在洞穴相关的文字记录中有很多经历与我类似，其中，让我印象最深的就是萨拉加托洞穴。在阿普安阿尔卑斯山，探险者发现这个洞穴存在向内延伸的一部分。那是一座由卡拉拉白色大理石构成的洞穴，1966年，探险者首次进洞勘探，降至约340米深。这个洞穴内部最具特色的一个结构名为“佛罗伦萨洞”，是一座巨大的石灰岩井，深达210米，宽度则超过50米。第一批进洞的探险家只能借灯光推测它的边缘，仍有大片的区域在黑暗中，等待时间赋予它更多的可能。直到1993年，托斯卡纳的洞穴学家、雕塑家菲利波·多布里拉决定用更强的灯光对付这座可怕的深渊，就此发现了一条巨大的、黑暗的通道，远离下行的路线，在岩井的侧壁上隐约显现出来。菲利波冒着极大的危险，爬过突出的倾斜的岩壁，攀越不稳定的墙面，用绳索将自己悬停在洞内两百多米的高空（许多人至今仍好奇他是如何做到的！），最后终于到达了那条未知的隧道。一场延续多年的探索由此开始，一代又一代的洞穴探险者在这座山里行走了几十公里，直至地下千余米的深处，逐步描绘出这个洞穴的内部结构，并以此地的大理石山峰的名字为之命名，即泰普拉系统。正如前文所提到的，除去洞穴学家的身份外，菲利普还是一位令人称道的雕塑家，对他来说，在探索洞穴的道路上，向前走的每

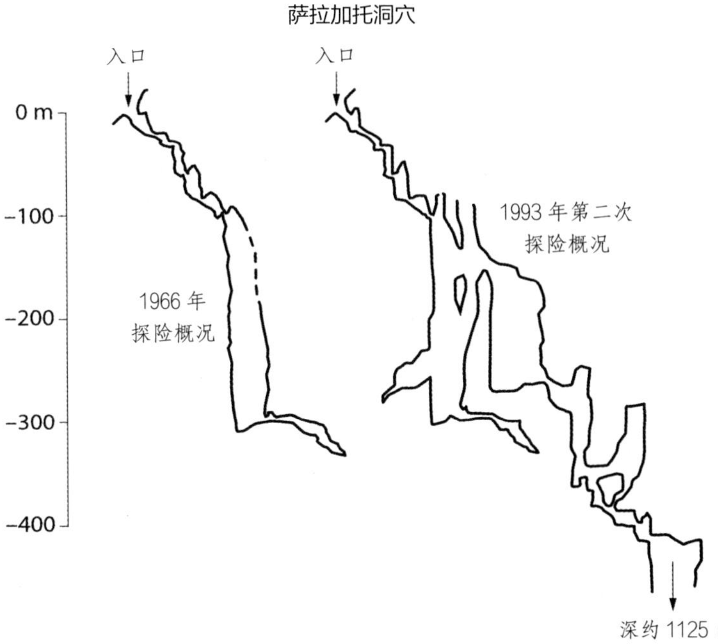


萨拉加托洞穴的地形剖面图。探险者用不同的照明工具进行探察，该洞穴内部的形状和边界也会有所不同。

一步都意味着对于洞穴的一次再创造，意味着历经数百万年，又有一片流水雕刻出的景观被揭开面纱，成为大自然伟大作品的一部分。作为雕塑家，他的梦想便是对着硕大的大理石块想入非非，构思可以雕出的人物形态，体会岩石内蕴藏的巨大能量。实际上，设计雕塑时，尺规在粗糙的大理石块上留下的痕迹，恰恰和洞穴地图上的虚线异曲同工。正是这些标记定义了已知的边界，在这个界限之外，所有幻想的魔力都会迸发出来。打破黑暗，就意味着要去突破地下世界的边缘，照亮一片新的土地，否则那些无人知晓的地方就将永远封存于黑暗。

都灵大学教授、物理学家乔瓦尼·巴迪诺无疑是世界上最伟大的洞穴学家之一，也是最能理解地下黑暗世界本质的人。他将探索活动与科学、哲学研究相结合，从但丁《神曲·地狱篇》第二十五章中的三节汲取灵感，恰如其分地道出了洞穴学探索的本质：

> 正如在纸上一种焦黄的颜色
> 还没有变黑而在火焰之前
> 卷去，而白的颜色渐渐消失。[1]

想要理解它的含义，我们不妨想象自己身处于一座巨大的图书馆中，在黑夜里，拿出一张纸，用火柴点燃它的一角。在火光的映照下，我们可以读到纸上的文字，但文字同时也正在被火光吞噬。就这样，火焰照亮了我们，让我们看到了一切，却又同时将这一切毁灭。于是，纸上书写的内容就变得更加难以捉摸，更加神秘莫测。洞穴学家探索的过程也是一样。头灯散发出的光芒让原本完全未知的领域变得清晰可见，却又与此同时，用冰冷的现实，一点一点摧毁想象力构筑的丰富世界。就这样，探险家在未知的区域开疆拓土，把想象的边界——那片由亮变暗的过渡区域，越推越远。

1. 译文摘自《神曲》，[意]但丁著，朱维基译，上海译文出版社，2011年。下同。

# 寂 静

2016年11月，我应邀来到加州大学洛杉矶分校，在两百多名观众的见证下，登台发表演讲，纪念劳力士雄才伟略大奖设立40周年。仪式开始之前，当我正在更衣室里翻看讲稿时仍让我记忆犹新。沃纳亲切地和我打招呼，说他待会将在我之后上台演讲，还问我要在演讲中谈些什么内容。我激动地回答说，我打算讲讲地下的洞穴世界，并趁机问他从前的探险心得。要知道，就在几年前，沃纳曾经进入过法国南部的肖维岩洞。那座岩洞的洞壁上，保留着欧洲最古老的史前绘画遗迹。沃纳告诉我，当他进入洞穴，踏入那座最古老的艺术殿堂时，他的胸中体会到一种无比强烈的情感，甚至从此改变了他的世界观。发现黑暗大陆，探索地表下神秘晦暗的空间，会不会是人类旅程的转折点？这次短暂的邂逅给了我面对聚光灯的勇气，让我坚信，讲述洞穴的复杂构造与其独特的精髓，有着无比重要的意义。

在我看来，那一年，地下世界终于走出了黑暗，迎来了更多更广泛的关注。站在演讲台上，我在兴奋的同时，也感受到沉重的责任。在我讲述的过程中，我能够感受到观众正跟随我走入那段地下旅程。演讲中，我谈到在不同大陆地区探索过的各种洞穴，展示了拉文塔协会的摄影师们拍摄的美丽照片。我渐渐意识到，照片和图像语言可以呈现出很多内容，而描述这些探索故事，会勾起我们每个人心底的“探险基因”。然而，这片黑暗大陆并不仅仅由黑暗、岩石和水所构成，其间还蕴藏着其他能量，这些能量难以被人感知，更难以同他人讲述。

其中，我分享了在委内瑞拉一个洞穴的一段经历。2013年，我第一次进入那里探索，将它点亮。在这个洞穴里，有些通道简直是我见过最古老最安静的地方，我的呼吸和脚步，成了数百万年来第一个打破这片静谧的声音。除了这次演讲，我在很多采访中也提到过这种独特、迷人的感觉，但并没有对此深究。

活动结束后，在礼堂的前厅，我回答了很多感兴趣的观众和记者的提问。就在这时，有人走到我身边，询问我待会儿是否可以探讨一个相关的问题。原来，这位先生正是加泰罗尼亚理工大学的海洋生物学家米歇尔·安德烈教授，2003年劳力士雄才伟略大奖得主。几年前，我曾在巴黎见过他，却一直没有机会进行学术讨论——毕竟我们的研究领域看起来相去甚远。但正是我们当天的那次谈话，让我意识到我之前的想法是多么天真。原来，我从未真正重视、观察过地下世界。和米歇尔的交流让我打开一个新的视野，引领我去探寻那些真正难以领会、难以理解的东西。

米歇尔在礼堂外一张咖啡桌前等待着我。他精心打理的胡须、浓密的卷发和湛蓝的眼睛，让我不禁想起了大仲马笔下的某个人物。

他请我坐下，带着一腔浓重的法国口音，以略带怀疑的语气对我说："方才我听了你的故事，你谈到'绝对安静'的那句话让我特别震撼。"其实，我一直以为洞穴里的寂静应当是"绝对"的，就像绝对的黑暗一样彻彻底底。于是我答道："是的，在我进入极深极古老的洞穴中时，这种想法总会出现在我的脑海，我的耳边除了脚步声和心跳声，好像真的什么声音都没有。"

米歇尔并没有被我说服，他向我详细地解释了他反对的原因："你看，是这样的，在我最初研究海洋的时候，我也和你一样，认为到了一定深度，四周除了绝对的寂静，什么声音都没有——大家都说，海洋是一座无声的王国。可实际上，这种想法大错特错！一个地方，只要存在能够传递振动的粒子，声音便可以传播过去。你确定在那些地下的岩洞中，真的有绝对的安静吗？"

这个问题激起了我的好奇心和好胜心，在回答时，我表现出一个地质学家的坚定。

"绝对的安静当然不是普遍情况，但在洞穴中，有些地方真的在几百万年间没有发生过任何事，只有岩石运动和水渗透的声音。"

然而，米歇尔打断了我："是的，但是你要知道，人类对声音的感知是非常有限的，我们的听觉系统只能接受一定频率范围的声音，而其他频率则听不到。想想看，蝙蝠就可以在黑暗中使用广泛频段的超声波来确定自己的方向，至于其他形式的生命，在无法使用视觉的情况下，可能也会将声音作为一种沟通的手段。"

他的观点很有说服力，但经验告诉我，在洞穴中确实可能存在绝对安静的情况。

于是我回答说："你说得没错，但在某些情况下，有些洞穴因其环境特点，会被我们洞穴学家称为'化石区'。这些中空的洞穴是水流流经和渗漏所留下的空隙。它们往往在地表下几百米深，除了细菌，找不到任何生命的痕迹。在那里，人们或许可以找到一个几乎绝对没有声音的地方。"

这个回答显然打动了他，我看到他的脸放松下来，露出了一个沉思的笑容。思考了几秒钟后，他抓住我的胳膊，走近身，望着我的眼睛神秘地说："如果你真的认为地下可能有绝对安静的地方，那我们就一定要找到它。"这句话仿佛一个令人兴奋的挑战，让我们就此投身于一个新的探索项目之中。

米歇尔·安德烈是当今生物声学领域最重要的学者之一。在他看来，生物可以用声音感知外物，这种神奇的能力意味着声谱的背后，还存在另一个亟待探索的世界。当我们沉醉在视觉景观的美丽中时，米歇尔却可以从海洋出发，一路行至亚马孙雨林，在旅途中尽享听觉盛筵。在加泰罗尼亚理工大学的支持下，他创建了应用生物声学研究实验室（LAB）。实验室位于一个名为比利亚努埃瓦-赫尔特鲁的海滨小镇，是一个让人敞开心扉——或者说敞开耳朵的地方。在这里，有大片荒无人烟的自然地带等待人前去侧耳倾听。几个月后，我来到这里，开始着手讨论这个陌生领域的新研究。进入海边的实验室中，我看到一个巨大的互动屏幕，在屏幕上，呈现出一张点缀着无数发光小点的世界地图。任选其中一个点，就会加载出一个不断更新的频谱图，图中绘有各个波长的声音强度和频率，由卫星通信站实时记录。不同的站点位置不同，也许位于大西洋下1000米的深处，也许位于巴西内格罗河畔某棵树的树冠上。这些声音由我身前一个超高分辨率的音响系统播放出来，显得更加气势恢宏。频谱图中的波峰在我耳边一会儿转化为鲸鱼的歌声，一会儿变为吼猴的叫声，一会儿又转变成我们闻所未闻、无法辨别的声音。同时，通过米歇尔开发的全球网络和LIDO系统，即使是超出人耳感知范围的声音也能够被听清。依据算法，我们还能够即时识别出音频所对应的物种，这为监测局部地区种群和人类的实时活动提供了强大的支持。

无论是海洋深处的声音，还是亚马孙地区各种生物组成的音乐会般的声音，都曾是米歇尔的研究对象。现在，米歇尔还成立了“寂静之感”基金会，希望将他的研究地点扩展至地球上最为偏远和奇特的环境中。而这张声音的探索图纸上，显然还没有涉及地表之下的世界。

在与米歇尔初次对话后的几天里，我开始思考洞穴的声学性质。因为我曾在山脉、沙漠、森林等各种不同成因的地下洞穴进行探险，所以也接触过声学景观，但却很少关注。当一个洞穴学家在地下行走时，他自身的光会笼罩在周围，同样地，他行走发出的声音也会污染他周边的声音环境。可能是鞋靴踩在脚下的石头上发出的嘎吱声，可能是弹簧钩和下降器等设备发出的叮当声，又或是背包在地上的摩擦声。在狭窄的地洞中爬行时，这种声音会被放大，变得震耳欲聋。与岩壁的摩擦会引起窸窸窣窣的声音，当这种振动反复回荡在封闭的环境里，便会响彻整个山洞。这个时候，人们不仅被岩石所包围，更被嘈杂的噪声所笼罩，除非停下脚步保持不动，否则根本无法逃离。有一次，在一个狭窄的地洞里，我终于筋疲力尽，在地面上躺了几秒，想要休息一下。我把脸颊靠在冰凉的岩石上，闭上眼睛，沉浸在周围最原始的寂静之中。屏住呼吸，四下一片静默，只有心跳的声音，被岩壁不断放大，盖过周遭的静谧。每当我试图去感受寂静的时候，那种心跳的振动都会给我一种不寻常的感觉，促使我本能地起身出发，重新回到被成千上万嘈杂噪声所笼罩的环境。想到那些声音是我发出来的，反而让我感到安心。

洞穴是一个封闭的环境，因此可能会出现特殊的声学现象。事实上，这些现象取决于洞穴环境的几何形状，岩壁反射声波，形成混响，改变了声音原本的形态，甚至有时还会以特殊的方式让声音增强。

一次洞穴学课程中，我们曾前往斯洛文尼亚的一个洞穴内部，在一个约40米高的穹顶空庭中，建立了一处地下营地。夜间，一种难以辨认的隆隆声在洞中反复响起，吵得很多人都无法入睡。第二天早上，很多专家认为是学生中有人感冒，在睡袋中来回翻身，才发出的这种噪声。但学生们坚决否认，认为这可怖的声音正说明附近某处发生了地下塌方。大家整天讨论这件事，令人不安的细节也越来越多。我也有点害怕，但仍然认为，这些声音最终一定能在地质学意义上找到合理的解释。有一种假设认为，营地的帐篷之下存在一些洼地，有地下水在其间流动；也有假设推测，或许附近确实有地下塌方，但发生在我们还尚未勘探的地道里。第二次世界大战期间，这个洞穴曾被用作天坑，一个排的德国士兵葬身于此，所以有些人也渐渐开始相信一些鬼故事 —— 直到有天早上，在我们取出早餐的时候，发现有几包意大利饺袋子敞开着，全被吃光了。就在这时，一只睡鼠从其中一个袋子里跳出来，从我两腿之间溜走了。我把食品袋紧紧密封之后，第二天晚上，再也没有了那种声音。一切终于真相大白：那些让我们忧心忡忡的可怕的响动，原来不过是一只睡鼠夜里在偷吃我们的东西。就这样，一只小睡鼠贪婪的啃咬声，让整个洞穴探险队好几宿彻夜难眠。

在山洞中，声音的混响可以帮助研究人员进一步了解正在探索的环境。置身于狭窄的通道中，我们可以通过黑暗中的回声进行探索，如果回声较为遥远，可能意味着通道之外有极大的地下空庭。同样，我们也常把石子扔进一个未经勘探的深洞，来探测它有多深。事实上，我们感兴趣的不是石子坠落的过程 —— 越过边缘，我们就看不见石子了 —— 而是它发出的声音。听着石子越来越远的弹跳声，总是能激起洞穴学家最强烈的情感，仿佛那声音来自另一个星球，而我们打开了通往新世界的大门。然而，有些时候，因为周围环境特殊的声学构造，这些声音的振动可能是欺骗性的，给探险者带来深度上的误导。

我曾仔细聆听过数百次这样的小石子坠落的声音，其中有一次令我记忆犹新。那个洞穴名叫普罗科斯宾山洞（即豪猪洞），位于墨西哥恰帕斯州，一片与极深的苏米德峡谷接壤的山区。几年前，墨西哥和法国洞穴学家曾探索过此地，而我们在这里又发现了一条新的路线。沿此路线，可以通过几座较短的竖洞，绳降至一条宽阔的通道。穿过石柱林立的通道，一个庞大的空庭呈现在眼前，而空庭的底部则沉入黑暗之中。当我们眺望这个漏斗形的深坑时，立刻发现了一块正好可以用来测深的小石头。我们一言不发，不约而同地走到深坑边缘，把它扔了下去。小石子弹跳在岩壁上的声音打破了四周的寂静。几秒钟后，一个撞击的声音从远处传来，紧接着更远处又传来另一声，几秒钟的寂静之后，最终，坑底升腾起一阵巨大的噪声，四处回荡，占据了整个空庭。那不像是因为撞击产生的声音，更像是小石子被深渊吞噬了一般。轰鸣声持续了几秒后，并没有产生清脆的碰撞声，仿佛这个深渊是一个无底洞，实在是令人难以置信。我们找来其他石头扔下去，也都传回了同样阴森恐怖的声音。有人不禁兴奋地猜测，这可能是一个超过300米深的竖洞，而另一些人则被这个声势吓得止步不前。当时已经是探险行程的最后一天了，想要下去，剩余的绳索肯定不够用。于是，为了纪念这个藏匿在洞底的怪物，我们把它命名为“利维坦深渊”。

一年后，我们又回到普罗科斯宾山洞，从利维坦深渊向下绳降。事实证明，这个深渊并不像我们预测的那么深。绳降大约一百米之后，我们悬停在了一个蔚蓝色的大湖上空。原来，我们扔下的石块从未到达洞底，而是坠入了这片圆形水域之中，激起的波浪传来回声，那声响让我们牵挂了整整一年，梦想回到这个“怪物的肚子”里去。

然而，无论是石子落地的声音，还是前行时发出的声音，都是由洞穴探险者 —— 这个不属于洞穴环境的外界因素造成的。在我和米歇尔“洞穴之声”项目的第一次会议中，我们还谈到了一些问题：当人类不在洞穴的时候，有什么声音穿过山洞？洞穴真正的声学性质是什么？

为了实现绝对安静，首先需要确定地下可能产生的自然声，也就是洞穴的固有声音。在地下空间，有两个主要元素在不断流动，那便是水和空气。这两者都具备主宰声音环境的能力。除此之外，一些动物有时也能够到达地下深处，利用声音作为探索和交流的媒介。最后，还有地壳运动的声音，包括地震和岩石移动产生的声响。这种情况听上去很恐怖，但实际上极为罕见。只有在地震发生的那一刻在洞穴里，才能够遇到这种声音——这显然是不可取的。更何况即使产生了这些声响，我们的听觉系统未必总是能够感知到。

我与米歇尔的探索从水开始。它是第一个元素，也最简单。我们需要找到一个特殊的地下位置，在那里，要有溪水流经，汇入空庭，渗透到岩层中，从而产生滴水声或者其他声音。最终，我们决定前往博塞亚洞穴。那是一个位于阿尔卑斯山脉沿海地区的大洞穴，坐落着世界上最先进的地下实验室之一。那里持续监测着所有的物理参数，包括溪流和滴流的流量等等。甚至有特殊的仪器精确计算每小时有多少水滴，从洞穴的拱顶落到地面上的特定区域——但从未有人想过监测这个环境的声音。

我们将一个高灵敏度、宽频谱的收声器放置在一个空庭之中，那里的地下河不间断地发出潺潺的流水声，水滴从高不可测的拱顶坠落，碎裂在地面上，演奏着属于它们的音乐会。数据收集了6个月，经由 LIDO 系统处理，最终转化为研究中心屏幕上的一张张频谱图，而地下水流动的各种声音，无疑使频谱图的数据更加丰富。博塞亚洞穴是一个“活”的洞穴，它的形态被日复一日的流水不断塑造。因此，它的声音景观也被这种活跃的水文要素所主导，没有片刻宁静。水滴滴落的频率与地表渗入岩石缝的水量有关——“滴答”一声，从地表的缝隙滴下，又落入地下洞穴的缝隙中，仿佛地质时钟在用它特有的方式播报时间。同样地，洞穴内河水的声音强度也与流经的水量密切相关。在外界暴风雨来临时，地下河水位上涨，河流奔腾的噪声逐渐变大，成为环境中的主导声。河水的咆哮声如此之大，甚至盖过了人们交流的声音。因此，声谱不仅能够描绘洞穴本身，还可以呈现出它与外界的联系以及流经洞穴的水量。

在多洛米蒂山脉的一次探险中，我在一个山洞中真正感受到了水声的力量。那年我14岁，在探险家弗朗科·卡普雷塔的伴随下，初次进入皮亚尼·埃特纳深渊。弗朗科是这个深渊的发现者，有着多年丰富的探险经验，而我们将和其他三名洞穴探险家一同进入洞穴探险。一路无言，我们沉默着绳降下最后一个竖洞。这个竖洞足足有140米深，有汩汩的溪水从下方流过。越过小溪，我们进入了一个侧方的洞穴，在这里安置下宿营的帐篷。这个洞穴十分寂静，与我们来时路上急流拍打的水声形成了鲜明的对比。安置完毕，我们又继续向更深处探索了一阵，随后与我们的同伴分别，他们将继续向前探索，而我们则准备返回营地。回到帐篷之后，我们歇下来，正准备喝杯热茶，却突然意识到有些不对。原来，这个洞穴已经不像之前那样安静，取而代之的是一阵连续的、低频振动的嗡嗡声。我们互相对视了一眼，立刻意识到我们都听到了同样的声音：有洪水正在向我们逼近。我们离开帐篷，前行几十米，随着越来越大的水声来到那座140米深的竖洞洞底。在震耳欲聋的咆哮声里，我们照亮岩壁，看到之前向下绳降的绳索已然消失不见，淹没在一座巨大的瀑布之中。任何试图穿越它的人都有可能在瀑布中溺亡。无奈之下，我们只好回到帐篷里等待。这时候，其他人也逃离了地下河道奔腾的洪水，回到了宿营地。我们五个人唯一能做的就是挤在一个小帐篷里，等待洪水退去。因为衣服都湿透了，方才对洪水的恐惧很快就被刺骨的寒冷占了上风。等待似乎没有尽头。直到20多个小时之后，当宿营地恢复往常的寂静，我们才得以动身，湿漉漉地回到地表之上。

在洪水期间，地下河的声音盖过了一切。这种声音带来的震颤有时会一直折磨、纠缠着探险者，让他们在这种轰鸣般的、可怖的声音中度过好几个小时。与此相对的是“化石区”，人们往往可以在那里得到平静。那是一片被流水所抛弃的地下环境，一般是处于休眠状态的通道或竖洞。它们不再向外扩张，不再受水的作用，在几万年甚至几十万年以来，它们一直享受着始终如一的寂静。远离水的声波力量，在这里，我们可以领略到另一种贯穿地下世界的元素——空气的力量。

听完我在皮亚尼·埃特纳深渊的化石区洞穴里录制的音频时，米歇尔和我都立即察觉到这一点。多年前，我就是在那个洞穴中，被洪水拦住了去路。于是，在博塞亚洞试验之后，我又把收声器留在多洛米蒂山脉地下500米深的化石区内，进行为期几天的录音。这个地方几乎听不到任何的声音，岩石间的裂缝被时间封存，甚至没有一滴水从中滴落。然而，即使在这种情况下，频谱图上也呈现出低频的噪声，相比博塞亚河的水声，这里的声音不那么强烈，更平滑，更有规律，但白天和晚上的声音强度有着明显的变化。之前我并没有注意到，这些通道里有大量的流动空气，空气与岩壁的摩擦产生人类无法听到的声音，因为它的声波低于20赫兹，进入了次声频谱，而20赫兹是我们能够感知到的声波频率的下限。

这个发现并不新鲜。具有多年声音研究经验的乔瓦尼·巴迪诺，曾试图研究一个更为复杂的现象——地下空气的循环。然而，乔瓦尼被病魔缠身数年，于不久前不幸离世。2019年，他的研究成果在《地球科学前沿》(*Frontiers in Earth Science*)期刊上发表，成为现代洞穴学研究的一座里程碑。

实际上，乔瓦尼是一位粒子物理学家，但正如我们在第二章所谈到的那样，他把真正的热忱倾注于洞穴探索，并将毕生精力投入其中。这种洞穴探索不仅仅是地理意义上的探索，更富于科学和文化意义。他是世界上绘制洞穴地图线路最长的探险者之一，还为我们留下了非常全面的看法和观点，首次提出了“黑暗大陆”这一名词。乔瓦尼对气团运动的研究引领我们从“系统”的角度来看待洞穴，从这个意义上来说，洞穴可以被看作一个与地表相互连接的、巨大的三维空腔。通过这些地表的洞口(可能分布众多，且多数情况人类无法进入)，外部大气得以流入地下，填充洞穴内的空隙。因此，洞穴学家在洞内很容易找到与外界大气成分相同的空气。此外，洞内的空气与岩石的温度相平衡，几乎终年不变，接近于洞外该地区的年平均温度。例如，在阿尔卑斯山海拔2000米的山洞里，无论冬夏，其洞内温度均为2至3摄氏度。这意味着洞穴内的空气相对于外部来说经常处于热不平衡的状态，时而重且稠密，时而轻且稀薄。如果有几个位于不同高度的洞口，则可能会引发对流运动，就像在不同楼层开窗会引发楼梯处的空气对流一样。此时，大气压力开始发挥作用，气压受天气条件的变化影响，并非一直恒定，因此须通过气压计测量其变化。外部气压的变化打破了洞内的平衡，产生运动的波，从而促使空气以不同的速度流动，直至达到再平衡。这和对着空瓶瓶口吹气发声的过程异曲同工。实际上，这就是亥姆霍兹共振现象，根据其原理，共振器的容积大小决定了产生的声音频率高低，其比例可以通过数学公式表达。正是利用了这个物理现象，借助木制共鸣箱，弦乐器才可以演奏出各种各样独特的声音。小提琴体积偏小，所以音调高昂；低音提琴体积较大，所以声音低沉。简而言之，依据乔瓦尼的观点，地下洞穴系统就是地球上最为庞大的乐器，由于每个洞穴内部的体积不同，又会谱写出不同音调的旋律。同时，因为它们的频率过低，其旋律只能由次声波风速表记录下来，而我们只能把这些声波压缩到听觉系统可以感知的频率，从而通过人耳来听到它。在洞穴中，我们能听到的只有风轻抚岩壁传来的沙沙声，随着地洞越来越狭小，这种声音也会变得愈加强烈。因此，流动的空气就是探险家最重要的“向导”。根据地下洞穴系统的特点，洞内流动的空气越多，洞穴体积和内部的高低差距就越大。

2008年，乔瓦尼对托斯卡纳阿普安阿尔卑斯山的科奇亚洞穴进行风流参数检测，对他的理论进行了验证。这个洞穴位于科奇亚山

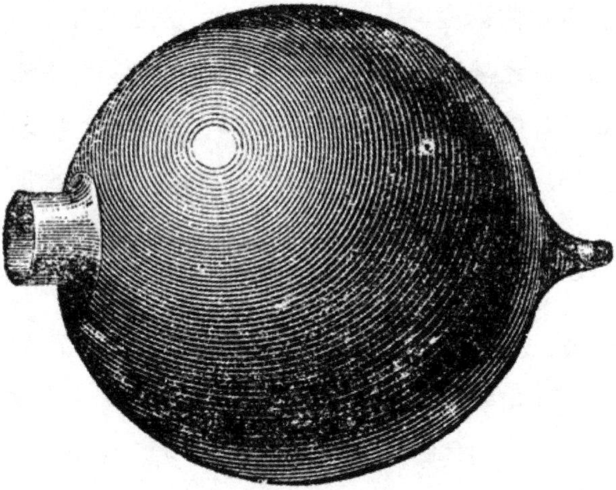

$$f_H = \frac{v}{2\pi}\sqrt{\frac{A}{VL}}$$

亥姆霍兹共振器的体积可以通过其内部空气的振荡频率计算出来。岩洞中的情况与之十分类似。

下，由著名的卡拉拉白色大理石构成，是意大利最重要的洞穴之一。它的内部由很多相互连接的通道组成，状如漏勺。自20世纪20年代首次被探索以来，迄今为止，探险者们已经为洞穴内部65公里长、1200米深的通道和20个不同的洞口绘制了地图。乔瓦尼在两个洞口处（其一是埃罗洞，因洞口吹出的强风而得名）放置了次声波风速表。通过表中的记录，乔瓦尼发现，有些反复出现的频率震荡与洞穴外大气压力的变化有关。而这些变化，造就了整个地下洞穴富有特点的“音符”。通过亥姆霍兹共振原理，我们可以算出，这个地下迷宫的实际体积，至少有人类已知部分的两倍大。

因此，空气作为流体，甚至比水更能影响黑暗大陆的声音景观。

但米歇尔和我还想知道，除了这两个因素之外，洞穴之内是否还有其他自然声源——也许它们的发声不那么频繁，但对我们来说也同等重要。实际上，水和空气都是通过从洞穴外部渗入地下世界而与其相互作用的，那么，是否有声音来自地球深处？2016年，意大利中部发生的破坏性地震已经引发5万多起较小的地震事件，两年后，当我们开展第一次研究的时候，尽管地震的强度已经变得很低，但地震群仍然存在。因此，我们想在震区附近找到一个无声的洞穴，尝试记录洞穴内由地震产生的噪声。我们选定马耶拉国家公园的黑山洞，在这个化石洞内安装了数台收声机，开始了为期几个月的测量。同时，洞穴内寂静的环境和几次强度不大的短暂地震，也被意大利地球物理学和火山学研究所的地震仪系统记录下来，让我们能够很快识别出频谱图下方，由于岩石运动引发的嗡嗡声。然而，出乎意料的是，黑山洞频谱图（特别是超声波频谱图）中，有很大一部分声音频谱被一些不速之客所干扰。原来，我们不知道，这个洞穴是一些蝙蝠白天的藏身之地。任何其他声音都会被蝙蝠的活动声影响，从而破坏我们的研究。实际上，为了“看”地下世界，自然生物进化出了一双“新的眼睛”，那便是声音频谱。依靠这套回声定位系统，蝙蝠可以发出人类通常无法听到的超声波。超声波遇到岩壁发生反射，而蝙蝠则通过从发出声波到接收回声所需的时间来测定距离。回声定位作为一种特殊的感知手段，多见于蝙蝠、鲸鱼和一些在深海活动的大型海洋哺乳动物。除此之外，有些鸟类也进化出了这种不可思议的能力。

1799年，亚历山大·冯·洪堡第一次记述了委内瑞拉油鸱洞穴令人叹为观止的场面：每天日落时分，数千只鸟儿会从这个洞穴里相继飞出。2010年的委内瑞拉之行，我也有幸目睹了这个动人的瞬间。油鸱（拉丁文学名：*Steatornis caripensis*）在意大利语中有一个令人回味的名字，叫作“瓜查罗”，与这种鸟的叫声有关。它的叫声十分独特，先是哀怨的一声，紧跟着一段高达两千赫兹的嘹亮的“嘀嗒”声，这种叫法可以让它在洞穴的黑暗中飞行。因为黑夜中少有天敌，所以直到日落时分，油鸱才会成群结队出洞，前去采集油棕榈的果实。油鸱的夜视能力比地表其他任何动物都要强。在数百万年的进化过程中，它对黄昏时半明半暗的环境拥有惊人的敏感度：其视网膜上的视杆细胞每平方厘米超过一百万个，比所有的脊椎动物都多。接着，当黄昏被绝对的黑暗吞噬之后，回声定位就在此时开始发挥作用。

然而，在夕阳西下，鸟儿出洞前的那几分钟，与后来壮观的场景却大不相同，仿佛洞里正发生着什么地狱般的事情。高亢的嘀嗒声与长长的哀怨声回荡在探险者的耳畔，逐渐变得混乱、模糊，演变成数以百万计的回声不断轰鸣，仿佛一列飞驰的火车，随时可能从隧道口冲出来。终于，在那震耳欲聋的聒噪声中，油鸱飞出洞穴，仿佛一条河流一般，在岩洞口上方的天空中勾勒出一片剪影，密密层层，好似一朵云。

在圭亚那和亚马孙地区的热带雨林中，山洞里经常会出现这种独特的飞鸟。史密森尼研究所的相关遗传学研究表明，油鸱的起源可追溯至地质时代早期。事实上，这个物种与当今地球上任何一种已知的鸟类都没有亲缘关系。根据怀俄明州和法国岩层中发现的化

“瓜查罗”，即油鸱，绘于 1911 年。

石，油鸱最早出现在距今五千多万年前。从某种角度来说，油鸱就像一只史前鸟，在洞穴里找到了属于它的避难所，因此得以安然无恙地来到我们这个时代。

从委内瑞拉、巴西到哥伦比亚，油鸱的叫声一直陪伴着我在南美的无数次探索旅程。在委内瑞拉南部的萨里萨里尼亚马高原上，它们在夜间掠过我们的帐篷，飞过林中的树冠，为我们指明方向。而我们总是未见其影，先闻其声，循着它们指引的位置，次日往往能在那里找到新的洞穴入口。如果说油鸱是亚马孙地区无可争议的洞穴主宰，那么在亚洲，它的地位便会被金丝燕属的鸟儿所取代。这些燕子被称为“salangane”，它们也能够利用回声定位系统在地下洞穴内飞行数公里。虽然它们的定位系统相较蝙蝠更加简单，但同样有效。在菲律宾巴拉望岛圣保罗地下河的洞穴中，约有27万只金丝燕、13万只蝙蝠在此栖居。在拉文塔的一次考察中，我在地下河的水面上航行，正值黄昏时分，就在这时，我看到正在返回巢穴的金丝燕与夜间出来捕食的蝙蝠交错穿行。原本宁静的洞穴逐渐酝酿出一场惊天动地的风暴。躺在船底，可以听到头顶上空各种飞行生物旋涡般环绕的声音。在一片漆黑的混沌里，蝙蝠和金丝燕几乎不可能不相撞。

油鸱、金丝燕和蝙蝠打破了地球上许多洞穴原本的寂静。当然，它们不可能飞遍天下，在地下世界的活动范围通常也仅限于靠近洞口几百米到几千米的区域。

米歇尔和我针对不同洞穴中的频谱图展开讨论。我们都认为，如果想要记录彻底的无声环境，就必须找到一个没有水流的化石洞穴。在那里，除了可研究的微生物之外，没有其他的生命形式，譬如我在洛杉矶演讲时曾提到的伊万里耶塔洞穴。遗憾的是，委内瑞拉当时的政治和社会形势不允许我们重回那里，而要找到一个与之相似的洞穴并不容易。

回顾前些年探索过的许多地方，我再次想起了多洛米蒂山的洞穴。2009年，我曾参与勘探伊莎贝拉洞穴。那是一个山体表面的悬洞，也是整个山脉最古老的化石洞穴，与贝卢诺多洛米蒂国家公园中的皮亚尼·埃特纳洞穴系统相连接。也许我们可以在那些大的洞穴通道中发现合适的地方——既没有水，也没有空气，更没有动物会打破黑暗的静谧。

2020年，在国家地理学会的支持和组织下，我们带着仪器设备前往此地考察，寻找地球上最安静的地方。这次独特的探险引起了公众的兴趣，考察过程也被全程跟踪拍摄，将会制成一部纪录片，用以记录我们所投身的事业。于是，在一个冬日的清晨，穿越银装素裹的山峦，我们来到了在伊莎贝拉洞穴的入口处。这是米歇尔第一次挑战困难的洞穴，当我们初入洞穴时，我看到他的眼里充满惊奇，很是高兴——正因为遇到了他，我学会用不同的方式倾听周围的世界。作为回报，我也乐于为他展示黑暗大陆的奇观。

这些洞穴早在数百万年前就已经没有流水了。我们在通道中徐徐前进，竖起耳朵，生怕错过一丝微小的噪声。事实上，在洞里静静地站几分钟，就会听到水滴滴落的声音打破周遭的沉寂。在逼仄的通道里，有时还能听到气流在沙沙作响。我们要找的那种“全然无声”的环境，实在是难以捉摸的东西。

就在我们有些灰心的时候，忽然发现，洞穴的通道正变得越来越宽敞。就在离洞口三百米左右的地方，我们到达了一个美丽的空庭。这里的岩壁尘土遍布、干燥无比，地面上散落着地质时期岩壁碎裂产生的沙石。这个空庭仿佛走出了时间的框架，从此不再有任何事情发生。我和米歇尔在黑暗中保持了数十分钟的沉默，终于得出结论——除了我们的呼吸，这里没有任何声音。或许我们要找的地方就是这儿了。就这样，我们放置好仪器，记录下未来至少一个月内这座空庭的全部动向。

第二年夏天，我再度回到洞穴，下载仪器记录的数据，把存有近500G记录的SD存储卡在第一时间寄给了米歇尔。收到数据，米歇尔立即将其导入LIDO系统，制成可视化频谱。然而，我们在电脑的频谱图上看到的是一条平坦的直线，没有任何噪声打破这种趋势。不一会儿，进入到低频段后，我们听到了地球深处的震动传来的连续轰鸣。除了来自地球的神秘声音外，再无丝毫杂音。在人类有限的视野里，我们终于找到了一直所寻找的东西——最接近于虚无的东西。这是绝对黑暗中的绝对沉默，它在洞穴的封闭空间里，就像在宇宙的边界之外。

# 深　渊

儒勒·凡尔纳曾在小说《地心游记》中写道:“没有什么比深渊的魅力更令人沉醉。”当我第一次吊在百米多长的细绳上,像蜘蛛一样进入洞穴的时候,不由得感到头晕目眩——那种肾上腺素的感觉让我欲罢不能,吸引我一次又一次探入深渊的边缘。

也许最让我魂牵梦萦的并非洞穴有多深,而是它的尽头在何方。一座深渊的底部会是什么样子?它的最深处是怎样的?我会在哪里停下脚步,把目光转向头顶上方,开始可怕的回程?

那是2001年9月的一次探险,当时我只有15岁,满脑子只想着不惜代价到达洞底,没人拦得住我。尽管当时已经筋疲力尽,甚至至少要往回爬15个小时才能重见天日,但我还是想继续向前。当我把沾满泥土的绳索继续插入绳降器的时候,队友马科·萨洛格尼迟疑地望着我。我把绳子拴在地下大约850米深处的一颗岩钉上,前面就是斯普鲁加·普雷塔深渊最底部的一个竖井。

马科开始焦虑起来:“我受不了了——你疯了吧!这样下去实

在是太危险了。”但他依然劝不住我，此时此刻，脚下的一片虚无仿佛海妖的歌声，让我难以抗拒，只想不断接近。“在这里等我。”我对他说——这是我能做到的唯一理智的事情。我解开绳降器的固定锁，开始最后40米的降落。岩壁自下而上在我面前掠过，地面越来越接近了。几秒钟后，我便落在了一个不起眼的锥状巨石上。我本以为这就到终点了，但其实没有，沿着一条狭窄的通道，还可以再向下几米。然而，我已经没有多余的绳索了，只好在距离洞底几米远的地方停了下来！

因为前几个晚上没睡好，当时的我已经疲惫不堪，平衡感也差了很多，尽管如此，我还是解开绳索，在没有防护措施的情况下向下面走去。岩石很滑，上面沾满了泥浆。如果我滑倒了，摔断了腿可怎么办？我心里想。谁能把我从这里带走呢？我努力把这个问题赶出我的脑袋：不能有任何差池。沿着那段陡然下降的岩洞，走向底部，我来到了一个小的空庭。看到墙上刻着来到这里的第一批探险家的名字，我长舒了一口气——终于结束了。然而，当我走近一看，却又发现地面上有一条深不见底的裂缝。把脸贴近裂缝，可以感受到一股轻柔的微风正从里面不断吹出来。我把一块小石子扔进洞里，只听它弹跳了几秒钟。那下面会是什么呢？通道太窄，人类没办法进去，可深渊仍在下面不断延续着。原来，并不存在“真正的尽头”这样的东西。想到这里，我懊丧不已，只好抬头向上看，不断爬升，踏上了漫长的回程之路。

那真是一段艰险的经历。我记得当时自己浑身沾满了泥巴，大汗淋漓，每到一处歇脚点都会沉沉睡去，醒来时却发现自己因为太冷而浑身打战。马科的情况也好不到哪里去，有时他会用怜悯的目光看着我，我知道他肯定在想："谁让我在下去的路上听了这个孩子的话呢？"到了洞内400米深的地方，我们遇到了帕多瓦诺洞穴探险队的其他成员，他们早就在那里等着我们了。向上爬升的路还很漫长。他们劝我停下来喝杯热茶，可想到身上冰冷的肌肉和湿漉漉的工作服，我根本不敢想象在这里停留超过几分钟。终于，在进洞33个小时之后，我回到了斯普鲁加第一座竖井的顶端。地表的阳光让我感到十分温暖。父亲正在洞边等我——他已经在这里守候了数小时。洞外阳光下暖洋洋的草地和洞内的幽暗寒冷产生了鲜明的对比。我浑身筋疲力尽，瘫倒在地，一连睡了整整两天。

就这样，深渊把我彻底迷住了。在之后的几年里，我进入洞里探索了一百多次，在这个家门口的山洞中，这片草坪下的世界里，寻找全新、未知的洞穴分支。1981年，探险者到达地下887米的深处，迄今为止，这个位置仍然是斯普鲁加·普雷塔深渊已知的最深点。在最深点被发现前的六十多年间，在神话传说的指引下，有数百名探险者曾到访过这座位于维罗纳北部、莱西尼山的深洞。

但那次备受打击的经历让我们明白，深渊注定是无底的。总有一些东西会从人类难以穿行的裂缝中溜走，穿过阻塞的岩壁、虹吸的深湖，逃出我们的掌心。山洞的尽头只不过是我们人类探索的极限而已，我们只是暂时还没有能力将视野拓展到极限之外。这样的想法不断地纠缠、折磨着我。在夏尔·波德莱尔的诗句中，我找到了对这种想法的绝佳描述。我不无嫉妒地把它抄录在一张斯普鲁加第一深井的相片上，作为书签，保存在我的高中课本中：

唉！一切皆深渊，——行动、欲望、幻梦、
语言！我曾多次感到恐怖之风
吹过我全身竖起的汗毛上面。
上上下下，到处都是沙滩、深洞、
沉寂、可怕而具有魅力的空间……
天主在我的黑夜的背景上面
用妙手描画变换不停的噩梦。[1]

这位被诅咒的诗人将“深度”作为诗行的中心词，而“深度”也是许多地下洞穴的主导特征。它们遵循简单的地心引力法则，钻入地球表面之下。渗入山体裂缝的水往往汇聚成急流，渴望涌向更深的地方。它们逐渐扩大岩间裂缝，剖开峡谷，抑或形成瀑布，不断冲击，形成巨大的地下水井，最后从山谷底部的泉眼中流出。这些泉眼与地质学家所谓的“基准面”（又称“河流基面”）相连，一旦水流超过基准面，则会淹没一切。在丘陵或平原地区，地下洞穴向下延伸，无须很深，便可以接触到淹没区；而在海拔更高的山区，想要达到同样的情况，洞穴的深度则会更大。值得注意的是，此处的“洞穴深度”指洞底到海拔最高的洞口的距离，而非到山顶的距离。与攀岩、登山等运动不同，这个简明的地质学原理并不会阻拦洞穴探险者追寻记录的脚步。事实上，地球的高山与深渊存在根本的区

1. 译文摘自《恶之花》，[法]波德莱尔著，钱春绮译，人民文学出版社，2011年。

别，无法进行真正的比较。对于高山而言，在到达山顶以前，人们就已经相当精确地掌握它的高度，抑或至少从某些位置可以看到山的“尽头”；但对于深渊来讲，除非真正到达洞穴的底部，没有人可以知道它的实际深度到底是多少。很多时候，这个“底部”只是标志着人类某一瞬间的极限，随时会在以后的探险中被超越。除此之外，现如今，地表山峰的海拔高度均由卫星勘测，世界最高峰珠穆朗玛峰的海拔约为8848米——这是不争的事实。然而，却没有技术可以检测出世界上最深的深渊，或许那座深渊的入口至今仍然不为人知。因此，在诗意之外，“科学”又将深度赋予了更多的神秘和未知，激发我们更加强烈的好奇心。

第一次进入斯普鲁加·普雷塔深渊的我，其实是在追寻维罗纳意大利高山俱乐部（CAI）探险家们的足迹，早在我来到此地之前，他们已经到达了洞穴的目前可探知的最深处。绳降探索全新的岩洞与重走已知的深渊是完全不同的，在探索的过程中，你并不知道还需要多长的绳索，也无法预测前方的下一个竖井可能会有多深。

19世纪，探索性洞穴学迈出了发展的第一步，那时，没有人知道人类会向地表之下走多深。探索第一批深渊并非为了勘测记录，而更多是出于实际需要。

在巴西米纳斯吉拉斯州的一次考察中，我有幸参观了特拉斯山洞。这个美丽的山洞是由激流在石英岩上刻凿而成的，深达190米，分布有一系列小瀑布。在探索的途中，可以看到许多石头和木质结构的废墟，那是曾经的钻石采集者为进入岩层深处建造的工事。就在快要接近尽头的地方，岩洞的天花板上用火把的灯黑书写着“1855年”几个字——那些矿工并不知道，在深井的黑暗中不断向前推进，寻找明亮宝石的过程中，他们已经不知不觉探索了当时世界上最深的洞穴之一。

无独有偶，多年以前，另一处喀斯特地区也发现过类似的情况。该地区位于的里雅斯特城和今天斯洛文尼亚的交接处，典型的洞穴分布区域。在这里，流水渗入地下的石灰岩中，阻止了地表溪流的形成，给的里雅斯特市带来了相当大的供水难题。因此，在这里，人们开始了对世界上最深的洞穴的探索——不为开采钻石，而为寻找水源。

安东尼奥·费德里科·林德纳是这次搜寻工作的主要负责人，作为一位来自威尼斯的采矿工程师，他一直期待能够找到蒂马沃河埋藏在高原之下的河道——这条神奇的地下河消失在斯洛文尼亚的什科茨扬洞穴中，随后又重新出现在杜伊诺镇，的里雅斯特湾一处离海不远的地方。1839年至1841年间，林德纳一路下行，到达了人类在自然洞穴中从未到过的深度。搜寻工作从帕德里西亚诺洞穴入手，他向的里雅斯特港的水手借来绳梯，进洞探索。1839年6月20日，他与“管道专家”贾科莫·斯韦蒂纳一起到达了洞穴底部——地下270米深的位置，第一次刷新了深度纪录。与此同时，在这里，还有一个惊人的发现：在工人的帮助下，他们在塌陷的山体和竖井之间，开辟出一条通道，进入了后来的特雷比西亚诺深渊。这个洞穴是个名副其实的“深渊”。岩洞垂直向下延伸，直至底部一座大约50米深的巨大竖井，沿着竖井向下，则会钻入一个有暗河流经的巨大空庭。1841年4月6日，仅仅在搜寻工作开始后的第四

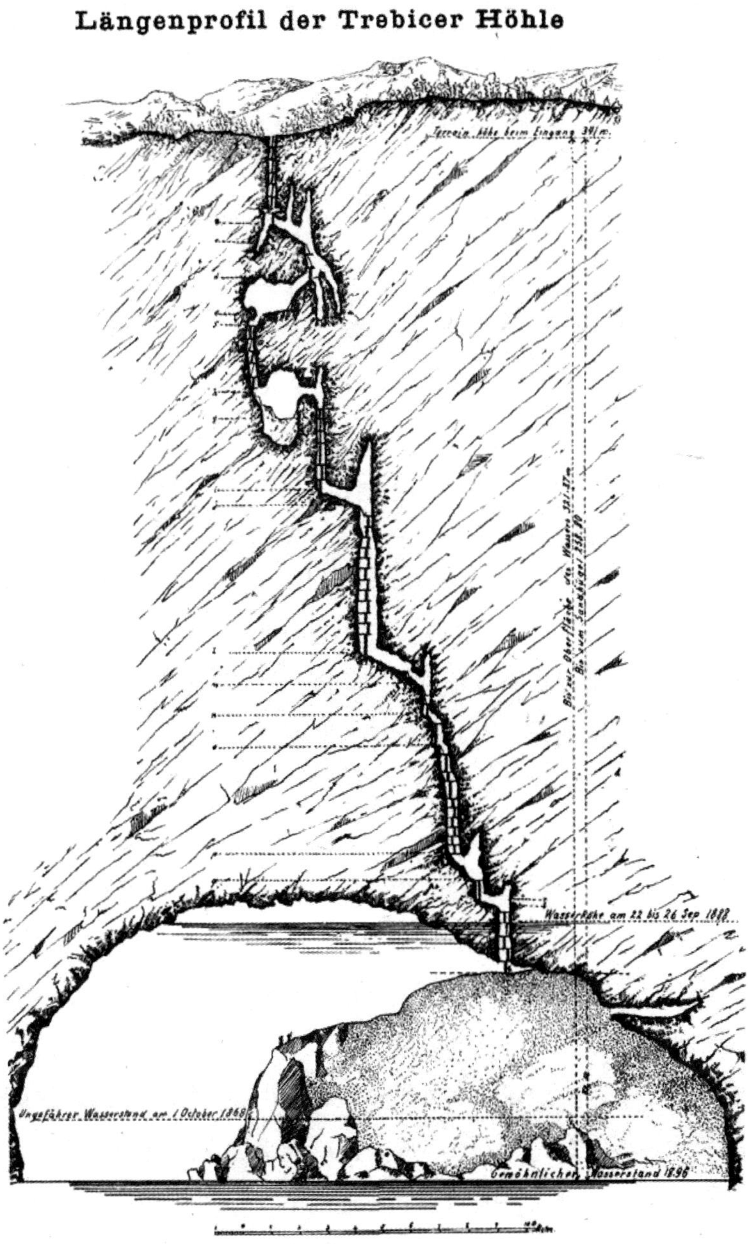


特雷比西亚诺深渊的地形剖面图。由工程师安东尼奥·波利所作，绘制于1908年。此时，距离安东尼奥·费德里科·林德纳首次勘探该洞，已经过去了半个多世纪。

个月，探险队就到达了321米深的洞底，记录被再度刷新。但探险者们无心追求这样的功绩——他们来此的目的非常实际，其记述中也没有流露出到达如此深邃、如此极限之地的自豪感。相反，他们感到十分沮丧：这里的地下河流速很低，以这样的流速，没有足够的坡度引水入城。在那次探索工作几个月后，林德纳先生便去世了。虽然本人没有得到足够的认可，但他所主持探索的深渊在此后84年的漫长岁月里，一直是世界上已知最深的洞穴，也是保持这一记录时间最久的洞穴。

早在19世纪下半叶，洞穴探索和研究工作就开始在欧洲各地陆续展开。尽管如此，大多数探险活动都局限于垂直深度有限的洞穴，探险过程客观上存在着技术难题和许多不可控的风险。第一次攻克了垂直探洞难题的探险者，是一位名叫爱德华－阿尔弗雷德·马特尔的法国律师。1895年，马特尔独身一人，通过绳梯下降至约克郡加宾峡谷的谷底。加宾峡谷深达110米——这个深度虽远不及很多喀斯特洞穴，但帕德里西亚诺洞穴和特雷比西亚诺深渊是由一连串小平台、空庭和短廊衔接而成的竖井，人们可以在中途进行休息，分几次下行，而加宾峡谷则不同，这是第一次有人战胜恐惧，单次下降到垂直落差如此之大的裂谷底部。巨大的竖井被风不断吹打，被瀑布的水流不断雕琢。绳梯下到裂谷的中央，离四周的岩壁都远远的，木踏板又黏又滑，富于弹性的麻绳又被水浸湿。周围喷涌的水流抽打在他的身上，随时可能将他推下去，落入身下的绝对虚空之中，很难想象这是一个多么伟大的壮举。当日，马特尔那双凝望着深渊的眼睛中，毫无畏惧之意。他的探险并非为了满足物质需求

爱德华－阿尔弗雷德·马特尔在加宾峡谷入口处的瀑布底部。插图源自1897年出版的《爱尔兰与英格兰洞穴》一书。

或是出于技术目的，而只是单纯缘于对知识的渴望。就这样，马特尔被誉为“现代洞穴学之父”，成为未来几十年洞穴探索的先驱。

直到20世纪20年代，人们才打破了特雷比西亚诺深渊的深度记录。在这个历史时期，人们看待洞穴的视角逐渐产生了变化。对民族主义的宣传、对尼采“超人哲学”的推崇、对邓南遮式英雄的弘扬，使深渊变成一个需要征服的对象。就像上攀陆地最高峰，人类也想下至地底最深处，不为任何社会利益，只为一种征服感，只为证明地下世界也尽在人类的掌握之中。

1924年，在的里雅斯特，两个对立的洞穴学协会——朱利安阿尔卑斯协会和十月三十协会之间，发起了一场挑战。挑战的内容便是探索拉斯波山谷内发现的一个新的深渊。这个洞穴位于伊斯特拉半岛，当时隶属于意大利，如今则在克罗地亚境内。洞穴向内延伸，引导探险者向下前行：穿过最外缘的隧道，一个深不见底的岩洞在眼前展开。1922年，朱利安阿尔卑斯协会已经发现了这条通道，但在之后的两年里并无进展。因此，这项工作便由十月三十协会接手，继续探索，刷新原有的纪录。1924年夏天，十月三十团队通过绳梯，降入了一系列竖井，最终行至地下307米的深处，但并没有成功到达洞底。这个消息无疑激起了其他探险者的好胜心，于是，朱利安阿尔卑斯协会的探险家们立即组织探险活动，在同年11月2日，他们下降到381米的深度，尽管与之前的记录相差不大，但仍然超越了特雷比西亚诺深渊的深度记录。

次年8月24日，纪录被刷新，朱利安阿尔卑斯团队巩固了自己的领先地位。然而，在这次探险中，也发生了一起可怕的悲剧。当日，经过15个小时的努力，探险队在竖井中架设了绳梯，将后勤人员分配在岩壁的各个小平台上。与此同时，先头部队突破了381米的深度极限，于晚11点30分到达地下450米的深处。在那里，队员面前的通道被水淹没，无法穿行——这意味着此处就是洞底了，新的纪录由此诞生。然而，仿佛地球在抗拒人类冒犯它的最深处，就在这个时候，一场猛烈的风暴袭击了拉斯波山谷。

外部人员试图通过电话线与分散在洞穴内不同深度的探险家们进行沟通。他们的任务是掩护、营救探险者，但洞内留给他们的空间并不多。部分人坐在半悬在岩壁外的小石台上，想要从那里转移到安全位置是不可能的。就在几分钟的时间里，洪水的波涛奔涌而来，激流冲入峡谷，发出雷鸣般的响声。相关的史志曾这样记载："紧接着，致命的浪潮便席卷了沿途的一切，愤怒地横扫过整条通道，向更深处猛烈地奔腾而去。对于深渊里的众人来说，表盘的指针将会永远停留在1925年8月25日午夜的那一刻。"

先头部队躲进了侧面岩洞中的掩蔽处，但那些悬吊在外缘大山谷的人则无路可逃。死亡之翼掠过第一座石台，将比亚焦和卡洛·博齐克拽入深渊。他们是进入拉斯波山谷五名雇佣工人中的两人，其他三人则被推到一块岩石的凹陷处，幸免于难。就这样，六个人在受伤、体温低的情况下，在洞中受困了整整48小时，汹涌的洪水才逐渐消退，此时才可能再次返回地面。然而，就在此时，博齐克兄弟在下方深处发现了一些骸骨。原来，这些骸骨是参与探险活动的当地农民，想要弄清他们山谷农田地下的岩洞中隐藏着什么，却不幸葬身于此。几天之后，比亚焦的遗体被打捞上来，而卡洛却再也找不到了。他被地下的洪水彻底卷走、吞没，其吞没的程度远超人类探索的极限。

因此，1925年既是拉斯波深渊的开创纪录的一年，也是悲剧发生的一年。此后，拉斯波深渊也被称作贝塔雷利深渊，以当时朱利安阿尔卑斯协会洞穴探险队的领队命名。同时，1925年更是极为特殊的一年，因为另一个巨大的深渊即将被人类的光芒照亮，那便是斯普鲁加·普雷塔深渊。这座深邃的洞穴坐落于莱西尼山，洞口在山间草地向外展开，多年之后，成长为青年的我会在这个洞里进行数年的探索。

来自维罗纳意大利高山俱乐部大学部的两名登山者德·巴蒂斯和卡比安卡决定挑战这斯普鲁加·普雷塔深渊。显然，这个洞穴比贝塔雷利深渊和特雷比西亚诺深渊可怕得多。叫它“深渊”确实不为过，洞内的第一座竖井向下钻入岩层，就足足有131米深。接着，沿着漏斗形的岩壁下行大约20米，就会到达一个窄洞，从这里再向下，深渊便会打开成喇叭口的形状，迫使探险员置身于一个巨大而空旷的腔体中，远离四周的岩壁，跃入约有110米深的虚空。当然，这座竖井有它特殊的魅力。阳光照耀进来，打在山谷湿润的岩壁上，散碎成一片，来回反射，做着光影的游戏。这个时候，站在斯普鲁加深渊里，就仿佛置身于一座巨大的万花筒一般。德巴蒂斯蒂和卡比安卡背靠背坐在一块木板上，木板由两头十分得力的骡子牵着，由外面的队员下放入竖井内部。通过这种方式，他们最终到达了第一座竖井的底部。然而，这只是漫漫征途的开始，在井底，许多庞大的峡谷正展现在人类面前。

这次探险活动被新闻媒体渲染为法西斯时代的英雄事迹，引起了极大的反响。于是，更多的探险者接踵而至，希望能够到达深渊的底部。1926年，有探险者宣布他们已经超越了贝塔雷利深渊的极限，达到地下510米的深度，开创了新的世界纪录。但斯普鲁加·普雷塔深渊的深度远不止于此，1927年，探险队成功到达第三座竖井底部不可逾越的瓶颈区，深度约为地下643米。

在维瓦尔达出版社2007年出版的《深渊》（*L' Abisso*）一书中，我记述了探索斯普鲁加·普雷塔深渊的故事。当时，23岁的我认为自己有必要把这座洞穴与其无边黑暗的故事讲给更多人听。然而，谈到深渊和深度记录，值得注意的是，在那些年间，探险者往往仅用气压计、测高计等方法进行测量，并未运用三角测量法加以测定。对于勘测特雷比西亚诺深渊的队员来说，必须知道岩洞确切的深度，有这个数据作为前提，才能够规划水利工程，将水引入的里雅斯特。而对于20世纪20年代这些探险者来说，向下探险的深度只是作为记录的数字而已。因此，常有伪造记录的情况发生，有时下行的深度甚至被虚报了几百米！在贝塔雷利深渊遇洪水的那次探险中，队员从洞口到底部测得的深度为450米，然而，根据后人的勘测，朱利安阿尔卑斯协会的洞穴探险者当时所达到的极限深度仅为345米。斯普鲁加洞穴的情况则更加触目惊心，1927年，探险队宣称到达了地下643米处，可这个数据却在1958年被修正为354米！对超人神话的塑造和对新纪录的狂热追逐，扭曲了人们对科学数据原本的需求。尤其在普雷塔地区，法西斯为了鼓吹宣传，一度迫使探险家们提供“超乎想象的数字”。在几十年的努力之下，经过20世纪60年代和80年代的探索，才克服了过去的深度极限，到达了深渊的更深处——地下877米的位置。这次的测量不存在任何误差（或干扰）。

实际上，对深渊深度的夸大是一种很常见的现象，对于那些第一次亲临深渊，目睹这些可怕的自然现象的人来说尤为如此。在欧洲以及其他大陆地区做研究的过程中，我曾随口问过当地居民是否知道附近有什么深洞，这才知道关于无底深渊的传说层出不穷。如果通过扔石子来估计洞的深度，往往估读的结果会比实际深几十倍。一些墨西哥农民曾经带着手电筒和绳索，冒险进入他们耕地下方的岩洞，告诉我那洞中有连续几十米深的落差，有偌大的洞穴，还有一口竖井——那竖井深不可测，他们靠近边缘一看，竟吓得僵直，不敢动弹。而后来经过考察，这个洞穴其实只有约30米深，他们口中极深的竖井，实际上仅有大约10米的落差。当我们带着测量图纸出来的时候，他们和我们说，他们肯定穿过了洞里的另一条支路，比我们发现的大好几十倍——这些村民始终无法相信，黑暗与恐惧会将他们的感觉放大到如此夸张的程度。

当然，在20世纪20年代，经验较少的洞穴探险者也会有类似的感觉。一旦从洞中出来，回首那些以当时的手段难以照亮的黑暗处，关于深渊的记忆就会扭曲变形。根据深入竖井的绳梯数估算深度的时候，则会更容易混淆、搞错（也可能是故意为之），总之，数据总有夸大的倾向。

这些经过夸大的数字掩盖了其他很多勇敢探险者的光芒，例如，在1934年，佛罗伦萨洞穴学家曾进入托斯卡纳阿普安阿尔卑斯山科奇亚洞穴。实际上，他们才是世界上首次突破地下500米的探险者——根据精确测量，其最终到达深度为地下541米（后续的勘测将该数据略微缩小了一些，改为520米）——本来应该得到刷新纪录的认可，但不幸的是，当时还没有人能够驳倒斯普鲁加·普雷塔深渊创造的夸张记录。

在科奇亚洞穴的先锋探索团队中，有一位洞穴学家在战后加入了伟大探险家们组成的精英队伍，开启了他的“复仇”之路。他就是来自意大利的朱塞佩·奥基亚利尼（又名贝波），他与布莱克特、鲍威尔合作，发现了正电子和介子对粒子物理学研究的根本性贡献，并因此享誉世界，与诺贝尔奖仅一步之遥却失之交臂（也许只是因为他拒绝参与原子弹的研制工作）。就像探索粒子物理学无限微观的世界一样，奥基亚利尼也是一个对黑暗大陆充满热忱的探索者。作为一名理论物理学家，他将自己对职业的热爱投入深渊的探索中去。他总喜欢和他米兰大学的学生们这样说——“探险是求知热情的物理表达。”

除了对科奇亚洞穴的探索，在1931年，奥基亚利尼和其他几位发起人一道，开始了阿普安阿尔卑斯山雷维深渊的首次进洞探险活动。这是一座足足有316米深的空心深洞，是当时世界上最深的独体垂直洞穴。从深度上看，这个可怕的山洞与埃菲尔铁塔一样高。当然，这种类型的竖井有一种特殊的魅力。站在洞底，探险者仍然可以感受到从洞口渗入的光线，从而察觉到离地面有多么遥远，迷失在地球的深处。

奥基亚利尼参与探险活动的高潮是在20世纪50年代初。在战争期间，为了躲避意大利法西斯，奥基亚利尼曾前往巴西避难，战后再度回到欧洲。他经常前往巴黎和布鲁塞尔，拜访法国和比利时的科学家和探险家，包括火山学家哈罗恩·塔捷耶夫和物理学家马克斯·科桑。后者在1932年与奥古斯特·皮卡德一起，成为历史上首次飞升至平流层的人物。然而，在领略了地表16200米以上的高空之后，到了20世纪40年代末，地表之下的黑暗大陆又深深迷住了这位物理学家。他聚集起身边的学者，组建了有史以来最不可思议的洞穴研究团队之一，以求到达地底的最深处。1950年，他们选中比利牛斯山最秀丽迷人的石灰岩山地之一：皮埃尔·圣马丁山。这座山位于法国和西班牙边境的山口附近，探险队进入其中几个竖井考察，并没有特别的发现。就这样，贝波·奥基亚利尼和乔治·勒皮努勘察过一个深度不到20米的浅洞后，在一片草地上坐下来歇息。洞口就在他们身后几米远的地方，可以看到，洞穴的岩壁上有个不起眼的空洞，只有几分米宽。勒皮努随手拿起一块石头，对奥基亚利尼半开玩笑地说："我一次就能扔进那个洞里，你信不信？ 咱们来打个赌。"

"我才不赌呢！"贝波回答。

"为什么呢？"勒皮努又问。

"你肯定可以扔进去啊，那还用说！"贝波一脸平静地回答道。

就这样，这颗小石头被扔了出去，它在空中划过一道抛物线，精准地落入了洞里。就在这时，一只又大又黑的比利牛斯乌鸦胡乱拍打着翅膀，从小洞里飞了出来。一大批乌鸦紧随其后，飞出洞口，

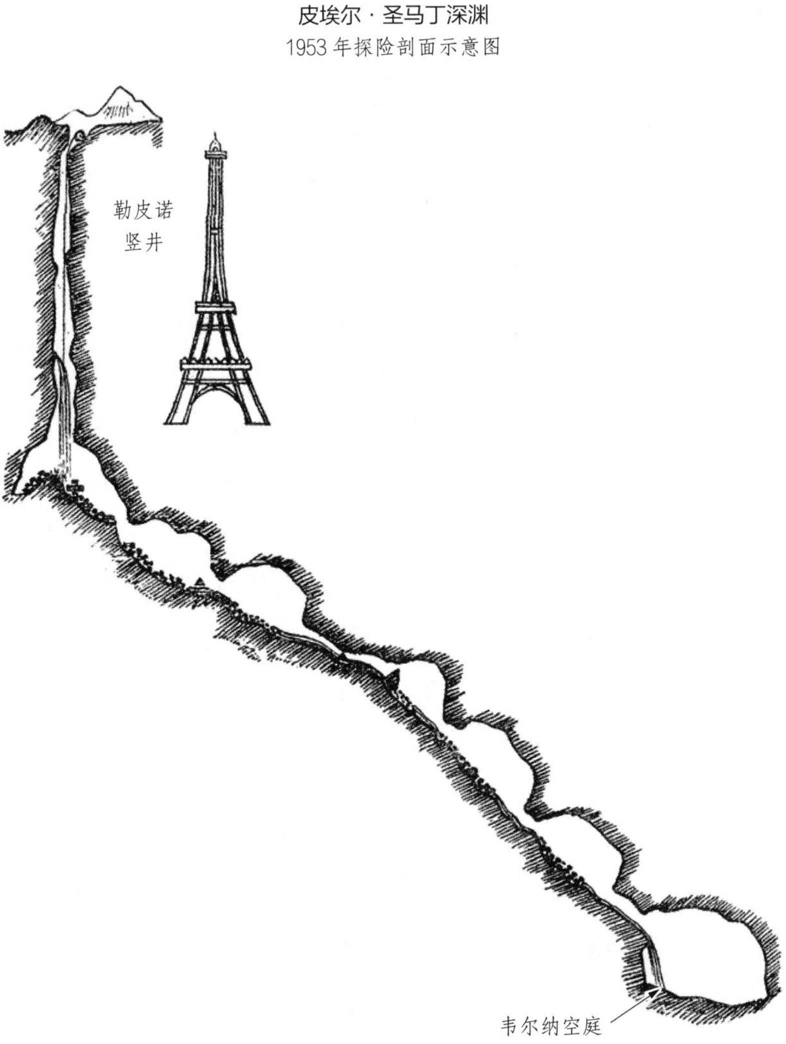


皮埃尔·圣马丁深渊示意图：从 320 米深的勒皮诺竖井到巨大的韦尔纳空庭。插图源自诺贝尔·卡斯特雷《地下三十年》一书。

在他们头顶上愤怒地盘旋，发出震耳欲聋的声响。

他们知道，凡是有乌鸦筑巢的地方，往往会有很大的洞室。半信半疑之间，两个人就走近了那个洞口，向里面的昏暗处望去，就这样发现了一个掩藏在黑暗中的空腔。他们又扔了一块石头进去，石子弹跳了一下，便再无声音。于是他们试了一块大一点的石头，这次传来了几秒钟的弹跳声，然后又归于平静。他们又寻来一块大得多的石头滚了下去，这次，弹跳声音在黑暗中逐渐远去，变得越来越微弱。他们难道找到了无底洞？

就是这一天，奥基亚利尼和勒皮努玩笑般地找到了一个特殊的入口，从这里进去，将会通往地球上最迷人的深渊之一。原来，他们正处于一座数百米深的、黑暗垂直深渊的边缘！

几天后，他们带着铅垂线回到洞口，解开整整两百米长的卷轴，放入洞中，铅锤仍然悬在空中没有落地。最终，他们把所有卷轴加在一起，才得以测量出了超过320米的深度数据。

很多探险家都曾在书中记述过自己探索皮埃尔·圣马丁的伟大壮举，比如塔捷耶夫的《皮埃尔·圣马丁的神话》，卡斯特雷的《地下三十年》。人类的发现在不断升级，但探索的梦想却被一桩可怕的事故烙下伤痕，我后来的导师阿蒂利奥·贝内蒂当时也在事故现场。1951年，探险家们借助脚踏式绞车，成功降至山谷中，置身于一个“装得下整个巴黎圣母院”的巨大空庭，在硕大的岩石之间，发现了一条不知流向何处的地下河。第二年，探险家们组织了一次极大规模的考察活动，不幸的是，命运却彻底粉碎了这次探险的热情。诺贝尔·卡斯特雷的学生——探险队领队马塞尔·卢本斯被固定在绞车的钢缆上，从深渊底部悬吊至约20米高的地方，停在了极为庞大的勒皮努空庭中央，四下一片空旷。上升没多久，绞车就停下来，让卢本斯点燃镁质火炬，照亮周围环境，方便塔捷耶夫和奥基亚利尼在底部通过摄像机进行拍摄。就在这时，固定线束环的铆钉忽然松动了，缆绳从里面滑了出来。就这样，队员们眼睁睁看着卢本斯坠落下去，狠狠地撞在了巨石上，滚到他们面前。他们赶紧把卢本斯抱起来——他还活着，但已经不省人事了，脊椎受到了极其严重的损伤。

想要重新登上竖井，即使固定在绞车上，也必须绑着不舒服的降落伞背带吊升一个小时。在当时的情况下，卢本斯肯定撑不过去。事故发生的消息传遍整个欧洲，许多人（其中自然也包括阿蒂利奥）赶到山上帮忙，扛着担架，尽全力协助援救，而奥基亚利尼、塔捷耶夫和进洞施救的医生迈雷则努力维持着卢本斯的生命。然而，不幸的是，在事故发生后36小时，卢本斯最终还是去世了。传说奥基亚利尼当时朗诵了加西亚·洛尔迦的一些诗歌，并用电石灯的灯黑在一块巨石上写下了这篇墓志铭。

在此地
马塞尔·卢本斯
度过了他
最后一段日子
结束了勇敢的一生

在深渊中，马塞尔·卢本斯度过了他生命中的最后几天，结束了勇敢的一生。两年后，通过卡斯特雷组织的一次全面的探险考察，马塞尔的遗体才被带回地面。六十年后，我终于有机会穿过巨大的勒皮努空庭，在奥基亚利尼书写的碑文前驻足。为了求知的乐趣，这些探险者不惜潜入深邃的竖井，直面洞穴茫茫无边的黑暗。虽痛失一位队友，但探索比利牛斯山下的这座迷人世界的旅程也由此展开，一直持续至今。1953年，法国洞穴探险家们在一次新的探险活动中到达了皮埃尔·圣马丁深渊的底部。卡斯特雷和塔捷耶夫率一队精干的里昂探险队员，沿着河流的方向一路向下。洞穴变得越来越宽广，穹顶高得看不见，四面的岩壁也越来越远，直到他们到达当时世界上已知最大的地下洞室，也是直至今日欧洲规模最大的地下洞室——韦尔纳空庭。这是一个嵌在山中的球状腔体，其直径在200米至250米之间。在地下736米的深处，探险者被虚空所包围：他们创造了新的世界纪录，甚至超过了人们探索斯普鲁加·普雷塔深渊时曾经虚报的深度数据。1958年，法国EDF电力公司挖掘了一条隧道，直抵洞穴的最深处，利用地下河流进行水力发电。

2006年，我想穿越这个洞穴，从海拔最高的洞口（1975年发现的l'SC 3入口）进入，沿着EDF隧道，向下穿行一千米，沿途领略各种想象中的地下景观。穿越皮埃尔·圣马丁深渊是对探险者来说最为迷人的旅程之一。随着我的不断深入，洞穴变得越来越宽阔。从竖井到蜿蜒曲折的小道，再到高大的峡谷，经过宽大的画廊和一个接一个越来越广阔的洞室，最终便到达巨大的韦尔纳空庭。那次探险后，我在笔记本上记下当时的心绪，多年之后，通过那段话，仍能体会到初入韦尔纳空庭时的惊喜："在大殿的入口，情绪和风一样不断滋长，脚步和心跳一起变得越来越快。一切归于瀑布震耳欲聋的声响，仿佛怪物的咆哮，可以在几秒内横扫所有环绕四周的岩壁，把人抛弃在一片没有星星的黑夜中。几十根银白色的柱子，支撑着我们头顶上方的巨大穹顶，那是我们唯一可感知的东西，而溯流而上，瀑布的高度简直难以想象。可以想见，在1953年7月，当里昂的洞穴探险者们第一次冲破这片黑暗的时候，他们该是多么难以置信——自己居然来到了一个似乎超越物理定律的地方。无论是布鲁内莱斯基、达·芬奇，还是儒勒·凡尔纳，都无法想象大自然竟然会创造出这样一个宏大、令人困惑的建筑结构。"

经过几十年卓有成效的探索，皮埃尔·圣马丁的岩溶系统现在已经有83公里长，1410米深，包含14个入口，以及欧洲最为庞大的地下空庭。除了韦尔纳，我们还探知到其他的环境，如舍瓦利埃空庭，或位于帕特加峡谷中顺流河道下巨大的日食空庭。在这条山脉下方，一个由岩石、水和黑暗组成的世界不断延伸，较之于托尔金笔下最富有奇幻色彩的地下城——凯萨督姆，也毫不逊色。

随着20世纪50年代的探索和探险者马塞尔·卢本斯的悲剧，洞穴探险逐渐进入国家新闻报道的视野，对于刷新纪录的角逐也变得越来越激烈。这些年里，意大利洞穴探险家们备受打击。带着重铸荣光的使命，他们再次展开了对斯普鲁加·普雷塔深渊的探索，却再也没有把失去的记录赢回来。

但是，在新闻媒体的聚光灯外，深渊的探索形式也在发生着深刻的转变。战前的许多探索活动（包括皮埃尔·圣马丁深渊的探险项目）都有着强大的后勤保障支撑，其任务之繁重，与攀登喜马拉雅山脉的探索活动不相上下。有时，他们还会得到军方的支持，使用绳梯等军用装备辅助探险。然而，根据里昂一队探险者总结的经验，一种针对长期地底探险的新方式应运而生。几十年来，他们一直试图攻克位于高勒峰岩层内部的洞穴。高勒峰毗邻格勒诺布尔，地处前阿尔卑斯山脉伊泽尔省，仿佛一座岩石堡垒。对于此地的探索与对于皮埃尔·圣马丁深渊的探索完全不同。在这座石灰岩山脉中，一条隧道从山顶到岩壁底部蜿蜒数公里，一路穿行。前往探索的两位探险者分别是费尔南德·佩茨尔和皮埃尔·舍瓦利埃。他们自学成才，利用在费尔南德工厂造出的工具设备，自20世纪30年代初（当时他们的年纪只有二十出头）就开始探索这个地下世界。大多数情况下，他们会选择从这座岩石城堡的底部出发，从城根下的一条通道进入洞中。所有的水流都会从这个洞口奔涌出来，吉耶尔河也从此地再度发源。因此，与其说这二人是深渊探险家，倒不如形容为“暗夜之地的攀登者”更为准确。舍瓦利埃曾撰书讲述他在高勒峰的这段岁月，正因如此，他将这本书命名为《地下攀岩》（*Escalades souterraines*）。在第二次世界大战期间，纳粹占领法国，在这样的外界条件下，他们在高勒峰中找到了属于他们的自由。他们在长达数公里的洞穴系统中漫游，一步一步爬向格拉兹洞——这是他们探索发现的另一个洞穴，与前者不同，格拉兹洞位于山的顶峰。为了尽可能克服地下的种种障碍，他们发明了一种可拆卸的杆子，以便在最困难的条件下协助攀登。不仅如此，他们还造出了第一批专用工具，这些工具为洞穴探险乃至未来的登山运动，都带来了革命性的改变——其中包括兼具轻盈与可靠性的尼龙绳，以及第一代自锁装置，借助自锁器，探险者无须携带沉重的绳梯穿过蜿蜒逼仄的地带，就可以直接在绳索上攀爬。费尔南德·佩茨尔还对自锁器进行了轻量化处理，从最初的“麻绳—木钉”结构改进为“细钢缆—铝钉”结构。

1944年，即初次探索后的第12年，两位发明家终于成功将两个洞穴连接起来，上下贯通，其总高度差为512米。1947年，该洞穴系统的已知规模已经超过了17千米，包括五个独立的洞口，其最低点与当时山顶最高洞口——安妮特洞的海拔高度差为603米。除了当时被夸大的斯普鲁加·普雷塔深渊之外，高勒峰洞穴系统成为当时世界上最为庞大的深渊。然而，这并不是一个典型的洞穴系统，因为其底部实际上是水流的出口——如果一个洞穴有一个“入口”和一个“出口”，那么人们有可能从不同的方向穿越整个山体。

佩茨尔和舍瓦利埃在高勒峰的探险经历为几年后更加轰动的成就奠定了基础。在皮埃尔·圣马丁山脉传奇般的探险旅程之后，下一个亟待实现的目标就是超越“1000米”这一关键深度。两位探险者不断努力，在继续探索法国前阿尔卑斯山脉的过程中，发现了和之前洞穴类似的情况，这座新洞穴的名字叫作戈弗尔·贝尔热洞，它在后来成为探险者心中的神话。1952年，二人开始探索，穿越宽阔的通道和庞大的竖井，顺着这座不同寻常的山洞一路下行。1955年，佩茨尔在到达之前下行的最深处之后，又继续向前进发，前后持续了218个小时，最终，在地下985米的地形深度处停了下来：在他面前的飓风井下，一道巨大的瀑布展现在眼前，经估算至少有

50米深。此时，可用的绳梯已经全部用完，无法再下行，但很明显，他们已经攻克了“1000米”大关。次年，两名洞穴探险者又进行了为期超过380小时（在地下两周）的前沿探索，最终到达了一座被水淹没的虹吸管洞处，与洞穴入口相距1122米，由此创造了新的世界纪录。

1963年，探险者们刷新了斯普鲁加·普雷塔深渊的探索纪录，到达深度为地下870米的底部地区，成为真正意义上的、全世界第二深的已知洞穴。戈弗尔·贝尔热洞与斯普鲁加·普雷塔深渊的探险壮举，标志着先锋时代的终结。

20世纪60年代，在下降器和自锁装置的辅助下，随着进阶的单绳技术出现，现代洞穴探险由此诞生。自此之后，通过绳降考察洞穴不再需要成吨的设备和大型团队支持，真正的探险运动逐渐风靡整个欧洲，人们在世界各地发现并探索了数百个深渊。回首20世纪20年代，当年人们所探知的这些极深的洞穴，和最近60年里新发现的数以千计的深渊相比，便显得微不足道了。今天，世界上已知深度超过1000米的深渊就有110余个，已知深度超过500米的深渊则至少有一千多个。随着时间的推移，榜上有名的洞穴注定会越来越多。

但是极限究竟是什么？深渊究竟有多深？

我们并不知道，也许我们永远也不会知道。1983年，法国洞穴学家进入位于上萨瓦省的让－贝尔纳洞穴，到达了超过地下1500米的深处（其深度在后来追加到1602米）。与此同时，探索世界上最深洞穴的争夺战也蔓延到了其他大陆，许多洞穴被相继探索，包括乌兹别克斯坦的拜布洛克洞穴（-1415米，1989年）、墨西哥的基韦洞穴系统（-1524米，20世纪90年代）和巴布亚新几内亚新不列颠岛的内德穆鲁克洞穴系统（-1258米）。后者于1996年被发现，是南半球已知的第一座深度超过1000米的深渊。

最终，随着高加索地区阿拉贝卡山脉的探索，2004年10月19日，由尤里·卡西扬率领的乌克兰洞穴探险队突破了沃罗尼亚·库鲁伯亚拉洞穴地下2000米的深度极限。在此次探索活动前的几个月里，乌克兰顶尖科学家、领军人物亚历山大·克里姆丘克正在我家做客。当时，他正与我父亲——地理学和第四纪地质学学者——以及帕多瓦大学展开合作。我常在一旁听他和父亲谈话，虽然有些英语没法完全理解，但我还是听得心驰神往：抵达洞穴内如此惊人的深度，确实是世界上每个洞穴探险者恐惧却无比渴求的梦想。同时，这个记录是乌克兰和俄罗斯洞穴探险家之间毫无保留的竞争结果，他们月复一月，轮流进入洞中展开探索。

阿布哈兹的阿拉贝卡山脉和卜兹克山脉是目前世界上深渊分布最多、深渊规模最大的地区。其原因非常简单：洞穴入口位于海拔两千多米，渗入山脉的水流一度低于黑海海平面，却又在洞口再度发源。在沃罗尼亚·库鲁伯亚拉洞穴，人们探索到位于2140米深处的地下含水层，在那里，河水淹没了一切，达到接近海平面的高度。但乌克兰探险家们希望走到更深处，2012年，他们与洞穴潜水员亨纳迪·萨莫欣一起，进入水下通道，下潜67米，从而到达地下2197米的最大深度。当然，深渊不会仅仅到萨莫欣照亮的最深处就结束，一定有更深的部分浸没在水中。为了完成这次潜水任务，他们组建了一个包含59人的支持团队，在洞穴中停留了足足27天。所有这些准备，都为了使最先锋的那位探险员到达极限的边缘。

随着探索能力的提升和相关技术的进步，深渊可探知的底部也被人们逐渐向更深处推移。而每一位洞穴探险者做出的贡献，都代表人类在探究黑暗大陆根源的道路上迈出了新的一小步。我们不知道下一个前沿阵地在哪里。也许我们会把目光从高加索山脉转移到印度尼西亚伊里安查亚地区巨大的石灰岩山脉，那里的石灰岩层极厚，从已知根源处计算，其厚度超过3000米。深渊的底部标志着人类所到达的极限，也是引诱探险者们不断超越极限的海妖之歌——它呼唤着我们前去探寻新的知识，就像尤利西斯驾驶航船，渡过海格力斯之柱，前往人类未知的领域。

但是，抛开记录上的数字，在这些深入地球内部的旅程背后，充满了探索时的艰辛与恐惧——但更重要的则是对未知事物的好奇心与热忱。所有试图刷新纪录的探险者，都要直面深渊的奥义：深渊的本质与我们的感知紧密相连，它是如此捉摸不透又瞬息万变，映衬出人类的渺小、力量的有限。

2018年，沃罗尼亚·库鲁伯亚拉洞穴以几米的深度差距，被维洛夫金娜洞穴所超越。维洛夫金娜洞穴位于高加索地区，是一座由莫斯科探险队探索的深渊。它非常特别，当俄罗斯洞穴探险队队长帕维尔·杰米多夫第一次向我展示这座洞穴的地形轮廓时，我简直不敢相信自己的眼睛。洞中，一连串竖井相互连接，不断向下延伸，

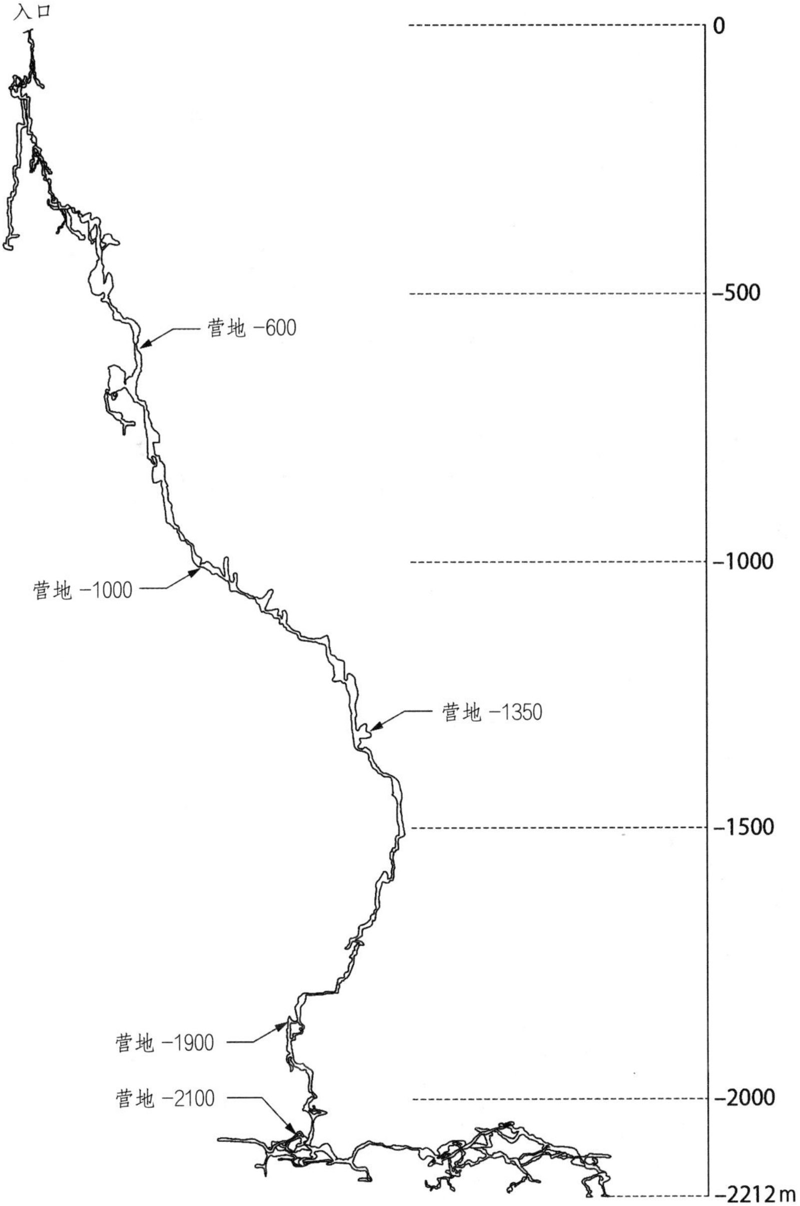


维洛夫金娜洞穴地形图。维洛夫金娜洞穴是迄今为止世界上已知最深的洞穴，位于阿布哈兹。

但到了两千米左右的深处，却又突然爆发出一张巨大的水平洞穴网络，仿佛闪电击中地面，四处放电一般，向周围无数个方向释放出巨大的能量。就这样，深渊演变成一座迷宫。到目前为止，人们已经进洞对8公里左右的通道进行了勘探，并到达地下2212米深处的一座大湖，至于这个洞穴网络的实际发展情况，我们至今也无法估量：当我们自以为终于到达深渊尽头的时候，未知的边界就会再度转移，不变得更深，就会变得更纷繁复杂。每当我们自以为到达终点的时候，新的旅程才刚刚开始。深渊的尽头，原来只存在于我们的脑海之中。

# 迷 宫

当人们第一次面对山洞的时候，脑海中最让人焦虑的、反复出现的念头就是“害怕迷路”。头灯的光照亮前方，映出跟随我们移动的身影，各个岔路交织在一起，没有参考的方向和坐标。如果不带指南针，在洞内转身往回走的时候就更会迷失，因为不同的视角常常会迷惑住人们——有时我们甚至意识不到，自己其实已经好几次来到同一个地方。那些岩壁看上去似乎很陌生，但实际上，不同的光源方向，会让同一块岩石展现出迥异的形状。就这样，探险者们在洞穴的闭环中来回游历，时而走入变窄、阻塞的小道，时而面对不期而遇的深渊。

我很少在走出洞穴的过程中迷路。通常情况下，只需要环顾四周，或者后退几步，我就能找到正确的方向和路线。然而，让我朝着未知的方向探险时，一切就没那么简单了。我经常要根据洞内气流的流向、溪水的声音以及小石子在深洞中滚动的情况，来判断自己究竟该选择哪一条路。一片暗影后面，可能藏着一条通道；一座空庭的穹顶上，可能开有一扇不知通往何处的天窗；搬开一块巨石，可能就会找到通往未知世界的突破口。因此，面临岔路口时，我们对方向的选择可能会极大地影响探索的结果。再往前走几米，我们可能会遇到拦路的死胡同，也可能发现几十个新的岔口，又或是在几公里长的通道，在山体内纵横交错。当我们不知道目的地在何处的时候，“找路”就成了一个奇妙的游戏——可能是有史以来最古老也最恐怖的游戏之一。

这便是迷宫的本质。迷宫，一个跨越千年的神话，曾在人类历史上留下了深刻的一笔。不同于人类的其他概念，迷宫为何这样特殊，在吸引着我们的同时却又让我们感到如此困惑？对于这个问题，萨米韦尔（法国作家、探险家保罗·加耶－唐克雷德的笔名）给出了最好的解答——“它包含一种普世的精神意象，能够引发人们的共鸣。它交织着痛苦与希望，仿佛一桩清醒的噩梦，在几近疯狂的同时，却也蕴含着哲人的冥想。而这一切都源自对于迷宫的一种构想，它的尽头一定‘有点什么’。可能是怪兽，可能是宝藏，也可能两者同时存在。”

在萨米韦尔的阐释中，最为核心的根本前提便是“迷宫的探险者并不知道他在寻找什么”。也许想要找到的是对称的中心区，也许是洞穴的另一个出口，也许是意外发现带给人的兴奋情绪。在传说中，想要从迷宫里全身而退，依靠“阿里阿德涅之线”是唯一理性的选择，但实际上，正是在迷宫中不断向前的探索，才让忒修斯战胜弥诺陶洛斯[1]，成功地活了下来。

在多年的探索中，我绘制了许多地下洞穴的地图，渐渐迷失在越来越辽阔、庞杂到难以想象的岩溶系统中。我们到底在寻找些什么？ 我曾经无数次问自己这个问题。

2000年上半年，我第一次亲临神秘的地下迷宫。那时候，我对很多其他洞穴已经十分熟悉了，它们被探险者勘探了几十公里，其地图上复杂的结构让人不禁联想到古今的水路网，仿佛身体内的动脉，将地下世界纵横切割。尽管如此，深渊的魅力仍然吸引着我，每年冬夏两季，我都会回到贝卢诺多洛米蒂的皮亚尼·埃特纳深渊进行探险。当时，这个洞穴被探索到达的最大深度为966米，探索路线总长十余公里，但是，山脚下泉眼的位置远远低于已探索的深度，因此，洞穴实际的底部肯定在更深的地方。我和意大利各个洞穴探险队队员尽一切努力，希望能够找到一条能通往更深处的路线。

洞穴剖面图所绘的结构很简单：一系列通道和竖井穿入山体，彼此之间相对平行。考虑到前几年曾有多次失败的尝试在先（其中有一次，我绳降至850米深的竖井下，因为飞流的瀑布导致体温过低，险些危及生命），我们决定先考察四周，避开有深度的位置，钻入山体侧面的一个小洞口。进洞后，我们沿着通道上上下下，前后走了几百米，直到一座小湖边。在这里，水漫得很高，几乎能够触到岩洞的拱顶。这便是所谓的西北分支，深渊中唯一没有向下蜿蜒的洞穴支路，它向山体的中心横向延伸。在这次考察过程中，自

1. 希腊神话中住在迷宫中的怪兽。

探索伊始，我们就得到了保罗·格罗托、马科·萨洛格尼和贾恩卡洛·普雷诺托的大力支持。他们三人多年前就曾到达过这座小湖的岸边。而这次，湖面被微风吹起了涟漪，说明另一侧一定还在继续延伸。2005年8月，我和保罗·格罗托穿着从俄罗斯探险家那里找来的“涉水服”（一种非常不舒服的乳胶潜水衣），勇敢地跳入冰冷（只有3摄氏度！）的湖水中。不出所料，过了那个道口，洞穴继续向里蜿蜒，一条溪流穿行其间。向前几百米后，我们来到了一个十字路口，一条条岔路使人在黑暗中迷失了方向，实在是很有意思。但我当时的精力主要集中在衣服上，湖外沿岸的岩石蜿蜒曲折，其中一块凸角刮破了我的脚踝处的涉水服。返程的途中，在洞穴逼仄狭小的空间里，我尽一切努力不让脚被水沾湿，但一切都无济于事——随着我的脸没入湖面，最终，湖水还是钻了进来，一瞬间涌入这件超级连体衣。克尼普医生会为我骄傲的：当我再度浮出水面的时候，浑身湿透，还要被那连芬兰人都受不了的冷风狠狠“吹拂”！ 所幸在地下450米深的大本营里，有温暖干燥的衣服可以换上。

为了从身体寒冷的状态中恢复过来，补充精力，我们决定留在这儿过夜，在小帐篷温暖的睡袋里睡一宿。事实上，在这样的条件下是很难睡安稳的。打鼾的同伴、潮湿的空气、绝对黑暗中的躁动、简易的石床和床上薄薄的绝缘床垫，都让睡眠变得非常浅——只等闹钟声响起（当然不是等太阳升起）。然而，那天晚上我却做了梦，梦境十分清晰，使我印象深刻。在那段梦幻的旅程中，我们进入了一座庞大的、深不见底的竖井。面对未知的一切，我忽而感到头晕目眩，心底的恐惧和兴奋交织在一起，让我一下子惊醒过来。就这样，我睁开眼睛，却看不到一丝光线。四下一片静谧，只有同伴的呼吸声在空中回荡。

2006年夏天，我们再度进洞，继续探索“伪虹吸管洞”那头的支路。这一次，我们设计了一种排空湖水的方法，需要一个人牺牲一下，穿上涉水服潜入水中，游到另一边，用一根长管子将水转移到地势更低的地方去。利用这个方法，小湖不到一个小时就可以抽干，让其他人顺利通过，避免沾湿。我们极快地穿过狭窄难行的通道，经过一连串小型的腔室，来到一条爬升的通道，由此向下，又是一个几米高的落差。我们在此钉入几颗岩钉，开始绳降。越过了一个石台，一个更加惊人的深渊展现在我们面前，但剩下的绳子只有15米了。向下扔一颗石子，几秒钟后我们听到了落地的声音，而在我们上方的也是竖井，状似纺锤，至少有几十米高。我们所处的位置似乎是这个洞穴系统的一个关键结构，它嵌在山体的中心，垂直投射，连同我们上方和下方的岩洞。

当时正值夏末。在山区里，秋天正是多雨的季节，洞穴很可能会被突如其来的洪水所淹没，因此我们只好等待。那座深渊会把我们带到多深的地方呢？探索的欲望使我的内心久久难以平复。那天晚上的梦好像成真了，现实和梦境的细节如此相似，几乎到了让我害怕的程度。

11月初，虽然十分寒冷，但持续了多日的好天气。我们抓紧机会，在为期三天的探险活动中一举攻克了这座巨大的竖井。我们绳降了百余米，在岩壁打入一颗颗岩钉，最终来到了接近底部的位置。

绳子末端留下的绳结悬在我的身下，虽然没法再往下走，但从这个位置，我似乎看到了洞穴的尽头。我一面细细观察着深渊，一面想："谁知道那底下有什么呢？没准那里面没有竖井，而是一片平地，通往很多其他的岩洞。"当时我还不知道，在我的脑海里，已经产生了一种直觉——这个山洞并不仅仅是楔入山体中央的一个破口，在我们周围，还有一些未知的东西正四处延伸。

最后，我终于如愿以偿，在2007年1月到达了竖井底部。原来，该地正位于一个两公里长的水平洞穴之中，有风经过此洞穿行。我们兴奋不已，向山体内部进发，留下身后的岔道和路口没入黑暗中。一开始，我们沿着一条看上去是主隧道的方向往前走，但一路上大量的岔口和从未被勘察过的小路不由得让我们忐忑起来。事实上，我们进入了一个复杂的空腔结构，后来这种结构被称为"古渗流迷宫"（Labirinto paleofreatico profondo）。

喀斯特迷宫是数百万年来流水溶蚀的结果。为了理解岩溶系统中的几何构造，我们可以想象一本兼具空间与时间两种维度的"书"。实际上，不同年代的流水在岩石上雕刻下交错的痕迹，主要受两种因素的影响：洞穴的岩体分为上下两层，上层为"渗流区"，水从此处通过裂缝渗入通风、开放的岩洞内；下层则为"水层区"，在这里，一切结构都没入水中。在渗流区，流水因重力作用向下刻蚀，逐渐形成大竖井、峡谷、曲折的道路和极深的裂缝。而在水层区，水流则会缓缓移动，依据水压的原理，钻刻、溶解岩石。在这个完全被水浸没的环境中，受到压力，水流会拼命向各个方向寻找出路——也就是说，它不一定向下，反而更多地在水平方向流动，并由此横向开拓出一个庞大而复杂的洞穴层。同时，在这些地质作用发生的过程中，山体本身也在被内力作用推动着不断向上运动，就这样，几百万年间在地下深处形成的洞穴层缓缓上升，浮出水面，有时甚至高悬在与最初相距几百米的上空，逐渐干涸，成为一座复杂的洞穴迷宫，被弃置于永恒的宁静之中。但与此同时，新的水层区又开始在深处形成，几千年后，它们也会从水中浮现出来。

经过几百万年的作用，洞穴内部最终形成了一个纵横交错的渗流竖井，一道瀑布穿行其间。它保留了古代不同时期的地下渗流区，搭建起一座复杂到难以想象的迷宫。如果用尽可能简练的方式去理解它的结构，我们可以把这个系统想象成几座水平平行的迷宫，有的十分规整，有的混乱无序。这些迷宫一层层叠在一起，由垂直向下的螺旋形竖井和急流穿越的峡谷连接在其中。因此，在外部看来仅有一平方千米的地表下方，在占地一百公顷的山脉内部，也可能存在长达一百多千米的地下洞穴。地下世界富有惊人的立体感。乔瓦尼·巴迪诺十分好酒，他曾经把地下的世界比作酒坛："你看，德米加纳[1]看起来很大，当你开始往里面装酒的时候，就会发现其实际体积比表面积还要大得多。山也是如此，它们看起来很高大，其内部的空间更是无限的。"

当初探索的时候，我们本以为想要彻底摸透这个迷宫至少需要十辈子的时间。后来我们才意识到，可以在这个洞穴系统的中

---

1. 德米加纳（Damigiana），一种细颈大瓶的盛酒容器。

心——在那片沙地上的空庭，建立一个新的大本营。这样一来，我们每次进洞探索都可以停留一周，使深入地下进行地形勘测的效率尽可能变得更高。

在探索如此复杂的立体结构的过程中，我们需要对所有岩洞的交会处进行梳理，系统地进行记忆。地形考察当然是必要的，同时，为这些岔口想出新的地名也很重要——作为洞穴学家，我们有机会为人类从未涉足过的地方命名。于是，在皮亚尼·埃特纳山下的古渗流层里，在庞大的迷宫中，我们尽情释放自己的想象力，为前行路上每一个空庭、每一座竖井、每一条岔路和通道都冠以令人回味的名字，往往与史诗传奇或童话故事相关。就这样，新的宿营地成了“海盗旅馆”，而在它后方，则是这个洞穴系统的主要河流之一——“诗人河”。

我们就像水手一样乘风破浪，在洞内的每一个下坡处靠岸，登上未知的土地。每次前进都会发现新的支路。我们沿途抵达了“梦幻岛”和“彼得潘隧道”，从“铁钩船长竖井”向下绳降，又到达了新的岔口。我们灵机一动，将其命名为“三相神路口”，就这样开启了一个新的主题——“湿婆”“梵天”“毗湿奴”三条通道由此向外延伸。又或者，当我们登上“亚哈船长峡谷”和“以实玛利峡谷”之后，最终将会到达并穿越“白鲸走廊”。除此之外，还有其他几十个地名从此诞生，随着地图在方格纸上不断向外延伸，这些地名也变得越来越富于异国情调和想象力。给地理位置命名也是探险家们相互交流的独有方式，我们不用详细描述，只需要提及地图上的某个特定的点，那些本来不可能直接辨别出的地点就能够在我们的脑海中一下子反应过来。

就这样，年复一年，随着探索路程的不断增加，我们走得越来越远，逐渐迷失在这个似乎没有尽头的迷宫之中。起初，我们作为开辟者，只是享受当下的每一步，为照亮每一片新的黑暗而欢欣鼓舞。但是，随着时间的推移，在绘制地形图时我们意识到，这个洞穴系统的部分区域距离洞口已有数千米远，有时甚至接近皮亚尼·埃特纳山脉与邻山交界的谷坡。这些岩洞内有风穿行，说明山体一定有几处通气孔，才使得气团在洞穴内部如此活跃。

那一刻，我们不禁扪心自问：我们在寻找什么呢？而心中得到的答案又是那样自然、那样清晰：我们要寻找出路。探索的过程需要无私的奉献，需要技术、风险，需要日复一日在地下生存，为什么这个过程如此重要？有两个密切相关的原因。一方面，我们想了解迷宫的形态，想要从复杂的结构中找到线索，找到不同于山顶进洞处的另一个出口，带领我们离开这个遥远到超出人类认知的地方，从这只地底怪兽布下的网中解脱出来。我们的脑海里渐渐萌生出这样一个梦——日落时分，从西侧进入，穿越整座山，从洞中出来的时候，恰好看到山脉东侧的黎明之光。在这颗星球上，每一片土地上的文化都流传着一些同样的神话，它们关乎黄昏与拂晓，关乎太阳的逝去和重生。当时我并未多想，直到现在，当我落笔写下这几行字的时候，才忽然意识到，我们的探索与那些神话一样，都共享着同一个朴素的灵魂。

我们能不能找到最关键的那条路？洞内的气流和地图清楚地告诉我们，在某个地方，一定有那样一条通道。但想找到它似乎并非易事。当时我几乎对它着了魔，想不出别的办法，就花一整晚研究地图和地形图。古渗流网向四面八方延伸，但我们还是没能找到一条通往山外的路。此时，大家已经开始疲惫了，愿意在假期里抽出一周时间和我们探险的朋友也变得越来越少。或许我们不得不改变策略，从山体外部寻找出口的所在。然而，这种方法难度也很大，山谷的坡度很陡，而且十分荒凉，我们要找的洞口可能隐藏在树林深处或是某个岩壁上。

当我第一次来到伊莎贝拉洞穴的入口，才恍然大悟，原来苦苦追寻的答案其实就近在眼前。这个大岩洞坐落于多洛米蒂山最为荒凉的地方之一，在20世纪70年代为一群盗猎者所发现。要到达入口处，需要在七百多米高的山下，沿着岩壁向外突出的小石台，顺着密斯峡谷的侧面行走五六个小时。密斯峡谷很深，与东部的皮亚尼·埃特纳山脉相连。在这些猎羊人中，有一位贵族，名叫米亚里·福尔西斯伯爵，他在当地媒体发表的一篇文章中描述了这一发现，并将此发现献给他的母亲伊莎贝拉。在那段描述中，这位出身高贵的盗猎者特别提到，进洞前行了大约70米后，他在一条低矮的通道前停了下来，通过这条通道，可以听到河流的声音——这些片段激起了费尔特雷地区一些洞穴探险者的好奇心。1997年，当费尔特雷的洞穴学家第一次亲眼看到那个几乎无法通过的竖井时，他们发现那声音并非来源于水，而是风。风正以极快的速度穿过那狭窄的通道，发出剧烈的声响。那是山在呼吸。

从前，我们低估了这座地下迷宫的复杂性，以为伊莎贝拉洞穴与远在皮亚尼·埃特纳高地内的洞穴系统并无关联。直到在这个纵横交错的古渗流网中行进了几十公里后，我们才开始思考，那个遥远的洞口是否就是我们要找的另一条通道。

回首我初次把头探入伊莎贝拉洞口的那天，风轻柔地抚摸着我的脸，也许我所有的感受，都已经写在那盘根错节的通道中，写在纵横交错的迷宫里："洞穴最初的部分是最难描述的。不知道怎么说……我觉得地下世界的入口，特别是它们在山底部的出口，都多少有些类似。与其说它们形态相仿，倒不如说，它们都蕴含着同一种魅力。从这些洞口，人们可以感觉到一些东西。感觉到这扇门通往一个浩瀚的世界，只有风才能由此穿越；感觉到一条溪流终于度过漫长的地下旅程，重回地面；感觉到第一个窄口处，传来一阵强烈的沙沙声——毫无疑问，那是怪兽在呼吸。"

我们开始探索伊莎贝拉洞穴，迷失在无边无际的大岩洞里。我们将两个洞穴地图叠在一起研究，虽然这两个洞穴系统似乎有交集，但还是没法找到解决的方案。我们遇到的问题很明确：这两个迷宫虽相互重叠，但高度不同。伊莎贝拉洞穴比我们探索皮亚尼·埃特纳深渊所发现的古渗流网的通道高出约两百米。因此，想要找到连接这两个洞穴网络的通道，只能从伊莎贝拉洞穴向下走。

多数情况下，在两个洞穴层之间，只有蜿蜒曲折的渗水道将它们相互连接。这些窄道被流水冲刷而成，形成的时期很晚，至今仍有水流。我们找到其中一条水路，沿着它穿过绵延潮湿的小径、难行的通道和洞内最狭窄的瓶颈。一路上，我们拖着沉重的行囊，行囊里装满了绳索。有了绳索，就可以把自身固定在裸露的横道上，从瀑布中开辟出一条路来。猛烈的风不断地抽打着我们，催促我们继续前进。随着不断下行，我们所处的海拔也越来越低。经过多年的努力，在2009年夏天，我们终于达到了预计的高度：也许我们曾经来过这里——我们早就该来这里了。

8月22日，怀揣着激动的心情，我们动身出发，迎接我期待已久的最后一程。穿过一段蜿蜒的通道，我们进入了一个深邃的迷宫，根据地图的指引，此地应该在“海盗旅馆”营地附近，正是从皮亚尼·埃特纳山洞口下来时探索的那部分洞穴。然而，不幸的是，我沿着新的支路刚走了几米，却发现面前的通道已经完全被水淹没了。让我用当时的记录来告诉大家究竟发生了什么：“该怎么办呢？我很犹豫。我知道，如果跳到水里便是孤注一掷，如果没有找到出路，我就必须掉头游回来，以免冻死在水中。但如果皮亚尼·埃特纳迷宫就在那头呢？回想着之前走过的路，我不记得还有什么其他可能的路线。风吹来了。我也该出发了。”

我让同伴们留在原地等待。快了，快要接近迷宫的出口了——这个念头一直盘旋在我的脑海，让我几乎着了魔。就这样，我鼓起勇气，纵身一跃跳入水中，独自向前走了过去。5米、10米、20米。我没有潜水衣，没有涉水服，更没有任何可以保护我的东西。寒气正从四面八方侵蚀着我，但我并不害怕，过了湖，便走入一条小小的通道。一路上，我一直看着地面，试图寻找我们几个月前从另一侧探索时留下的脚印，却什么也没有发现。风从一个泥泞的窄口吹来，那口十分狭小，即使是身形最为瘦削的柔术演员，也几乎无法穿越过去。我解开安全带，摘下头盔，脱掉所有可能会卡住我的东西，把头盔扔到前面狭长的洞穴中。再向前几米，拱顶就会变得更低，我的身体会很难通过，有被卡住的风险。我孤身一人，十分脆弱，只能听凭洞穴摆布，而这座迷宫里的弥诺陶洛斯则会把我推向致命的错误。我仔细观察窄口外面的环境，思绪也跟着飞到了通道之外，我甚至说服自己已经看到“海盗旅馆”营地的帐篷了——我们从那一侧探险的时候，曾经在那儿度过了太多个夜晚——但是不行。我束手无策，不得不强迫自己停下来。这个窄口根本过不去。就在那一刻，我决定放弃继续向前。那是我人生中最羞耻、最危险、最心灰意冷的经历之一。我告诉自己不该如此生气，毕竟所有这些探索的过程只是一场浩大的、惊心动魄的游戏。

作为研究迈锡尼文明和弥诺陶洛斯神话最伟大的学者之一，著名历史学家、诗人保罗·圣阿尔坎杰利曾经对“迷宫”一词提出过一个全新的、令人信服的解释。圣阿尔坎杰利认为，迷宫一词并非像许多历史学家宣称的那样，来自克诺索斯王宫废墟中多次出现的双刃斧标志“*labrys*”。相反，它更可能是“*laura*”或“*labra*”两个词融合的结果，意为石头、矿山隧道、矿坑或地洞，尾缀“-inda”在古希腊语中则用来表示儿童游戏。因此，该词的含义正是“游戏”，这也回答了我们最初的问题：是什么驱使着人类去探索迷宫？或者说，是什么驱使着探险者去探索皮亚尼·埃特纳如此复杂的洞穴系统？问题的答案便是“游戏”。向大自然辽阔和惊人的复杂性发起挑战，与之博弈，无疑是最吸引人的游戏。而迷宫，则是这个游戏最完整、最直观的具象化体现。当我们把迷宫与洞穴视为一体时，这个游戏便有了真实的地点，尽管鲜为人知，但每一个发现谜团的人，都难以抵挡解谜带来的诱惑。

最终，我还是没有找到那条通道，只好原路返回。我浑身都湿透了，为了避免体温过低，便迅速开始向伊莎贝拉洞穴的出口攀登。探险队员毛罗·博尔丁陪同我上去，而另外两个同伴，马科·萨洛格尼和奥马尔·卡内伊，则会在后续收绳索的过程中随我们出来。一想到输掉了这局参与了多年的游戏，我便感到无比失望。纷繁复杂的迷宫赢得了这场游戏的胜利，看着身后的队友把绳索抽上来的样子，我体会到了最痛苦的失败滋味。没有人愿意再回到那迷宫里去了。半夜，毛罗和我来到伊莎贝拉洞穴巨大的山洞口。我换上干衣服，和他烧起煤气炉取暖，等待后面的两人。然而，几个小时过去，他们还是杳无音信。我们不禁开始担心。到了凌晨两点，我重新穿上潜水服，戴上头盔，准备进洞去找他们，心里不仅因为失败而沮丧，更因同伴可能出事的想法而忧心忡忡。万幸，我们刚进入洞口，就看到两束光迎面而来，于是长舒一口气。直到当我们看清队友的脸，才意识到似乎发生了什么事情。

“没事吧？ 过了这么长时间才上来。”我问马科。

马科朝我微微一笑，犹豫着要不要对我开口。

“发生了一些你根本想不到的事情。”马科说。

“出问题了？ 你们拆设备的时候遇到了麻烦？”

“不，我们根本没把绳索拆下来。”

我还是没有明白，好像出了什么大事，但马科和奥马尔却一脸轻松。

“我们成功了！ 我们进入了皮亚尼·埃特纳洞穴里面！”

我难以置信地看着他们，在我印象中，那条蜿蜒的通道旁并没有其他的分支。他们难道是在和我开玩笑？

“我们走到最后一段绳索下面的时候，发现就在那里，离地不远的一处岩壁上，隐藏着一个凹陷的洞口，其中是一条狭长的通道。奥马尔跟进去，在里面发现了一个脚印。”

“简直不敢相信。”我回答说。

“我们也觉得难以置信。我们沿着这些足迹，进到了皮亚尼·埃特纳的洞穴内部，从‘梦幻岛’一路往里走，最后到达了‘海盗旅馆’。”

我和毛罗互相交换了一下眼神，片刻的沉默过后，又不约而同地爆发出一阵激动的尖叫。我们紧紧拥抱，来回拍打着彼此的后背，像疯子一样哈哈大笑。几小时前的所有疲劳和气馁在这一瞬间都消失了。事实上，最后那段路是谁走的并不重要，这是一个历史性的成果，也是我们所有人的成就。

除此之外，迷宫还告诉了我一个难忘的道理：在任何时候都不要想当然——当我们以为没有其他路的时候，当游戏看上去已经结束的时候，当我们似乎能做的只有放弃的时候——也许事实并非如此。

几周后，我们在黄昏时分进入皮亚尼·埃特纳深渊，从山顶附近进洞，沿着主路穿过古渗流网，穿越狭窄蜿蜒的通道一路向上，在次日黎明时分从伊莎贝拉洞穴走了出来。就这样，我们完成了这次旅程。

那时我们还不知道，这次旅程我们走过的路，只是这座迷宫中上千条路线之一。在接下来的几年里，我们又开辟出长达10公里的隧道。目前，这个洞穴系统已有40公里被勘探并绘制在地图中，最大勘测深度为1052米，仅已知的入口就有六个。尽管如此，我认为我们仍然只探索了这座山内部全部分支的一小部分。

在探索活动中，两个洞穴的“连接”是一项纯粹的人类行为，因为在现实中，这些空洞早在探险者到来之前，就已经是具有两个或多个入口的独体洞穴了。作为洞穴探险者，我们所做的只是“把点连接起来”。当我们沿着另一条通道，成功到达一个之前已经探索过的地方，就会诞生所谓的“连接点”，我们对于地下洞穴系统的认识也会随之改变。而这些“连接点”，正是世界各地无数探索活动都在寻找的东西。在意大利，菲吉耶拉深渊与阿普安阿尔卑斯山的科奇亚洞穴的连接点便是最著名的连接点之一。正是因为这个连接点，意大利境内首次发现了深度超过1000米的地下洞穴系统。在比利牛斯山脉，奥尔德萨国家公园地区，几个连接点将洞穴连接起来，从而导致阿拉诺内拉系统的形成。该洞穴系统深达1340米，迄今为止一直是神话传说般的存在。在奥地利，波兰洞穴学家在探索莱奥冈施泰因山的过程中，发现了迄今为止世界上已知最深的、横穿山脉的洞穴系统：他们从最高的入口——PL2深渊进入，穿越几十公里的洞穴，到达1632米的深处，再从兰普雷希茨索芬洞的洞口出来。同样在奥地利，2019年，英国洞穴探险家在哈尔施塔特镇上方巨大的达赫施泰因石灰岩山脉，成功将希拉茨霍勒迷宫与WUG深渊连接在一起，绘制了一个长达113公里、深达1560米的洞穴系统。

我们与皮亚尼·埃特纳山脉的故事，和世界上其他地区许多岩溶洞穴系统探索的故事是相似的。那些探险者和我们一样，被迷宫的魅力深深吸引。这些迷宫是如此浩瀚，当面对复杂的洞室和路线，尤其是十几公里长、数公里深的洞穴通道的时候，人们即使做出再大的努力，也难以揭开它神秘的面纱。

正如在达赫施泰因山和科奇亚山的探索发现，在皮亚尼·埃特纳山脉中还有多长的岩洞等待着人们去探索，我们目前还无从知晓。没有地球物理仪器或者什么其他的勘测方法可以告诉我们答案，我们也不能确切地了解地下有多少公里的洞穴已经被人类探索。根据国家相关数据登记簿（但并非所有的数据都是由探险者公开的）和洞穴联合会提供的数据，迄今为止，全世界大约有4万公里的洞穴被勘察、测绘。

截至目前，到我写书的此刻，世界上已有36个长度超过100公里的洞穴被人类发现。其中，最长的洞穴是位于肯塔基州的猛犸洞，其分支总长度可达678公里。该洞穴的内部是一座迷宫，由五个水平分布的洞穴层组成，两层之间相距几十米，洞穴总体垂直距离也不过130米。准确来讲，猛犸洞只是所属洞穴链中的一环，随着时间的推移，近两个世纪以来，一代又一代的洞穴探险者将包括猛犸洞在内的25个洞穴逐一连接起来。其中，位于猛犸洞和火石岭洞穴之间的连接点在1972年被探险者开拓，成为这个洞穴系统中最为重要的探索发现，威廉·哈利迪曾在《地球深处》一书中讲述了这段故事。和之前提到的探险一样，想要到达最为偏远的地带，探险者们仍然需要穿越极为隐蔽、狭窄的通道。在身形娇小的洞穴探险家帕特里夏·克劳瑟的不断坚持下，探险队终于穿过无比逼仄的连接点——“窄点”，从火石岭到达猛犸洞，解开了这座洞穴的谜团。

有趣的是，世界上已知第二长的洞穴，也是由几十个原以为相互独立的洞穴连接而成的——这便是白洞系统。该系统位于尤卡坦半岛的玛雅海岸，从中心地带向外延伸，长达近400公里。白洞是人类探索过最迷人的洞穴之一，它几乎全部没在水中，掩藏在图卢姆村神秘的玛雅神庙下，向四周延伸出各个分支。实际上，在过去的几十万年间，这些岩洞曾有过一段干燥的时期（冰河时期，海平面较低），在此期间，洞穴内沉积了巨大的方解石凝结物、钟乳石和石笋，只是在海平面上升的时期（间冰期，比如我们目前正在经历的地质时期），这些结构又被淹没了。几千年来，海水与陆地淡水混合在一起，为石灰岩的溶蚀创造了条件，从而形成了一张从海岸一直延伸到半岛内陆数公里的洞穴网络，人们可以通过当地数十个有名的石灰岩洞进入其中。这些竖井把热带雨林钻出一个个圆形的洞口，从这里通往水下，一路上风景如画，美不胜收。人们最初探索这些石灰岩洞并非为了科考，而是为了旅游，然而，自20世纪90年代末以来，已经有国际洞穴潜水队开始了当地地形图的测绘工作。随着探索的深入，人们发现，这些岩洞数量众多，彼此之间相互连接，形成了一个没有明确界限的网络。2018年，白洞系统和双眼系统成功连接，让寻找连接点的工作达到高潮，洞穴系统总长也增至三百余公里，在2020年更是达到了370公里。在墨西哥金塔纳罗奥州洞穴考察部门（QRSS）的协调下，来自世界各国的五百

惊奇迷宫洞

平面图

50 m

N

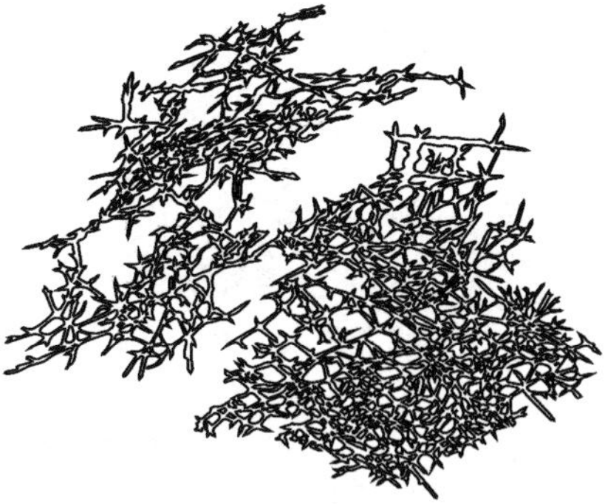

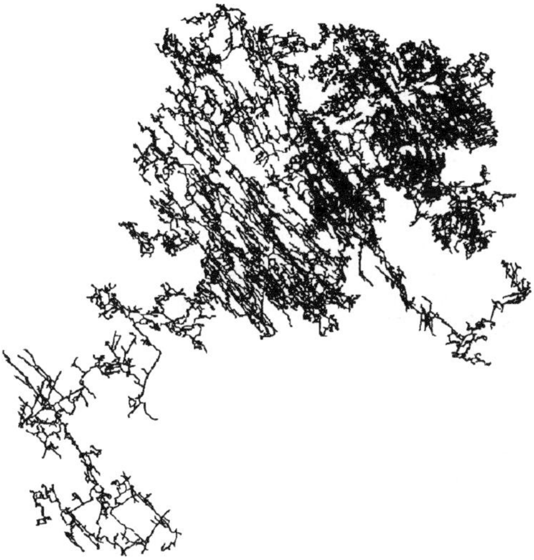

风洞

平面图

400 m

N

克里姆·普里洞

平面图

100 m

N

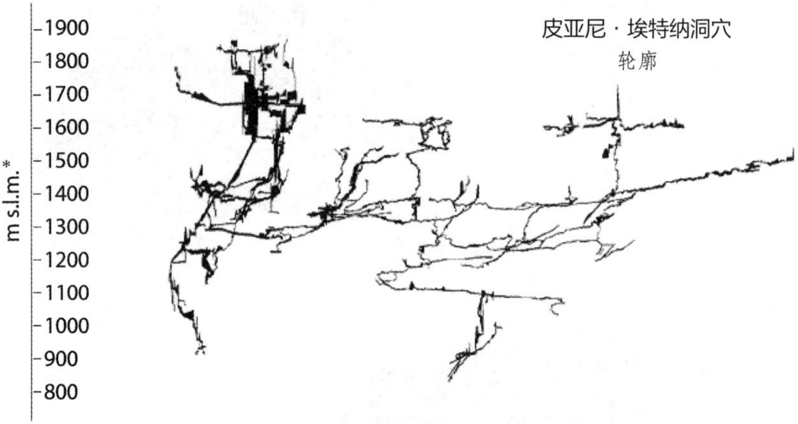


* s.l.m. 表示标准状态下 1 升 / 分钟的流量。

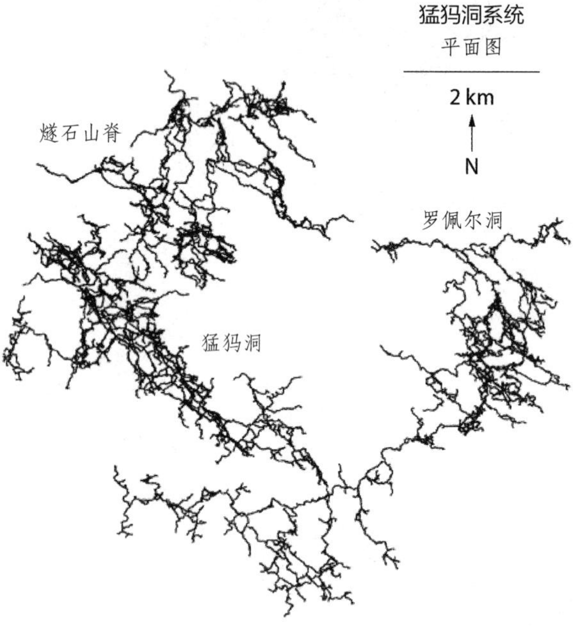


迷宫洞穴的剖面图及平面图。图像沿断裂网或地层网绘制，为一层或多层，呈几何状或混乱状态。

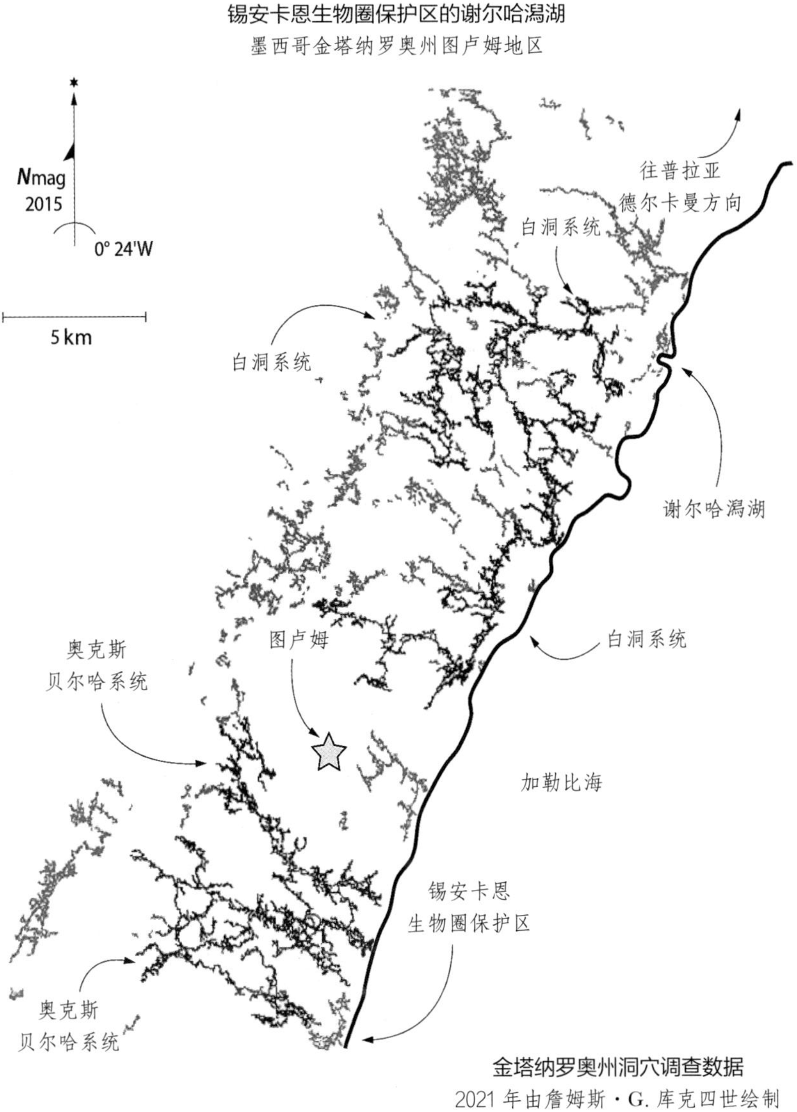


图卢姆（位于墨西哥尤卡坦地区）不同水下洞穴系统的地形图，反映出各个系统间的地理位置关系。

余名洞穴潜水员进行深入探索，探索发现，白洞系统正在向该地区另一个巨大的洞——奥克斯贝尔哈系统不断延伸。该系统已知部分总长284公里，在其四周还分布有很多小型洞穴，每个洞穴的长度往往超过30公里。所有这些水下网络都从属于一个独立的系统，该系统规模极大，由数百个石灰岩洞交织组成——如今，这一想法并非假设，而已经成为众所周知的共识。如果后续的探险活动能够将更多不同的洞穴模块拼在一起，这个位于玛雅海岸含水层中的洞穴系统可能总长会超过1500公里，代替猛犸洞成为最长的洞穴。

然而，到目前为止，我们所提到的这些迷宫，均由河流和地下水在数千年间雕刻而成。它们的结构与真正的"迷宫溶洞"（英文学名为 maze caves）相比，其实简单得多。"迷宫溶洞"是世界上现存结构最为复杂的洞穴。2017年，我前往印度梅加拉亚邦的山区，对克里姆·普里洞穴进行探索、勘测和研究。这座洞穴极为罕见、独特，是在一层渗透性很强的灰屑岩中形成的空洞，厚度仅有几米，顶部、底部均为石英砂屑岩的岩层。与灰屑岩相反，这种类型的岩石不大容易受到水的溶蚀作用。受孟加拉湾强大的季风流影响，该地是全球最湿润的地区，降雨量极大，从而渗透到地下唯一的透水层。地下水沿着这个透水层平面，向每个可能的方向拓宽了每一条裂缝，逐渐形成一座几何迷宫，其结构形态具有周期性特征。这种特点对探险者来说无疑是一种折磨——每隔五米，就会出现一个十字路口，而无论选择走哪条道，再过五米，又会来到一个新的十字路口，如此延伸二十五公里。我还从来没探索过这样累人的山洞，不断定位的过程实在是让人疲惫不堪。每个十字路口看起来都大同小异，只能依靠极小的细节来追溯来时的路。英国和瑞士的洞穴探险家曾组成几个小队，负责“探索云中界”项目，我们将与他们共同合作，严格遵守规定，在几天的时间内为这个奇异的迷宫绘制地形图。

有人认为，像克里姆·普里洞这样的洞穴是无数水流渗入地下溶蚀岩层形成的，但这种假说并不能很好地解释洞穴分支密度为何如此之大。一定有某种物质遍布各处，沿着岩石间裂缝的网络均匀分布，使洞穴空腔逐渐扩大，形成迷宫。20世纪90年代初，众多学者开始相互交流，探讨各自的想法和假说，试图解释这个迷宫溶洞的成因。

关于此问题的初次研究是在欧洲。当时，苏联刚解体不久，乌克兰洞穴学家们正在探索奥焦尔纳亚洞穴（117千米）和奥普蒂米纳洞穴（214千米）地区复杂的线路网。历史上最伟大的洞穴学家之一，亚历山大·克里姆丘克曾对这两个洞穴提出论断。在他看来，这些岩洞虽然并无河流、溪流流经，但在洞穴形成时期，当时的环境条件肯定与现在的条件完全不同。唯一合理的解释是，这些岩石间的裂缝不仅是在地下含水层中产生的，更重要的是，促使其扩张的地下水主要源自洞穴底部，它们具有与地表水不同的热特性和化学特性，并且对白垩具有很强的侵蚀性。这便是洞穴形成假说中“地下说”的起源。地球上大多数已知的洞穴都是由地表水流渗入下层土形成的，因此被称为“表成”洞穴，即从地表向下形成的洞穴。反之，当深层地下水从底部钻入洞穴的时候，我们就形成了地下洞穴。这些洞穴通常很少有机会出现在地表，同时，地下水会在洞内向各个方向蔓延。以乌克兰白垩岩中的大岩洞为例，每平方公里就分布有超过150公里的洞穴通道，其密度之大可见一斑。不难想象，要达到如此之高的密集程度，洞内必定频频有岔路。

在美国，特别是在南达科他州的布拉克山，也有其他类似的“迷宫洞穴”。其中最为著名、最令人印象深刻的洞穴便是宝石洞和风洞——两个水平分布的网状洞穴，全长分别为330公里和250公里。两座洞穴的探索对几代探险家来说都是不小的挑战，只有严格使用数学方法进行地形研究，才能精准绘制出当前的地形图。因此，人们对于流经洞穴的气流进行研究，并基于岩洞空腔的分布，设计出相应的计算机模型。结果显示，已探索和测绘的洞穴长度只是实际空间的一小部分，占洞穴整体的6%~9%——这意味着宝石洞的长度可能超过四千公里，而风洞的长度则可能超过三千公里！

不同于阿尔卑斯山岩溶系统和猛犸洞，地下迷宫的结构并不是相互重叠的平面。由于深层地下水富含硫酸和二氧化碳，具有酸性和腐蚀性，因此与石灰岩的作用更加强烈，能够向各个方向、各个高度进行钻探，从而使岩洞在山体内部一点点向上方延伸。而洞穴网络也不再是几何图案结构，而是呈海绵状，洞穴通道则类似海绵中的空隙。对比斯洛文尼亚波斯托伊纳的洞穴和新墨西哥州卡尔斯巴德的洞穴，游客在参观这两处景点的过程中，不难发现两者本质的差异：前者内部的通道界限明确，河流流水雕刻的痕迹非常明显，一路上经常会遇到这样的情况；后者则是一个个相互连接的球形空腔，空腔两侧分布有迷宫般的缝隙，其延伸范围难以估量。

此外，意大利著名的弗兰萨西洞穴也有着类似的起源，当然，最奇异的地下迷宫还要数拉曲吉亚洞穴。拉曲吉亚洞穴位于新墨西哥州瓜达卢佩山脉，被认为是世界上最为瑰丽的岩洞，也是结构最复杂、最迷人的洞穴之一。这座迷宫从唯一的入口出发，在三维空间中向内延伸，迄今为止，总长度已达到240公里，垂直深度则达到了484米。想要用语言描述这个洞穴几乎是不可能的，我们得把迷宫的概念发挥到极致，想象一团向各个方向蜿蜒缠绕的结构。富含硫酸的地下水在山体中穿越，溶蚀形成了圆顶状的空洞和巨大的气泡状空庭，沉淀出世界上独一无二的矿物形态。同样，在得克萨斯州，人们也发现了类似的情况。这些洞穴均起源于地下，如惊奇迷宫洞，它位于一片很宽的断裂带上，以几何图形状排布，看起来正如理想中迷宫的设计一般。

回到关于洞穴的神话——譬如代达罗斯、米诺斯和弥诺陶洛斯的故事。许多考古学家都把故事中对迷宫的描述看作一种人工结构，就像克诺索斯宫遗址或埃及的哈瓦拉迷宫。无论身处哪个时代，当人类手持火把进入山洞的时候，都很难对这些复杂精巧的结构无动于衷。这些洞穴如同鬼斧神工，只有大自然才能创造出来。埃及和米诺斯的迷宫式建筑很可能受其启发才得以建造。许多学者认为，克里特岛分布有大量的岩溶洞穴，岛上的戈尔蒂纳洞穴群是远古神话中的迷宫原型。然而，这些自然洞穴都被人类进行了很大程度的改造，很可能在过去作为采石场进行开采。尽管如此，岛上还有几十个天然洞穴，可能就是神话的灵感来源。许多洞穴至今仍在探索之中，特别是莱夫塔奥里山区发现的岩洞。20世纪90年代，曾有一系列法国探险队前往此地探索，从而发现了希腊最深的几座深渊，如戈尔古萨卡斯深渊(-1208米)和莱昂塔里深渊(-1100米)。当然，要知道，这些神话出现的时间可能远早于米诺斯时代，它诞生于人类与洞穴的神秘相遇的那一瞬间。例如，弥诺陶洛斯的形象在许多其他的传说中，也作为生活在洞穴中的食人恶魔、怪兽或者恶龙的形象反复出现。它象征着对未知的恐惧，必须征服这种恐惧，才能挣脱束缚，找到得救的出路。早在苏美尔人的吉尔伽美什神话中，有一些描述赫梯文明的段落，其中记述了英雄梦境里进入黑暗迷宫的过程："我面前是一个强壮的男人，他的脸像夜色一样黑……我拽住自己，把自己抛入一个深渊，我对自己说道：'飞下去，向着那黑暗的地方，向着伊里伽尔的冥府。假如这条道路既不向左也不向右，那么就顺着这条无人能返的不归路一跃而下吧！"

显然，这片地下的世界，这个黑暗的大陆，对人类产生了不可抗拒的魅力，既吸引着我们，又将我们排斥在外。然而，随着时间的推移，这种魅力在人类的建筑作品中被转化、消解。我们从天然洞口的原始生活，转向人工建造的住宅与家园，我们将周遭的一切文明化，以保护自己，回避世界的复杂。

在多年的洞穴探险中，我曾无数次体会到迷宫的魅力——在皮亚尼·埃特纳深渊的探索中，在委内瑞拉巨大的特普伊洞穴里，在东印度的云雾缭绕的山脉间，在乌兹别克斯坦石灰岩山那些高悬的、巨大的洞穴网中。其中，又以一个地方最为特别，在那里，神话中的故事形象变得真切又鲜活。

传说中，代达罗斯和儿子伊卡洛斯用蜡将脆弱的羽毛封在一起，做成翅膀，从克里特岛巧妙脱身。但这并不是故事的结局，在历史学家狄奥多罗斯·西库鲁斯口中，这个故事远远跳出克里特岛之外，把我们带到西西里岛地区，西坎人的土地上。伊卡洛斯向太阳自由飞翔的时候，因蜡被晒化而葬身大海，后来，代达罗斯来到卡米科城，在国王科卡罗斯的王宫里避难。卡米科是西坎文明古老的中心之一，其地理位置在历史学界仍有争议，但有一种假说认为其位于夏卡境内的一处要塞。卡米科城沿海，其背后耸立着一座高山，名为克罗尼奥山。在这个神圣的岬角里，存有许多古代神殿的遗址，如今被并入圣卡洛杰若大教堂。

相传，在科卡罗斯的命令下，代达罗斯建造了许多新的建筑，其中还包括一个新的迷宫，其构造奇异无比，丝毫不逊于曾经为米诺斯建造的第一座迷宫。然而，米诺斯对这位建筑师的出逃感到十分愤怒，决定用计来找出他避难的地点。他承诺，谁能将麻线从法螺壳的一头穿到另一头，谁就能得到赏赐。科卡罗斯不知这是计谋，便请代达罗斯迎接这个挑战。

代达罗斯成功地做到了：他把线拴在一只蚂蚁身上，在螺壳的尖端刺破一个小孔，并在上面洒上蜂蜜。蚂蚁被香味吸引，便带着细线，一圈一圈钻过了所有的壳。作为礼物，螺壳被送还给了米诺斯，米诺斯也因此知道了老朋友代达罗斯的去处，于是前去找国王科卡罗斯，要求他把代达罗斯交回来。然而此时，代达罗斯不仅是国王的座上宾，更成了他的朋友，向他借了很多钱。于是，国王便组织了一场暗杀行动：米诺斯远道而来，要休息一阵，科卡罗斯的女儿们便邀请米诺斯去洗蒸汽浴，借此机会，将沸水浇在他身上，把他烫死了。

狄奥多罗斯·西库鲁斯口中的故事听起来奇幻无比，作为读者，我们也不明白故事中为何描述如此骇人听闻的死亡情节。但当我们发现克罗尼奥山深处掩藏的东西时，一切便显得不那么奇怪了。

第一次跨过“蒸汽洞”的洞口，我就意识到，神话与现实总是紧密联系在一起的。那是2008年，我参加了由的里雅斯特的欧金尼奥·博根洞穴委员会、拉文塔协会和阿葛利坚托监管局组织的考察活动，其任务是收集关于圣卡洛杰若蒸汽洞的相关数据。这是一个由水蒸气和含硫气体挖掘出的天然洞穴，洞内温度高（36~42摄氏度），湿度接近100%。进入山顶的温泉浴场，在圣卡洛杰若大教堂旁边，就是洞穴的第一座空庭——“代达罗斯入口”，周围环绕着一圈从岩石上雕刻出来的古老座椅。从这里出发，穿过一个狭窄的通道，就会来到一个巨大的下坡道的洞口，一股一股蒸汽旋涡从黑暗里升腾起来。面对岩洞，我实在想不通，世上怎么会有如此疯狂的人，进入这地狱一般的地方。

克罗尼奥山的蒸汽洞是欧洲最为壮观的地下洞穴之一。事实上，在西西里海峡附近，火山活动较多（后于1831年因火山喷发形成费迪南德岛），其产生的热量加热了周围地下的含水层，产生温泉，也使洞穴内流经的空气酷热无比。这些洞室自古以来就为人所知，因此也被奉为神圣的所在，在古人眼中，这种自然现象是冥界诸神力量的象征。

20世纪50年代，人们对这些洞穴开展了首次的“现代”探索。一队来自的里雅斯特的洞穴学家穿上潜水衣装备，进入了地狱般的深渊中。在洞内，他们身着冷却服，通过一根管子抽送室外的新鲜空气，使身体保持凉爽。洞内环境的恶劣不仅来源于温度，更来源于极高的湿度。空气中过高的水汽含量阻止汗液蒸发，因此，我们的身体无法通过出汗来降低体温。在这样的条件下，如果没有足够的设备就贸然绳降或上升，可能会带来致命的后果。

走过最初一段四十多米长的下坡，在通道底部的一个侧廊里，洞穴探险者们遇到了最为惊奇的发现：原来，他们根本就不是第一批探险者。早在几千年前，就有人到达此处，并带来了几十个硕大的坛罐（或许是宗教祭品），存放在黑暗中。但是这些大陶罐并不是唯一的人类痕迹：在洞内极难到达的地方，探险者们还发现了几具人类骨骼——显然，这些远古的到访者跌入了井底，再也上不来，就此失去了踪迹。

2008年，我和队友也对此洞开展考察，目标是尽可能绳降至更深处，并在洞内偏远地区的一个竖井内向里继续探索。我们携带呼吸器、身着冰袋制冷的背心，至少可以保证四十分钟的凉爽。我们排成一队穿过一座座空庭，看到那些散落的坛罐和不知什么年代留下的人骨，我不禁心潮澎湃。就这样，我和来自的里雅斯特的斯巴达科·萨维奥与达维德·克雷瓦廷一起，跟随着热风的流向前行，试图横穿一个竖井口。到了另一头，洞穴还在继续向前延伸，但我们呼吸器的冷却效果开始渐渐减弱。我想到回去的路——那条脑海中的“阿里阿德涅之线”，是我们与外界的唯一联系，绝不能断掉，于是便理智地劝说同伴们往回走。然而，当我们回到那条四十米长的坡道时，呼吸器和马甲都已经用尽了。我们开始向上攀登，但每走一步，心率都会增加，即便停下来休息，也仍然未见好转。

到台阶顶端的时候，我再也坚持不住了，仿佛心脏就在太阳穴里怦怦直跳。队友们的情况也好不到哪里去，我们彼此相望，心里明白，如果一个人倒下了，其他人根本没法帮助他。经过漫长的一段时间，终于，我登上了最后一个台阶，进入代达罗斯洞穴的空庭。打开洞门，我们一下子瘫倒在地上——终于得救了。经医生测量，我们当时的体温高达四十度。我这才知道，如果当时屈服于探索秘境的诱惑，我们可能就永远回不来了。

除了这座大教堂下面的蒸汽洞之外，探险家们在克罗尼奥山还发现了其他几个洞口，通往几乎未知的地下系统。最吸引人的洞穴大概要数库奇亚拉洞穴。在那里，从一连串隧道里穿过的冷热空气与百余米深的巨大深渊相汇，升腾起一团极热的水蒸气，这便是的里雅斯特竖井。迄今为止，只有极少数的洞穴探险者曾经冒着巨大的风险，到达过这座竖井的底部。可以这样说，通过阿波罗计划到达月球的人都比到过这洞底的人多。在这座地狱里，体能的极限压制着我们，迫使我们每一次探险都必须回头，放弃前方更多的可能。如果我们在未知面前不愿屈服，那探索中不可抗拒的魅力就会化身可怕的弥诺陶洛斯，不允许人们（其实已成枯骨）回到光明中。

从蒸汽洞的探险中恢复过来后，那天傍晚，在克罗尼奥山顶，我透过温泉浴场的玻璃窗欣赏到地中海日落的壮观景象。望着这一切，我的脑海中会想起代达罗斯、伊卡洛斯、米诺斯的身影，仿佛他们系在同一条线上——可能是代达罗斯贯穿法螺壳的那条线，也可能是阿里阿德涅拯救特修斯的那条线——同时也将神话中的形象与洞穴探险者联系起来。在我们精疲力竭之时，眼前出现的那扇门外，就是迷宫。在那几节台阶后面，千年的历史仿佛才刚刚过去几分钟。我仍然可以听到米诺斯被科卡罗斯的女儿们欺骗时发出的尖叫。只有洞穴才有这种能力让时间凝滞。

# 时 间

在探索地下世界的过程中，我曾经历过许多非同寻常的时刻，印象最深的一次就是进入格陵兰岛的极冠，到达冰层深处的经历。冰川洞穴学是一个相对年轻的学科，十几年前，几个疯狂的探险家痴迷于探索这片冰川的蓝色心脏，由此创立了这门学科。冰川学家甚少对冰川洞穴展开研究，他们往往既不了解它的科学潜力，也不知晓它非同寻常的美学特征。

在普通人的想象中，冰川巍峨雄伟却又危机四伏。如果不系安全绳就贸然在冰川表面上行走，很有可能会被冰川的大裂缝——深而窄的地质断裂所吞噬。冰缝是登山者的噩梦，裂缝中的两面冰壁随时可能合在一起，极为危险，没人愿意身处其中。也许正因如此，听到有人想要绳降入冰川中心，多数人都觉得他们疯了。但很少有人知道，除了冰缝之外，在有一定厚度的冰川中，确实可以形成真正的洞穴，甚至有时规模极其庞大：那便是冰川瓯穴。

拉文塔协会的洞穴学家，包括乔瓦尼·巴迪诺和莱昂纳多·皮奇尼，被深层冰洞的魅力所吸引，成为世界上最早从事冰川洞穴探索的一批探险者。1985年，他们前往瑞士戈尔内进行第一次冰川洞穴考察。在马特洪峰和罗莎山群的阴影下，他们幸运地发现了许多冰川瓯穴的存在，这些洞穴瑰丽无比，是阿尔卑斯山脉有史以来最美妙的探索。那年夏天，他们背着沉重的行囊，穿过采尔马特小镇游人纷纷的街道，乘坐齿轨火车来到罗腾博登站，到达冰川的核心地带。炎热的八月，冰块在阳光下融化，融水汇成山泉、小溪与河流，一路几百米，流向极深的冰井。井中，瀑布拍打着侧壁，发出震耳的咆哮声，有一个冰井尤其如此。任何想要探索它的人都会被那巨大的水流拽下去，溺毙而亡，于是他们给它起了个名字，叫“雷霆怪兽”。虽然只能在外面向深处观察，但探险家们已经在考虑如何 —— 更重要的是，何时 —— 能够到井下去。

冰川瓯穴被夏季渗入冰缝中的融水掏空了。流水慢慢拓宽洞穴内的通道，日复一日，将地表融化时累积的热量转移到冰川内部，反过来促使流水融化更深的冰层。水流向下钻刻出一条由隧道和峡谷组成的通道，沿着未知的路线延伸到冰川前方，最后又流回地表，重新出现在阳光下。从未有人能够走完这样的路线，因为实在是太危险了，甚至可能命丧于此。所以，这些冰川洞穴爱好者需要等待合适的时机，当暑热渐渐退去，到了秋天的寒夜，再进入洞中。

于是，当年10月，这些冰川洞穴学的创始者又回到了戈尔内。此时，地表水重新开始结冰，流入冰川瓯穴的水流也随之减少。但他们仍要等到最冷的时候，当寒冷的天气使一切都凝结在一起，冰川才会终于恢复平静。黎明时分，乔瓦尼、莱昂纳多与马里奥·维亚内洛一起，将百米长绳放入沉睡的“雷霆怪兽”中，开始绳降。他们是第一批进入这片绝对虚空中的探险者，初升的太阳照在四周环绕的冰壁上，反射出耀眼的光芒。一道微光从洞口照进来，越来越亮，把洞穴变成蓝色的万花筒。与此同时，每过一会儿，冰壁又会释放出奇怪的噪声、爆裂声和金属震颤一样的声响。马里奥是这样叙述那次探险经历的：“这是我见过最美丽的井，充满了光线、声音和色彩，美得让人目瞪口呆……可以感受到，这片环境和我们不是对立的，我们终于可以与寒冰世界对话，与这些不可预测又难以理解的奇异声响进行交流。感觉就像洞穴被施了魔法一般，充满着一股神秘的气息。”这次探索持续的时间很短，队员们最终到达地下九十米的深处，而洞穴则穿过一个窄口继续延伸。由于白天的温度会使瀑布重新流动起来，继续前进的风险太大，在这个神奇的地方被融水淹没以前，探险队必须重新爬回地面。

第二年秋天，他们又回到戈尔内继续探索，然而，到达山洞的位置时，他们的面前只有一块凹陷的坑——那座庞大的竖井已经消失了。再也没有人能够看到“雷霆怪兽”里那些透着蓝光的巨型冰墙。那座洞穴明明已经形成，已经可以叫探险家进去一探究竟，但又像一场梦，随即永远消失。当然，也会形成其他那些没那么漂亮的冰洞，但这些洞穴每个夏天看起来都不一样，而那座巨大的竖井再也没有打开过。

这就是冰川洞穴最大的魅力：你所探索的地方可能几个月后就不复存在了。事实上，冰川可以说是可塑的，在冬天，冰层内部的空腔封闭起来，而夏季则会扩展出新的裂缝。

阅读乔瓦尼·巴迪诺和莱昂纳多·皮奇尼这些经历的时候，我还是一个小男孩，那时我便对深入冰川中的想法非常着迷。同时，我也对在冰中架设绳索需要的冰螺丝很感兴趣，觉得自己应该在黎明时分偷偷钻到洞里，像小偷一样骗过大自然。但是，想来想去，我觉得如果探索的东西过几天就可能消失，实在是令人沮丧的事情。因此，在意大利和国外其他洞穴的探索中，我探索测绘的都是已经存在了几十万年的地下洞穴系统——我知道它们总是在那里，想到这便令人放心。正是这样的想法，使我一直远离冰川。

2013年，在搭档达妮埃拉·巴尔别里和冰川学家兼摄影师朋友阿莱西奥·罗密欧的坚持下，我想，已经到了投身于冰川洞穴学的时候了。这些年来，全球变暖导致阿尔卑斯山冰川的急剧退缩，一直是人们讨论的议题。阿莱西奥希望前往冰川内部，看看究竟发生了什么。

因此，在一次对冰海冰川短暂的考察活动中，我们决定启动“走进冰川”项目。冰海冰川位于勃朗峰、小德鲁峰和大乔拉斯峰下，选择此处有一个特殊的原因。在这个长度和厚度都相对有限的冰舌中心，1897年，冰川学家约瑟夫·瓦洛特曾大胆进入过一个瓯穴，到达内部不止60米深的地方。从那时起，这个巨大的冰川瓯穴每年都会关闭并重新开放，虽然看起来每次都不太一样，但几乎总是位于同一个位置。正是由于这一特点，它成了世界上研究和访问次数最多的冰川洞穴之一，来自英国、法国、意大利和瑞士的探险队都曾冒险进洞探索过。那次考察我们只绳降到大约70米处，但这短短的距离足以让我体会到拉文塔的前辈们曾讲述的感受。四壁一片蓝色，层层叠叠，冰和雪都被压得紧实无比，形成褶皱状的纹路，美得震撼人心。整个洞穴仿佛一座水晶宫，是一个疯狂而优雅的建筑师想象力的结晶。

这些洞穴最奇异的地方大概是它们大片大片的蓝色。实际上，冰川呈现蓝色的原因与海洋一样。当光线穿透水晶般透明的冰，光谱中所有的部分都被氧氢键的振动所吸收，并以蓝光的频率反射回来，所以呈蓝色。冰川洞穴是地表下唯一有光照的洞穴，尽管这种蓝色的强光有时会模糊洞穴的距离和形状，但也因此凸显出蓝冰令人难忘的美丽。洞内与天一色，却又无比明亮，这种矛盾感使它成为地球上最为壮观的景象之一。

第二年，我们再次来到戈尔内冰川，举办国际冰川洞穴学夏令营，来自欧洲各国的探险家、摄影师和科学家皆汇聚与此。与20世纪80年代和90年代相比，我们发现了一个巨大的变化：由于夏季过于炎热，冰川的厚度减少了50多米，而侧面的冰舌更是已经从主体上脱离。虽然仍有洞穴在不断形成，但不再产生大的竖井，取而代之的是更加狭窄、深邃的峡谷。这些现象清晰地表明，冰川内部的流动过程正在发生改变。

冰层变薄，冰洞退化为蜿蜒狭窄的沟壑……如果阿尔卑斯山脉已经出现了这种情况，那么便不由得产生另一个疑问：大冰盖的现状如何？拉文塔协会曾在2000年组织过一次对南极洲的考察，那次考察后勤工作极其繁重，但却没有遇到任何大的冰川瓯穴，考虑到南极冰层极低的温度（零下50至零下20摄氏度之间），似乎在短时间内也不会形成地下水系。相反，经探索证实，在地球上第二大的大陆冰盖——格陵兰岛，却分布有很多大型的地下洞穴。

格陵兰岛的冰盖面积超过了171万平方公里，其中心部分的厚度更是达到了3000米。就其体积而言，如果所有的冰完全融化，全球海平面将会上升近7米！但这些都不是它最大的特点。值得注意的是，这块巨大的冰体不仅位于极地地区，而且从北纬85度一直延伸到北极圈以南。这就意味着，在这座冰盖最南端的地区，冰的温度实际上与阿尔卑斯山冰川的温度非常相似（零下3至零下1摄氏度），在那里，夏季的温暖的气候足以让冰川表面真正融化。

探险家保罗－埃米尔·维克多对格陵兰岛进行了最初的考察（他还经常和本书中提到的其他人物一道探索，如哈罗恩·塔捷耶夫和萨米韦尔）。随后，在20世纪80年代末，法国洞穴学家在格陵兰岛开启了冰川洞穴学的探索，并组织了一系列的相关活动。就这样，人们在西海岸伊桑古塔冰川和埃其普·赛米亚冰川前端几十公里处，发现了冰川瓯穴最集中的地区，其中一些瓯穴的规模尤其巨大。《冰川上的旅行》一书曾对此进行描述，并由杰出的摄影师菲利普·布尔塞耶配图。书中谈到，许多伟大的法国探险家都参加了这些探险活动，而活动中的主角则要数让诺·朗贝东、塞尔日·阿维奥蒂和吕克·莫罗。

1993年，法国人进入一个巨大的竖井探索，并成功绳降到达地下173米的深处，这个数字打破了冰川探索深度的世界纪录。探险者测量的深度十分精准，同时也进行了细致的地形勘测。作为一名一往无前、极富人格魅力的探险家，1998年，让诺·朗贝东与他的儿子在同一地区攻下了一座名为“马利克”的巨大瓯穴，超越地下

173米的极限，创造了地下203米的新纪录。

朗贝东曾用极其华丽的语言描绘出那次探索的体验：“在我们探索过的冰川瓯穴中，马利克是一个异类。它是一座像玻璃一般光滑透亮的冰雪大教堂。当我们在蔚蓝的通道里穿梭，两侧的景色就像彩色玻璃般一闪而过，那墙壁是如此的晶莹剔透，以至于时不时会和它们撞上，仿佛在玩一场镜子的游戏。现实和梦境在这里彼此戏弄，相互博弈，挑战着我们的感知。而逻辑在这场游戏里，则一败涂地。”

然而，这一次探索的深度却受到了外界质疑，因为它没有仪器测量的数据支撑。后来，法国人在该地区的探索便渐渐减少了，他们转向更北部的地区，去探索其他较小的洞穴。

自2017年起，借助塞尔日提供的资源，我和阿莱西奥·罗密欧通过卫星图像，开始观察大冰盖西部地区的情况。20年的时间过去，可以看到，由于夏季过于炎热，地表的融水明显增大了河流流量，有些河流长度甚至超过了40公里，最终流向每年大约同一位置形成的新瓯穴。同年6月，我们从空中飞越冰川，考察的结果印证了我们的推测：咆哮的水流穿过一座庞大的冰川峡谷，最终陷入一座巨型深渊，其位置与朗贝东进入传说中“马利克”的地方大致相同。一个月后，当时同在冰盖上的冰川学家同事告诉我们，在融水流量最大的时期，洞内产生了十分强劲的漩涡，50多米高的蒸汽柱从瓯穴里升腾起来。在直升机航拍的视频中，冰川仿佛一头白鲸充满褶皱的脊背，而瓯穴则是它的喷气孔，发出沉重、嘈杂的呼吸声。我们必须得进入洞里去，看看下面到底发生了什么。

10月，我们乘坐西科尔斯基61N型直升机进入冰盖地区。这里距离海岸约100公里，海拔近1000米，环顾四周，无论看向哪个方向，都只有冰。一条融水形成的河流分成两支，我们决定就将大本营建立在分支之间。当时，虽然气温已经很低，在瀑布和奔腾的水流外开始凝结起一层厚厚的、透明的冰壳，但流量较大的那条支流仍然十分活跃，一路向前，在离帐篷几米远的地方，落入一道深不见底的鸿沟——这样的情况肯定没法下去考察。另一条支流则已经枯竭，我们顺着它的河道，来到了一座宏大无比的深渊。四下一片静谧，我们从这里开始探索冰川的内部。

这座冰川瓯穴丝毫没有辜负我们的期待。我通过绳降一点点进入洞中，这座竖井洞口巨大，很可能深邃无比，千年的冰层勾勒出来冰壁。约瑟夫·库克跟在我身后，随我一同下行。约瑟夫来自英国，是一位冰川学家和微生物学家，主要研究藻类和冰面微生物。此时，他正全神贯注地考察，试图在冰层深处找到值得研究的样本。事实上，这块冰盖已经形成了几万年，其中一些地区甚至已经存在了数十万年。每年都有新产生的冰层叠在表面，把冰层上的一切都封存其间。走进如此大的一座瓯穴，就像走进了一本书，从我们眼前掠过的每一片冰层都是时间故事中的一页，一点点往下走，就能够一点点看到地球的从前。

忽然，约瑟夫在上面叫住我。我顺着他手指的方向看过去，发现离我们绳索几米远的墙上，有一个小小的黑点。他的声音很激动——那黑色的物质可能是冰尘的化石。在格陵兰岛的这个地区，每年夏天，冰川表面都会融化形成圆锥形的孔洞，大小从几厘米到一米不等。值得注意的是，这些孔洞的内部含有极细小的深黑色物质。原来，数以亿计的藻类微生物与风力搬运来的矿物颗粒聚集在一起，由此形成了这种物质，冰川学家和生物学家称其为“看不见的森林”，它也是近年来影响北极地区冰川演化的主要因素之一。由于深色的光合色素吸收阳光，它们从阳光中汲取热量，随后又将其重新释放在底部的冰面上，就这样促进了夏季融化的过程。目前，我们还不清楚这些生物体对冰川的加速融化有怎样的影响，不知道过去是否发生过类似的过程，也不知道蓝藻细菌（或其他生命形式）是否也曾控制冰川的消融。但是，找到嵌入深冰中的冰尘就意味着找到了古老的生物体，我们可以通过它们去探寻几千年前的地表状况。就这样，在冰雪深渊之间，我们坠入历史的长河中。

在约瑟夫对那些史前细菌进行采样的时候，阿莱西奥和我继续往下走。在我们身下，只能看到一个黑色的深渊，几乎感知不到底部的存在。不幸的是，阿莱西奥的摄像包先替我们探了路——连接摄像包和安全带的挂绳忽然开了，我看到有什么东西从我身边一下子飞了过去，掉入虚空之中。五秒钟之后，一声轰隆的巨响从下方袭来，接着是水浪飞溅的声响。大家忍不住骂出了声，但还是勉强做出一副轻松的样子，互相安慰说至少人都没有受伤。很明显，向下走，我们会遇到一座大湖。果然，绳降了120米后，一座深深的水潭展现在我面前，我悬吊在绳索上，刚好擦过漆黑的潭水表面。下方的通道被淹没了，而我们并没有带潜水设备，而且即使在有准备的情况下，潜入这片危机四伏的冰冷水域也是一场致命的赌博。或许是我们来得太晚了，河水早已干涸，隧道已经开始冰封起来，导致深层地下水的水位上升。尽管如此，我们仍然要尝试进入这座活跃的沉洞中。

接下来的几天里，天一下子冷了下来，终于，主河道完全被冰雪覆盖，可以安全地进洞探索了。向下绳降大约50米后，我走进一个地下空庭。在这里，一条巨大的、凝结成冰的瀑布高悬在一侧，透过透明的、纹丝不动的冰壳，仍然可以看到困于其中的水流急欲挣脱的样子。再往下走，我发现自己要横穿一层冰壁，这块冰壁半悬空地吊在一道鸿沟之上。鸿沟深不可测，也许有100米深，也许150米。从那团充满着不确定的蓝色中，飘来的只有遥远的瀑布声和小水滴化成的雾气，那雾气撞在冰壁上，凝结成完美的晶体形状。我带上一副冰螺丝，开始动身向下走。但那硕大的冰壁就悬在我的头顶，仿佛随时会砸下来。考虑到墙体可能会完全脱落下来，实在太过冒险，向前走了几米之后，我决定停下来——直觉告诉我，是时候回去了。于是我装上自锁器，向上原路返回。同伴们也了解了下面的情况，晚上，我们在营地一致认为，如果冒着生命危险，就不能再向前走了。于是，这次考察便以此告终。就在直升机接我们回去的前一天晚上，一场地震把我们惊醒了。帐篷下的冰层在来回地震动、颤抖。洞口传来一声巨大的轰鸣。几小时前我试图穿越的那座冰壁肯定已经坍塌了。

就像朗贝东的书中写到的那样，那次探险将我们置于一个人类想象之外的、存在于瞬息之间的特殊世界。我们不得不在未知面前停下脚步，被巨大的危险压得喘不过气来，但与此同时，我们也从不放弃每一次新的尝试。显然，一切都取决于时间和一切细微的变化：要找到正确的下降时机，要知道如何等待，要随时准备自救，不能有丝毫懈怠。

2018年10月，我们开展了一次规模更大、装备更充足的探险。这一次，我不会放过任何机会。我组建了一个国际探险队，团队中不仅有洞穴学家，还有微生物学家、冰川学家、地球物理学家，每个人都对揭开地下冰层的奥秘兴奋不已。最大的期待要数瑞士工程师阿德里安·布赖奥德和杰弗里·勒皮万组成的小队。他们两人来自飞行力公司，在他们放入直升机的黑箱里，装有五个不同的无人机模型，用于地下勘探。在我们人类难以涉足的地方，这些飞行机器人将成为探索的主角，它们带回的图像和测量数据，将会揭示冰川瓯穴深处的模样。

在乘坐直升机初步考察的过程中，我们发现，除了前一年探索地区的那些瓯穴外，有新的瓯穴洞口展现在冰盖上——那正是1993年法国探险家第一次深入冰层下173米的大深渊。因此，我们决定以此处一座名为“克拉肯”的瓯穴为目标进行探索。克拉肯是北欧神话中的一种海怪，每当它出现在海面上，便会掀起能够吞噬一切的巨大漩涡。

不幸的是，我们抵达后的几天里，天气状况开始逐步恶化。我们成功绳降到克拉肯洞70米深的地方，但就在此处，一旦将一颗冰螺丝楔入冰层，冰壁便会迅速张开一道裂缝，伴随着吱吱嘎嘎的可怕声响，一直延伸到在我头顶上方约40米的高处，让我们无计可施。雪下大了，风也越吹越紧。康克鲁斯瓦格气象局通过卫星电话告知我们，一场风暴即将来临，届时，风速可超过每小时160公里。我们不得不做好在此坚守三天的准备，用雪墙 —— 实际上类似于因纽特人的圆顶冰屋 —— 来尽可能地加固营地。暴风雪到来的时候，我们还在和积雪作斗争，试图趁帐篷塌掉之前把它们从雪里拉出来（但最后也没有救出所有帐篷）。周围的风雪呼啸，生物学家们却在大本营先进的实验室中，对收集的样本进行了 DNA 测序。但无论如何，再回到瓯穴是不可能了，外面的能见度只有一米，在一望无际的白色里，没有任何可以用来认路的地标。我们冒不了这个险。

当天气开始转好的时候，就只剩下几天的活动时间了。因此，我们尽可能抓住所有时间，甚至在夜里，也要进入瓯穴，用无人机进行勘探和三维测量。暴风雨过后，在当天下午，我们绳降进入洞中。无人机先于我们向洞穴内飞去，照亮了140多米下方的冰湖表面。为了获得清晰的图像和三维模型，我们不得不反复拍摄很多次。尽管飞行力公司的队友们不辞辛苦地来回操纵着这些飞行器，但到了晚上，气温骤降到零下25摄氏度，寒意刺骨，杰弗里的手甚至都开始冻伤了。

忽然，发生了意想不到的事情。在距离洞口大约40米的深处，我们下到了深渊边缘，来到了一个地下空庭。夜晚暗淡了冰层的蓝光，洞内的光线全部来自我们的头灯，灯光打在冰壁上，像镜子一样照见我们的每一个动作。LED 灯的光线是白色或者淡黄色的，但突然间，冰壁开始反射出一种不同的光 —— 一种绿色的光，均匀地分布在整个地下环境中。一开始，我们都还不明白发生了什么，这光线仿佛魔法一般，让人感到很不真实。紧接着，只听阿莱西奥说道："伙计们，快看上面！ 是极光！"

从深渊抬头，向克拉肯的洞口望去，可以看到，头顶上方的那一片天空中，交错着耀眼的绿光，渐渐地，这些绿光又变幻成红色，在数百公里的高空翩跹起舞。北极光正向冰层深处投射它的奇观。若不是暴风雨迫使我们在夜里进入洞中，我们不可能见证这个奇异的时刻。我和阿莱西奥赶忙爬到洞外，用相机把这一奇迹记录下来。这张照片后来发表在《国家地理》杂志上，直到今天，每当我看到它，都觉得那一切都不像真实的存在。

回想起那个地方，那晶莹的冰，那棉花糖一样纤弱的、层层叠叠的雪，那被闪耀的极光染为绿色的美景，我不禁感到万分荣幸。那个地方如今已经不复存在，但那一夜，我曾有幸见证过它被一束奇妙的光芒所照亮。没有什么比探索一座冰川里的深渊更短暂的了。就在那一刻，我忽然明白，或许我可以在一生中每年都回到格陵兰冰盖，但我永远不会找寻到同样的形状，触碰到同样的情感。一切都转瞬即逝，就像时间流失于指缝之中。

只有洞穴可以让我们如此直观地理解时间。在亚里士多德看来，时间只存在于事件发生的过程中，并根据事件的进展以不同的速度运行。在爱因斯坦看来，这个概念就是解释广义相对论的基础。由于塑造洞穴的物质不同，洞穴抵御外界侵蚀的能力有强有弱，而时间的流动也会随之加快或放缓。洞中的一切可能留存千年，也可能在几天内便被损毁殆尽。洞穴拥有调节时间的能力。进入洞里，摄像机仿佛改变了速度，根据洞穴系统熵增的情况变得或快或慢。当我们在地表之外，观察那些山脉、森林和人类建筑的时候，很难体会到这种朴素的感受。然而，在洞穴中，这种感受则化作一种简单的直觉。当我们在两万多年前的山洞里，在泥土中发现一个原人脚印的时候，感觉就像时间停止了一般。脚下的泥土还是如此的潮湿柔软，让人觉得彼时的那一瞬间和我们今天所处的世界不可能相距千年。与此同时，在照亮冰川深处的极光中，时间飞速奔跑，势不可当。在那里，一座座美得不可方物的洞穴只有几天的时间可以进入，时候一过便封闭起来，再也无法进去——这就像往池塘里扔一颗石子，看水面被它挖出一个洞，复又很快合拢。对我们人类的感知来说，相比之下，前者延续的时间要长得多。

洞穴是从地球表面挖出的空腔，被挖出的物质则比腔内的密度大得多。一些洞穴里全是空气，很容易进行探索，另一些则充满了水，只能借助潜水设备来考察。几天、几年甚至几千年的风吹雨打，造就了这些凹地。然而，一旦洞穴关闭了它的入口，时间就会实实在在地停留在那里，把过去的一切都封存。

在过去的三十年里，科学家们不仅对洞穴充满好奇，更希望通过洞穴解读过去发生的事情。就这样，人们终于认可了洞穴不可比拟的价值：它们是我们这颗星球上最好的时间档案。

如何解读洞穴中来自远古时期的信息？两位来自新西兰的杰出学者，地球化学家克里斯·亨迪和阿明·威尔逊第一次提出对此的看法。他们的观点十分优美：自古以来，岩溶洞穴中总会有规律地滴水，水滴深入岩体的裂缝，脱离顶部，坠落到地面上——那是最迷人的钟。钟乳石规律的滴水现象启发了古时最早的沙漏的发明，这种漏壶名为κλεψύδρα（klepsýdra），意为“窃水器”，根据设计，水滴从锥体尖部的一个小孔滴落，用以计时，直到后来才将水改为沙粒。规律的滴答声打破了地下世界的宁静，就这样，随着一颗颗水珠的滴落，碳酸钙质的石笋在黑暗中缓缓形成。而石笋内部也形成了一圈一圈树干年轮一般的同心圆线条。早在18世纪下半叶，一些自然学家就针对石笋提出过关于其起源的假设，甚至质疑它并非惰性矿物，而是一种植物有机体。但在所有讨论中，最常出现的问题则是“它们的生长需要多长时间”。石笋的每条线是否与树的一圈年轮一样，代表一年？还是代表更长的时间，几百年，甚至几千年？测量石笋增速的例子数不胜数，但它们往往与当时地球历史的依据——死板的“圣经时间”相冲突。比如，在1748年，哈布斯堡王朝的宫廷数学家约瑟夫·安东·纳格尔在波斯托伊纳洞穴发现了一些刻于七十年前铭文，上面覆盖着一层约0.7毫米厚的方解石。根据这些数据，纳格尔推算出石笋的形成速度，再结合洞内最大石笋柱的体积，他推断，这座洞穴从诞生以来至少过去了9万年！但他最终却认为，石笋增长的速度与时间无关，因为根据《圣经》的说法，从地球形成开始算起，才仅仅过去了5752年！

事实上，纳格尔已经做得很出色了，但他的想法必须根据实际情况具体分析。我来解释一下：首先，石笋作为沉积物，其凝结的速度是不稳定的。一方面，流经岩缝的水量并非恒定；另一方面，凝结速度还和其他因素有关，如洞内温度、酸化水中二氧化碳的浓度，以及溶液中携带碳酸钙的能力。在一座山洞中，钟乳石的形成可能需要几百年的时间，而在另一个洞穴里，如果在不同的地理环境下，可能只需要几十万年。两个世纪之后，亨迪和威尔逊意识到，在石笋形成的过程中，水分子中的氧元素可能已经被锁在一层一层的微晶石里。每一滴水都会留下不可磨灭的痕迹，借助先进的仪器，我们从中可以读出很多东西。1968年，亨迪和威尔逊第一次用质谱仪对新西兰怀托摩洞穴的石笋进行分析，在研究的过程中，他们发现，如果能够推算出氧元素的同位素比值，我们就能够知道地球究竟正处于寒冷时期还是温暖时期。同理，在极地冰盖内部，古大气层的氧气囿于其中，因此，研究古冰层也可以获得同样的信息。20世纪70至90年代，人们在南极洲的俄罗斯东方站进行钻探，提取出数百米的冰芯，通过对于这些冰芯的研究，我们能够一直追溯到40多万年前，重新建构起对地球气候的认知。为实现这一目标，三十年来，冰层已经被钻探了3000多米。于是，凭借探险者的直觉，1992年，亨迪和威尔逊来到一处地下水盆地，在方解石沉积而成的岩层中进行钻探。这个盆地位于内华达州的一个小山洞，洞穴有一个令人浮想联翩的名字——魔鬼洞。从洞中提取的岩芯仅有36厘米长，然而，通过质谱仪分析，以及对铀和钍的同位素比值的推算（原理类似于“放射性时钟”）——简言之，就是基于对放射性同位素及其衰变产物的计算——美国地质调查局的科学家们发现，这几厘米的岩芯，囊括了南极洲3000米冰芯的信息量！地球上50多万年的气候就这样被封存在一个岩块内部，极其清晰，从未间断地记录下来。直到今天，魔鬼洞的数据仍然是世界上最重要的洞穴数据之一，除此之外，还有其他来自各大洲的数百个洞穴数据。这一发现为在没有其他自然档案存在的地区（如冰川）重建气候历史

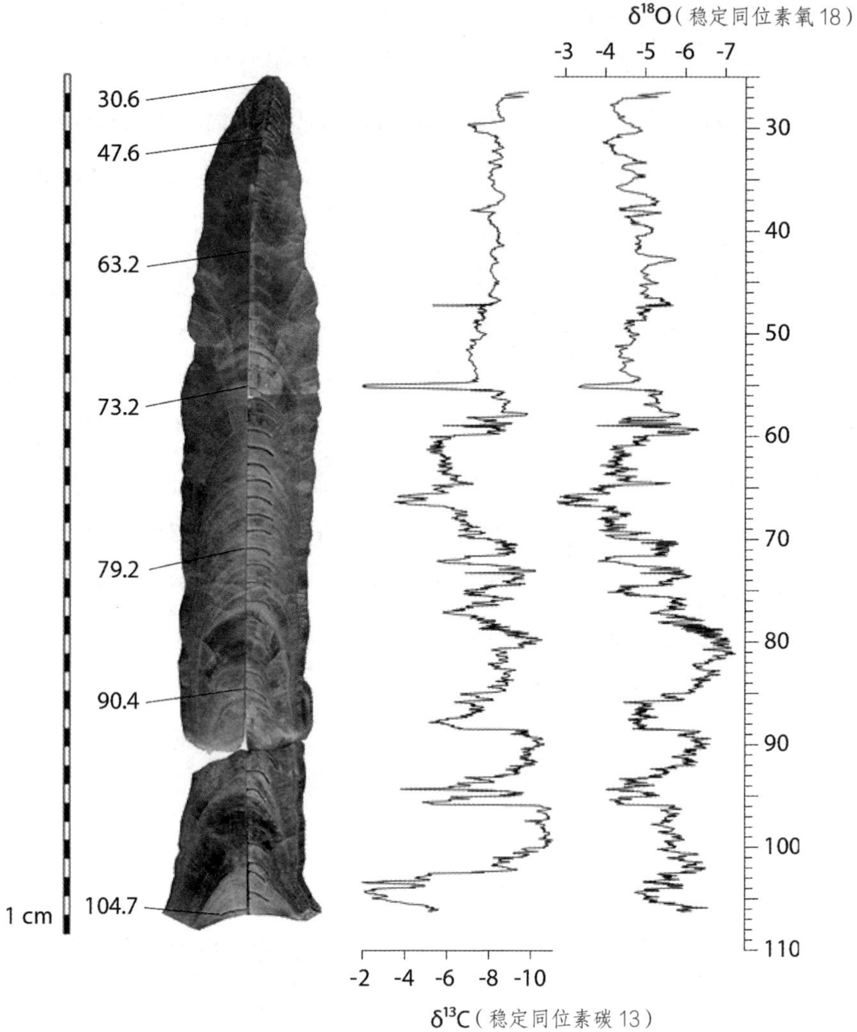


这根石笋来自意大利普利亚大区库库竖井的洞穴中。在 7 万多年的时间里，这根石笋一刻不停地记录着水和碳的同位素比值。

提供了意想不到的可能性。2013年，一些科学家和洞穴学家组成了一支国际团队，通过研究安第斯山脉东翼几座洞穴中的石笋，揭开了亚马孙地区过去25万年内的气候变化。同时，近十年中发展起来的新的放射性测年技术为进一步追溯历史提供了可能。在阿普安阿尔卑斯山的科奇亚洞穴中，很多石笋的年龄已经超过了一百万年，它们的内部存有十分宝贵的信息，对于了解地球系统的发展过程具有十分重要的意义。

在洞穴中，时间冻结于一瞬间，诞生出无比宏伟的地下景观。澳大利亚南海岸的纳拉伯洞穴就是其中之一。那是地球上最干燥的地方之一，许多巨大的洞穴坐落其中，曾经雕琢它们的地下河如今已然消失。很多洞穴都由方解石构造而成，其间充满了形态各异的钟乳石、大小不一的石笋、石柱和沉积物，蔚为大观。但是，如果游客们停下脚步观察，仔细倾听，就会发现，并没有水从洞顶落下。由流水搬运沉积形成的地质形态，现在却干旱无比、尘土飞扬。墨尔本大学的地质学家们认为，这些古老的沉积物或许可以追溯到距今大约两万年前的最后一个冰川期，该地区当时的降雨量可能比现在多得多。然而，当他们对这些石笋展开研究后，却发现，所有的石笋都是在数百万年前所形成的，大多数在六百万到三百万年前之间，有一个洞穴甚至可以追溯到八百万年前。纳拉伯地下的洞穴景象为我们展示了一个极为遥远的时代，它凝固在某个特定的瞬间，就像时针突然停止了跳动，此后再也没有发生变化——什么都不再发生。

这些科学数据一下子把我们带到关于时间的现实面前，面对现实，我们发现自己十分困惑，对世界的看法也发生了根本性的变化。2016年，我受到一些朋友的邀请，前往参观当时不久前在著名布伦塔山脉山壁上发现的一座洞穴。该洞穴海拔2600米，由石灰岩和白云岩组成，雄壮无比。显然，山体内蕴藏着许多深渊和洞穴系统，其中大部分至今仍然不为人知。这个新发现的岩穴有一条长约200米的化石洞。虽然洞本身没有什么特别的发现，但探险家们注意到，在岩洞的底部和顶部，有一种奇怪的沉积物沿着通道的方向分布，那是一种由深深浅浅的颗粒组成的、富有光泽的沙子，结构坚固又极其特殊。即使在这个地方已经考察了无数次，他们也从未见过这样的东西。

看着面前这个奇怪的物质，我意识到，这种古老的细沙一定来自某个非常遥远的地方。它的成分主要是石英和其他侵入性矿物质，即地下深处形成的岩浆岩（如花岗岩）。为了找到类似的岩石，必须穿越一座深谷，前往几十公里外的另一座山峰——阿达梅洛山。这些物质是如何被搬运到这么远的地方，被一座洞穴吞噬，又一直封存在这里的呢？会不会是冰川的缘故呢？还是说，这些物质来自另一个时代，那时候的山脉、山谷、此地的风景，都与当今的模样截然不同？

为了解开这个谜团，我请来了世界上研究洞穴沉积物最伟大的学者之一，瑞士洞穴学家菲利普·霍伊斯尔曼。如何测定沙粒的年代？一般常用的放射性测量方法只适用于凝固物的测定，不过，我们还可以尝试另一种非常复杂、非常原始的技术，那便是基于绿柱石和铝的宇生同位素测年法。这个方法可以用十分简单的术语进行阐释：沙粒从风化的岩石上剥离脱落，经过冰川或河流的搬运作用，会暴露在阳光和宇宙射线之下。这些射线不断冲击着我们的星球表面，其中的能量使得石英中产生绿柱石和铝的同位素，这些同位素并不稳定，会发生放射性衰变。一旦水流将这些沙粒带入洞穴，进入绝对黑暗的环境之后，宇宙射线就再也无法接触到它们了。于是，同位素不再产生，铝元素和放射性绿柱石在洞内开始衰变，并降低其原有的含量。从这一刻起，一场倒计时就开始了，我们可以通过这个倒计时推算出沙粒进入洞穴的时间，计算出有多少原子至今仍然存在其间。

在我提出这个测量法的时候，菲利普忽然拿起一块硬邦邦的沙块，端详了一下，然后送进嘴里咀嚼了起来。见此状况，我不由得惊呆了——虽然我们这些洞穴探险者本身就有点怪，但跟菲利普还是比不了。

他像品酒师一样咂摸着沙粒的滋味，一面咯吱咯吱地咀嚼着，一面对我说："嗯……没错，这沙子吱嘎吱嘎地刮牙，说明里头有不少石英！你来尝尝！"

这些沉积物被带到维也纳的实验室，经由一系列复杂的过程，被溶解在酸中，便于我们寻找那些绿柱石的分子和铝原子。正当我计算出含量数据的时候，菲利普发来一封电子邮件。原来，他咀嚼过的那些沙子有一种特别的"味道"，也就意味着它们是在七百万到五百万年前被河流搬运到山洞里的。

忽然之间，这个在人类诞生前数百万年便开始的故事，一点一点，愈发清晰地浮现在我们面前。如今白云岩壁上海拔2600米处的那个洞穴，最初形成的位置极低，是所在洞穴系统的一部分，它们全部淹没在水中，由流水雕刻出如今的模样。整个系统比我们所见的更加广大、更加复杂，有几十倍，甚至几百倍之多。当时，雄伟的多洛米蒂山脉还没有诞生，只是正在准备上升的几座山丘。而不远处的另一座花岗岩山——阿达梅洛山，则已经开始浮出水面。这两片不同的地界之间并没有深谷阻隔，河流淌过侵入性岩石坚硬的表面，不断侵蚀，将所得的沙子冲向大海。有时，河流会裹挟着泥沙，流入那些被水淹没的洞穴里，从此，那些沙子便被长久地困在黑暗之中，直到今天。走在拉蓬佐罗洞穴的隧道里，就像走在旧日世界的一块碎片中。

洞穴向地表之外敞开大门，把时间捕捉进来。洞口关闭时，时间也随即凝滞不前。直到几百万年之后，我们开辟出通道，让光线再度照进洞中，才得以触碰到那些在昔日河流中失去意义的物体。这颗星球的历史太过久远，早在我们的某个灵长类祖先行走于地表之前，地球便已然存在多年。作为人类，我们无法领会整个世界的奥义——这便是许多文化中洞穴成为完美圣地的原因，在那里，我们可以找到祖先留下的痕迹。以我们人类对现实有限的感知而言，在黑暗中，一切都被原封不动地保存了下来。

2000年代初，莱西尼山的一座小山洞里出土了一些史前的燧石。父亲带着我，和维罗纳监管局的考古学家们一起，到达此地开展挖掘工作。阿蒂利奥·贝内蒂告诉我们，那个洞穴原先在他祖父母的口中一直被称为“小法达洞”，传说中，那里曾经是“法达”栖身的地方。“法达”身形娇小，既是神话故事里善良的仙女，也是恶毒卑劣的女巫。我们一点一点扫开土层，发现了一些带孔的贝壳，紧接着，土层间又出现了一些精致的燧石箭头，最下方是一些人的骨骼 —— 这是一场葬礼。我掸去沉积物上的灰，发现手上的东西原来是一块小小的人类颚骨。很快，考古学家便推断出，这块骨骼的主人一位很老的女性，身高不超过130~140厘米，而该墓葬则可追溯到距今3700年的青铜时代。洞穴不仅保留了这些遗迹，甚至还为自己保留了那位矮小女人的故事。故事在几千年里代代相传，而女人则逐渐演变成了娇小的法达仙女。

在洞穴中，人类的思想、对周围事物的观念，都会被困在黑暗里，无法逃脱。当卡斯特雷面对蒙特斯潘洞穴中陶土做成的洞熊雕塑时，他的心里是怎样的感受？更不用说让 - 马里 · 肖韦、埃利埃特 · 布吕内尔 - 德尚和克里斯蒂安 · 伊莱尔的发现了。1994年12月18日，这三位法国洞穴学家仿佛中了千年魔咒一般，在法国阿尔代什峡谷的一面岩壁上打开了一个小口，钻入这个风洞，开启了一场有史以来最奇幻的时空穿越。他们穿行的地下通道已经有三万年没有见证过火把的光芒了，但在更早以前，在这洞口的拱顶坍塌、填埋所有空隙之前，已经有人类进入此处，把这座洞穴变成了史前的西斯廷教堂。他们在墙壁上留下了我们人类最古老、最壮观的艺术作品，以有力的笔触，描绘了狮子、熊、鬣狗、马、犀牛、猛犸象，甚至还有猫头鹰和火山爆发的景象，其画面生动形象，富于现实主义色彩。这些恢宏的壁画被保护得完美无瑕，首批进洞的

一群洞狮精神抖擞的瞬间，被一位史前艺术家定格在肖维岩洞的岩壁上。

考古学家甚至以为这是三名探险家为博得关注而伪造的复制品。但碳－14测定法清清楚楚地告诉我们，曾经有两群人先后到访过该洞穴，第一群人（其中包括创作了大部分壁画的“史前版米开朗基罗”）大约在36000年前到达此处，第二群人则在7000年后到达。在拱顶坍塌前的最后一段时间，泥土中留下了一个孩童的脚印，周围是他擎着的火把落在地上的灰烬。同时，在他身边，还有一只狗的脚印——这是迄今为止人类最早驯养家畜的证据。事实上，每一个进入肖维岩洞的人都要面对关于历史的神秘谜团。有不少学者曾谈到，在一连几天的洞穴研究后，因为情绪和心理负担过重，他们不得不中断了工作。在随后的几个月，他们多次梦见群狮、暗影，仿佛这些形象从千年的沉睡中苏醒了过来。

2014年，沃纳·赫尔佐克在拍摄纪录片时曾来过这座洞穴。他用几个问题概括了沉浸在那片史前黑暗中的感受："这些画面像是遗忘已久的梦境闪回在眼前。在我们耳畔回响的，究竟是我们的心跳还是他们的心跳？跨越时间的鸿沟，我们是否能够理解那些艺术家的所见所想？"

洞穴是地球上唯一可以体验镜像时间的地方。它将我们与世界、风景、梦境和来自很久以前的思想联结在一起。在灯光下，洞穴照见了我们自身的形象，也让我们领略到它的深刻。然而，它被人类的视角所塑造，也必然受到人类理解能力的局限。当然，还有很多从未向明亮的地表开放的洞穴——至于它们的模样，将永远超出我们的想象。

# 尘世之外

最激动人心的事情莫过于踏上期待多年的旅程，让飞机把我们带向远方。起飞时，闭上眼睛，轰鸣的声响就会把我们带离现实世界，奔向还未被探索的领域，仅存在于想象中的地方。

2007年5月，我只身一人飞往墨西哥城。那时，我的心思全都集中在这样一个地方。

第一次见到它还是2003年。当时，在拉文塔协会来到杜兰戈州的马德雷山脉峡谷进行考察的过程中，图利奥·贝尔纳贝伊向我展示了一个视频。图利奥告诉我，就在前一年，他曾受邀前往墨西哥，参观了一个十分奇异的洞穴，至今仍然很少有人知道它的存在。视频模糊又颠簸，在画面中，图利奥和队友进入了一个采矿隧道，隧道尽头的岩壁上有一些洞。另一侧的岩壁上，屹立着一根根高大的、浅灰色棱柱状物体。一旦他们进入洞口，镜头就变得雾蒙蒙一片。图利奥试图把它擦干净，紧接着，镜片上又出现了一种白色的物质，它形似树干，十分湿润，在镜头下显得闪闪发光。把这些凝结的物质擦掉之后，探险员一步一步走进洞中。就在这时，方才镜头前那些特殊的形态忽然变为清晰的画面，紧接着又变了回去，如此反复交替。画面里的物体比人大得多，向四面八方不断分岔、延伸，展现出它们真实的样子——原来，它们竟是巨型的水晶！我看着这些图像，感到十分不可思议。为了让每一个瞬间都更加清晰、真切，探险员们总是来回不断地擦拭镜头，尽管如此，这些画面看上去还是像电脑合成的照片一样，奇幻得不真实。整个过程仅仅不到四分钟。从隧道里走出来的时候，探险员们已然涨红了脸，惊惶不安，汗流浃背，眼里半是恐惧半是惊奇。图利奥告诉我，这个洞穴是在挖掘一脉银矿的过程中被凿破的。这座银矿位于奇瓦瓦沙漠中一个偏僻的小镇——奈卡镇，矿区则坐落于地下350米的深处，鲜有人进入其中。

看到我难以置信的表情，图利奥又和我强调说："这座洞穴从来没有人探索过，谁也不知道那里到底有什么。"

我十分好奇："这里实在是太神奇了。你们为什么没有再往前走走呢？我不信。"

"因为再往前走就没命了。"

这个干巴巴的回答听起来有些夸张，图利奥紧接着向我解释这么说的原因（镜头上不断出现水雾凝结的现象也与此相关）。

"洞里的气温几乎到了50摄氏度，湿度是百分之百。如果停留的时间超过五分钟，人就会虚脱，谁也没法救你出来。"

那是我第一次参加国际考察，当时只有19岁，和图利奥·贝尔纳贝伊还不相熟。对我来说，与他共事就仿佛与神话中的传奇人物并肩。在那以前，我曾读过许多关于他的故事：他曾在1991年首次探索拉文塔河峡谷；也曾拍摄过帕特里克·德·加亚登跳伞进入墨西哥燕洞的画面；曾探索过亚洲最深的深渊：拜布洛克洞穴；也曾在莫利塞大区的雪洞中绳降近千米深……在我眼中，他不仅是一位伟大的意大利探险家，更是一位洞穴知识的传播者，通过纪录片向国内外的观众讲述地下世界。站在他身边，我原本有无数个问题想问，却又感到十分忐忑，担心自己水平不够。所幸，后来在杜兰戈州的考察让我赢得了他的信任，以及比信任更重要的东西——我们的友谊。我被分配到的队伍需要从皮亚克斯特拉峡谷下山。这是一个未经开发的峡谷，极大、极深，堪比美国的科罗拉多大峡谷。这一路上充满了未知，唯一可以确定的是，根据此前直升机的考察结果，我们会在某一时刻遇上一座巨大的瀑布（不知道这瀑布有多高，或许一百米上下）。然而，就在准备下山的前一天，随队拍摄纪录片的摄像师因为膝盖疼痛而不得不放弃原本的计划。当时我正好不知道在队里要做些什么，便自告奋勇接替他的位置负责拍摄任务。我原以为图利奥不会把镜头交给一个刚高中毕业的孩子，但不知为何，他竟然接受了我的提议。就这样，我意识到自己的责任所在，作为摄像师，我不能错过接下来这次伟大冒险的任何一刻。

原来，这条峡谷贯穿了墨西哥最重要的山脉，其中的瀑布有足足170米高。经过六天的艰难跋涉，我们终于走完了整个峡谷。至于我们是如何克服各种意外的障碍、躲过致命的急流、解决技术和定位等问题、在食物短缺的状况下成功存活下来，要讲的东西就太多了。这是我走出国门，经历的第一次大型探险活动，一路上不仅

一座水晶洞。图为儒勒·凡尔纳《地心游记》第一版中，爱德华·里欧所绘的插图。

收集到真实而壮美的视频影像，更结交了许多了不起的朋友和探险伙伴。我竭力想要证明自己的探索热情并非小男孩的一时脑热，于是更加勇往直前地绳降到极限的深度，不顾流水的冲击、冷风的侵袭和浑身的疲惫，仍然举着相机。我想成为拉文塔协会的一员，想体验图利奥告诉我的那些事情，想在未来的某一天，亲自前往探索奈卡巨晶洞。

随后的几年里，我在意大利和其他欧洲国家探索了很多洞穴，终于在2006年底成为拉文塔协会的会员。入会那年，我只有22岁，是迄今为止最年轻的成员，我相信加入这个团队将会带给我许多不同寻常的经历。在拉文塔协会中，有许多举足轻重的意大利洞穴探险家，其中一些人在我眼中更是里程碑式的人物，如物理学家乔瓦尼·巴迪诺，他是意大利过去30年里最为著名的洞穴探险家，前意大利洞穴学协会主席。除此之外，还有加埃塔诺·博尔德里尼、劳力士奖得主安东尼奥·德威沃、弗朗西斯科·洛·马斯特罗、来自博洛尼亚的保罗·福尔蒂教授、考古学家达维德·多梅尼奇、国家地理摄影师保罗·彼得里尼亚尼，等等。

当时，拉文塔协会的人们正沉浸在兴奋中：图利奥与奈卡矿洞的所有者（佩诺莱斯集团）成功签署了一项协议，取得授权，从此可以进入水晶洞进行多次考察活动。同时，协会又在特雷维索的大仓库和车间中制造出呼吸器和冷却服，以便在洞穴致命的极端气候下维持生存，考察探险。我们研制出对水晶无害的鞋靴，签订医疗协议，完善通信系统，讨论并确定了活动赞助商和资金来源。而统筹全局的则是乔瓦尼·巴迪诺。作为一名物理学家，他一直在寻找解决洞穴极端气温问题的最佳方案，发挥着极为关键的作用。我们中有很多人都向他提出了各种问题。面对提问，他总是用他特有的，讽刺又傲慢的腔调来回答——作为一位科学家，他什么都说，但只说给那些真正想知道的人听。听他讲话的时候，我对他说的每一句都信以为真，根本没有意识到这也是他考验我的一部分。他想了解我的思维过程是否足够独立，论证问题是否足够理性，是否能够带领协会开展具有挑战性的探索活动——因为他知道，总有一天，这个任务将会落到我的头上。

我向图利奥提出的第一个问题是关于温度的。巨晶洞中的气温约为47.49摄氏度，我不明白为什么这样的温度被认为如此极端，甚至危及生命。毕竟，在撒哈拉沙漠中心地带，一天中的炎热时段，气温可达50摄氏度以上，即便如此，也有一些游牧民族在此生存。

“气温不是关键，我跟你说了多少次了！”乔瓦尼恼怒地回答我，仿佛在训斥一个头脑不太灵光的学生。

“问题在于湿度。你热了之后会怎么样？”说完，他又补了一句“蠢猪”来刺激我。

“呃……我会出汗，口渴。”我被他激动的样子吓了一跳。

“没错！热了之后，你会跟猪一样出汗，你渴是因为你的汗在不停地蒸发。汗从液体变为气体，会吸收热量，使人降温。你不是在帕多瓦的什么地质系上过学吗？你考没考过物理啊？”

“呃，考过的。”

“行吧，行吧。这都是什么低级问题！我还给都灵的那些地质学家教物理呢，他们也是什么都不懂。真是受不了你们！”乔瓦尼阴阳怪气地说。他一直瞧不起我们这一类人。

“所以问题是在巨晶洞内，汗水蒸发不了，对吧？”我打断了他的话，试图让他言归正传。

“对，就是这个意思。里面的湿度接近百分之百，这么高的湿度在洞外是不可能有的。这种情况下，就没有办法通过你的汗水把热量排出去。即使只有三十度，你也能感觉到有五十度那么热，皮肤就开始烫起来了！这叫作湿润指数——算了，这些东西对你来说太难了。”他试图动摇我的决心。

“那么洞穴中的体感温度有多少呢？”

“九十度到一百度之间。正好能把人煮熟！一只煮熟的地质学蠢猪！你问的这些都不是我们现在想要解决的问题。”

“那问题是什么呢？”我看着桌上大家正在组装的呼吸器零件，问道。

“问题是你呼吸的空气！你的肺比吸进去的空气还要冷，那些水分会凝结在肺里。”

“所以我们就会被淹死？”

“当然不是啊！想想热力学定律，如果我将汗水从气态反向变成液态，会发生什么？”

我知道答案，但又怕犯错，所以犹豫不决，乔瓦尼甚至没给我回答的时间。

“如果水发生液化，凝结在肺里，就会在肺部放出热量！会把它烧伤的！”

在我努力理解这些的同时，我们也在准备各种各样的装备。其中一个箱子里有数百根不同长度的乳胶管，两头密封，里面充满了液体。这些胶管将会被填在费里诺公司和都灵理工学院研制出的一种特殊探险服的内衬里。往内衬里装管子的时候，我很想问问乔瓦尼那些液体究竟是什么物质，是如何在有效时间内给探险者降温的——但却一直没有勇气，因为谈这个事情会惹得他大发雷霆。在之前的几个月里，大家一直在激烈地讨论该如何打造这套探险服。有人提议设计一套电池供电的空调背包，有人提议用高压气瓶，还有人认为应该效仿美国宇航局的航天服（在地球的重力环境下，这些航天服重达一百多公斤！）。但没有一个人支持乔瓦尼的想法，因为它降温的原理实在太简单了：用冰。他的提议开门见山：首先，我们需要一个"无源系统"，一个不需要电池或电子电路就能够工作的系统。在岩洞里考察的时候，它绝不能因为任何原因忽然失灵，否则我们就永远无法活着出来。其次，乔瓦尼总是不厌其烦地强调一个板上钉钉的科学依据：水是熔化焓最高的物质。也就是说，在从固体到液体的熔化过程中，它比其他任何物质吸收的热量都要多，足足可达333千焦/千克。也就是说，一旦所有这些管子里冻上冰，在所有的冰融化之前，我们至少有一个小时自主探险的时间，而不用担心任何设备故障的风险。乔瓦尼将这套探险服称为"托勒密"，取自但丁《神曲》中地狱底部的名字，在那里，被打入地狱的人们躺在冰中，接受痛苦的惩罚，来偿还他们的罪孽。这个系统虽然简单有效，但说到底，在大多数人眼里实在是平平无奇，不像是他这样的大科学家想出来的解决方案。很多人甚至根本没有评估方案的专业知识储备，却还是固执己见，提出用这样或那样的物质来代替冰，把乔瓦尼折磨得疲惫不堪。最终，在几年之后，他又提出了一套新的方案。这一次，新的探险服使用了一种红色的散热液体，据乔瓦尼所说，里面富含一种名为“PCM”的物质（许多人认为这是著名的“相变储能材料”的缩写）。相比之前只需要把自来水冻冰的降温法，大家对这次的技术飞跃感到十分满意，再也没有人提出质疑。实际上，他悄悄告诉我，“PCM”只是一个印度的茶叶品牌。用茶把水染成红色，就能绕开那些自以为学识渊博的蠢货，省得他们再问为什么只用白水来散热！

拉文塔协会是天才和疯子的聚集地，加入协会之后，我成为科研队伍中的一员。我们的负责人正是博洛尼亚大学的岩溶学教授、国际岩溶学联盟名誉主席保罗·福尔蒂先生。保罗一生都在致力于洞穴矿物质的研究，而奈卡洞穴无疑是他职业生涯中最辉煌的成就。与乔瓦尼不同，他总是热情高涨，每次被提问都要和大家解释、讨论上好几个小时。我还记得曾经有一天晚上，我的论文导师马特奥·马西罗尼教授来找我和保罗开会，想探讨一下我接下来在矿洞里开展的研究。结果，保罗一刻不停地讲了两个多小时，抛出了无数新的想法与假设，根本不给我们任何提问的余地。会议结束之后，我和马特奥淹没在他的热情里，却又感到有点困惑——直到最后我们还是不知道，我在此期间要完成的科研任务到底是什么。

事实上，除了探索本身，我们的目标更是要了解这座洞穴的成因，研究出这些晶体是如何违反物理定律，长到了十多米长的。保罗曾走遍世界各地，研究了很多类似的水晶洞穴，却从未遇到过奈卡洞穴这般奇异的景观。历史上发现的第一座地下晶洞是位于美国俄亥俄州伊利湖畔的水晶洞，最初是在人们挖掘灌溉井时凿破的。这座洞穴极其狭小，被一种特殊的、富含硫和锶的矿物质——天青石的晶体所覆盖。除此之外，1910年挖掘出的奈卡矿则是关于晶洞的首个重大发现。矿工们在地下约150米深的地方，开辟出一座遍布刀片状晶体的洞穴，即“剑洞”。很快，这个消息便传遍了整个世界。当时的报纸上还曾刊登过一张照片，画面中，人们伫立在高达几米的水晶丛林之间。这些水晶的成分为亚硒酸盐和水合硫酸钙，也就是我们俗称的石膏。时至今日，洞内大部分的水晶都已经被人掠走，或在博物馆展出，或用于私人收藏。继剑洞之后，在接下来的几年里，世界上多个地区都发现了含有巨型亚硒酸盐晶体的洞穴。秘鲁的厄尔特尼恩特矿区中曾凿出一座晶洞，规模“很小”，里面的晶体“仅仅”有几米长。此外，北马其顿的德巴尔地区也发现了类似的洞穴，但洞内景象远没有那么壮观。1999年，在西班牙阿尔梅里亚附近的普尔皮矿区，人们又发现了一座瑰丽无比的晶洞，其内部水晶厚达数米，透明度极高。而所有这些，仅仅是2000年奈卡大发现的序曲。

这些洞穴具有两个共同的特点：一是没有连接洞内与地表的天然通道，二是与地层深处向外涌出的温泉有关。每一座晶洞的发现都是出于偶然，往往是人类在采矿或钻井的过程中阻断了这些晶洞的发展，才知晓它们的存在。

与山间水流雕刻出的岩溶深渊相比，我们要面对的是地球深处一种更为神秘的现象。当我们一点一点进入地壳内部，岩石的温度将会按照所谓的“地温梯度”逐渐增加——原来，在地球的深处，存在着不断上涌的熔融热流，深度每增加100米，气温上升约1摄氏度。这也就意味着，在地下10千米深的位置，温度便会超过100摄氏度。不仅如此，在远低于海平面的深度情况下，地壳中形成的任何洞穴都必然会受到极大的压力，最终被水填充。迄今为止，从未有人目睹过这个地方的自然状态，也没有机器人或相机能够捕捉到它的画面。世界上最深的几个钻孔，如西伯利亚的科拉超深钻孔，已经在地壳内部探索到了几个这样的空洞。然而每当钻头试图穿破洞顶，洞穴内部的液体就会在超压的环境下将钻杆破坏。一旦这些水沿着钻孔的管道涌上来，在上方岩石的压力作用下，空洞便会自行坍塌。这是一个黑暗、酷热、精巧而又可怕的地下世界，即使运用人类最前沿的技术也无法进入。

但是，有一种方法，可以让我们在脑海中进行构想，管窥这些神秘洞穴的模样。放眼地球，总有些地区的地质条件非比寻常。在那些地区，无须向下挖掘几公里深，仅仅在十分接近地表的位置，就可以找到化学性质特殊的高温地下水。这些异常的地质现象为我们打开了一扇窗，带我们进入原本无法触及的世界。想要了解地下几千米处可能存在的物质，就必须前去探索这些反常的特殊现象。

2007年，我和拉文塔协会的队员们一起，准备进入通往地球深处最奇异的那扇窗——奈卡洞穴。奈卡矿位于奇瓦瓦沙漠中一座山脉的下方，其岩层中富含铅、锌、银和金，地下水温度奇高，通过断层和岩间的裂缝进行运输。除此之外，该地区令人印象最深的特点就是热异常和磁异常。原来，在地下大约2千米的深处，有一块“岩基”。这是一片由岩浆构成的巨型岩体，它从地幔不断上升，一直上升到地表的沙漠下面。然而，这块岩浆没能到达表面（否则就会变成火山），一直被困在地表下，停留了数百万年。在慢慢冷却的过程中，它就像一只热炉，加热了周围所有的岩石和渗入地下的水源。有了这样的条件，我们仅在地下350米的深度，就可以看到地球内部5~6千米处的世界。和其他奈卡矿开发时凿破的洞穴一样，巨晶洞在发现之初完全浸没在一片温暖的、富含矿物质的“羊水”中。直到矿场为挖掘更多的银矿，开始抽水之后，洞穴才显现出来。经过一个多世纪的开采，在那片渗着沸水的地狱里，人们向下挖掘了近800米深。直到2000年，埃洛伊和哈维尔·德尔加多两位矿工兄弟在山里爆破矿井、挖掘侧边隧道的时候，忽然注意到有蒸汽正从岩壁的一个洞口散发出来。钻进洞中，气温一下子变得奇热无比——就这样，他们第一次看到了这座巨大的水晶洞穴，一片人类想象不到的世界。

此次考察活动旨在开展多学科研究。除了拍摄照片之外，拉文塔团队还将与国家地理、探索频道共同制作一部纪录片，记录洞穴的每一个角落。就这样，在2007年，我们正式开始了首次考察任务。在这次的探索中，我们有机会使用新的设备，包括从意大利运来的托勒密防护服和呼吸器（正在韦拉克鲁斯港等待清关）。后勤团队和技术人员都已经抵达了墨西哥，一周之后，我也将与地质研究负责人伊塔洛·朱利沃一同出发。一想到自己能有幸获得这个机会，我便激动不已。但是，就在动身的前一天晚上，伊塔洛打电话给我，说他家里出了问题，没法走了。一时间，我不知道该怎么办才好：我不仅要独自登上飞机，还要与矿区的地质学家们交流，在现场协调各项研究工作。虽然身在世界上最杰出的探险家团队里，可我自己只是一个小小的研究生——当然，我只犹豫了几秒钟。此时此刻，梦想已经变得触手可及，我要尽我所能，把最好的结果带回来。随着飞机从跑道上起飞，我也陷入了长久的沉思，再回过神的时候，奇瓦瓦机场已经到了。图利奥正在那里等着我。

穿越沙漠的时候，图利奥和我讲述了他们前几天遇到的许多问题。团队到达之后，海关扣留了所有的探险服和呼吸器，双方一度陷入了僵局。一些官员搞不清楚这些材料是什么，想要从中捞点好处。本来花钱打点一下可能就够了，可负责这批货的托诺·德威沃并没有让步的意思。最终，运那批货物花了我们很大一笔钱——毕竟所有的文件都是合法合规的，不能因为那些衣服看起来像航天服就扣住不给我们！

与此同时，矿区的情况也并不乐观。在没有保护措施的条件下，进入洞穴是非常危险的，因此，由于条件的限制，保罗·彼得里尼亚尼目前还没有拍到很多照片。不仅如此，领队的地质学者可能是被前来关注的诸多媒体吓到了，并不是很乐意合作，甚至惹出了不少麻烦。因此，我们决定过几天再进洞，去更深的地下完成一项重大的任务。

2006年，保罗·福尔蒂曾在一座约600米深的矿井隧道里做过一个原始实验。人们管这个地方叫作“地狱”——时至今日，我也觉得那里是最接近地狱的地方。我们乘着吉普车，沿着无尽的地下坡道向更深处前行。这些大型隧道一般通过地下深处的通风井进行人工通风，从外部引入新鲜空气，使矿工能够工作和生存。开到特定的位置之后，我们不得不下车，徒步走进一条废弃的隧道。新鲜的空气已经到不了这里了，我们一跨过门槛，便一下子浸没在50多度的浓密蒸汽中。任务必须马上执行，任何人都不能有丝毫犹豫。我们需要横穿竖井，一路走到一股沸腾的水流跟前。沿着它往上走，来到一个小瀑布下，瀑布的底部有一个集水池，再现了巨晶洞被矿井水泵抽干以前的原始情况。福尔蒂教授在池中预先放置了一些岩石片，希望能够在上面观察到一些细小的石膏晶体的生长情况。这项实验将持续进行很多年，根据结果，我们便能够知道晶体需要在“羊水”中生长多长时间，才能达到洞中那么巨大的规模。

就这样，我们四个出发了。我和弗朗西斯科·洛·马斯特罗负责从沸水中捞出岩石片，而保罗·彼得里尼亚尼和卢卡·马萨则在后面跟随着我们，进行影像记录。忽然，我双腿一滑，跪在了沸腾的水中，一股强烈的痛感朝我袭来。但更可怕的还在后面。紧接着，瀑布的水从高空飞落，像淋浴一样冲了我一身，烫伤了我的后背。随后，我又把胳膊伸进水池里，取回了所需的岩石片——这个时候，我全身上下的每个地方都快被沸水煮熟了。等待队友摄影记录的时候，我渐渐觉得身体不支，便离开他们开始往回走。随着我一步一步走过隧道，我的心率也跟着不断攀升。每向前一步，我就离新鲜的空气更近一步，同时也更清楚地感觉到，有什么东西要在我身体里炸裂开来。终于，主坡道到了，我身体一软，瘫在了皮卡车的车斗上。虽然身体已经几近虚脱，但好在已经从地狱里走了出来。我静静地等待心率下降，然而几分钟过去，我的心脏仿佛还在太阳穴里跳动。过了很长一段时间，我才感觉好受了一些，而这里的“好受”也仍然带着无法言说的疲惫。

之后的几天里，这种心脏快要爆炸的感觉在我探索的过程中常常出现。在没有保护措施的情况下暴露在这种环境中显然太过莽撞了。然而，想到巨晶洞与我只有一门之隔，我便按捺不住激动的内心，愈发迫切地等待装备的到来，希望海关可以尽快放行。我知道，这可能是我一生中唯一一次考察研究巨晶洞的机会，而且探索的期限也很短，所以在讨论中我坚持认为，即使没有设备也应该开始进入山洞开始探索。乔瓦尼和图利奥也表示同意。我们确定了探索的目标，每个人都有要做的研究、要拍的照片以及要安置在洞中的仪器。我们可以不往里走太远，每次只进去5分钟。随队医生朱塞佩·焦维内会在洞口守候我们，保证我们的身体不会出现致命的极端情况。

回想起来，第一次进洞的时刻仿佛就在昨天。怀揣着激动的心情走下台阶，我们来到一扇门前，隔着玻璃门，已经可以看到巨大的水晶丛。这实在是一片奇观，一旦踏入其中，视角就会不停地改变。就这样，我们手撑着滚烫、尖锐的石面，踉踉跄跄地穿过一根又一根水晶。当一个人的心思完全集中在“稳步前进”和“控制呼吸”的时候，洞穴和晶体便显得不那么重要了。我们与洞口的距离越来越远，仿佛一根系着安全的橡皮筋，越拉越长，越绷越紧。沿着左边的岩壁走下去，大约20米后，就来到了洞穴最大的空庭。在这里，空间变得更加宽阔，更凸显出水晶柱的高大宏伟。最长的那根甚至达到了13米的高度。此时此刻，虽然未知的黑暗就在前方不远处，但那根拴在洞口的“橡皮筋”却愈发地紧绷，把我们勒得直痛——继续前进的兴致渐渐淡了下去，取而代之的是一种窒息的感觉。我掉转过身，一路回到洞口，贪婪地呼吸着新鲜的空气，浑身上下被汗浸得湿淋淋。

我们躺在门外的小床上休息。一个多小时过后，得到了医生允许，我们就可以再次进入岩洞探索了，只是不能比之前走得更远。我的任务是通过地质罗盘测量洞壁和洞顶的裂缝和断层，在笔记本上记录下每一个测量数据。这项工作耗时很长，而且需要前往洞穴内部的各个区域，于是我便被推着越走越远。有一次回去的路上，正当我精疲力竭地往回走的时候，却发现另外两个队友正带着相机从另一个区域赶回来。医生正在玻璃门前等着我们，在出洞呼吸新鲜空气前，他要先测量一些参数，测量我们身体的极限是多少。等队友检查的时候，我坐下来，感到自己的心跳越来越快，肺部疯狂渴求着空气。就在生与死的边缘时刻，终于轮到我了，医生测量了我的心率：频率计显示为每分钟210次！紧接着，他又把一根绑带缠在我身上，测量我的血压。绑带紧紧地缠着手臂，这时，我再也忍不住了，登时撕下带子，冲了出去，重重地摔在一张小床上。医生紧跟过来，立即让人给我量体温。此时，我的体温已经达到了41度，再过几分钟，可能就再也走不出来了。

巨晶洞总是把我们排斥在外，告诉我们，那个世界不属于人类。晚上，回到矿区小镇的旅馆房间里，我的后背开始剧烈地颤抖起来。那真是噩梦般的一个晚上，我中暑的症状异常严重，一面发烧，一面出汗。我梦见了矿井的黑暗、洞穴的灼热、矿工的声音、机器难闻的柴油味，以及爆炸产生的硫黄和粉尘。第二天早上，我已经虚弱不堪，根本不可能再进洞了。于是，队友们装好皮卡车之后，我和他们告别，准备借此机会上山，进行一次外部勘探，上山做一些地质调查。

傍晚，我的身体开始逐渐好转，等到太阳落山时分，便动身沿着沙坡向矿山上方走去。奈卡山矗立在小镇中，海拔高达250米。虽然沿途没有路，但可以轻松地穿行在石灰岩的尖峰和荆棘之间，远离碎石较多的地带（在那里常常可以听到响尾蛇出没的特有声音）。一路上，我时不时会遇到旧时的通风井，或是废弃的山洞入口。山洞明显是被锤子和凿子一点一点挖出来的。早在1794年，这里就已经开始了采矿工程，但在之后的几十年间，由于当地的帕基梅印第安人极力保卫自己的山地，殖民者们的挖掘工作被迫中断。直到今天，沙漠的尘土中仍然可以找到燧石箭头，这些遗迹也许来自早期的狩猎活动，也许来自西班牙人和土著部落之间的血腥往事。

我一步步向上爬去，脑海里跳跃着一个又一个新的念头，终于在太阳落山时到达了山顶。山顶上屹立着一根白布包裹的木制十字架，下方摆满了蜡烛、鲜花和一些刻了名字的木牌，大概是纪念几个世纪以来在矿井的黑暗中失去生命的矿工。站在最高处，山脉另一侧的景象展现在眼前。那是一片深深的山谷，谷底建有一座大型采矿塔，周围有几辆大货车，一些下了班的矿工正走向面包车，准备回家。这是奈卡的“提洛”山谷，新采矿区就集中在这里，而巨晶洞则位于这片矿区地下约350米的深处。在山谷的背后，地平线上耸立着两三座山峰，山脊上蜿蜒着几条土路，路的尽头便是高高的钻孔。我看着这些钻孔，不禁想象这下方到底蕴含着多少金银宝藏。不知巨晶洞究竟是超凡脱俗的神迹，还是庞大地底世界的一小部分，遍布巨型的水晶，从我们的脚下不断向外延伸。

下山时，天已经黑了，当我到达旅馆的时候，看见一辆矿车停在我房间的门前。一位四十多岁的先生下车向我走来。他头上戴着一顶墨西哥草帽，脚踩一双皮靴，散乱着胡须。

“您好，请问你们是来考察洞穴的探险员吗？”他边走边问。

“是的。”我感到有些自豪。

“很高兴见到你。我叫佩德罗，是矿区的地质学者。”[1]

就这样，我们相互熟悉起来。佩德罗是一名地质学家，目前正在对矿山的新区域进行岩芯采样和实地考察。他应该不是领队——几天前我们与负责矿区地质调查的相关人员举行了一次正式会议，当时佩德罗并没有参加。他说，那天晚上曾看到我在山上走，如果我愿意，可以带我去奈卡的提洛山谷。在那里，他们用钻头提取出了山体的岩芯，可以看到其中有很多石膏层。尽管不知道他为什么会对我感兴趣，但这个邀请确实令人心动不已。于是我欣然接受，不愿错过这个独特的机会。我们约好第二天早上见面，临别前，他走到我身边，压低声音说：“这件事上边是不知道的，但我有很多东西要给你看，还有一些资料到时候也可以分享给你。”

队友们从巨晶洞回来之后，我和他们说了第二天见面的事情。因为害怕有人有顾虑，提出反对意见，错失这个千载难逢的好机会，我含糊其词，没说这是未经上级允许的私下会面。我很希望佩德罗能让我们看看矿山的地质图——矿区虽然之前就承诺过给我们图纸，但

1. 此处三句对话原文为西班牙语。

或许是出于保护商业机密的原因，直到现在仍然迟迟不给我们。

第二天，我坐上佩德罗的越野车，穿越一大片沙漠，绕过山峰，终于来到了岩芯的钻探塔。一路上，我问了很多问题，都是关于目前正在开展的新一轮钻探。他们有没有在岩芯中截获任何空洞或者晶体？我十分好奇，但得到的答案却总是模棱两可。据他所说，在地下600米的深处，似乎有一片非常丰富的石膏晶体区。佩德罗带着我来到工棚，只见最后一节岩芯正静静地躺在桌子上，足足有几百米长，当中还有亚硒酸盐晶体和其间断裂的部分。正当佩德罗和我展示的时候，他的一个同事回来了。随后，佩德罗便重新开始做起自己的分析工作，不再关注我，也不怎么回答我的问题了。我和他解释了发现巨晶洞的重要性，我们的探险队又能从中获得多少科学信息。他似乎有更多的东西想和我说，但介于同事在场，又没法说给我听。在返回奈卡的途中，他带我远远地参观了新区域的钻机，其中有三个钻机最为特殊，它们刚好位于一个大断层的延伸处，这个区域将会左右巨晶洞的发展方向。在这座山下，是否还有其他庞大的水晶洞穴？这个问题让我们二人为之魂牵梦萦，我们彼此告别，颇有惺惺相惜的感觉。

当天下午，探险队的卡车终于从韦拉克鲁斯港运来了所有的装备，安东尼奥·德威沃已经把货卸下来了。运这批装备足足花了我们两个星期！安东尼奥的年假已经休完了，甚至还没参与探险就回到了意大利。但多亏了他的努力，在考察期限到达之前，我们还有三天的时间全副武装，推进洞穴的探索工程。

托勒密探险服和呼吸器的结构都很复杂。大家必须争分夺秒，齐心协力帮两个进洞的队友穿戴好一切，尽可能减少冰块融化带来的时间损失。我的地质研究任务显然不是最重要的项目。团队工作首先从影像记录开始，接着是对洞内的激光扫描，直到最后一天才轮到我。届时，我将和乔瓦尼·巴迪诺一同前往洞穴系统中最偏远的部分，测量地形并进行我的地质调查。没有比乔瓦尼更完美的搭档了。行走在这个地狱般的地方，他的脚步是如此笃定，令人安心。更重要的是，他是这个项目的领队——对于我这个二十三岁的年轻人来说，能够和他搭档本身就很荣幸。

装备工作进行得十分顺利，短短几分钟，我们就穿戴好了探险服和呼吸器：总共20多公斤的冰水被我们穿上了身。虽然行动起来有些笨拙，但一旦进入洞中，我们就有了一个多小时的自主权！真是不敢相信！经过了前几天的痛苦折磨，我们终于可以毫无顾忌地观察洞穴的四周。新鲜的空气流入我们的肺部，吹过我们的面颊，让我们对这座岩洞有了完全不同的体验。直到那时我才明白，展现在我们面前的究竟是一个多么惊人的奇迹。跟随乔瓦尼的脚步，我顺着右侧的岩壁向前走，这是一片真正的水晶森林，四面的晶石围成一条小路，有时甚至悬在离地几米的高处。在空庭的尽头，坐落着一个竖井，图利奥此前探险的时候已经在井中安装了缆绳。在这里，洞穴的模样大不相同。我们根本看不到岩壁，天花板、墙壁、地板……所有的一切都是反光的水晶。我们紧紧抓着绳子，一步步艰难地往下走，最终来到了一条走廊。这条走廊极其美丽，每个角落都遍布着完美无瑕的水晶棱柱，特别是中间的那一根，简直漂亮得不可思议：那是一座宽达一米的水晶，表面光滑，棱角分明，透明得不真实。再往前走，我们便来到了一面水晶墙，墙上只有一个小口。在小口那头，洞穴仍然在外延伸，但人们却被拦在了这边——尤其是穿上了笨重的设备后，就更过不去了。这是人类在巨晶洞探索的最深处，后来的探险者也没有比我们走得更远的了。任何人为的干预都必然会破坏一部分自然晶体，因此，从道义的角度出发，我们也不会尝试去拓宽这条通道。走廊的那头将永远存在于想象的世界中。

回到洞口的玻璃门前，我们又一次检查了自己的身体状况。这次，我再也没有那种忍不住想跑出去的冲动。于是，我在洞里又停留了几分钟，想再多看几眼这个无与伦比的奇迹。

2015年，矿区的抽水系统出现了技术问题，管理部门被迫中止了深层隧道的挖掘工作。沸腾的地下水上升到地表，淹没了整个矿区。当我写下这个故事的时候，奈卡矿已经停止运营，再也没有人能够进入巨晶洞了。至于这座洞穴是否已经恢复到最初被“羊水”包裹的状态，我们也不得而知。几年前，当我最后一次目送那片水晶森林的时候，就知道可能是永别了。从此，那片人类想象之外的奇幻世界将会永远陷入黑暗之中。走出洞口的那一步，就是我们的告别。我无比感谢乔瓦尼和图利奥，是他们给予了我这次宝贵的机会。

洞穴中怎么可能出现如此之大的水晶呢？那段时间，乔瓦尼一直在试图解释这个疑问。事实上，根据物理定律，所有的物质都趋向于混乱、无序，趋向于分解，进入“更可能”的状态。乔瓦尼经常用这个例子打比方：“一个玻璃杯，落到地上就会摔碎，这说明

‘破碎’的玻璃比‘完整’的玻璃‘更可能’出现。保证玻璃完整的方式只有一个，打碎玻璃的方式却有很多。我们周围的一切都在不可避免地走向破碎，即便我们自己也会死去。”面对这样的解释，图利乌斯问道：“我明白，可这样说来，像晶体这样有序的结构怎么可能存在呢？”这个问题的答案不仅具有科学性，更具有深刻的哲学性。“现代物理学在发展的过程中逐渐意识到，熵增的过程就像一条河流，虽然大方向永远是奔流入海，但在一些罕见的情况下，河水会形成漩涡，向上游回溯。在特殊的条件下，物质的分解会产生与往常相反的效果，创造出有序的结构。与晶体相比，我们人类是更加有序的多细胞聚合体。能量的长河从太阳流向地球，又从地球流向太空，我们所处的宇宙也不断冷却、不断熵增。然而，在我们称为地球的这片土地上，也存在着奈卡洞穴这样的地方，它们逆转了能量流动的方向，孕育出大分子结构甚至生命，以极其微弱的方式，把世界向有序的方向挽回一分。”

对乔瓦尼而言，探索那座洞穴不仅仅是一种地理行为、一种地质研究，更是在找寻人类在宇宙中存在的深层意义。这位狷介的、出类拔萃的洞穴学家，能够看到我们想象之外的东西，能够一针见血地指出引领我们探索的欲望本源。

还记得最后一次走出矿场的那天（第二天早上我们就要启程回家了），正当我收拾行李时，一辆越野车从远处开来，停在了我的门前。我打开门，发现来者正是佩德罗：“弗朗西斯科先生，我想在你离开之前和你道个别。我有话想对你说，那天我们还有很多没有说完。我带了点东西，希望你喜欢，也希望有一天你还能回到这片土地上，来探索更多的洞穴。”打开他送给我的小包裹，里面是我当时在岩芯中看到的一块美丽的水晶。我和他连连道谢，热切地问候彼此。

然而，回到房间后，我才发现，包裹中除了水晶，还有一个USB闪存盘，外面裹了一层纸，上面写着“KT7-T8-T9，在地下600米深处截获的大型洞穴”。我连忙打开电脑查看里面的内容。原来，盘里存有一系列地质图，其中一张图上用缩写标明了三个钻孔的位置，并附有相关注释。这些钻孔全部位于矿区范围以外的新勘探区。根据简短的描述，第一次钻探就在地表下600米处发现了一个空洞。他们把一根70多米长的钻杆放进洞中，却不料钻杆在自身重量的作用下断裂并坠落在洞中。失去了之前钻探的所有材料之后，他们又向南侧挪了大约50米，重新开始。这一次，钻探工作进展得十分顺利，但在同样的深度，他们又遇到了空洞。由于害怕再次丢掉钻头和钻杆，他们把所有的设备都拉回地面，又向南挪了一百米。没有想到，第三个钻头也钻破了洞穴的天花板，这下他们不得不放弃了所有其他的尝试。

看着这些数据，我忽然意识到，在这片土地下面，一定蕴藏着比我们已知的巨晶洞要大得多的东西。或许是这个洞穴的延伸，或许是一座宏伟的地下空庭，里面遍布着无数奇异的水晶。

我的想象力总是在这样的时刻发挥到了极致。然而，无论幻想有多么荒诞不经，奈卡的存在都证实了一个朴素的道理：现实总是超乎想象本身。

第二部分

# 最后的探险家

# 河流与火把

"7月之前，斯卡尔塔里斯的影子会落在斯奈菲尔的约库尔火山口，从该火山口下去，勇敢的旅行者，可以下到地心深处。我已经到过那里。阿尔纳·萨克努塞姆。"[1]这段引言来自儒勒·凡尔纳的《地心游记》，描述的是进入冰岛的斯奈菲尔火山，寻找神话传说中的地心的过程。自1864年问世以来，直到今天，这段话仍然令无数的读者为之着迷。小时候，我曾在山上的家里找到过一本《地心游记》，皱巴巴的，里面印有爱德华·里乌创作的美丽插图，这可能是我祖父的书。故事开头那段蕴含着丰富的想象力，对充满冒险精神的孩子来说，简直是不可抗拒的。但当我继续读下去，看到探险家们穿越火山深处黑暗、尘土飞扬的通道，在神秘光球的照耀下，发现了一座真实的地下海洋——我不由得感到怀疑和失望。对我来说，这些描写太过虚幻、不切实际了。相比之下，诺贝尔·卡斯

1. 译文摘自《地心游记》，[法]儒勒·凡尔纳著，陈筱卿译，人民文学出版社，2014年。

特雷记述洞穴探险的书就要精彩得多：他的描写可以让我置身于真实的地形中，未来的某一天，我可能当真会动身前去探索。

奇怪的是，我们对周围环境的看法可能在短短几十年间就发生很大的变化。对我们的祖父母来说可能稀松平常的事情，在我们今天看来却无比疯狂，反之亦然。随着我们的认知范围不断扩大，我们面对的现实世界也不断更新。不知道还有多少科学理念将会继续掩藏在未知之中。当我进入帕多瓦大学学习地质学的时候，大陆漂移学说、地球内部结构等概念在我看来已经是非常成熟的理论，尽管它们从提出到现在仅仅过了一百年。在19世纪下半叶之前，大多数科学家对地表以下的认知，仍然停留在十分古怪但尚合逻辑的理论中。因此，凡尔纳的故事可以带我们离开斯通波利火山的喷发锥，进入冰岛火山的内部，穿越到地心深处，感受这段旅程的独特魅力。然而，这些迷人又荒诞的桥段，必须放在当时的时代背景中去看待。1664年，德国耶稣会教士阿塔纳斯·珂雪撰写的《地下世界》（*Mundus subterraneus*）问世。这是第一部专门论述地球内部结构的伟大著作，共十二卷，配有华丽的插图和地图，令人浮想联翩。幸运的是，我在世界上最大的洞穴学档案馆——博洛尼亚的佛朗哥·阿内利图书馆找到了这本书的原件。书中巨幅的插图描绘了地球及其内部构造，充满了哲学、宗教、炼金术甚至神秘学的元素。我们的地球被描绘为一个活跃的生命体，所有的物质都与一个精心设计的有机体相联系，并发挥其作用。在地表之下，有一个巨大的、被水淹没的空洞，与海洋相通，即亲水地层，这种结构有时会形成地下海洋，其规模大小可与地中海相比。同样，在地下深处，熔岩管道穿透地层，连接了充满熔岩的各个岩浆库，即焦化层（*pyrophilacia*），一方面向火山通道供给岩浆，另一方面加热了地下水，形成温泉。从岩洞中吹出的气流也与风等大气现象有关，通过气孔（caverne aeree），也就是嗜气层（*aerophilacia*），空气从地球深处转移到大气中，从而产生气流。珂雪的理论并没有在人类的地下探索中得到实际的印证，但它对地表可以观察到的自然现象（如潮汐和火山喷发）进行了阐释。虽然探究的过程纯粹基于想象，但似乎又可以自圆其说。同样，在17世纪末，英国科学家埃德蒙·哈雷构建了一个模型，认为除了地核之外，地球的内部都是空的，我们人类生活在一层地表的外壳上。穿过地球厚达八百公里的外壳之后，就会进入一个巨大的空腔，腔体内还有另外两层外壳，均环绕着中央的固态地核。在外壳和第一层内壳之间的庞大空间里，充满了大气，在磁场的作用下，会和大片的北极光一样散发出特殊的光芒，甚至可以允许人类居住。

尽管哈雷的模型在今天看来十分荒谬，但这种解释在数学上却是合理的。它甚至找出了地球与月球平均密度不同的原因，并对地磁场及其异常的情况给出了令人信服的解释。实际上，在许多文化的神话传说中，人们都不约而同地构想出一个与我们的世界平行的、可以居住的地下世界。当然，更重要的是，从来没有人成功地进入到地下，在这种情况下，谁又有资格反对呢？就算真有人尝试往地下走，那他也很可能再也回不来了。地球空心论在之后的两个世纪里颇受欢迎，激发了人们探索地球的欲望。正是对于这一理论的兴趣，推动了人类第一次前往北极的探险之旅。实际上，根据哈雷的假设，地球的两极附近分布有地下空洞，一些磁化气体通过这些空洞从地下大气层逃逸出来，从而形成南北两极的极光现象。为了验证这一理论，19世纪上半叶，一些地球空心论的拥护者动员美国国会，推动其资助了对两极的首次探索考察。

如此说来，儒勒·凡尔纳只是一位负责将理念转化为图像和故事的中间人。就在他写下这些文字时候，对地下世界第一次真正的探索才刚刚开始。他们要走的路一点也不比里登布洛克教授[1]所经历的少。

在凡尔纳的书中，有一段情节让我印象最为深刻。当时，硝化棉的爆炸使得庞大的地下海洋被一下子吸入了对外连通的隧道中。里登布洛克教授和同伴们乘坐木筏，突然被急流拉入无尽的深渊。蜡烛被河水浇灭，三个人瞬间陷入绝对的黑暗之中，能够感受到的只有脸上呼啸而过的风。年轻的阿克塞尔意识到，他们正在被一条波涛汹涌的河流卷走，失去控制地航行。所幸，冰岛导游汉斯成功点燃了火把，就这样，三个人紧紧抓着这只摇摇晃晃的小船，被水流一路冲到一座巨大的洞穴中。隧道越往前越宽敞，终于他们走到某处，身旁只剩一侧的岩壁，另一侧因为太远而消失在黑暗之中。

在凡尔纳的科幻故事诞生了二十年之后，人类真正探索出了一条咆哮在黑暗中的地下河：这一次，探险家们真实体会到了和书中一样的惊恐，猛烈的风和书中描绘的一样，抽打着他们的面庞。那便是位于斯洛文尼亚的什科茨扬洞，想到这座洞穴，人们的脑海里

1.《地心游记》中的人物。

便会立即浮现出那段史诗般的探索旅程。

里耶卡河从斯内齐尼克山（意大利语意为“雪山”）发源，在阳光的照耀下奔流了大约四十公里。当河水流过喀斯特高原的可溶性石灰岩，展现在眼前的便是一片令人印象深刻的自然景观。河水流入第一座洞穴，即马霍西克洞穴，恰好从地下流经什科茨扬村。

什科茨扬是一座悬于地表、地下中空的小村庄，河水泛滥的时候，在村里的小广场上就能听到湍急的水流的咆哮声，却无法目睹这一景象。这座村庄像一面镜子，映出地球深处的模样。虽然村里的钟楼只触到27米高的天空，但教堂旁的那座巨大的深渊，却沉到了地下115米的深处，探入里耶卡河的水中。

从村庄底下流过之后，河水在一座名为马拉溶斗的大洼地底部再次现身，重新回到地表之上。几米之后，流水穿越马里尼奇洞内的巨型石桥，飞流而下，形成一道瀑布，注入维利卡溶斗底部的一座美丽湖泊。这是一个新形成的露天洼地，规模巨大，从表面看约有300米宽，150多米深。在这里，里耶卡河最后一次看到太阳的光芒，最终，它从高高的岩壁下方流入一个昏暗的洞口，永远地沉入地下。

从那时起，直到19世纪，这座地下河的路线都是完全未知的。但可以看出，这个神奇的景观一定与另一处同样神秘的地方有关：在亚得里亚海沿岸，一直潜伏在地下的蒂马沃河在距离什科茨扬约40公里的地方重新涌上了地面。这个河段主要由四个河口组成，大量的河水从这些河口奔向大海，只有几公里的流程。正如希腊历史学家罗德岛的阿波罗尼奥斯和维吉尔在《埃涅阿斯纪》所叙述的那样，这些神奇的泉水正是古时阿戈纳人和安忒诺耳的船只在的里雅斯特湾的安全靠岸处。

凭空消失的里耶卡河，凭空出现的蒂马沃河 …… 在这两条神奇的河流之间，千百年来，人们总是受到好奇心的驱使，不断踏上追寻真相的旅程。

今天的什科茨扬洞（斯洛文尼亚语为 Škocjan）被保护在一个自然公园当中。联合国教科文组织更是在这里设立了一座纪念碑。在我看来，它是欧洲最美丽、最迷人的洞穴景点。在我儿时，我的父亲常常到斯洛文尼亚的波斯托伊纳的岩溶研究所进行研究，我们也经常借此机会来到这座国家公园，在这美妙的自然环境中，享受着假日的时光。我喜欢波斯托伊纳的那些山洞，喜欢迷失在金波利河天然的石桥之间，喜欢凝望高悬于山洞洞口上的布列加玛城堡，喜欢在脑海中想象过去曾在这里发生的战争场面，想象那中世纪城墙的背后，在古堡中绵延数公里的神秘通道。尽管如此，什科茨扬洞仍然是我的最爱 —— 那里有一个狂热的小伙子想要的一切。沿着旅游路线前行，可以看到，在宽阔的地下空庭里，矗立着许多几十米高的沉积石柱，洞穴的小径蜿蜒曲折，陡峭无比，一座座桥梁悬挂在极深的峡谷上。谷底，一条汹涌到可怕的河流在迷雾中咆哮。这是一个无与伦比的奇观，相比之下，托尔金笔下的精灵幽谷和地下王国凯萨督姆也不免显得黯然失色了。

当时，我还不知道这个地方的探索史，但在回去的路上，我已经如痴如醉，沉浸在脑海里想象的探险之中了 —— 事实上，早在两个世纪以前，就有许多人和我一样迷失在这里，面对着这片奇异的景象，幻想它背后可能隐藏的东西。当然，对那些人来说，这段旅程与其说是“梦幻”，倒不如说是“梦魇”。事实上，第一批穿越维利卡溶斗来到什科茨扬洞的人们，是迫于现实需求而来到此地，而非纯粹为了探险。在19世纪上半叶，的里雅斯特城常年苦于缺乏供应城市的水源，在这种情况下（正如我们在第四章“深渊”中所谈到的那样），费德里科·林德纳试图进入特雷比西亚诺深渊拦截地下河。然而，与此同时，一位名叫贾科莫·斯韦蒂纳的管道工程师决定尝试从地下河的源头——什科茨扬出发，一探究竟。于是，1840年，斯韦蒂纳沿着里耶卡河在地下展开探索。他顺着岩壁艰难地前行，仅仅走了大约150米，就经过了四座瀑布。然而，这样走的风险太大了，一旦被冲走，掉进湍急的水流里，就再也回不来了。十年之后，来自维也纳的学者阿道夫·施米德尔也来到此处，进行了一次新的尝试。在村里一些工人的帮助下，施米德尔来到了一个新的区域。在这里，拱顶不再是80多米高，而两面岩壁的距离约有60米宽，但依旧气势恢宏。施米德尔在一道新发现的瀑布前停了下来，这是洞里的第六座瀑布了，里耶卡河就在此处迅疾地涌入绝对的黑暗之中。与此同时，外面下起了雨，山洪从斯内齐尼克山上一路奔腾而下，河流开始迅速涨水。探险家们设法自救，成功地活了下来，但他们的设备和辛苦建造的地道却被突如其来的洪水摧毁殆尽。于是，在此后的很多年里，再没有人去探索这座洞穴。

过去，这些探索的先驱往往并没有充分的装备，因此不得不面对严酷无情的自然环境。他们常常连续数小时（甚至一整天）都暴露在致命的寒冷或潮湿的环境中。每遇到一个新的障碍，他们都要想办法发明新的工具、找到对应的策略。

当年探险的设备能够作为证据留存到今天的并不多。好在，我们可以参考意大利第一本洞穴学手册中的相关内容。该书在1910年由历史悠久的Hoepli出版社出版，作者是卡罗·卡塞利。在书中，他为洞穴探险者提出了很多建议。首先，在灯光方面，他建议探险者们“燃烧树脂火把、秸秆或是使用焰火照明”，建议“不要使用普通火炬，洞穴的风会让烟雾变多，而石油燃烧则会让烟雾变黑”。但与此同时，蜡烛仍然是一种很可靠的光源，“马特尔建议使用硬脂蜡烛……这种蜡烛专门由大烛芯制作而成，即使突然移动，也不那么容易熄灭”。通常情况下，“火柴要放在衣服下面的一个锡盒里”。当然，也有更先进的照明系统，如“镁带照明”，“可以手持镁带，也可携带能上发条的泛光灯（即米尼西尼系统）”。1879年，托马斯·爱迪生发明了电灯，照亮了城市街道，从此以后，那些年轻的洞穴探险家便梦想能够获得无限的清洁光源。事实上，卡塞利也写道：“电灯是洞穴最佳的照明手段，但又要如何才能实现呢？”在儒勒·凡尔纳的书中，他笔下的人物是借助一种名叫“路姆考夫灯”的装置，在地下的黑暗中前进的。“路姆考夫灯”是电池照明灯的先驱，在当时还没有被发明出来，仅仅存在于作者的想象中。但这个概念极为关键，它让人类在地下世界进行长期探索成为可能。“有了这盏设计精妙的电灯，我们就能够继续前进，把黑暗的洞穴变成白天，即使在最易燃的气体中也可以安全使用。”在故事中，年轻的阿克塞尔如是说。

但卡塞利长长的清单上远不止这些，他还对探险的衣着提出建议，“穿上羊毛衫”，以及克服障碍的工具，如“棉制的编织绳”，还有“锤子、凿子、不同规格的钳子”等等。最后，卡塞利还罗列了许多昂贵的测量设备，并标明出售这些设备的地方：“固定在Prudent系统测量本上的指南针（在巴黎的圣奥诺雷路有售）；公制探测器，矿工借助灯光在竖井和深渊中放样铅垂线，该探测器用于测量其深度（在米兰的萨拉莫拉吉店有售）；带绳热气球，用于测量洞穴的高度；古伊尔上校手持水准仪，用于测量高度差”。

卡塞利的这些建议，正是19世纪末诸多探险活动经验的结晶。实际上，在凡尔纳作品诞生后的第20年，即1884年，两项伟大的探索活动同时开始，正式标志着地球洞穴探险的开端。

在法国，一位名叫爱德华－阿尔弗雷德·马特尔的律师，酷爱洞穴，在帕迪拉克洞穴和阿尔蒙德洞穴展开了史诗般的探索。途中，他在什科茨扬的溶洞深处遇到了另外一行探险者。原来，德国登山协会在的里雅斯特新成立了一个登山俱乐部，而他们正是负责“洞穴部分”的探险队的成员。此时，距离施米德尔那次半途而废的探险已经过去了34年。这一次，安东·汉克、约瑟夫·马里尼奇和弗里德里希·穆勒三人将作为探险主力，对神秘的里耶卡河发起新的冲击。

虽然并不了解三位探险者的私人生活，但我知道他们私交甚厚。三人中，为首的安东·汉克是无可争议的领头人，也是一位胆大心细的好朋友。他工作起来总是不知疲倦，前进时一马当先，走在最前面，撤退时则护送队员，最后一个离开。当然，从取得的成绩来看，很明显，他们三人都在这次探险中投入了大量的精力，“人人

约瑟夫·马里尼奇、安东·汉克和弗里德里希·穆勒。

为我，我为人人”的格言常常出现在他们的记述中。正是对于探险的热忱使他们抛开了团队的等级制度，紧紧团结在一起。他们不再像几十年前那样，出于实际需求和经济目的，将进入洞穴看作一项风险颇高的工程。对于他们来说，进入洞穴探险是出于对知识的渴求，是为了响应大自然向人类发起的挑战。在什科茨扬洞内的最后的一缕光之外，隐藏着什么东西？人类的光束会不会第一次照亮那片黑暗的土地？沿着昏暗中的河流一路航行，会不会一直开到河口去？

然而，这样浩大的工程不可能只由一支三人小队来完成，还需要一些工人来负责搬运等其他工作。这些工作只有什科茨扬村的居民能够胜任——由于在家就能听到河水常年的咆哮声，他们已经习惯了，不那么害怕，可以大胆地跟随探险者前进。随后，弗兰克·日尼代尔希奇、乔泽·安东契奇、尤里·瑟克维尼克、帕维尔·安东契奇、乔泽·瑟克维尼克和简兹·德莱兹也加入到队伍当中。值得注意的是，历史上所有的相关记载都特别强调，这三位“领队”和工人之间并不是“内行和外行”的关系——工人们对洞内环境的了解对探险有着举足轻重的意义。在整个过程中，工人们都被平等地对待。探险员们将对工人的尊重放在首位，与工人共同讨论该如何处理遇到的问题。除此之外，他们还有一个特殊的名字：“Grottenarbeiter”，即“在洞穴中工作的工人”。这个名字就像一份荣誉，成为什科茨扬洞神话的一部分。

在有史以来最吸引人的一本洞穴学著作中，弗里德里希·穆勒曾叙写了他在奥地利高山俱乐部长达七年的探险活动。这部作品与凡尔纳最著名的小说相比也毫不逊色。不同于虚构的故事，这种报告文学将地下世界发生的事件真实地呈现在读者眼前，却也一点儿不会让人感到乏味。

团队的协作、极大的耐心和明确的战略是探索成功的基础。在风险极高的环境下，整个队伍一共出发了16次，进洞38次，没有任何人员伤亡。

洞中，三位探险员划着小船，沿河前进，另一边，工人们则负责用炸药和凿子在岩壁上开辟出一条陡峭的道路，也就是所谓的“应急通道”。这里到洞口的距离已经太远了，如果没有这条逃生路线，就无法应对突发的山洪。每一只沉甸甸的小木船都由两个可以拆卸的大箱子组成，每个箱子约有80公斤重，来回无法直接搬运，必须沿着峡谷的岩壁高高吊起，以保护它们免受洪水的冲击。根据穆勒的描写，在探险过程中，洞穴内的气氛十分激烈：“河水的轰鸣声在我们的头顶上方来回飘荡，直至洞穴的拱顶，达到难以想象的高度。颤抖的火光照亮了探险家们的身影，他们以近乎超人的努力，拖着一艘木船，穿越层层岩石和奔腾的激流。必须大声呼喊，才能盖过河水的怒号。混乱中，探险者们听到了向导的呼唤，听到了小船触礁的撞击声。断裂的声音在洞穴中一次又一次地回荡，响得人心惶惶。突然间，一声喇叭响盖过了所有的声音，提醒我们必须抓紧时间，洪水可能会不期而至。然而，我们的目光仍然游走在这个奇异、深不可测的空间里。只见在洞底上方，升起一个巨大的斜坡，那里岩石堆积成柱，逐渐消失在一片神秘的昏暗中。河流用最黑的墨水描绘出一幅庄严、黑暗的景象，与地表阳光下的景象大不相同。这里似乎不存在任何生命，死亡的气息环绕着我们，让人不寒而栗。只有里耶卡河——这个地表世界孕育出的孩子——能够继续在这座巨大的空庭中雀跃地奔腾、大声地呼喊，声音激荡在断裂的岩石之间。”

在1884年至1887年之间，团队进行了第一期探险，进入第六座瀑布在洞穴中分出的那座高高的峡谷。分流出的这条河后来被命名为汉克运河。在这里，河水在狭窄的岩壁间流淌，化作更加危险的急流。尽管如此，探险者仍然一米一米不断向前，接连驾船进入其后的十二座瀑布中，甚至到达了第十八座瀑布。但是，这些瀑布离洞口太远了，到了这里，洪水随时可以将他们收拾得服服帖帖。于是，在接下来的两年里，他们一直在努力修建应急通道，将这条陡峭的小路越拉越长。

有一次，约瑟夫·马里尼奇正与施工的工人们讨论的时候，忽然一不小心滑入水中，险些被流水冲走。穆勒在书中写道：“他摔倒的时候，手里的灯也跟着滑了下去。那是第十一座瀑布，汹涌的河水把他困在中间。约瑟夫努力用腿抵住岩石，防止自己继续滑落下去，在一片漆黑中他吹响了脖子上的喇叭。然而，淙淙河水声掩盖了喇叭的声音，同伴们并没有听到他的求助。危急之下，约瑟夫紧紧抓住岩石，奇迹般地点燃了一支蜡烛，借着光亮游到了岸边。谁知岸上湿滑的泥地让他再一次跌倒滑入冰冷的水流和绝对的黑暗中。就这样，约瑟夫被水裹挟着一路漂流，一直漂到岸的另一边。黑暗里，他又想办法点燃了第二支蜡烛，从致命的险境里脱身。在寒冷中，他浑身颤抖着爬上岸边的斜坡，最终被同伴们发现并救了出来。”

后来，通往第十八座瀑布的应急通道也修建完成了，于是，在1890年夏天，探险者发起了对未知世界的最后冲锋。首先，他们要沿着高悬的通道，将船搬运到最后一座瀑布的岸边。这项工作非常精细，但比起搬着沉重的船只穿越激流，还是要容易得多。洞穴工人在岩壁外突出的石台上行走，几分米宽的石台刚好能容纳他们的脚步。然而，连这条路都有被阻断的情况，这时，他们就把木桩打入岩石间，沿着光滑、垂直的岩壁继续向前。他们一手抓着绳索和铁杆，一手撑着举在半空的船。一旦不小心滑倒、脱手，或者有一瞬间没站稳，他们都会跌入里耶卡河几十米高的巨浪中。尽管如此，他们还是成功了。才到7月底，他们就超过了之前探索的极限，开始向更深处航行。第一次冲锋以悲剧收场——一只小船撞上暗礁，整个翻了过来，马里尼奇掉到水里，又在河里洗了一个澡，随后被同伴们救了出来。接下来的几天里，他们陆续经过两座瀑布，至少走了两百多米。出于安全考虑，这次探险活动进行得十分谨慎。有时，河流会在剧烈的冲荡中绕一个急转弯，弯道的后方会产生难以抵挡的激流，蕴藏着很多潜在的危险。这个时候，一些洞穴工人会留在岸上，由两名探险者登上一只小船，进入水中漂流。船的一头牢牢地固定着一根绳索，牵在岸上的同伴手中。小船通过弯道后，岸上的人们焦急地等待着喇叭声的信号。一声意味着探险者已经安全到达了岸的那头，余下的队伍可以跟在先锋队后面向前航行；两声呼唤则是撤退的信号，岸上的洞穴工人必须用力把绳子往回拉，对抗汹涌的水流，避免小船一下子坠入漩涡或瀑布之中。

探索活动持续了整个夏天。汉克和他的同伴们很幸运：1890年的夏天是20世纪降雨量最少的一个夏天，河流因干旱而减少了流量，从而避免了洪水来临的风险。尽管如此，只要下一场突如其来的暴风雨，整个探险队就会陷入困境之中。每次探险活动持续10至13个小时，他们在黎明时分进入洞穴，离开时则已经到了黄昏。穆勒在他的书中曾经谈到，每个人的当务之急就是“快速进洞，及早出洞，最大限度地保护自己的皮肤”。每一次探险结束，不管从哪个探索点走出来，队员们都筋疲力尽，往往需要几天甚至一周的时间来晾晒、修补衣物，为下一次探险养精蓄锐。在书中，有一段关于进洞的描述，刻画出了探险队员重见光明时痛苦的状态：“历经13个小时的黑暗之后，我们终于见到了阳光。那一刻，我们第一次望向彼此：每一个人都满脸疲惫，衣服破烂不堪。我们的脸被火把的浓烟熏得很黑，只有在布满伤口的手上才能看到皮肤原本的颜色——伤口还在流血。我们的衣服被撕扯得破破烂烂，又脏又湿。”

8月24日，探险队越过第二十座瀑布，到达了一处新的地方。从这里开始，峡谷变得越来越宽阔，人们举着火把，再也不能像之前一样照亮整个洞顶。两侧的岩壁相距越来越远，只留下中间一片遍布巨石和激流的河滩——一座名副其实的险恶迷宫。想要从这儿走过去，队员们必须下船，沿着岸边前行。然而，有的时候，河岸也很难通行，为此，他们不得不三次涉水渡河，希望对岸的情况会好一些。涉水过河的风险是很大的，人们踩在又黏又滑的巨石上，反反复复地摔倒，好在并没有产生重大的伤害，唯一的损失是一名洞穴工人遗失在水流中的帽子。

在这一段通道中，岩洞的形态变得愈发惊人。在河滩的左侧，粗壮硕大的石笋拔地而起，其中一根直径甚至达到了十米之长。从高高的洞顶飘落的雨水，拍打在石笋上。不仅如此，人们还可以爬到石笋平坦的顶部，站在这里，感觉就像伫立在一座神圣的讲坛之上，望向最为黑暗的未知领域。

经过第二十一、第二十二座瀑布后，探险队进入了一个巨大的空庭。为了避开一片狼藉的河滩，汉克决定登上旁边的一座小山。这座山由黏土和沙粒堆积而成，虽然只有几十米高，但爬上去却并不容易。按穆勒的话说，就像爬雪山那样，每走两步，就要往下滑一步。在山的那头，洞穴的环境变得神秘莫测。虽然仍然可以看到最近的那面墙（也就是右边的那面），但顺着墙面一路向上望，岩壁却一点点消失在昏暗中。与此同时，左边的那面墙则完全被黑暗所吞没。探险者们将这座空庭以马特尔的名字命名，当时他们还不知道，这便是什科茨扬洞内最大的地下空庭。马特尔空庭长314米，宽143米，高158米，总体空间约占255万立方米。这也就意味着，在这个空庭内部可以容纳一整个圣彼得大教堂——无须横跨岩壁，教堂的穹顶也不会碰到洞穴的顶部。

空庭实在是太大了，相比之下，人类显得极其渺小，仿佛当代的大拇指汤姆[1]。于是，队员们决定把棍子和火把插在黏土中，用来指引回去的路。这次探索收获颇丰，在他们越过第二十四座瀑布之后，终于来到了空庭的尽头，一座大湖的岸边。湖面上，矗立着一堵不可逾越的高墙，有一百余米高。在湖水的那头，河流似乎渗入了一条较为低矮的通道，似乎是一条虹吸水道。队员们距离水道入口大约三公里，而随队携带的最后一艘小船也被遗弃在身后七百米开外的地方，在当时的客观条件下，这段距离无疑是残酷的。该怎么办呢？大自然本身便给出了答案：在岸边，有几根树干，它们来自斯洛文尼亚的森林，被湍急的河流带到这个黑暗的世界。汉克提议用它们造一个木筏，渡过湖水，继续前进。但紧接着，他回头看了看同伴们：此时，大家已然浑身湿透，精疲力竭，鞋子上沾满了泥土，衣服破烂不堪，目光也被烟熏得发黑。是该回去的时候了。

想要带着小船穿过马特尔空庭，翻越激流，跨过泥泞的小山，需要额外两星期的工程。9月中旬，一切都准备就绪，即将开拓新的旅程。马里尼奇和穆勒从的里雅斯特出发，到达的时候，汉克已经带领洞穴工人们顺利地展开了工作。当我们到达湖边时，小船已经组装完毕，放入水中，准备进行探索。汉克是第一个穿越通道的

1.《格林童话》中的故事《大拇指汤姆》的主角，个头如大拇指一般大小。

沿着里耶卡河航行。插图出自 1908 年安东尼奥·波利在刊物上发表的文章。

人。他小心翼翼地在湖面上划行，向前大约二十五米之后，来到了半虹吸水道的拱顶下方。就在他乘船到达的时候，站在岸上的我们则看到了一幅壮观无比的画面。在急流中，火把猛烈地燃烧着，仿佛一个火炉的炉口。颤抖的火光映照在湖水的波涛中，来回荡漾。

汉克钻入低矮的半虹吸水道中，在这里，河流的水面刚好擦过洞穴的拱顶，想要前行需要极大的勇气。事实上，河水一旦进入窄口，流速就会变得十分强劲，好在汉克在队友的视线之外，仅仅前进了几十米，就找到了一个登陆点，成功靠岸。从这里开始，岩洞再度变得宽敞起来，但独自继续探险似乎不够安全。因此，汉克决定回头，把队友们一个接一个摆渡过去。关于安东·汉克的模样，有这样一段描述：黑色的头发，戴着薄薄的眼镜，脸上的络腮胡浓密又卷曲，上唇则留有哈布斯堡式的卷翘的小胡子。我们甚至可以想象出他在船上的样子：在火把的照耀下，他仿佛化身为卡戎一般的摆渡人——卡戎是厄瑞玻斯和倪克斯之子，黑夜中冥界的原始神。就这样，沉醉在想象中，所有人都被一个个摆渡到了湖的对岸。登陆后，队员们走上潮湿、光滑的巨石，开始探索新的通道。然而，向前走了100米后，一座新的大湖拦住了他们的去路。要是把他们唯一能用的小船搬到这里，很可能就再也没法回到马特尔空庭了——实在是太危险了。在这种情况下，他们只好再度中止并推迟探索计划。

夏季就要结束了，秋天即将到来。凶猛的洪水一旦来袭，便会摧毁洞内的船只和设备。尽管如此，探险者们还是决定在1890年10月5日再度尝试进洞探索。他们乘坐另一只小船穿过马特尔空庭，来到了最后的障碍面前——他们将这座拦路的湖泊称为“马奇蒂湖”。队员们驾着小舟穿过马奇蒂湖，展现在他们眼前的是一座庞大的木堆。原来，流水裹挟着一根根树干漂流至此，不断累积，完全阻断了前面的通道。尽管无法再向前走，但他们明白，河水其实流入了下方一座巨大的虹吸水道，仍然继续向前流淌。就这样，一个梦幻般的旅程落下了帷幕，而木堆那头的未知景象，将注定超越人类所有的可能。七年来，他们从维利卡溶斗进发，向着蒂马沃河河口前行了大约三公里，却只开辟了河流路线的十分之一。虽然听起来并不算远，但这段独一无二的壮举，也给他们和同伴们留下了一段无法言说、难以忘怀的冒险经历。在最后那片湖泊之外，到底有什么东西？在这次探索中，队员们穿越了深邃的峡谷，巨大的空庭，对于终点之外的幻想与渴望却变得更加强烈。

最终，在1890年10月5日，探险者们走出洞穴，重新沐浴在阳光下。穆勒向我们描绘了当时的画面："什科茨扬小教堂传来三钟经的声音，一路飘扬，直至维利卡溶斗的尽头。洞穴工人们摘下帽子，止住脚步，开始默默地祈祷。我们也停下来，在神圣崇高的氛围里回味着心中的快乐。我们筋疲力尽地顺着深渊的斜坡往上爬，中间几度停下来，大口地呼吸，让石灰岩间的空气填饱我们的肺部。里耶卡河淙淙的流水声从远方传来，萦绕在我们耳畔。但是，当我们重新登上高原的时候，水声却逐渐消失了，取而代之的是乡村的宁静。夕阳的余晖照耀着这座小村庄，为它镀上了一层金边。这段在地下世界惊心动魄的探索终于告一段落，夜幕沉沉落下，让我们得以安歇。"

尽管如此，对于里耶卡－蒂马沃地区的探索还远远没有结束。那些探索的先驱在好奇心的驱使下，抛却心中的恐惧，用火把撕破原始的黑暗，任由湍急的流水带他们踏上奇异的旅程。他们心中的勇气和对事业的献身精神或许比凡尔纳笔下的人物还要伟大，而他们所穿越的地下世界，比起书中的场景，也丝毫不逊色。

为了搞明白洞穴的真相，安东·汉克仍不肯就此放弃。他来到河流的下游，试图找到另一个洞口，希望能够跨过那道难以逾越的障碍，向的里雅斯特湾继续推进。事实上，他想要找的通道早在五十年前就被林德纳探索过了 —— 这座洞穴是通往里耶卡河唯一的入口（除了之前探索过的那个），沿着通道，可以从什科茨扬洞一直走到特雷比西亚诺深渊。事实上，就在离什科茨扬几公里远的地方，有一座巨大而阴暗的洞穴，十分骇人，当地人将其称为“蛇渊”。直觉告诉汉克，这里或许有新的可能。第二年，他带领可靠的洞穴工人在通往深渊的小道上安装了一架木梯，并在岩壁里打入铁钎。这是人类有史以来探索的最深的深渊，陡峭无比，不禁让人想起凡尔纳笔下斯奈菲尔火山那深深的喷发口。在深渊的底部，汉克和队友们对这座庞大的洞穴开展了长达14个小时的探索，发现了很多流水搬运来的沙砾和木头。然而，令人失望的是，他们最终还是没有找到通往地下河的通道。从洞里出来之后，汉克的身体已经疲劳不堪。洞穴内阴冷潮湿的水和泥浆对他的打击实在太过沉重，尽管他的心中仍然热情高涨，身体却还是没能恢复过来。几个月后，汉克因胸膜炎而去世，享年51岁。按照他生前的意愿，遗体将被安葬在什科茨扬村的一片小墓地。在那里，一条黑暗而又宏伟的地下河将永远在他耳畔吟唱。

1893年，著名探险家爱德华 - 阿尔弗雷德·马特尔也到访了什科茨扬村。为此，马里尼奇和穆勒专门组织了一次探险，带领他一直走到洞穴尽头的虹吸水道。马特尔来自巴黎，作为一位律师，他将自己的一生奉献给了洞穴探险事业。他将这些探索的过程记述下来，不断传播，在世界各地广为流传。在这些记录的探险中，又以一次探险最为特殊，让这些来自的里雅斯特的探险家产生了深刻的共鸣。1984年，马特尔开始在法国奥西塔尼亚的加尔地区对另一条地下河——博纳尔河进行勘探。与里耶卡河一样，博纳尔河的河道消失在一座巨大的洞穴中，复又在布拉马比奥峡谷再度回到地表。1888年6月的一天，马特尔和同伴漂流而下，完成了一项惊世的壮举：他从河水被吞没的地方钻入洞穴，穿越了整整一座山脉，直到河流重新出现的地方。这次探索的意义极为重大，甚至被公认为地球洞穴学探索的开端。然而，与里耶卡河相比，博纳尔河的地下部分非常短，而且更为安全。马特尔本人在参观了什科茨扬洞后曾这样写道："我认为，汉克、马里尼奇和穆勒先生在那里展开的探索，是人类有史以来最危险的洞穴学探索。"一个多世纪过去了，时至今日，仍有探险者不断踏上陡峭的通道，前往里耶卡巨大的地下空庭。对他们来说，马特尔的这番话放在今天仍不过时。

2019年夏天，我终于有机会实现孩提时代的梦想，进入这条地下河的深处。跟随登山协会探险者的脚步，我踩着岩壁登上狭窄的石台，伴随着瀑布的轰鸣，朝着马特尔空庭的沙土山走去。鲍鲁特·洛泽伊和伊兹托克·岑奇是什科茨扬洞穴公园的洞穴学家。他们二人陪我一同前行，既是我的向导，也是我的朋友。几十年来，洪水接连不断，多次冲毁应急通道，迫使通道因危险而关闭。在欧洲国家的财政资助下，新一代的洞穴工人投身于通道的建设中，如今，我们终于可以再度在岩洞里穿行。鲍鲁特住在附近的迪瓦卡村，自儿时起，他便每天都进入洞中，有时陪游客走观光路线，有时重走已知的路，有时则攀缘而上，尝试探索未知的路线。每当进入这片地下世界，鲍鲁特的眼睛总会忽然亮起来，闪烁着喜悦与惊异的光芒。看着他前行的身影，我不禁回忆起那些探索的先驱。仿佛在洞中点燃第一支火把的一刹那，时间便凝固住了，直到今天。伊兹托克住在什科茨扬村，掌管着村里钟楼的钥匙，每逢节日都会敲钟。遥想当年，汉克带着队员们从维利卡最后一次出发的时候，送别的钟声就和现在一样，回响在整个小村庄。伊兹托克力气极大，在我的注视下，他一把扛起沉重的皮艇，动作很快，平衡感强得惊人。我们将乘着这艘小艇横跨马特尔湖。

这是旅游路线的终点站了。离河面50米高的瑟克维尼克桥上，高高地挂着最后一盏电灯。就这样，我们目送灯光渐渐远去，由此开启了一场黑暗中的时间之旅。在这里，岩石和水不再是周围世界的主宰，取而代之的则是人类从古至今的情感。我们仿佛正在通过一段密集而明亮的“时间”，仿佛能够体会到时间在血管中流动的感觉。沿着陡峭的隧道，每一级岩石上凿出的台阶都展现出壮举背后的艰辛。我们手中的每一个扶手都有先驱者的生命托付其间。我仿佛能够听到洞穴工人的喇叭声在岩洞里久久回荡，被咆哮的水流裹挟着，飘得越来越远。在我的脑海中，那声音一路向前，越过虹吸水道，跨过所有阻碍，穿过这座从未被照亮的巨大洞穴。

我们是否只是踽踽独行？他们是否与我们同在？或者说，我们和他们是否本为一体，在刺破黑暗的灯光中幻化出欲望——连那欲望也是同一种形态。

# 人类探险家

我是一个幸运的孩子，小时候常常和父母一起旅行。父亲有一辆黄色的大众加利福尼亚房车，我们总是开着它出去度假。每一年，当期待已久的假期终于到来时，我们就会在半夜里把房车从车库开出来，装上行李，启程出发。我们在后座沉沉睡去，父亲则在前排开车，在欧洲各国的道路上飞驰。等到我们醒来时，往往已经出了意大利国界，正在前往诺曼底、欧洲之巅、波兰或葡萄牙的路上。房车是我们这几个星期的小家。父母睡在上层的折叠式帐篷里，我和姐姐们则睡在下方。直到有一天，我们在一块实在是太挤了，父亲便装上钩子，挂起了一张吊床。虽然排气管总是浓烟滚滚，座位也没那么舒服，但这仍然是我们最喜欢的车。尽管如此，在我妹妹玛丽安娜成年之后，带着万分不舍，父亲还是决定把它卖掉。一方面，随着我们逐渐长大，车里的空间对一家五口来说越来越紧张了；另一方面，在我看来，父亲的房车代表着一种“自由”的概念，在之后的人生道路上，我们必须亲自争取属于我们的自由。

当年我们住在帕多瓦，每到周末，我都非常怀念夏天住在莱西尼山的那些日子，回味当时和表哥乔瓦姆巴蒂斯塔一起探险的感觉。帕多瓦是一座人类建构的城市，一片已知的世界，没有什么角落或是小树林可以深入探索。那时候我已经上高中了，班里的同学们要么喜欢运动，要么把心思都放在女孩儿身上，而我的脑海中却全是泰奥里隧道、维洛山洞和斯普鲁加·普雷塔深渊。一想到在洞穴深处秘密探险，我的内心便兴奋不已。那是我难以向同龄人倾诉的梦想 —— 我该怎么和大家讲述钻到山中，往下走好几百米的故事？直到今天，我和表哥对绳索、装备、探洞技巧等方面也非常熟悉。我们感觉自己就像《夺宝奇兵》里的印第安纳·琼斯，却不知为何对地下世界如此迷恋。城市是那样的死板，那样循规蹈矩。对于在城里生活的人们来说，地下世界是不存在的，甚至是无从想象的 —— 这让我感到十分拘束。

于是，14 岁的我四处寻找，迫切想要找到志同道合的伙伴。原来，城里有一个洞穴爱好者组成的社团，每周三的晚上会聚在一栋小楼里开会。此地原是一个废弃的屠宰场，被几个团体占用之后，形成了一个文化聚集地。

有一天，我拿到了一张洞穴探险社的传单。那是一张社团宣传晚会的邀请函，讽刺的是，晚会的名字叫作“暗中相会”。第一页中央，有一个古怪的标志：一只长着蝙蝠翅膀、戴着女巫帽的帕多瓦母鸡。传单的背面印着联系人的电话号码，还有一个意味深长的句子，仿佛是专门为我而写的：“在地球内部，我们已经探索的部分与即将探索的部分相比，不过是一些皮毛而已；而我们将来能够探索到的一切，或许也仅仅是地球内部秘密的九牛之一毛。”

我立刻打给了传单上的号码。

“您好，请问是帕多瓦洞穴探险社吗？”

“是的，我是乔瓦尼，请问你需要什么？”

“我叫弗朗切斯科，想认识一下你们，和你们一起参加活动。我已经进洞探险好几年了。”

“你会绳降吗？”

“会，我手头有全部的进洞装备，曾经绳降进入过几座有深井的洞穴。”

“很好，你这周三到我们这里来吧。到时候我们会敲定这周末去哪个山洞。如果你愿意的话，可以跟我们一起去。”

和他道谢之后，我挂断了电话。能够得到这样的好消息，我自然十分高兴，但我方才却没和他说自己的年龄——如果知道我还未成年，他们还会带上我吗？

于是，星期三那天，我骑着自行车，在一个寒冷的、雾蒙蒙的秋夜，穿过小镇，来到洞穴探险社的总部。在那座废弃屠宰场的入口，站着一个深色长发的小伙子和一个金发姑娘，正等着我。他们二人就是社长乔瓦尼和他的朋友米凯拉。不知道他们第一次见到我的时候心里是怎么想的。但出乎我意料的是，他们对我的年纪一点也不担心。

就这样，我进入了社团的总部。这里地方并不大，只有一个会议室和一个小仓库，由原来屠宰场的一个冷库改造而成。周围的人们各式各样，有五十多岁的先生，也有几位大学生，有位先生留着小胡子，还有一个人坐在门口，抽了一晚上的烟。他们有的在讨论装备问题，有人在研究地图，还有人在给书籍编目。乔瓦尼问我都去过哪些山洞——显然我去过的不算多，于是我便着重讲了讲自己下过的竖井。听到我的描述，乔瓦尼对我很有信心。他告诉我，下个周末，探险社计划去罗马涅地区一座白垩岩岩脉进行探索，洞穴的名字叫作“黎明深渊”。我们星期六下午出发，在洞口附近过夜，第二天再进入洞中。我说我可以自带一顶帐篷，但米凯拉叫我放心，说他们有一辆露营车，里面会给我留地方。

第二天早晨，我心不在焉地听着希腊语和拉丁语课，脑子里全是关于这场探险的事情。到了下午，我把学习的事情放在一边，开始准备我的行囊。临行前，我需要检查电石灯，收拾好背包，提前看好地图——这座洞穴离我从前去过的那些山脉很远，对我来说是完全陌生的。我的父母认识米凯拉，她曾是父亲在大学教过的学生。为此，父亲特地给她打了一个电话，想和她确认这座洞穴绳降的难度我能否胜任。我的心中十分忐忑，不知道父亲是否会准许我去。好在他最终同意了，我可以去了！

于是，星期六下午，我背着包，一路骑车来到了探险社的总部。等待其他人的时候，我看到一辆黄色的露营车驶入大门。离近之后，我看得更清楚了——那正是一辆大众加利福尼亚房车，乔瓦尼和米凯拉正在车上坐着。把装备搬上去之后，我往里看了看，这辆车简直和我小时候的那辆一模一样。直到我看到父亲当年挂吊床的钩子——我终于确定：就是这辆车！原来，父亲把房车卖给了一个经销商，谁知这车又被我的这两个新朋友买了下来。就在那一天，我重新找回了属于我的自由。此后几年的时间里，我坐着这辆车走过了很多地方，从此之后，我的目标不再是游览世界，而是探索洞穴！

考察完那座白垩岩岩脉上的深渊之后，我们紧接着又探索了许多其他的洞穴。整个周末被各种各样全新的冒险经历填得满满当当。就这样，我成了探险社的一员。在所有的社员里，我是最年轻的，但却能感受到和其他人一样被平等对待。每周三，我都会参加社团的集会，从未缺席过。实际上，其他的社员比洞穴本身更有意思。这些人中的大多数从事的职业都与地质学或研究无关，包括文员、电工、药剂师、计算机科学家、售货员以及中小学教师。例如，乔瓦尼平日里在一个协会工作，这个协会专门为战后的退伍军人提供服务，老兵们都已经年过八旬；米凯拉则经营着一家体育用品商店。他们的能量在身体内日复一日地积累，到了周末又沉浸于自然之间，在绳索、地洞、通道、泥浆、水和无边的黑暗中释放出来。在这个世界里，我们都变回了小孩。我们为什么不约而同地被这个世界所吸引？ 我们从未讨论 —— 也没有必要讨论这个问题。我们都明白，除了社团的朋友们之外，没有人能够真正理解我们对洞穴的热情。

每个星期三的晚上，我们都在努力寻找下一个探索的目标。探险社尘封的书架上堆放着几十本书，记载了很多探险的过程和地形勘测的结果。我们常常在书上翻找，收集一些新的信息。除此之外，我们还会去地籍册的抽屉里找，那里存放着所有已知洞穴的档案，有些还附有地形勘测、照片记录等其他信息。而在一些老社员看来，最有意思的挑战往往集中在那些鲜为人知的区域，或是下山的时候只是匆匆探索过的地方，这些地点在地形图上往往会被画上一个大大的问号，给我们留下了探寻未知的可能。

在我们所在的威内托大区，仅记录在册的洞穴就有7500多个，想要探险当然有很多选择。在这几千座洞穴中，有许多只是小山洞，深度只有几米，但也有大约30座长度超过1000米的洞穴，以及30多座深度远超200米的深渊。其中，深度最大的两座深渊甚至超过了1000米（皮亚尼·埃特纳洞穴系统和马尔加·福塞塔深渊）。事实上，我们并不只是想简单地观赏一下洞穴内部的景色，更是因为想要发现那些未知的东西。乔瓦尼是这项探索活动的发起人，而我则在一旁提供支持，贡献出自己的想法和建议。之后的几个月里，在我的带动下，很多新的朋友也参与到了莱西尼山的洞穴探索中。另一方面，乔瓦尼也开拓了我视野。几年来，他也在持续参与格拉帕山脉和圣卢卡诺山脉的洞穴勘探工作。前者一直是帕多瓦洞穴探险社的研究对象，后者则是多洛米蒂山脉中一座不为人知的野山。

就这样，我们四处寻找新的洞穴，试图在熟悉的洞穴里找出还未开发的部分。然而，这项工作绝非易事，往往努力之后却毫无收获。我们每次都出发得很早，甚至有时在星期五晚上就动身了。等乔瓦尼和米凯拉下班后，我们就会在社团总部碰面，准备好计划所需的绳索和其他材料。我们集中力量，一同探索过几十座洞穴，包括弗兰诺索迷宫、康斯坦丁深渊、斯卡奇山洞、天鹅深渊、贝尔菲奥雷深渊、博尔托洛米深渊、马尔加·福塞塔深渊、黄金山深渊、巴兰廷斯竖井以及许多其他的地方（目前我所能记住的只有这些）。每一座洞穴都化为了不同的故事，有的关于艰辛，有的关于友谊，有的关于冒险，有的则关于希望。只有在少数时候，我们会因为新的发现备受鼓舞；更多的时候，我们会因为无法克服的障碍失望而归。即便我们发现了一座新的竖井，一条新的通道，所有的兴奋之情也仍然只能在我们之间彼此分享。虽然这些不是登在报纸上的大发现，但对我们来说，它们仍然有着十分重大的意义——这是我们的世界在暗中扩展边界的过程。直到星期日晚上，我才筋疲力尽地回到家，有时甚至深夜才回来，身上又冷又脏。第二天早上，我又要回教室上课，乔瓦尼、米凯拉和探险社的其他朋友则又要回去工作了。在周末经历的一切仿佛是生活中的一段小插曲，那个世界与现实如此的不同，我全部的思绪和情感都深陷其中，难以自拔。

洞穴探险很快占据了我的生活。对那个隐秘的地下世界了解得越多，就越觉得没有必要去迎合同学们惯常的生活。我觉得我是无数个秘密的守护者，这些秘密使我变得更加成熟，不需要在单调的城市中寻找快乐。从第一次探索开始，我便将所有跟随探险社进行的活动都写在了日记中，并记下参与者、总时长、海拔高度差和探索结果的相关信息。第一年，我在洞穴中停留的总时长为61天，在地下总共行走了5650米。第二年，我在洞中停留了将近100天，走了7000多米。到了第三年，我上高中三年级的时候，停留的天数增加到了118天，总路程则超过了10公里。这意味着我的每个周末甚至寒暑假的大部分时间都在洞穴中考察。

绳索来回接触绳降器上的滑轮，不断磨损，到最后只剩下铝制的骨架；尖锐的岩壁扎破了安全带和探险服，不出几个月，就被磨成了碎片。父亲看着我这种勇往直前的冲劲，半是欣慰，半是担忧。

他在年轻的时候也进行过洞穴探险研究，看到我也对洞穴感兴趣，他非常开心。然而，他也看出，在我满腔热情的背后，隐藏着很高的风险：任何一次下降都有可能出差错。尽管如此，他却从来没有阻止过我，当我的计划在他看来太过挑战性、风险太大的时候，他总是会和我讲道理，说服我。15岁那年，我决定去挑战深度近900米的斯普鲁加·普雷塔深渊，父亲就在洞口外等我。进洞之后，我们整整在地下停留了33个小时才重新回到地表，比计划的时间长了许多。当时，他的心中一定万分焦急，可他却从未给过我压力，也许在他看来，这些不同寻常的个人经历会在成长的过程中带给我很多额外的收获吧。

随着探索的不断深入，我对洞穴近乎到了一种痴迷的状态，只有在洞穴学入门课程中，我才能够和其他人说清楚自己到底在和同伴们做些什么。原来，帕多瓦洞穴探险队为了招募新成员，每年都会组织这样的课程。来上课的人各式各样，有的是不知情的朋友，被老队员拉来参与，有的是经验丰富的收藏家，有的人来上课仅仅是出于好奇。我当时年龄不够，还不能当教练，但初学者每次进洞的时候我都会陪他们一起下去。这些活动让我增长了很多经验，使我变得坚定自信，直到现在都是如此。我们讲的故事总是会让学生们大吃一惊，他们带着好奇的神情看着我，仿佛我比他们大一样，尽管恰恰相反——有时候他们比我大得多！在洞穴探险队里，没有所谓的等级制度，不过，那些经验更加丰富的队员，无论他们做什么职业、有多大年龄，人们都更愿意听他们分享自己的故事。

实际上，全世界的洞穴探险队都是如此，许多其他的协会也有同样的特点。这些协会探讨的主题通常都是基于直接经验，而非零碎的知识。只有运用丰富的经验，才能够理解提出的问题所在。因此，这些组织往往会形成部落一样的结构，往往由最聪明、最有经验的人“发起”活动。安德烈埃·戈贝蒂曾经在书中描绘过这种状态，那是一本很美的书，书名便令人回味无穷:《想象中的边界，天空的根系，时间的影子》。我对这本书烂熟于心。有时甚至觉得，这本书是用一种特殊的语言写成的，只有跨过洞口、探索过深渊的人们，才能够理解其中的一些概念。在开课的第一天晚上，所有探险队的成员都来到了市中心意大利高山俱乐部的总部，想看看新学员是什么样的。根据不同的举止和身型，大家会给每个人起不同的绰号。即使有的人并不乐意，这些绰号还是会永远伴随着他们。根据教练的理念，第一次实地考察的洞穴会非常艰险，他们会选择一座逼仄、丑陋、泥泞、潮湿的山洞，来考验那些第一次来的学员。在这种情况下，很容易看出哪些人只是为了体验一把，哪些人会成为真正的探险家。他们的身体必须适应与地表截然不同的环境，在这个过程中，心中对地下世界的好奇和兴奋，将与肉体的痛苦不断较量。第一次进洞之后还没有放弃的学生便可以继续探索，成为探险社的一员。

就这样，我交到了许多新朋友，他们跟随着我，和我有着共同的目标，我也把自己的热情传递给他们。在高中读书的时候，我话不多，总是没法和老师、同学讲清楚自己下课之后到底在做些什么。进入探险社之后，我终于可以在女孩面前抬起头了。如果一个女孩来参加洞穴探险课，我愿意把自己知道的都教给她，与她一起分享冒险的旅程。

在中学生眼里，洞穴探险是一种很古怪的癖好（这已经是委婉的说法了）。每周一早上，回到课堂的我都会疲惫不堪，而体育课又恰好在周一的第五、六节，所以有时我确实累得没法上课。在之前周末的两天时间里，我很可能一整晚都在地下几百米的深处度过，没有机会补觉。在寒冷的洞穴中，全身上下的肌肉都会被冻得收缩到变形，又因为不断撞击岩壁而变得伤痕累累。幸运的是，高中三年级的时候，我们班换来了一位新老师。她认识一位研究所的同事，是意大利最为著名的洞穴学家之一——安东尼奥·德威沃，人称托诺。从托诺那里，老师逐渐了解了让我无比狂热的洞穴探险活动。于是，当其他同学在健身房运动的时候，她允许我去仓库的床垫上休息。虽然我当时还不认识托诺本人，但仍然十分感激他替我说好话。托诺是我小时候神话般的偶像之一。我家有一本关于“劳力士雄才伟略大奖”的书，劳力士每两年都会为科学或探索领域的先锋人物颁发这个奖项，而托诺便是1994年的大奖得主。在那本书中，托诺讲述了他在恰帕斯州的洞穴里寻找古代文明的经历。照片中，他留着长发，蓄着胡须，黑色的小胡子十分浓密。虽然身形瘦削，但却像运动员一样精壮——那是一个真正的探险家形象。我相信，迟早有一天，我会和托诺一起去某个洞穴里探险的。同时，托诺也是一名老师，在他执教的学校里，托诺主持修建了一座大型攀岩馆。那是当时帕多瓦地区唯一一座攀岩馆，于是我便去找他，问他可不可以下午去馆里训练——借此机会，我正式认识了托诺，从此便开始三番五次地拜访这个独特的人物。每次见到他，我都抓紧机会和他聊天，有时会得知他几天后就要离开，去别的地方开展新的探索活动。于是在他回来的时候，我便有无数的问题等着问他。

托诺的探索生涯始于威内托的山区。后来，他在土耳其、菲律宾和乌兹别克斯坦等地区进行了很多次海外考察，成为拉文塔协会的创始人之一。从那时开始，他便集中全部精力发展新的探索项目，挖掘分布在七个大洲的各个洞穴。除了平日给孩子们上体育课之外，他把所有休假的时间都用来探险。我升入高中三年级的时候，他刚刚从南极洲回来。在那里，他参与了南极有史以来第一次冰川洞穴的探险活动。当然，不只是南极，每一个被他探索过的地方，即使是阿尔卑斯山上最普通的深渊，都同样富于魅力、高贵庄严。

因此，我们的对话总是围绕着探索的魅力展开，并且常常谈及我对未来生活的许多疑虑："托诺，其实我还是不明白，为什么我会这么喜欢探索那些新的洞穴。那种感觉就像刮起了一阵旋风，怎么也停不下来。你年轻的时候也是这样的吗？"

"当然。在我刚开始探洞的时候，大家还在用绳梯往下爬呢，比现在困难多了！"

"那这些年来，是什么支持着你一直在探索呢？"

仿佛我这个问题有什么陷阱一样，他短暂地思考了几秒钟，给出了一个我完全没想到的答案："当然是友谊了。当一群人在面对一个未知事物的时候，会产生一种特殊的联结。"

我想更好地理解他的想法，于是便反驳道："但这个过程中也会累，也有很多危险。而且多数时候我们并没有发现什么有价值的东西。"

“没错。在这个过程中，无论最后的梦想有没有实现，大家都会一起探索，分享痛苦和喜悦。这些东西都会变成你心底的财富，某一天当你重新想起来的时候，只能与那些并肩过的朋友再度分享。而那些深深的竖井、那些还没探索过的隧道，仍然属于你，或者说，属于‘我们’。那些瞬间构筑起一个个亲密无间的小世界，所有当年在场的人都身处其中，这种感觉实在是很珍贵。我有很多很多故事，这些点点滴滴的财富看上去很小，但却有它的伟大之处。每当我与经历过这些故事的人分享的时候，这些回忆都会再度重现，让我感到无比快乐。”

2003年，我在斯普鲁加·普雷塔深渊发现了一个新的洞穴分支，那条隧道通向一个巨大的空庭。消息一下子传开了，每个人都感到不可思议：一个早在八十年前就开始探索的洞穴中，竟然还会有这样的惊喜。每次有了新的发现，我总是最早告诉托诺，希望自己能够赢得他的信任。

一天下午，托诺遇到我，和往常一样热情地向我打招呼：“我上周听说你发现了一座新的深渊，太好了！”

“是的，我也没想到！我们当时发现竖井侧面的岩壁上有一个小洞，就往洞里扔了一块石子。没想到，石子居然在里面来回弹了14秒。后来我下去的时候，简直不敢相信自己的眼睛。原来一代又一代，有那么多探险者在我之前就到过那里了。”我自豪地讲述着发现的过程。

托诺通过这样的方式，表达了他对洞穴探险的看法，让我领会到他的深意。

“这就是它的魅力所在！洞穴探险是一项永远让人充满‘期待’的活动。在这场探险的游戏中，那种希望会一直跟随我们走到最后。世界上成百上千的发现告诉我们，即使一个洞穴看上去已经封闭了、已经被全部探索过了，在它的内部，实际上仍然隐藏着一个未知的世界……”

托诺一生都在与视网膜退化症作斗争，随着时间的推移，他的视力变得越来越差。他曾不畏艰险，从乌兹别克斯坦500米高的岩壁上一直降落到乌鲁格贝格洞。但有人却借着疾病嘲弄他，说他其实看不见脚下陡峭的悬崖。在那样的身体条件下，探索数十公里长的黑暗洞穴，究竟意味着什么呢？在我看来，他也许能够更好地感知黑暗的环境，行走在地下世界。这是一种独属于他的特殊能力，其他任何人身上都不具备。对于洞穴探险这样复杂而危险的活动来说，仅仅是视力问题就足以让人望而却步。但对于托诺而言，未知带来的诱惑实在是难以拒绝。从高中时代起，在之后的二十年间，我与他一同在地球最偏远的角落里，度过了令人难忘的探索旅程。此时此刻，在我写下这本书的时候，我衷心希望托诺的眼睛可以一直健康，长久地陪伴我们，在此后的探索中发现更多的东西。

洞穴探险者的世界里，有很多像托诺·德威沃这样充满热忱、勇往直前的人物。在聚光灯之外，洞穴的黑暗中，可以更好地展露出灵魂最原始的模样，那便是“智人探索者”的形象。几万年前，当人类从非洲穿越所有大陆的时候，向外探索的本性便写入了我们的基因。对黑暗大陆的探索并没有什么经济价值，也不会带来外界的荣耀。更多的时候，它是一种隐秘的活动，其过程也难以言喻。尽管如此，它能够让人体会到一种地理发现的兴奋感，而这种感觉在当下的生活中是很难体验到的。在岩壁的那头，在风声呼啸的窄道之外，在群山的腹地，在绿林中敞开的竖井里，在冰川闪闪发光的洞穴之中，无不掩藏着一种欲望，一种探索的欲望。当一个职员、一个药剂师、一个律师、一个在局限的环境中日复一日生活的普通人，忽然发现离家几公里的地方有一片从未有人踏足的世界，这个时候，那种欲望便化作一首魅惑无比的海妖之歌，从此天翻地覆地改变他们的生活。这首迷人的歌曲究竟会把我们带向何方？

我认识的许多探险者都会特别痴迷于某一座特定的洞穴或者探险目标，不惜为之冲昏了头脑。有时，这种狂热的探索会带来令人难忘的发现，其余的时候则只是白费力气，甚至会成为彻头彻尾的灾难。在所有这些人中，朱塞佩·特朗康则是最特别的一个，他的故事被不断夸大，最终给欧洲地区的洞穴学发展带来了深刻的影响。事实上，朱塞佩40岁之前的生活平淡无奇：单身未婚，与父母生活在一起，在摩德纳市的一个贸易协会就职。他的工作收入高、有保障又很清闲。工作之外，他最大的爱好就是弹钢琴，弹得也很出色。有一天，朋友们邀请他一同去参观离家不远的几座山洞。从初次进洞的那一刻开始，探索地下世界就成了他心中唯一的念想。朱塞佩的性格颇为内向，表达感情的方式也十分细腻。虽然他的身体素质不够好，加上年龄过高，没办法探索那些高难度的、险要的深渊，但他并不气馁，仍然踏上了自己的洞穴探险之旅，从法国的戈弗尔·贝尔热洞，一直探索到斯普鲁加·普雷塔深渊。斯普鲁加·普雷塔深渊极其险要，尽管困难重重，但在最后，他甚至爱上了这座洞穴。科诺·阿奎里奥山，正是深渊洞口的所在地。维罗纳的洞穴学家们看到了他的热情，于是便发起了一个名叫“科诺·阿奎里奥行动”的倡议，旨在恢复对斯普鲁加·普雷塔深渊的探索，并建议朱塞佩担任这个项目的协调员。但朱塞佩放弃了最初的想法，决定走上另一条道路。事实上，自20世纪20年代以来，已经有数百人进入过斯普鲁加·普雷塔深渊，在这里开展了数十次史诗般的探险活动。就像在喜马拉雅山脉开展的大规模登山活动一样，在深渊内部的营地附近，也遗留着探险者高达数吨的技术材料、食物和其他废弃物。走到有些地方，人们甚至只能从垃圾上走过去、爬过去，却没有勇气下到深处，把那些垃圾运出来。朱塞佩认为，洞穴不仅可以清理干净，而且必须优先把它清理干净，那是深渊应该得到的尊重。这个想法放在当时的时代背景下，显得更了不起：在20世纪80年代，生态理念尚处于萌芽状态，现如今，环保已经成为社会各界的广泛共识。另一方面，过去的探险家也并非主动选择遗弃这些垃圾的，很多时候，为了保全性命、活着从洞口走出来，他们常常顾不得带上那些绳索和设备。

决定好之后，朱塞佩在此后的56个月里连续多次进洞，试图让意大利各地的洞穴探险者都参与进来。实际上，有很多人被他说动，来过一次，但拖着满满一大袋垃圾走了几个小时之后，出了洞，就再也没来过。可朱塞佩并没有放弃，仍然坚持一个个去联系每一个人，为了确保能够得到对方的答复，甚至在半夜也要给他们打电话。多年以后，他告诉大家，他实现这个壮举的策略就是“折磨所有人”。

很多人被他的恳求搞得不堪其扰，最终还是选择回来帮助他。

朱塞佩对这座洞穴投入了极大的精力。星期五晚上，他一结束工作，就开着他那辆粉红色的奥托比安希汽车，向科诺·阿奎里奥山进发。到了那里，与周末探险的队友们会合之后，大家一同进入洞中。接下来的几个小时里，人们不停地把垃圾装进袋子中，最后从地下深处重新爬回来。由于他的动作比较慢，有时候他请大家先回地面，不要等他，而他直到星期日的黄昏时分才独自从洞里走出来。整个过程中既没有睡过觉，也没有吃过任何东西。在开车回家的路上，他睡着了好几次，甚至有三次直接开出了路面，幸好没有造成任何事故。

关于朱塞佩的努力和他对洞穴的痴迷，我曾经亲眼见证过一个小事件。一个星期日的晚上，他结束了一路奔波，来到了我们家。我的父母请他吃了晚饭，帮助他恢复精力。可以看得出，朱塞佩真的疲惫极了——但从这里回到他在摩德纳的家，至少还需要两个小时。我的父母劝他先歇歇，在我们这里休息一会儿。可朱塞佩摇摇头，和父母道谢，说自己第二天还要上班，就和我们告别了。第二天早上，父亲一出门，那辆粉红色的小汽车正停在屋前。原来，朱塞佩上车之后，还没开走，就直接睡倒了！除此之外，在星期一的早晨，维罗纳高速公路的收费站外，人们好几次发现了那辆粉色的小车，筋疲力尽的朱塞佩倒在里面睡着了。

很明显，这对他的生活产生了一系列影响：他开始在工作中出现问题，每周一上班的时候变得越来越手忙脚乱。他最近刚刚结婚，而妻子正打算要孩子，对洞穴的投入也使他忽视了自己的家庭。此外，因为工资都被拿去买绳索和其他材料，他欠下的债也越来越多。在这种种的牺牲之下，最终，他心中的乌托邦得以实现：整个项目从洞穴中取回了840袋废弃物，总重量将近4吨！来自意大利各个地区的近千名洞穴探险者，进洞一百多次，终于做到了这一切。除了意大利之外，朱塞佩甚至想办法让波兰、德国、捷克斯洛伐克、俄罗斯甚至美国的洞穴探险者都参与进来。

1993年，科诺·阿奎里奥行动正式结束，斯普鲁加·普雷塔深渊再次恢复了自然状态，经过勘测，产出了大量的科学数据和全新的地形图。在多次进洞的过程中，人们已经确定其中几处位置可能有其他继续延伸的洞穴，只是没有时间去探索它们。然而，在这次行动之外，朱塞佩却在日益困难的家庭状况面前败下阵来。他的妻子抛弃了他，留下他一个人带着两个孩子继续生活。因为总是缺勤，他被单位解雇，丢掉了工作。尽管如此，一个巨大的问题仍然困扰着他：在地下八百多米的深处，那些常常在深渊底部出没的蝙蝠究竟是从哪里进来的？在阿迪杰河谷的侧面，一定有一个出口。但现在因为要抚养孩子，他不得不放弃这个探索的梦想。

21世纪初，我也开始对斯普鲁加·普雷塔深渊产生兴趣的时候，沉寂了十年的朱塞佩重新回到了人们的视野。生活把他变成了另一副样子。他买了一辆拉货的面包车，奔波在意大利各地，在村里过节的时候卖些糖果点心。然而，当年的那首海妖之歌，仍然回响在他的内心深处。等他的孩子们长大之后，他又重新回到科诺·阿奎里奥山。这一次，他的身体条件决定了他已经没法和我们一起进洞了，但他不停地鼓励我们，在洞口守候着我们，听我们讲述在里面的故事。他随时都有可能给我们打来电话，他强迫我们规划探险的日期和目标，把他身上那种朴素的执着注入我们年轻人身上。74岁那年，他突然去世，在一个夜晚的沉睡中永远地离开了我们，或许他梦到了那些再也无法继续的探索吧。探险者们保留了一张斯普鲁加·普雷塔深渊的地图，地图上用笔标出了还未探清的洞穴边界——离开的几个月前，朱塞佩把这张图纸作为遗嘱交给了我们。虽然他终其一生并未走入那些地方，但他的思绪早已飞往深渊的那边。

尽管洞穴探险往往需要良好的身体素质、体能训练和大量的专业技术，但它却不仅仅是一项运动那么简单。另一方面，尽管洞穴内部的发现常常会带来新的信息，推动学术研究的发展，但它也并不局限在"科学"的定义范围内。它不仅仅是一个爱好，尽管探洞往往是在业余时间进行的，但它却那么有吸引力，可以一直萦绕在人们的心头。它很难算是一种专门的职业，没有人会为探洞的风险和辛苦买单。正是因为这些原因，洞穴探险往往没有赞助商支持，同时也没有外部的压力迫使探险者去盲目追求突破纪录——空洞的数字并不能体现出探索黑暗大陆的复杂性。

在全世界范围内，已经被勘察和测绘的洞穴总长约为40000公里。其中，几乎所有的洞穴都已经被爱好者探索过了，他们探索的动机十分简单——仅仅是被未知的诱惑所吸引。很多时候，几十个洞穴探险者聚在一起，便可以在地下展开史诗般的探索，丝毫不会受到外界的关注，不仅意大利，在很多其他国家肯定也有这样的情况。可以想象，他们中有许多人在周一早上上班的时候，要与同事们一起喝咖啡闲聊。当同事们谈起与家人一起度过星期天、和女友共进午餐、参观博物馆或是去野外郊游的时候，洞穴探险者们总是会保持沉默。在深渊里一步步探索，迷失在几十公里长的地下迷宫中，那种别样的感觉是很难同人形容的。他们早就放弃了解释，不再和同事们讲自己周末去了哪里。此时此刻，他们的思绪仍然沉浸在几小时前的发现中。

在很多“极限”活动中，譬如登山运动，一旦有人能力出众，完成了某项杰出的壮举，世人往往有目共睹。媒体便会借此创造出许多传奇人物，而这些形象背后通常具有强烈的商业价值（在资金、赞助商、电视节目等方面产生推广作用），而这样的情况却很少出现在洞穴探险活动中。对于洞穴探险而言，所有的探索都是在黑暗中进行的，黑暗像一层保护壳，使洞穴探险者处于一个绝对自由的环境中。实际上，我身边许多探险者朋友已经在洞穴里走过了几十公里，为之投入了数十年。然而，他们往往过着两种平行的生活，一种角色是职员、家里的父亲，另一种角色则是探险家，将人类已知的边界扩展到从未探索过的新土地。

菲利波·费利奇，人称“费尔佩”，是近十年以来意大利最活跃的洞穴学家之一。我曾经和费尔佩一道，多次考察皮亚尼·埃特纳山脉和东阿尔卑斯山脉中的各种洞穴。他有一种与生俱来的探索能力。成千上万座由他点亮的洞穴，将他塑造成运动员般的体格。无论是一座巨大的空庭，还是一条狭窄、潮湿、吹着风的隧道，每一个新的发现都会让他兴奋不已。费尔佩能力很强，从来不认为任何事情是理所当然——或是不可能的。面对一座不知有多高的地下大瀑布，许多人甚至不会想到爬到水流下面去寻找出路，而这个时候，费尔佩往往已经开始摸索岩石，寻找下一个支撑点，敲打下一颗岩钉，朝着以前从未有人踏足的地方一路进发。正因如此，很少有人能够一直跟着他探索。在平日里，他每天都在想怎么组织下一次进洞探险。如果找不到愿意跟随他的人，他便常常孤身一人前去探索：下班回家之后，他告别妻子和孩子，带上头盔和其他装备，消失在地表之下，直至半夜才重新回到家人身边。

费尔佩的家位于在坎西里奥高原，从家出发，大约20分钟就可以到达根齐亚纳山洞。当费尔佩从翁布里亚大区搬到弗留利-威尼斯朱利亚大区工作之后，就开始探索这个在80年代已经被探索过的洞穴。不仅周末，他几乎把每一段空闲的时间都投入到了这座洞穴之中。当他第一次进洞时，洞穴已经开发的总长度约为两公里，大家普遍认为，已经没有其他东西值得考察了。然而，在之后的多年间，费尔佩努力照亮每一片昏暗的阴影，克服每一处瓶颈，成功开拓了几十条新的分支，使洞穴总长延伸至十多公里——简直是在家门口探索到的奇迹。

一次，我和费尔佩共同前往多洛米蒂山腹地，进行为期六天的考察。我问费尔佩能不能把他心中难以阻挡的热情用语言描述出来，告诉我他为何对探索有着永不满足的渴求。我相信，通过他的回答，大家可以更加理解洞穴探险的独特之处。

“洞穴探险者要将身与心结合在一起，探寻未知的东西。”

“也就是说，在探洞时，要一直集中注意力？”我半信半疑地问道。

“不只是这样。一方面，当你的身体行走在地下的时候，有时你要像表演杂技一样克服各种各样的障碍，经历很多难以描述的艰辛。而另一方面，即使离开了危险的环境，回到家中，回到日常工作中的时候，你脑海中的思绪也仍在洞穴中旅行。”

“也就是说，不管是不是真的在洞穴中，你都一直在探索？”

“没错。它会完全占据你的身心。就像临睡前拼拼图，却不知道最后会拼成什么图像。你总是迫不及待地放进下一块、再下一块，每一块拼图都会让你不断思考——那图案会是什么样子？你站在那儿，心里想：‘从现在起，我再拼10块就去睡觉。’结果呢，10块过后，便是第11块，第12块，然后再来一片，再来一片，就这样度过了整个晚上。当你继续往下拼的时候，就会意识到，拼图的图案正在发生着的变化，图块的数量不减反增，永远没有拼完的那天。”

对于探险者来说，对洞穴的探险是一个激烈的、永无止境的游戏，在前进的过程中，一个不断变化的世界展现在我们面前。下一颗岩钉的背后，就可能掩藏着一片美丽的奇观，要不要去看看？没有人能够抵御得了这样的诱惑。

但这一切都需要探险者们作出巨大的牺牲，而且往往还要承担实际的风险。这时，一个问题浮现在我的脑海中：费尔佩独自一人行走在荒无人烟的偏远地区，如果出了事该怎么办呢？

平日里，我们通过媒体所了解到的关于洞穴的报道，主要与很多可怕的事故有关。比如说，数千年来，“活埋”一直是一个极为可怖的概念，让人一想到便毛骨悚然。但在现实中，洞穴里其实很少发生事故。不仅如此，在这里还曾经发生过许多互相帮助的美好故事，至今仍旧少有人知。

2014年9月，我的一位西班牙好友，塞西利奥·洛佩兹－特瑟罗，在秘鲁安第斯山脉的一处偏远地区，垂直降落了四百多米，坠入一座海拔三千米的山洞中。由于塞西利奥的脊椎骨已经骨折，想要运上来必须用担架，仅靠探险队的同伴们也无能为力。据估计，需要大约50名经验丰富的洞穴工作者才能把他救出来。事实上，在洞穴救援的过程中，担架的搬运要么完全依靠人力，要么需要依靠绳索和滑轮组成的复杂设备。每一道救援步骤还需要几天的准备工作，以及一道几十人组成的人链。但是，秘鲁地区并没有那么多的洞穴学家，虽然国家派出了军队作为地面的支持力量，但显然，救援的希望微乎其微。不仅如此，西班牙政府更是公开宣布，不会对这位同胞的救援行动进行任何经济资助，仿佛在说：“你不是想当探险家吗？那你可要靠自己了。”相反，洞穴学界则团结在一起，与探险者共进退。几十位来自西班牙各地的探险家告别了家人，停下手头的工作，带上必要的设备，自费乘坐第一班飞机赶往了利马市。此外，来自世界各地的洞穴探险者成立的联合会在短短几个小时之内，募集到了数万欧元的捐款，用来支付救援的费用。最终，在事故发生11天之后来自西班牙、法国、墨西哥和意大利的51名洞穴探险者在秘鲁军队的帮助下，成功将塞西利奥从洞穴中救了出来。

对于这些冒死拯救探险者的人，所有媒体都会问：“你们为什么要这样做呢？”面对这个问题，每个人也都会这样回答：“如果这个事故发生在我自己身上，相信其他洞穴探险者也会做出同样的举动。”

以这一观点为原则，自20世纪60年代开始，欧洲几乎所有的主要国家都成立了洞穴救援队。1966年，经历了前几年的一系列悲惨事故，在许多著名探险家的共同推动下，意大利国家登山救援队成立了专门的洞穴救援部门。在当时，这项提议主要源于互助的需要：在短短几个月内，是无法培训出专门的洞穴救援人员的，意大利所有最有经验的洞穴探险员必须在危机时刻相互帮助。今天，大多数的洞穴“探索者”也同时是救援志愿者，他们加入了后来成立的国家登山及洞穴探险协会（CNSAS），定期进行相关的培训。事实上，并非每个国家都有像西班牙、法国或意大利那样，有那么多的洞穴探险者。每当有事故发生的时候，可能需要几十个人组成团队，展开连续数小时的救援。

2014年6月，在德国巴伐利亚州的翁特峰就出现了这样的情况。那是有史以来规模最大的一次洞穴救援行动，当时，探险队正在探索德国最深的深渊——瑞森洞穴系统。在此过程中，探险家约翰·韦斯特霍伊泽在下降到大约地下1000米的深处时，突然被一块石头击中了头部。一时间，伤情极其严重，脑部的创伤使他失去意识，陷入了昏迷状态。这是所有洞穴探险者的噩梦：由于事故发生的位置极深，距离洞口还有几个小时的路程。在这种情况下，一位同伴陪在约翰身边，另一位同伴则开始朝洞口进行漫长的攀登。直到他到达地面时，才得以向救援人员发出求救信号，而此时，距离事故发生已经过去了整整13个小时。巴伐利亚的救援人员得到消息，立即出发，然而，当地仅仅只有几位探险员，也没有能够绳降到达事发位置的医生。由于瑞士及奥地利地区距离事故地点最近，几小时后，来自这两个国家的洞穴专家也受到召唤，前来救援。

消息一经媒体报道，德国方面甚至还没有发出请求，来自意大利的洞穴探险者们就准备动身启程了。大家迅速做出反应的原因很简单——所有的探险者都知道，在地下1000米的深处发生事故到底意味着什么。大家心里明白，如果欧洲洞穴学界不联合起来，共同发起援助，任何一个国家的救援队都没有足够的能力把伤员救上来。就这样，几十名洞穴探险者放下手头的一切，离开了平日的工作岗位和自己的家庭，有的甚至中断了假期，全部赶往事故现场。最终，一共将近有700人参与到约翰的救援任务中来，其中意大利的探险家数量最多：整整有109名经验丰富的深渊洞穴探险家，其中还包括医生和护士。这些人中没有一个是专业的洞穴救援人员，他们不知道这次进洞之后还能不能回家、何时能够回家。救援是无偿的，没有人会因此得到任何报酬。在决定动身的那一刻，他们必须放弃一些东西，把自己交给命运，去尝试不可能做到的事情，只为拯救自己的同胞——约翰本人也是一名探险家，也是巴伐利亚州洞穴救援部门的成员之一。

最后，一共花了11天，即275个小时，约翰才被运送至安全地带。所幸没有一位救援人员发生任何意外，救援过程中留下的照片也刊登在了欧洲各地的报纸上。照片中，原本在海边度假的费尔佩留下妻子和孩子赶到这里，当时正在准备进洞需要的行囊；乔瓦尼在洞穴和大本营之间来回奔波了好几天，很难腾出时间给米凯拉和孩子们打电话；托诺尽管有视力问题，但还是尽自己所能提供了诸多帮助；其他很多伙伴和洞穴探险者也是如此，大家团结协作，共同完成了这次行动。

三年后，在意大利洞穴学大会上，人们像迎接英雄一般迎接约翰的到来。那些为他鼓掌、与他拥抱的人中，有许多当年都曾冒着生命危险救过他的性命。在大家的心中，约翰象征着一种信念：不要因为对意外的恐惧而止步不前，在危急关头，那些同样热爱洞穴的伙伴会来到你身边，救你回去。

这便是洞穴探险教会我们的东西：互相帮助，互相分享，以友谊作为彼此的后盾，全身心沉浸在未知的世界中，去感受大自然的奇观。让心中的恐惧，从一只桀骜不驯的怪兽，变成最好的守护者。每当我有幸遇见另一位洞穴探险者的时候，即使对方来自某个遥远的国度，我都能感受到他和我共享着同一种情感语言，仿佛我在与一个相识已久的同伴交流。只有洞穴的开拓者们能够感受到，直到今天，记载着“智人探索者”的 DNA 片段仍然鲜活在人类的体内，一路指引我们来到了岩洞深处。当所有人都以为这个世界已经被探索殆尽的时候，只有沉默的探险者能够真正进入未知的世界——在这一点上，我们实在无比幸运。

在我写下这些文字的几个月里，新冠病毒疫情的暴发导致许多地区的出行都受到了限制。尽管如此，不必前往偏远地区，洞穴探险者也仍然有机会进行探索。在帕多瓦居住了多年之后，2019年，我终于实现了自己的一个梦想：回到莱西尼山居住。莱西尼山是我第一次去地下探险的地方。在我的新家周围，有一片美丽的山毛榉林，每当微风吹过，树影总会来回晃动，轻抚着山上的石灰岩和古老的林间小道。由于疫情的影响，我没法像之前几年那样坐着飞机去远方，但只要离开家，踏入大自然，就可以立刻开始一段旅程。我知道，在我的脚下，肯定有着一个完全未知的世界，直到今日还未曾有人涉足。在一阵轻柔的微风中，我能够感受到它的存在——一缕熟悉的泥土的气息，从岩石间的一个小洞里钻了出来。于是我移开苔藓，在那温热的土壤下方，瞥见了一片黑暗。石子向着未知的方向一路滚去，那滚动的声音告诉我，一场新的冒险就要开始了。

# 奥德赛

384403千米——这是人类离开地球需要向外走的路程。或许仅仅看着这个数字，我们对这段极为遥远的距离还没有什么概念。但如果谈到地球与月球之间的距离，就更容易理解了。对我们人类来说，月球看起来没有那么特别，我们已经习惯于借助卫星和强大的天文望远镜来拍摄它的图像，研究这个星球的表面。尽管如此，阿波罗11号的宇航员乘着巨大的土星运载火箭，经过102小时45分钟（也就是4天多的时间）才到达月球。进行了长达21小时36分钟的探索之后，阿姆斯特朗和奥尔德林离开月球表面，开始返回。最终，在脱离地球197小时18分钟之后，阿波罗11号再次在地球表面着陆，整个过程仅仅用了8天多的时间。

225000000千米——这是地球与火星之间的平均距离。在不远的将来，一批男女宇航员将会启程，前往那个红色的星球。去火星的路需要长达6~9个月的时间，一场往返的旅程将使他们与亲人至少阔别几年。

以千米为单位的数字是可怕的，但跨越这些空间所需要的时间则更是长得吓人。宇宙再浩瀚无边，也只能存在于我们的想象中，然而，对于时间，我们却可以亲身体验。每一秒钟、每一分钟、每个小时、每一天，可以感受到岁月一点点积累在我们的阅历中。只可惜我们的阅历无法容纳无限的时间。

在当今世界，各地的联系十分密切，距离成为一个十分相对的概念。到达一个地方所需要的时间并不是由距离决定的，而是取决于乘坐的交通工具。至于交通工具，不同的民族和社会之间则存在着很大的差异。对于那些乘坐洲际航线的日本商人来说，罗马离他们可能很近很近，但对于那些骑着骆驼的撒哈拉牧民来说，那却是难以想象的路程。对我们人类来说，地球上的距离并不是依照物理定律来丈量的，它会根据我们的社会地位和科学技术向外扩展或者向内收缩。

在20世纪，交通工具逐渐普及，越来越高效便捷，从根本上改变了人们对距离的看法。这种变化影响我们生活的方方面面，许多过去我们认为遥远的地方，如今变得离我们越来越近。一切都在人类的掌握之中——或者说，几乎一切。事实上，地球上仍有一些地方抵御住了人类的冲锋，在没有机械手段帮助的情况下，除了我们的身体，根本无法依靠其他方式到达这些地方。

洞穴能够展现出空间与时间的相对维度。作为最迷人的洞穴之一，拜布洛克洞穴位于乌兹别克斯坦和塔吉克斯坦的交界处，坐落在干旱的苏尔洪达里乌山区。这个地方离撒马尔罕不远，在杜巴洛村附近，在俄罗斯帝国及第一次世界大战时期，曾经住着一位年轻的伊玛目[1]，名叫穆斯塔法。过去，山里的牧羊人常常去一口小小的泉眼处接水，直到有一天，那条小溪突然干涸了。一方面出于好奇，另一方面也为了解决干旱给村民带来的困难，穆斯塔法肩负着使命，进入了那座潮湿的洞穴。洞里，山体内部有凉风吹来，他提着一盏油灯，独身一人，在狭窄的隧道里向上走去。

每走一步，世界就离他更远一分。走到距离洞口500多米处的时候，面对着一个交叉路口，他迷了路。找到了泉水的水道之后，他便沿着水道走，希望能找到回去的通道。然而，不幸的是，他踏上的并不是正确的出路，而是一条名为“无限弯道”的洞穴——一个永恒的陷阱。在一座20米深的竖井中，他没抓住手边的岩石，一下子坠入了黑暗，从此再也没有回来。这座山究竟被施了什么魔咒，让他们的伊玛目消失不见了呢？之后的几十年间，村民们一直想不通这个问题。

大约七十年后，1985年，一群来自叶卡捷琳堡的俄国洞穴学家前往那片偏远山区进行探索，发现那座山洞正是拜布洛克洞穴的小泉眼。他们沿着穆斯塔法当年的足迹在地下廊道里搜寻，最终在井底发现了那个可怜人的遗体。在那片迷宫一般的区域之外，洞穴一路向下，进入了一条狭窄的走廊，这种结构被洞穴学家称为“洞穴弯道”，通常情况下，弯道不到50厘米宽，但有数米多高。穆斯塔法并不知道，自己当年探索的，正是地球上最为可怕的地下通道之一。此后的几年里，俄国的洞穴探险家们沿着那条蜿蜒的甬道越走

1. 伊玛目是阿拉伯文Imam的音译，意为“站在前列的人”“首领”“表率”等，是国际伊斯兰宗教界称呼该教神职人员的专用语。

越远。每到一个拐弯处，总会出现同样狭窄的洞穴景观，让人不禁感到这条走廊简直没有尽头。就这样，他们付出了巨大的努力，一公里接着一公里，照亮了地下的世界。弯道十分逼仄，探险员们只能像壁画上的埃及人那样侧身前进。不仅如此，越往后走，就越难穿行。通道的底部有溪水穿过，空间又太狭小，无法搭起帐篷和吊床，想要建立一个可以过夜休息的宿营地也变得非常困难。1989年，一支意俄两国的联合探险队向洞内行走了5公里多，直到地下1368米的深处。在那里，无尽的弯道最终淹没在了水中，再也无法通行。这是人类到达的最深的亚洲洞穴。需要整整四天的时间，才能到达那个遥远又可怖的窄口。此外，还要再额外算上中途出去过夜所需的两天时间。

放眼全人类，共有12个人曾在月球表面上行走过，而相比之下，照亮过拜布洛克洞穴底部的人则要少得多。其实，这个洞穴离我们真的很近，至少在绝对距离上是如此。它的洞口在海拔2700米的半山腰，无穷无尽的弯道与山体的表面平行，一路向下延伸。这也就意味着，探险者上方的岩石厚度永远不会超过100米。然而，这座洞穴又没有其他入口，除了沿着弯道不断向下走，没有其他的方式可以到达岩洞的最深处。最先到达尽头的探险家是来自俄国的奥列格·乌斯季诺夫和来自意大利的乔瓦尼·巴迪诺。当他们发现洞穴的底部被淹没的时候，忽然感到自己离外界无比遥远。但实际上，他们离头顶上正在放牧的羊群只有几十米的距离。远在天边，近在眼前——他们就这样被困在此处，离自由只有一步之遥。

想要快速走到洞底是不可能的，只要向下走，就必须牵动我们身体的每一块（包括平常最不常用的）肌肉。这也是为什么地下场所——无论是人造还是天然的——都是理想的避难所。比如阿富汗的托拉博拉地道，多年来，基地组织一直在那里抵御美国的袭击。目前，还没有漫游车或是自动驾驶的无人机这样的技术，可以适应复杂的地下环境。而军方正在将大量资金投入该领域，希望能够解决这样一个难以克服的困难。

天然的洞穴往往要经过数百万年才得以形成。幸运的是，水在时间的作用下，雕琢出一道道难以逾越的屏障，更好地保护住自己，没有随着人类时空的变化而收缩或扩张：窄道、弯道、深深的竖井、延绵数公里的管道和隧道、迷宫般的坡道、险峻陡峭的峡谷……每一道障碍，都把我们带到越来越远的深处，我们只能依靠纯粹的意志力和求生欲不断向前穿越。在大自然面前，我们的身心都重新回归了人类的本来状态。

在这种相对距离的视角下，人类所到达的最遥远的地方可能不是月球表面，而是某一座高加索深渊的底部，比如斯内茨亚纳洞穴。这座洞穴位于阿布哈兹的卜兹克山脉，虽然在目前世界上最深的深渊中仅居第四，但它无疑是地球上最难以穿越的复杂洞穴。20世纪70年代，人类开始了对这座洞穴的探索，当时苏联的洞穴探险技术不算先进，仍然以绳梯和专门运输钢缆的自锁器作为主要设备。一进洞穴，便是一座深达200余米的可怕的竖井，一直由此向下，通入一座地下的大教堂。冬天的时候，井口处常常发生雪崩，在底部沉积，形成一片巨大的冰层。俄国探险者从这里下去，克服重重阻碍，沿着一系列迷宫般的坡道不断前行。在一点点向山体内部推进的同时，还必须建立宿营地，在温暖的环境中停下来休息，恢复体力。洞内气温很低，探险服被冰冷的瀑布浸透，寒气刺骨。尽管如此，俄国的洞穴探险者却并没有泄气，在不稳定的坡道和狭窄的弯道中仰卧着前进了数百米。到80年代初，他们已经到达了地下1335米深的位置。需要长达十多天的前行和同样十多天的宿营，才能携带着所有的技术设备到达那个深度。从洞内行进、运输设备、环境勘探再到返回地面，一支探险队在洞内需要停留两个多月的时间。那是一段史诗般的探索时期，作为有史以来最为坚决、最为强大的地下探索者和洞穴学家，塔季扬娜·涅姆琴科一直在推动探索事业不断发展。但与此同时，这些成就也是团队战略的结果，每一个洞穴探险员，甚至那些中途留守在营地、支援先锋队的探险者，也起到了极为关键的作用。面对困难，俄国人民总会发挥出巨大的牺牲精神。为了一个共同的目标，有时甚至会制定出铁一般的制度，不允许任何人因疲惫而退缩，将洞穴探险上升为一个关乎荣辱的命题。2000年初，人们再度对斯内茨亚纳洞穴展开勘探，这一次，采用了全新的、效率更高的绳降技术，将洞穴的探索深度推进至1760米，总长度则达到了40余公里。

2011年夏天，我与俄罗斯洞穴探险家们一起，在拜布洛克地区寻找新的洞穴。在他们之中，有一部分成员前不久刚刚进入斯内茨亚纳洞穴的底部，探索下方的一座巨大的空庭。夜晚，在乌兹别克沙漠的星空下，那些探险员告诉我，为了到达洞底，他们在洞内建起了八个宿营地，一个接着一个，越走越深，最后总共在地下停留了二十多天。

对我们洞穴探险者来说，这样的地方甚至比月球还要遥远，至少从精神层面来看是如此。进入洞穴后，人们需要放弃与地表的全部情感联结，不能在地下环境失去理智。在80年代，想要考察像斯内茨亚纳这样的洞穴，就要放弃与外界的所有联系。这些洞穴探险者在地球上消失了那么多个星期，没有机会得到救援，有时也无法给家里打电话报平安。就像去执行一项太空任务——没有人知道宇航员何时才能再次和亲人联系上。一方面，他们对即将探索的新领域十分好奇，另一方面，离自己的家园越来越远，又会带来忧愁与焦虑，两种情绪就这样交织在一起。

在乌兹别克斯坦营地度过的这些寒冷的夜晚，我总是反复回想着这些故事，沉浸在那些描绘的场景里，久久无法入眠。第一次探险结束后，回到家里，我常常想象自己在附近的某个洞穴中走了很远很远。当然，那时候我的关注点还仅仅局限于地球内部，并没有转过身，将目光投射到天外那些遥远的星球上。很快，一个全新的视角展现在我眼前。原来，我在博洛尼亚大学的博士生导师乔·德维勒教授告诉我，欧洲航天局（ESA）的几位代表要来拜访他，一起探讨某些项目。而我对这件事的兴趣自不必说。在他们约见的那天，我“恰巧”在学校整理贮藏室里的岩石样本。回到乔教授办公室的时候，我打开门，惊讶地发现，欧洲宇航员培训负责人洛雷达纳·贝索内正坐在我的写字桌前。于是，乔便邀请我与大家共进午餐。在餐桌上，我感到有些局促不安：作为一个洞穴探险者，我和宇航员前进的方向是完全相反的，我的目光朝向地球的内部，而不是漫天的星辰。但洛雷达纳很快就改变了话题，将重点从太空转移到了洞穴探索上。

“你知道我读过你写的《深渊》吗？”我一下子被这句话惊呆了。那是一本我在四年前出版的书，我一直以为它的读者群体只局限于洞穴探险圈。我和洛雷达纳未曾谋面，她又是怎么知道这本书的呢？

“真的吗？太荣幸了。我认为斯普鲁加·普雷塔深渊的故事很好地代表了洞穴探险的发展历程。”

“不仅如此。我认为对宇航员来说，相比在地球上的其他活动，探索险峻的深渊是最接近太空旅行的体验。”洛雷达纳答道。

如此的热情让我大吃一惊。当时，我对航天学和太空任务几乎一无所知。我们洞穴学家要说些什么，才能让一个宇航员感兴趣呢？

“没错。有时候我们会走得很远很远，与外界环境完全隔绝。但我想宇航员肯定还有很多其他机会，可以获得先锋探险者的体验——毕竟他们是推动人类认识进步的先驱嘛。”我特地说得很夸张，好让她知道，我绝不能与这些伟大的太空旅客相提并论。

“但你错了。”她干巴巴地回答道，让我有点摸不着头脑。我渐渐发现，这位女子在捍卫自己想法的时候，会展现出强烈果断的性格，说话斩钉截铁，毫不犹豫。工作方面，她在国际空间站（ISS）成功进行的航天探索中，发挥了举足轻重的作用。

“你错了，今天那些进入太空的宇航员从来没有体验过探索未知领域的感觉。”

“好吧，可执行阿波罗计划的过程中，他们在月球表面行走了好几公里啊！”

“那个时代早已经过去。航天飞机的时代开始以来，宇航员从‘和平号’空间站再到现在的国际空间站，同最初的情况已经完全不一样了。进入太空之前，他们要在精准复制的人工环境下接受训练。除了地球上没办法有效还原零重力的条件，对他们来说，没有什么东西是完全未知的。”

简而言之，按洛雷达纳的话来说，如今的宇航员“只需要”到达近地轨道上的空间站，并且“留在那里”即可。当然，她的原话显然要复杂得多。

“也就是说，宇航员不是地理意义上的探险家？”

“不完全算。当然了，他们也要面临很多复杂的情况，尤其是技术问题。不过，他们肯定还没有准备好去面对一个‘异世界’，面对一片由岩石堆砌成的、从未有生物涉足的地方，面对一些意外的发现。”

“也就是说，在国际空间站里，一切都是计划安排好的？我还以为会有一些意外的情况和一些需要人为操作的余地呢。”

“当然，有时也会出现一些紧急情况需要处理，但一切都是计划好的。比如说，当宇航员穿着航天服出舱进行舱外活动时，他们所有的动作和操作都是之前在潜水的过程中编排和演练过的，水下的环境可以模拟失重的情形。在休斯敦，我们建了一座巨大的游泳池，完全再现了整个空间站的大小。”

我饶有兴趣地听着她的故事，但仍然不明白她到底想要说什么。

“问题在于，如果我们想要走得更远，如果我们想把宇航员送去月球或是火星，我们就必须改变规划这些任务的方式，以及宇航员培训的模式。”

“然后呢？”我仍然有点困惑。

“所以，我认为你们洞穴探险者，在这方面会有一些非常重要的东西要讲。”我不知道当时我是怎样看她的，但我怀疑那一定是一个疑惑不解的表情。

“我之所以来到博洛尼亚，是因为正在寻找一位参与洞穴探险的学者，共同组织一项新的宇航员培训课程，我把这个课程叫作‘CAVES（洞穴）’。正是这个原因，我找到了乔教授，现在我们正一起做这件事。”

好吧，我心想，这对乔来说是一个多么奇怪的机会啊。但很快我意识到，也许我也与这次会面有关。

“我们现在缺少一位真正的探险家，他应当有能力、有专业的技术资格，教会宇航员如何在洞穴里行走，同时把博大精深的探索文化传递给他们。当我读到你的书时，就立刻觉得你会是合适的人选。那时候我还不知道，原来你就是乔的博士生。于是我们就来了。”

听起来像是一个工作上的提议——一个我未曾想象过的提议。

就这样，洞穴学家和宇航员不期而遇，开启了一段引人入胜的旅程。作为领队，洛雷达纳坚定果敢，按照她的理念和直觉，开展起培训项目的组织工作。训练的目标非常明确——带领宇航员探索深洞等偏僻陌生的环境，让他们体验遥远、孤独等不适的感觉。通过这样的挑战，宇航员能够学会管理好情绪，保证工作的效率和自身的安全，同时也尊重自己所在的整个团队。除此之外，洞穴探险者还能够体会到探索发现的快感，能够适应自然的需要，而不是让外在环境来适应我们。

就这样，2011年9月，第一节课在撒丁岛山间的岩洞中开始了。参与者分别为两名年轻的欧洲宇航员（托马斯·佩斯凯和蒂姆·皮克）、一名俄罗斯宇航员（谢尔盖·里兹科夫）、一名日本宇航员（金井宣茂）和一名来自美国航空航天局的宇航员（兰迪·布雷兹尼克）。不知道洛雷达纳的想法是否会真的奏效，对这些宇航员来说，洞穴探险是否真的会为他们带来一种全新的视野，一种生活在遥远环境中的体验。在这些参与者中，只有布雷兹尼克曾经随亚特兰蒂斯号航天飞机进入太空。布雷兹尼克曾经探索过洞穴，他曾对那段经历给予了极高的评价，这也使欧洲航天局更加信任这个训练项目。

在第一年的课程中，我只是担任观察员的角色，到了第二年，则开始教授许多技术课程。更重要的是，我还要陪同宇航员前往撒丁岛东部的巨山穴，开展一项为期六天的探险任务。与我同行的还有费德里科·法琼，他来自皮埃蒙特，是一位经验丰富的洞穴学家——尽管如此，面对即将到来的工作，我们两人其实还没有十足的把握。此外，许多曾经和我在世界各地共同探险过几十次的伙伴们，都在这个项目中担任了不同的角色。他们之中，有一部分人更是进行了许多极限环境下的探索：如维托里奥·克罗布和卡拉·科龙朱，他们屏住呼吸潜入虹吸水道，克服了诸多困难，最终发现了撒丁岛最深的洞穴；而乔瓦尼·玛丽亚·平托里，更是在岛上有着将近40年的探索经验。面对来自欧洲航天局的关注，我们一方面感到好奇，另一方面也害怕自己被高估了。

洛雷达纳用洞穴来模拟太空的直觉是正确的，但与此同时，这门课程必须十分精心地准备——在航天领域，尤其是从安全角度考虑，凡事都必须做到万无一失。航天机构在这些宇航员身上投入了数百万美元的资金，如今，他们要在我们的带领下进入山中，在为期三周的时间里成为洞穴探险者，在绝对安全的条件下，探索一座偏僻、深远的岩洞。但我们知道，岩洞和那些航天模拟器不同。到了地下，一切都不再是演练，危险真实存在于我们身边。在洞穴中，如果发生事故，像原来那样举起手、打开门是不可能摆脱危险的，这便要求我们不能出一点差错。肩上的责任越大，大家身上的压力也就越大。

在洛雷达纳看来，这次训练至关重要。在短短十天的时间里，我们必须保证宇航员们在洞穴中安全地前进，进行各种科学实验，勘测、绘制地形图，并且有意识地探索新的洞穴分支。洛雷达纳尽其所能，从我和其他探险员身上汲取我们的个人经验，将其转化为可用的信息。照她的话来讲，我们必须成为探索的“典范”。但这也并不简单：实际上，我们洞穴探险者习惯于常年在黑暗中工作，习惯于积累、储备经验，而不一定要展示出来。除此之外，我们做事常常缺乏秩序性，没有计划、流程设置和书面的规定，一切都基于黑暗中传承下来的经验——事实上，只有经过实地探洞，相关的概念才能够传授给他人。因此，眼前的情况让我们十分为难。

在紧张的准备工作中，我在科隆的欧洲航天员中心参加了为期三周的课程，学习了很多教学技巧，希望能够应用在宇航员团队的课堂中。这里有一比一建设的模拟器和空间站模型，周围环绕着工程师、医生和飞行员，一切都与我所熟悉的环境截然不同。我们是怎么一步步走到今天的？这样想来，我感觉简直不可思议。洛雷达纳把我描绘成一名杰出的洞穴探险家。但很明显，我能感受到大家看我的眼神，仿佛在说："那又怎样，和宇航员有什么关系呢？"哥伦布号实验舱是国际空间站的一部分，气闸舱（连接各舱之间的狭窄通道）里的金属表面十分光滑。参观舱体模型的时候，我一下子滑倒在地上，手臂上擦伤了一大块，总之搞得我十分狼狈。这就是所谓的那个"了不起的洞穴学家"？就凭他，还要带领宇航员们探索那些险峻的洞穴吗？说到底，我不过是一个二十七岁的博士生，在少有人知的领域多了一些经验罢了。如果仅仅是因为这个原因就被安排在航天任务的计划中，我还是没法完全理解。也许在洛雷达纳的上级领导看来，我们未必适合教授探索精神——谁知道呢？或许我们只是一些狂热爱好者，还在因为什么心理问题而自顾不暇呢。

因此，2012年9月开始的CAVES课程，成了我人生中最有挑战性的一段时期，也是我对洞穴探险认知的一个转折点。来自美国航空航天局的德鲁·福伊斯特尔和迈克·芬克曾经来到我们的大本营访问，回想起当时欢迎他们的场景，仿佛事情就发生在昨天。他们二人都是经验丰富的宇航员，特别是迈克——他一共参加过三次航天任务，在太空中度过了381天，不仅驾驶过俄罗斯"联盟号"载人飞船，还驾驶过"奋进号"航天飞机。站在航天领域的神话面前，我们这些洞穴探险员不由得相形见绌。

课程虽然耗费了我们全部的精力，但却十分成功。训练的效果非常好，来自4个不同航天机构的6名宇航员，全都顺利完成了近一周的任务。从洞内的大本营出发，行走一公里，便可以到达一座陡峭的峡谷，再从那里出发，要继续向前一公里左右，穿越巨大的空庭和地下河水道，去探索洞穴未知的部分。在探险过程中，我会随队观察，以防发生危险，但从不干涉他们的选择。不过，我可以感受到宇航员们对探索发现的热情。在保证团队安全的情况下，一方面要尽可能走得更远，另一方面要确保完成行前与科学家们计划的实验——宇航员们讨论的重点往往集中在这里。可以看出，这个团队中的人际关系与我参与的许多考察活动都很相似。更重要的是，我能够感觉到，这种经历正在改变着他们：从积极的意义上说，洞穴探险让他们逐渐发现，即使在地球上、地球内部，也有一批探索者存在。

最后一天，我们向着洞外阳光的方向进发，踏上了返程的路。我走在迈克前面，沿着峡谷上方湿滑而蜿蜒的道路不断前进。不幸的是，迈克的鞋子磨损得厉害，总是打滑，没法踩住脚下的岩石。这是一个关键时刻，一方面，随着我们越来越疲劳，精神变得不那么紧张，头脑的警觉性开始减弱；但另一方面，客观的情况仍然十分危险。为了帮助迈克，我把动作放慢，让他更好地看到我脚踩的位置，看到我保持平衡的姿势，在节省体力的同时，将跌倒的风险降到最低。进洞探险了这么多年，我的身心已经适应了这种环境，经验告诉我，岩石上哪些阴影是真的，哪些其实是陷阱，一不小心便会让人误入歧途。好在我和迈克配合默契，就这样，他跟在我身后，牢牢踩在我上一步的地方。最后，当我们到达小路的尽头，马上就要走出洞口的时候，迈克走过来抱住了我，感谢我带领他一路冒险，把地下世界的经验传授给他们。就在这时，我突然意识到，尽管他们还可以走得更远，但在这段传递知识的旅程中，有一段路在欲望的驱使下，想要朝着未知更进一步的人们。那种心情我至今难以忘怀。即使第一次见到洛雷达纳时，一切决定都显得无比疯狂，但我想我会永远感激她当初的选择。

在接下来的几年里，我们在撒丁岛和斯洛文尼亚的洞穴中，针对来自6个航天机构的34名宇航员展开了培训。不仅如此，2016年，中国国家航天局首次派出了一名宇航员，与美国航空航天局的同事们一起参加训练。在两国外交关系错综复杂的情况下，洞穴训练成为一个意想不到的契机，使看起来不可能的事情成为可能。

在那些远离外部世界的探险任务中，洞穴学探险者和宇航员们渐渐发现，原来彼此对未知的世界都怀揣着相同的热情。随着相互交流的不断深入，每个人都学到了新的东西。原来，探索洞穴与探索太空有许多相似之处。生活在岩洞里，就像在太空中一样，封闭的环境中，周围的一切都十分陌生，甚至有时会危害生命。没有了昼与夜的交替，我们只能被迫按照时钟规定的节律进行作息。同时，我们还必须组成一个团队开展探索，和同伴们相互认识、相互理解，每个同伴都是成功的基石。在这里，没有文化、政治、宗教的隔阂，我们都是为了生存而并肩作战的原始人。在我们的心中，有一股非常强烈的冲动，那便是离开我们的“舒适区”，或是在巨大神秘的洞穴里，或是在宇宙飞船的舱室中，揭开宇宙的本质，发现并探索未知。

除此之外，洞穴探险者和宇航员之间还有很多相似之处。例如，无论是在洞内探索，还是在舱外活动，我们都要利用绳索前进后退，遵循相同的安全程序。在航天领域，宇航员需要学习特定的技术，与空间站稳定相连，防止在太空深处迷路。类似的技术在洞穴探险者身上也有所体现。当我们攀登岩壁上的石台、穿越陡峭的竖井的时候，需要利用特殊的技巧运用绳索上升下降，穿越岩石间的小路。实际上，在 CAVES 计划以前，人们很少注意到两者之间诸多的相似性。2013年，来自美国航空航天局的宇航员迈克·巴拉特指出，在洞穴中，人们常常将两根带有弹簧钩的绳索连接在安全带上，作为安全钩，这在专业术语中称为“longe（探洞安全绳）”；与此同时，当宇航员身着俄罗斯的“海鹰”航天服，在空间站外太空行走的时候，他们身上也系有两种不同颜色的安全绳索（英文名为“tether”），与前者颇为相似。根据这一想法，我们开发了新的太空行走技术。后来，在法国国家空间研究中心的零重力飞机上，我与宇航员马蒂亚斯·毛雷尔、欧洲航天局训练师埃尔韦·斯泰弗南一道，共同完成了抛物线零重力飞行。在这个过程中，我也亲身体会到，在太空中穿着这些装备行走到底有多么复杂和艰难。

另外，航天学和洞穴学还有一个共同点——它们往往都是受科学家指挥的“操作臂”。作为操作人员，多数宇航员的科研能力其实比较有限。通常情况下，太空实验由高等院校及相关研究人员设计开发，再交由宇航员在太空中完成。换句话说，他们是“身受委托”

来推动人类知识进步的。如果在实验的操作中出现失误，不仅会导致巨大的经济损失，更会给宇航员的精神状态带来极大的影响。这种情况也常常发生在很多缺乏专业背景知识的洞穴探险者身上。然而，当他们探索新的、未知的环境时，仍然可以收获许多意外的发现，这些发现更是具有不可估量的研究价值。因此，洞穴探险者肩负着重大的责任。作为科学家的左膀右臂，他们要克服许多困难，冒着极大的风险，前往那些研究人员难以到达的地方展开探险。

对知识进步的渴求刻在人类的 DNA 中 —— 在 CAVES 课程期间，我常常与大家就此展开讨论，彼此交换了许多深刻的思考。亲密无间的交流让我交到了很多朋友，收获了许多从未想象过的情谊：比如意大利宇航员保罗・内斯波利和卢卡・帕尔米塔诺；美国航空航天局的迈克・巴拉特、杰克・费希尔、里基・阿诺德、斯科特・廷格尔、珍妮特・埃普斯、杰西卡・迈尔和乔・阿卡巴（杰西卡和乔是阿耳忒弥斯计划的候选人，该计划将在十年内重返月球）；还有欧洲宇航员佩德罗・杜克、马蒂亚斯・毛雷尔和亚历山大・格斯特。此外，还有许多来自俄罗斯的宇航员，他们和他们的探险员同胞一样，总是时刻准备着展开艰苦卓绝的工作。在我写下这些文字的时候，谢尔盖・库德・斯维尔奇科夫就正在国际空间站中飞行。他不仅是首次执行飞行任务的宇航员，也是探险经历丰富的洞穴学家。在空间站工作的休息时间，他写信告诉我，等回到地球，他想和我一同出发，去大西洋偏僻的小岛上一起探索洞穴 —— 我也十分期待。

探洞队友间深厚的情谊，正是飞越地球时不可或缺的东西。如果想在未来进行太空旅行，相互信任、相互理解的合作精神，不计较彼此的缺点、追求共同利益的高尚品格，都将是推动团队运转的重要齿轮。

最近几年，意大利宇航员卢卡·帕尔米塔诺的到来让大家的联系变得更加紧密。他和我们一样也渴望探索远方，为人又极其谦和，总是不断向他人学习。2017年，卢卡加入了拉文塔协会在西西里岛库奇亚拉洞穴的考察项目。这是一座十分艰险的洞穴，洞内温度很高，以极端的环境著称。到底是什么驱使着我们，明知有那么多风险还是要进去看看？岩间的小道危险而又迷人，探索洞穴的过程也推动着我们不断反思。中途休息时，我们两人筋疲力尽，在38度的高温下不断喘息，很多想法不约而同地从心底冒了出来。有时，我们便把灯熄灭，在黑暗中聊天。

“卢卡，太空的黑暗和我们周围这种黑暗，到底有什么区别呢？”我好奇地问他。

“这个问题我曾经问过自己很多次。2013年，我去空间站执行任务的时候，就体会过宇宙中黑暗的感觉。后来，回到地球后，我觉得太空的黑暗是完全没有任何颜色的。”

“也就是说，那是一种绝对的虚空，连光也没有的虚空？”

“没错。夜里航行的时候，我经常靠在空间站的墙边，背对地球，朝着相反的方向往外看。那种黑暗，那种空无一物的景象，会让人欲罢不能——就好像它会把你带走一样，带到很远很远的地方去，让你觉得自己无比渺小。”

“你会害怕吗？在山洞里我没怎么害怕过。但想到太空中的黑暗，那种彻底的、什么都没有的虚无，会让我觉得非常恐怖。”

“跟你一样，我在太空的黑暗里，其实也没怎么害怕过。比起周围广袤无边的宇宙，我们不过是极其微小的个体。当你接受了这一点就会发现，你不会难受，反而可以体会到一种宁静的感觉，这种感觉由意识所支配，会让你全身上下都变得平和起来。”

“那山洞里的黑暗呢？ 和太空里的一样吗？”

“感觉差不多，但洞穴里的黑暗更加实在。我在上 CAVES 课程的时候就感觉到，洞穴的黑暗是一种真实的、可以用手摸得到的东西。它会一直笼罩着你，就像一位旅伴。你现在能感觉到吗？”

“是的，那种黑暗完完全全地包围着我。”

“无论前方的通道是宽是窄，即使在一个巨大的空庭里，黑暗都会紧紧地把你抓住。”

“而且很浓、很厚！”

“它会渗透到你的皮肤里去，像一个活生生的怪物将你吞噬。”

我们沉默了几秒钟。在黑暗的怀抱里，只听见我们的呼吸声。过了一会儿，卢卡总结般地说：“一个是虚空的黑暗，一个是充实的黑暗。一个将你抽离出来，一个汇集在你的心中。两种黑暗都是探索的一部分。圣埃克苏佩里说得好，‘最本质、最重要的东西，眼睛是看不见的。’”

“或许有了黑暗，我们才能更好地看清它们，”我接着他的话补充道，“可能这就是黑暗吸引我们的原因。”

“黑暗、未知、虚空，都象征着未知，象征着那些我们还没有看到的东西。当我们认识到自己知识的匮乏，就更会激发出好奇心。

我们是人类，我们想要体验周围的世界。即使周围的一切像黑暗那样看不见，摸不着，我们也不会望而却步。”

通过欧洲航天局的CAVES项目，我得以与宇航员们相遇，意识到“了解”与“体验”之间深刻的差异。实际上，这个概念在荷马的《奥德赛》中曾经多次出现过。在诗歌中，尤利西斯并不像古希腊的历史学家或哲学家那样，只是简单地收集关于世界、关于周围事物的信息。不仅如此，他还想亲眼见证、前去体验。即使神向他预言了旅途中最可怕的经历，恳求他不要前行，他也从未停下脚步——最明显的就是去斯库拉岛的时候。尽管女巫喀尔刻告诉尤利西斯，岛上有迷人又危险的塞壬女妖，尤利西斯仍然没有躲避、没有撤退，而是选择体验这份经历。他把自己绑在桅杆上，命令他的手下用蜡做的耳塞堵住耳朵。通过这个计策，他既可以听到塞壬的歌声，又不会因此死于非命。没有吸引到这个狡猾的人，最后，海妖们反而跳下悬崖自杀了。

当我们能够将周围的未知事物转化为已知的时候，恐惧就会自然消失。而真正的求知必然要经过体验，尽管体验是有危险的，但尤利西斯告诉我们，求知的道路可以有策略地走，让我们减轻所面临的风险。总之，不管是好是坏，人类今天所取得的所有成就，都是这样来的。

这些年来，我在撒丁岛和斯洛文尼亚的洞穴里为宇航员进行培训，真正理解了直接经验的必要性。如果人类真的想超越已知的极限，首先就要主动去体验探索的过程，那将是一次发现之旅，没有特定的探索方向。它既可以向着地球内部有限的深处，也可以向着外部宇宙无限的空间。在显微镜下，极其微小的物体也同样可以激发人们的情感，通过镜头观察，仿佛置身于广袤的银河系中。宇宙间最遥远的距离，其实就在离我们最近的地方。而每一次探索之旅都无异于一部《奥德赛》史诗，人类就这样一路历险，从山洞走向太空。

第三部分

# 另一个世界

# 失落的世界

在追寻梦想的过程中，我们总会遇到这样一个特殊的时刻：顷刻间，眼前的景象忽然天翻地覆，把我们的幻想一下子变为了现实。它可以是初次相吻的那一刻，可以是孩子的一抹微笑，也可以是一通电话，通知我们终于得到了梦寐以求的工作。

对我来说，想要拥有这种翻天覆地的感觉，只需迈出简单的一步——当直升机来到奥扬特普伊山，悬停在岩石表面的时候，就在这一瞬间，向下一跳，越过那一米的距离，双脚便会再度落回地面。当直升机渐渐离去，螺旋桨无尽的噪声越来越远，这时候，我仿佛从另一个世界慢慢醒来。

我一直觉得直升机就像一台时间机器。它可以把我们带到一些人迹罕至的荒芜之地，在那里，地质时间已经在没有人类的情况下，悄然流淌了数百万甚至数十亿年。时至今日，在我们的地球上，散发着如此魔力的地方已经很少了。其中之一便是圭亚那高原，以及高原上的平顶山群——当地人称为"特普伊"，意为"众神之山"。

这是一个地理奇观，仿佛各个时代的冒险家、探险家在想象中生造出来的一样，也是很多文学和电影作品的原型。在1912年阿瑟·柯南·道尔创作的小说《失落的世界》中，以及2009年皮克斯工作室制作的动画片《飞屋环游记》中，都曾经化用这处景观。

亚马孙横贯公路一路蜿蜒，连接着委内瑞拉和巴西。沿着公路穿越格兰·萨瓦纳，在一片广阔的绿色丘陵之后，刹那间，群山的轮廓会突然出现在地平线上。起初，我们还没法感受到山体的规模，但紧接着，山脉的曲线就会一道接着一道地显现开来。夕阳的余晖打在连绵的岩壁上，透出耀眼的光芒，仿佛一颗美丽的星球从银河系的星云中浮现出来。特普伊群山构成了地球上的一片“无人区”。它就像一座堡垒，被高达一千多米的城墙包围，在高耸入云的塔楼和庞大的岩石迷宫之间，继续抵抗着时间的围困。它们抵御时间的武器是一种粉色的岩石，那是最坚硬、最古老的岩石，由数十亿个石英颗粒和少数几颗罕见的金刚石组成。16亿年前，当地球的生命形式还只有微生物的时候，这些岩粒曾是大海里的沙子。在海浪的作用下，沙粒被层层覆盖，每一层都留下了不同的图案，那段历史也随之越埋越深。直到大约一亿年前，随着盘古大陆的破裂和大西洋的张裂，安第斯山脉向西隆起，此时，那些波涛状的石英岩便从海底浮现出来，呈木筏形，仿佛石化的海浪一般。石英岩坚不可摧，被抬升了数千米，形成一片辽阔的高原，面积约为亚马孙平原的三分之一。在此后的岁月里，这里曾有恐龙穿行，曾被大片的森林覆盖，就连会飞的爬行动物——翼龙，也曾从高空飞越此地。

正是在那个地质时期，山洪和河流开始缓慢地侵袭这片高原。

在“时间之门”，对面为格兰·萨瓦纳的特普伊山。

起初，圭亚那地盾以坚固、耐久的石英来抵御它们的冲击。然而，流水却利用高原形成时期的弱点，瓦解了相邻两颗石英微粒之间的联结——怎么来的就怎么回去！就这样，数百万年间，圭亚那高原就像一个无穷无尽的沙漏，新的沟壑不断雕刻着这些山脉，把它身上的石英颗粒一点点运回大海。美丽的瀑布凿出深深的峡谷，将这块地盾分割开来，断裂成了许多小块。不仅如此，高原还见证了恐龙被小行星毁灭，迎来了新的物种，如小型啮齿动物、第一批哺乳动物以及蛙类。在湿润的峡谷中，隐藏着各种颜色、各种形状的蛙，与此同时，翼龙则演变成一种非常奇怪的鸟——瓜查罗，它进化出了在黑夜中飞行的能力，还能发出一种特殊的咕咕声，仿佛某种远古怪物发出的声响。于是，整片的大高原上，诞生出一座座由山脉组成的“群岛”，而包围这些“岛屿”的不是海水，正是热带雨林。每座特普伊山都是一座时间的孤岛，是不同的地方性物种、食肉植物、微生物营造出的陷阱，在这里，它们占据了每一座星球。

今天，在哥伦比亚、委内瑞拉、圭亚那和巴西之间，分布有超过150座特普伊山。它们是来自同一个古代世界的碎片，其中最为著名的自然要数所有水系之母——海拔2810米的罗赖马山。同时，其他许多神话般的山峰也曾在过去与之争锋，比如委内瑞拉亚马孙河流域的马拉瓦卡山，这条山脉矗立在奥里诺科河上游的森林中，高达2832米，是地球上最偏远、最人烟稀少的地区之一；比如巴西的阿拉卡山，高达353米的埃尔多拉杜瀑布坐落于此；又或者位于哥伦比亚的奇里比克特山，在一座座优美的岩石堡垒间，第一批到达南美大陆的人类曾在岩壁上作画（许多动物如今早已灭绝了）。然而，在所有这些山峰中，有一座特殊的山峰独有一种不可抗拒的魅力：它便是奥扬特普伊山，即“魔鬼之山”。20世纪40年代，意大利地质学家、冒险家阿方索·芬奇曾在书中写道，在成为南美大陆上最丰富的钻石矿之前，它曾是“一座具有传奇色彩的山脉，就像奥林匹斯山一样，有着一段关于印第安人、魔鬼和白人的悠久历史”。

在我一生中见过的所有风景里，没有一处比奥扬特普伊更接近人间天堂，岩雕、森林和瀑布仿佛一条条银质的丝线，装点着这片山脉。其中，最为著名的瀑布则是丘伦梅鲁瀑布，高达937米，是世界上落差最大的瀑布，也被称为安赫尔瀑布，以纪念1933年发现它的美国飞行员。

关于人类在这些山脉间的冒险经历，可以写上整整几页，但如果与大自然在地质时期所发生的变化相比，便显得微不足道了。当我刚开始探索世界各地洞穴的时候，我还没有想到自己会探寻到特普伊这样的地方。洞穴学家们都知道，大多数的地下空洞，都是在被水溶解、渗透的岩石处逐渐形成的。而这些被水溶蚀的物质可溶性越高，地下系统的形成就越快。对于石灰石（碳酸钙）这种可溶性岩石，在水呈酸性的条件下，至少需要几十万年的时间才可以被溶解。石膏（硫酸钙）则更容易被溶解，一座洞穴只需要几千年的时间，就可以发展成很大的规模。当然，最极端的情况无疑是岩盐洞穴（氯化钠），如阿塔卡马沙漠，只需要每年下一场雨，就足以使当地的地下洞穴明显扩大。

然而，特普伊山脉是由一种几乎牢不可破的岩石——石英构成的。在石英内部，硅原子和氧原子紧密且有序地结合在一起，使其成为地球上最难以溶解的矿物质之一。因此，“这些山脉中可能存在洞穴系统”的想法，看上去纯属无稽之谈。我们的头脑是很难想象地质时间的，想要理解人类终其一生都无法观测到的过程已经实属不易，更不用说想象几百万年间的变化了！

然而，还是有一些蛛丝马迹存在。在奥扬特普伊山的侧面，分布着一些大裂缝，有些甚至深达数百米。20世纪90年代初，委内瑞拉洞穴学会和拉文塔协会曾派出探险队前去探索。探索发现，其中一些洞穴的深度几乎达到了400米，它们发展成高而窄的走廊形状，使人联想到由于重力作用而打开的裂缝，下雨时，便成为大量雨水的集中点。

为了探索这些陡峭的裂谷，探险活动的成本极其高昂，一方面需要完备的后勤保障，另一方面也要承担极高的风险。由于山脉中许多地区无法步行前往，甚至攀岩也无法到达，因此，在探险过程中，直升机的使用是不可避免的。有时，这条山脉看上去就像一座石头做的大冰川，成千上万的裂缝、峡谷和岩壁置于其间，阻挡人们前进的脚步。此外，这次1993年的考察还必须和这片土地上的另一个主角打交道：那便是水。

特普伊是地球上最湿润的地区之一。大西洋上空形成的云层进入南美大陆，还没有到达安第斯山脉，就被这些数千米高的岩石堡垒拦住了去路。结果可能是灾难性的——大暴雨会将难以想象的巨量洪水倾倒在地表。在涨水时，山脉的裂缝变得非常危险，急流可以让水位在短时间内上升数米的高度。拉文塔的洞穴探险家在司马昂达（那些峡谷中最深、最可怕的地方）就曾陷入过这种险境，幸好并没有酿成大祸。

劳尔·阿里亚斯是一位杰出的委内瑞拉飞行员。20世纪90年代，劳尔是该地探险活动的主要支持者。在当时，特普伊山仍然存在于诸多神话中，但关于其内部的描述却平平无奇。他曾遇到过不少对洞穴感兴趣的古怪的科学家，他们能够想象出他在天空中甚至都无法看到的东西。劳尔被他们的想象力所打动，也从没有忘记这些研究，每当他飞越山区时，都会观察，是否有峡谷可以通往特普伊山的内部。2004年，劳尔告诉委内瑞拉探险家查尔斯·布鲁尔·卡里亚斯，在丘里高原，似乎有一座大洞穴的入口。丘里高原位于奥扬山脉以南，同样也是一座特普伊山。洞穴的拱顶似乎通向一条隧道，在水平方向上向外延伸，与之前那十年所探索的那些裂谷完全不同。几个月后，布鲁尔·卡里亚斯回来了。原来，他成功下到了岩洞内部，发现了一条宏伟的通道，有地下河穿流而过。暗河的河道绵延了好几公里，经过高大的空庭、湖泊，从大规模地下塌方旁边流淌而过。就这样，第一批探险照片开始在全世界的洞穴探险者之间流传开来：这不可能！这样一个庞大的、艺术的洞穴，竟然是由水在石英岩上雕刻而成的！没有科学家敢相信！然而，几个月后，有消息证实，布鲁尔的洞穴并非唯一的例外。一支来自捷克共和国的洞穴探险队在罗赖马山山顶，发现了另一个洞穴系统。这座洞穴规模较小，但结构同样复杂，其通道在地下延伸出将近10公里！

当科学研究的成果受到新发现的挑战，就好像在狭窄的山谷中长途跋涉后，忽然到达了一个山口，眼前一下子出现了一片崭新的风景，朝每个方向望去都辽阔无边，一切都有无限的可能。如果在罗赖马山和丘里高原可以找到这些洞穴，那它们是不是存在于所有的特普伊山中？而奥扬特普伊山，这些高原中最广阔、最雄伟的地方，会不会存在地球上最大的石英洞？20世纪90年代的那些探险家，是不是被自己的“常识”所局限，以至于没有意识到这些洞穴的存在？

这些都是我第一次远征这些山脉时，脑海中来回盘旋的问题。2009年，拉文塔协会决定返回特普伊山，调查在之前的探险中忽略的发现，并且找出忽略的原因。于是，我们向离丘里不远的一座高原进发，在那里，有一座美丽的堡垒，周围屹立着高耸的塔楼，当地人称之为“阿科潘”。飞往阿科潘的过程中，劳尔发现了几个洞口和一个泉眼，一道两百多米高的瀑布从那里喷涌出来。直升机把我们送至山顶，经过沿着峭壁的一段绳降之后，我们终于到达了一座巨大通道的入口。在这里，一条地下河穿过层层叠叠的粉色石英岩，开凿出一条完美的直线。之后几天，我们还在山峰的侧面发现了一座庞大的深渊。探索时，我们进入这个地下的洞穴系统，不断下降，返回时再沿着水流上来，一直走到河水露出地表，变成巨大的瀑布。洞内的一切都是我们前所未见的：四周的颜色与我们熟悉的喀斯特洞穴是如此不同，矿石的构造也十分独特，还有奇异的蛋白石。这里的每一种生命形式对我们来说都是未知的。当我们经过时，甚至有盲眼鲇鱼躲在地下湖的岩石缝里。

这实在是一次神奇的经历。然而，当直升机把我再次拉回现实的时候，我的思绪却无法从奥扬特普伊山上移开。如果在阿科潘这样一个相对较小的山中，都可以发展出一座如此庞大的地下世界，那么奥扬特普伊山里会有什么呢？

那次考察让我有幸结识了不少新朋友。在探险的过程中，劳尔成为我们优秀的伙伴，有了他的直升机，我们可以去寻找更多全新的、未知的洞口。更重要的是，我还遇到了弗雷迪·韦尔加拉。他是一个在山区经验丰富的委内瑞拉小伙子，对知识有十分强烈的热情。接下来的12年里，我们建立起深厚的友谊，共同去寻找那些山脉的心脏。

在这些朋友的支持下，我决定前往博洛尼亚大学攻读地质学博士学位。我想知道，在如此坚硬的岩石中，是怎样形成如此庞大的地下系统的。这些洞穴存在多久了？是否在未来的某一天，一个隐藏在地下几千万年的失落的世界当真会出现在我们面前？实际上，我读博士的决定是有些冒险的。当时，比利时教授乔·德维勒担任着整个意大利唯一的洞穴学教席。乔是一个“非典型”教授，学生们喜欢他，把他奉为神话，同事们却讨厌他。他喜欢冒险、喜欢野外科学，讨厌官僚主义。每当提到安全问题，大家都会向后退缩，但他却不怕承担责任，总是带着他的学生们去研究最困难、最狭窄、最泥泞的岩洞。我的研究计划虽然在许多教授眼里荒诞不经，但这种大胆的设计却吸引了他。尽管这个项目还没有确定的资金，只有拉文塔协会和一些小赞助商的支持，但大家都很清楚，如果我们成功了，取得的科学成果无疑会极大地提升大学的学术声誉。

于是，我的博士申请就这样被接受了。我开始进入实验室，研究在之前的考察中收集的部分岩石样本。2010年2月，一听说有机会，我便和两位意大利队友维托里奥·克罗布和卡拉·科龙朱一起，动身赶往委内瑞拉，与劳尔和弗雷迪见面（他现在已经是我的战略伙伴了）。当时，我们身上只带了五千美元，是远远不够乘坐直升机前往奥扬特普伊的。劳尔热情地欢迎了我们，但当他看到我们可怜的钱包的时候，不禁开始犹豫起来。要知道，把我们带上山去的机票费用比这个要高得多！我们在圣埃莱娜·乌艾伦的格兰·萨瓦纳酒店里共同度过了一个晚上。当晚，我们借酒浇愁，喝了几杯带冰的威士忌，一方面抚慰我们这些可怜的梦想家心中的失落，更多则是幻想，想象着如果找到了那个洞口，我们会在里面发现什么神奇的东西。我们就这样做着白日梦，直到最后连劳尔都屈服了：不管付出多大的代价，他一定要把我们带上去！

第二天，直升机像蜻蜓一样，飞过南美洲最陡峭的岩壁。在我们身下，流淌着许多神话般的河流，如卡罗尼河和帕拉瓜河。终于，在我们的前方，一股激流从高原的边缘倾泻而来，那便是安赫尔瀑布了。我们想去的第一个洞口是前一年由劳尔和弗雷迪发现的。那是一座很大的山洞，被称为瓜卡玛亚洞穴，以纪念第一次探洞时向他们飞来欢迎的那对红蓝鹦鹉。

劳尔将直升机降落在一小片林间空地上，我们四个人跳下起落架，劳尔则掉转过头再度起飞，向南开去。我们知道，之后的这些天里，我们将彻底与世隔绝 —— 没有什么比这个更高兴的了。这座洞穴十分美丽，一条红色的河流从中间穿过，水中浮动着许多鞣料植物。在水道的一侧，有一条走廊，岩壁上覆盖着一层层奇特的矿物质，表面为球形，呈泡沫状，一直覆盖到洞顶。在世界上其他地区的洞穴中，我从未见过这样的物质。大约1.5公里之后，我们走到了地下洞穴的尽头，重新回到了地面。尽管这显然不是我想要寻找的巨型洞穴，但它进一步证明了在奥扬特普伊高原上，大型的水平洞穴是十分常见的。

那次短期考察归来之后，我开始寻找合适的洞口。在飞行过程中，我们可以观察到，虽然山顶的大部分地区是平坦的，或者分布有迷宫般的石塔，但在部分地区，山顶却有多处塌陷，这表明在地表下方存在着大量的空隙。不幸的是，受云层覆盖的影响，在这里，几乎所有的卫星图像变得毫无用处。这也难怪 —— 直到几十年前，许多山峰（如内布利纳山）都会完全消失在卫星图像中，它们永远掩藏在云层后方，就像一个神秘的世界。我曾经翻阅各种卫星的线上档案数据，寻找高分辨率的图像，在一个又一个不眠之夜试图解读出画面中的每一个像素。一天晚上，当我正在分析中巴地球资源卫星02B星（CBERS-2B）传回的图像时，突然被一块弯曲的岩壁所吸引。可以看到，一股急流从边缘迸发出来，流淌了大约一百米后，消失在一片乱石之间。从卫星的角度看，那堵岩壁似乎悬在半空中，下面仿佛隐藏着一座洞穴。再往北一点，可以隐约看见一块洼地的边缘，周围高原的其他部分都被云层盖住了，再也没有留下其他线索。尽管如此，我仍然能够感受到，这个地方与我之前观察的地方有些不一样——与其说这是一种科学的调查，倒不如说是一瞬间的闪念，仿佛那幅图像在向我潜意识传达一种特殊的信号。当然，在没有确凿证据的情况下，我们对可能的发现也没有十足的把握，在这个时候，仅仅凭借我的“感觉”是不足以说服赞助商支持我们进行一场数万欧元的探险的。

就这样，我们花了一年多的时间才找到了重回当地的机会。2012年，英国广播公司的一个摄制组想要拍摄一部关于阿科潘特普伊山的纪录片，而我们将会陪同他们进入盲鱼洞参观。我想利用这次乘坐直升机的机会，最终到达奥扬特普伊的那座洞穴。这是一次非常艰难的远征，中途突发了一系列不幸的意外，光是这些就值得专门写一本书。就在任务开始前两天，劳尔的直升机在山中坠毁了。当时，劳尔正在奥尔达斯港解决一些工作问题，于是便把直升机委托给了另一位飞行员。这架飞机载着一群游客前往安赫尔瀑布，途中却发生意外，全员不幸遇难。这是一场非常可怕的打击，使我的整个计划都受到了质疑。那一年，我们一方面没有了交通工具，另一方面，又因为委内瑞拉朋友们的悲剧而深受打击，最终只能乘坐塞斯纳飞机再度飞越奥扬特普伊山。尽管山体的东北部地区几乎完全被浓密的云层所覆盖，但我还是看清了岩壁以及塌陷的部分。很明显，在那下方是有什么东西存在的——但现在的问题是，我们之前的梦想和期待似乎已经烟消云散了。这些东西真的值得我们再试一次吗？放弃难道不是更好的选择吗？

在探索地下世界的时候，这个问题曾经多次出现在我的脑海中。牺牲时间和资源，冒着自身和朋友的生命危险，去寻找一片全新的未知的领域，而到了那里，只会发现更多新的问题——这真的值得吗？我相信，许多科学家在面临十字路口的选择时，都会遇到这样的困境。我们明白，无论是放弃还是坚持，都可能会制约我们个人的发展，也会影响到我们周围其他人的未来。在这种情况下，我通常把选择的权利交给我的本能。那张卫星图像，那转瞬即逝的闪念，那些云海之中缺失的岩壁，所有这些，总是给我同样一种感觉：如果有一个失落的世界，那它一定就在那下面。

2013年，我们动身启程，开始了最后一次探索。劳尔买了一架全新的黑色 Long Ranger II 型直升机，外观优雅，性能也很强大。与此同时，我也募集了一些赞助商，但资金依然不多，只够支持一支小型的探险队。卡奈玛国家公园的主管部门了解到这个项目的价值，给予了我们充分的支持，并派出两位公园管理员赫苏斯·利拉和维尔吉利奥·阿布雷乌与我们同行。最终，我们决定在卡瓦克村建立我们的大本营，这里是卡玛拉塔原住民的聚居区——佩门社区的所在地。飞机降落在一条土路上，跑道上还有几架塞斯纳飞机和一架老式的黑色安-2运输机，看起来就像从电影里走出来的一样。前来欢迎我们的是当地社区的领导人，霍滕西亚和恩里克。我们的一个重要的任务就是让他们也参与到这次探险活动中。多年以来，在佩门人的眼中，奥扬特普伊就是自然之灵的家园。在他们的信仰中，这些神灵会赐予人类很多东西，比如种植木薯十分需要的雨水；但同时也会带走很多东西，比如可怕的风暴，暴雨从高原的岩壁上奔流下来，形成毁灭万物的洪水。霍滕西亚告诉我说，在过去，这里的大人是禁止孩子们直视岩壁的。想要欣赏特普伊山而又不被神灵所迷惑，他们只能去看那单宁红色的河水上映出的倒影。

我们作为外来者，必须解释清楚上山的目的，否则我们的存在就可能会惊扰神灵，为整个土著社区带来伤害。就在这时，霍滕西亚告诉我，她的祖先曾经讲述过，在这里的山上，有一座非常巨大、非常深邃的洞穴，众神便栖身于此。根据传说，这个洞穴是水和风暴女神拉托的家。我对这些祖先的信仰十分着迷，这些描述也让我们之后的行动肩负起重大的责任。神灵是否会以仁慈的方式欢迎我们？在霍滕西亚看来，这一切都取决于我们意图的纯洁与否。如果我们爬到山顶是为了掠夺资源，神灵便会惩罚我们；反之，如果我们只是渴望获取知识，对我们之后遇到的一切表现出充分的尊重，那么我们便会受到欢迎。

第二天早上，我们乘坐直升机到达了山顶。我们决定兵分两路，我和托诺一组，目标是前往岩壁上的一个大洞口，那里离我找到的塌陷处非常近。另一组则是乔、维托、卡拉、弗雷迪、其他同伴和公园管理员们，他们将会直接降落在塌陷处附近，尝试从悬崖的一侧绳降进入洞穴中。

托诺和我从直升机上下来，站在岩壁边上，立刻开始准备绳降的装备。在我们身下，山体陡然下降，落差甚至高达500余米。身处高原的边缘，在我们面前，格兰·萨瓦纳的丘陵一望无际，一座座特普伊山在地平线上闪闪发光。我们快速绳降下山，在长满史前植物的石台和巨大的峭壁之间开辟出一条安全路线。最终，绳降了两百多米之后，我来到了洞口，悬吊在绝对的虚空中。这个洞口比我想象中的大得多！我用力一荡，降落在入口旁，等待着身后的托诺。要知道，当一个人在未知的边缘等待同伴的时候，“迷信”就像一个平日里隐身的伙伴，会在这时找上门来。尽管未知的一切就在我面前的黑暗中不停地召唤着我，但我总会努力抵御内心的诱惑，表现得不急不躁。我宁愿不独享这一发现，一方面，同伴之间的分享对探索的成功至关重要；另一方面，当两个人共同见证了一个发现之后，此后我们便可以在头脑中分辨出哪些是真实发生过的，哪些只是我们的幻想。但这一次，迎接我们的“惊喜”却乏善可陈。我们钻入大洞穴的拱顶之后，只走了一百米，外面的光亮还没完全暗下来的时候，就来到了一面密不透风的岩壁面前。没有别的路了。这个洞穴也不是我们之前梦寐以求的那座岩洞。尽管心中难掩失落，却也不能放弃希望，我仍然相信，另一组伙伴很可能会找到我们一直苦苦追寻的东西。

托尼和我爬回山顶，收回了所有的绳索之后，在大风的呼啸中，我们准备在小帐篷里暂住一宿。然而，还没来得及会合，我就先拿起卫星电话，给乔打了过去，等不及要去了解另一队的消息。

“乔，能听到我吗？”

“可以，你那边进展还顺利吗？”

“没什么发现。我们已经进入洞里了，可惜这个洞穴里面并没有继续延伸。我过一会儿就给劳尔打电话，让他明天早上来接我们。我倒希望你那边有好消息呢！”

“还没。我们下到了那块塌陷的地方，但目前还没有找到合适的通道。”

“你认为那下面会有东西吗？”

“说不准。塌陷的石块实在太多了，非常混乱，跟一座迷宫一样。当然了，我们不会放弃的，我们这就下去继续找。”

我带着一丝苦涩挂断了电话。难道这一切都白费了？我是不是搞错了？我的博士学位和我的学科理论可都指着它了。

我把卫星电话放在帐篷的地板上。剩下的就只有等待了。托诺对我很不满意，因为我在之前准备食物时，忘了带上一小瓶朗姆酒。这下子，我们甚至没法坐下来喝一杯，一同欣赏夜晚的奇观。就这样，我们聊了聊天，稍作休息之后，几个小时过去了，仍然没有收到一点消息。忽然，在一阵狂风中，电话铃响了起来。是乔，这一次，他的声音听起来和之前不一样了。

“切斯科，你是对的！”

“真的吗？那里有什么东西吗？”

“没错，我们在岩石之间发现了一条通道，从那里可以听到奇怪的声响，像是河流的咆哮声。进入这个通道之后，就来到了一条不断延伸的隧道中。”

“真好！ 你们往里走了多远？”

“我也不知道，但总之走了很远。”

“有几十米吗？”我急不可耐地问道。

“不不。”

“还要再远一些？”

“不！ 我的意思是，这个距离得用公里来算了！”

这个回答之后，我们陷入了一阵短暂的沉默。过了一会儿，乔补充说：“我们根本看不到尽头！ 这个洞穴简直就像一头怪物！”

我们做到了。我和托诺坐立难安，欣喜若狂，一下子拥抱在一起，互相拍打着对方的后背。我们走出帐篷，在亚马孙的星空下，在风的抚慰中，我们终于感到一切都变得好了起来。这些年的苦苦追寻，终于把我们带到了正确的地方。神灵最终还是允许我们进来了。现在，真正的旅程就要开始了——那便是进入特普伊的核心地带。我们必须虔诚地踏上这片土地，谁也不知道我们可能会遇到什么。

第二天，劳尔来接我们，把我们带到其他人所在的司马德尔韦恩托营地，这个名字在佩门语中被叫作“*Iroma Den*”。这个名字是弗雷迪创造出来的，“司马”意为颓圮、深渊，而“德尔韦恩托”则意指风。在洞穴被发现的那天晚上，这里的风仿佛是一种有形的存在，是整个夜晚的主角。

我们立刻着手开始探索。洞穴沿着一条优雅的通道向内延伸，

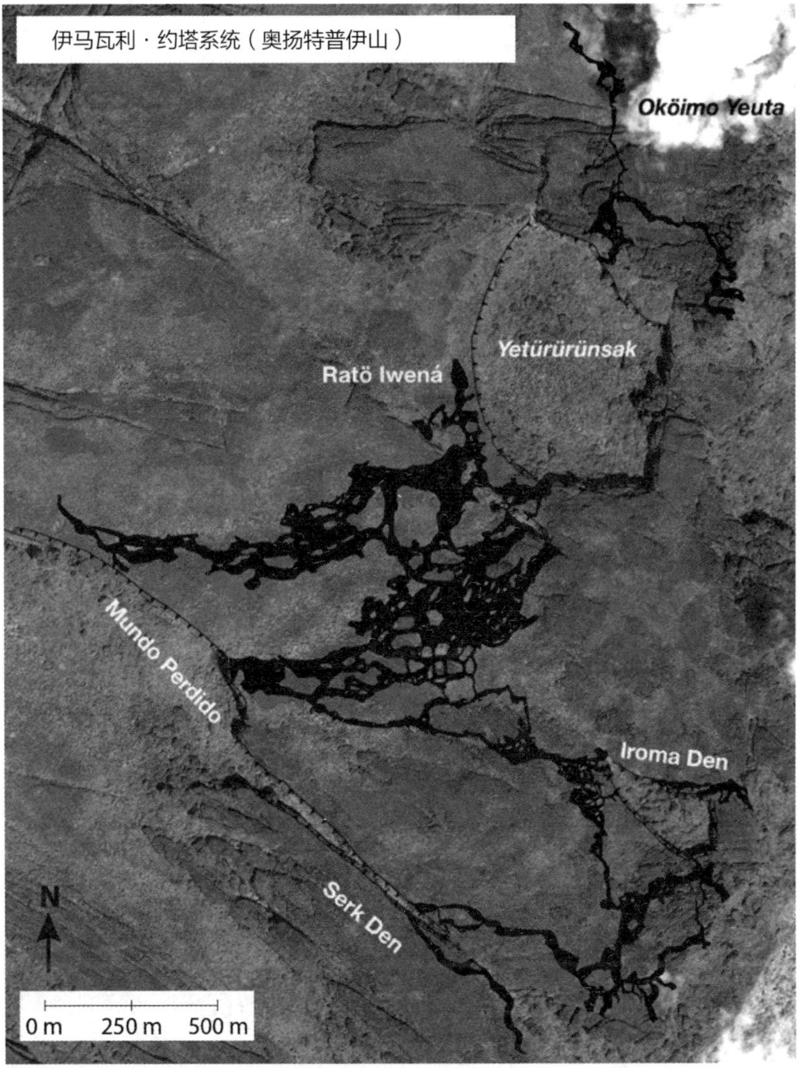


图为坐落于奥扬特普伊山的伊马瓦利·约塔系统。

溪水从脚下流过，每秒的流量大约有好几升。地面上，一会儿是打磨得光亮的岩石，一会儿是原始的沙滩，向侧面望去，几个洞口像黑色的眼睛，在岩壁上敞开着。走了一公里之后，另一条河流出现在我们面前，与原先的那条河汇合在一座美丽的空庭里，形成了一汪圆而深的水潭。一旦走过这个水潭，展现在我们眼前的，就是在地球其他地方从未出现过的奇观。之前在空庭里形成的第二条小河继续向前流动，穿越石英石柱组成的粉色森林，分散成无数条溪流。这些小溪至少有几百条，从地板上升腾起来，支撑着整面巨大的洞顶。溪水的形状看起来十分奇异，有的像芦苇一样纤细，有的则像栎树一样敦实，还有的像艺术家博特罗创作出的雕像一样圆润无比。这一条像树的枝丫一样一分为二，那一条则像一位芭蕾演员一样翩跹起舞。我们给这个地方命名为“千柱走廊”，就这样，一行人沉醉在洞穴里，沿着水路走了一公里多的路程。走过了那片宏伟的景观之后，走廊变得愈发地宽阔，锃亮的地面上可以看到古老的岩层。最终，我们来到了一个岔路口。在路口的右边，屹立着一根一根巨大的黑色锥体，那是由氢氧化铁构成的巨大石笋，高度可达十米。迄今为止，还从未有科学家见过这样的景象。我们将其称为“火山地”，感觉就像穿梭在庞大的熔岩石锥之间。这条通道再往下走就没有水路了，当时留给我们的时间已经不多了，因此，我们决定继续沿着主干道的河流前进。穿过一片塌陷的岩石之后，我们开始顺着洞顶脱落的巨石往上爬。忽然，前方的通道里照进了一束阳光，表明我们离洞口已经不远了。继续向前，那个出口朝着天空的方向越来越大，而在洞的中间，一道百米多高的瀑布从岩壁上飞流而下。

水的雾气将悬崖的轮廓装饰成一道绚丽的彩虹。这便是众神之所的正门，耀眼的虹霓将其装点得灿烂辉煌。原来，我们从侧面穿越了整个高原，面前的深谷与楚伦河峡谷相对，向着安赫尔瀑布的方向陷落下去。从外部来看，特普伊山遍布岩石迷宫、裂谷、岩壁和难以翻越的灌木林，茂密的灌木丛上覆盖着千丝万缕的苔藓，许多陷阱和悬挂的树干掩藏其间。然而，如果从山体内部来看，巨大的洞穴却仿佛高速公路的隧道一般，可以在其中来回穿行。这是一片大规模的地下洞穴网！

走出山洞的时候，我们互相看着彼此，心中的惊讶无法用语言来形容。我们每个人都明白，第一次探洞只是个开始，从此之后，还会有更多这样的日子在等待着我们。地下的每一步似乎都藏着难以想象的惊喜。我们必须尽我们所能，不舍昼夜地努力工作，用地图绘制、记录下这一奇迹。我们的心中从未感受到疲惫，只有一种不息的欲望。我们迫切地想要看到更多的东西，想要搜寻每一个角落，想要刺破黑暗，找到诸神为我们留下的东西。

那是一段不寻常的日子。我们在通道里来回行走，测绘出数公里的洞穴地图。一天晚上，回到大本营，当我正在分析激光测距仪的数据时，忽然发现，我们走过的其中一条隧道足足有190米宽。我本以为是仪器出了什么错，于是第二天又去检查了一番。没想到一切都是正确的。那个地下区域一直延伸到一座非常宽阔的空庭，在那里，只能看到洞顶和洞底，四周的岩壁相隔太远，根本触及不到。在这种情况下，整座山是如何做到屹立不倒的呢？我们把这里称为“广场恐惧症”，与探洞时通常的情况完全相反，它让我们产生一种浩渺、沉沦的感觉。

但令我们震惊的不仅仅是洞穴的规模和形态。众所周知，喀斯特溶洞中会形成钟乳石、石笋、碳酸钙沉积等矿物结构。但这里却和以往不同，一切都是前所未见的景观。这里的钟乳石是由五彩斑斓的蛋白石构成的，而流水则因为氧化铁呈现出红色，嵌在整条长长的隧道中，被我们称为里约·桑格，意为“血河”。在一些区域的地面上，布满了五光十色、形状各异的水晶，以至于我们不得不在地上铺上一条彩带做标记，指引着大家跟着走，以免损坏这些精致又脆弱的沉积物。在之后的几年里，经过科学分析，我们发现了一种新的矿物质，那是一种磷酸－硫酸铝矿物，被命名为“罗西安东尼岩”。除此之外，还发现了其他极其罕见的矿物，如圣胡安岩。这种特殊的岩石在全世界的博物馆中只有几克藏品，而在这里，却有足足好几吨，覆盖了数百平方米的洞穴表面。最为特别的要数那些千奇百怪的岩石结构，它们由一层纤薄的蛋白石层组成，有时是半透明的，更多的时候是泡沫状的、蛋白酥般的质地，与我在瓜卡玛亚洞穴中看到的那几块岩石的结构十分相似。在这里，它们如同一个个大球，分布在洞底的地面上，看起来就像恐龙蛋一样。岩壁上的球状岩就像白色的云，而洞顶悬挂着的则像一串串球状的项链。每当有新发现的时候，我都会望向乔·德维勒——这位世界上最伟大的洞穴学家，试图从他那里得到一个解释，得到一种可能的假设。然而，有时我甚至不需要提问，他就会看出我的眼神，简单地答道“我从来没见过这样的事”，或是“我也不知道”。记得有一天，当我们进入火山地干燥的通道中时，突然发现在我们面前有一汪水，上面覆盖着一层鲜紫色的薄膜，仿佛人造染料一般。再往前走，在同一条通道中，又延伸出一座湖泊，这次是紫蓝色的，湖水反射出耀眼的七彩的光芒，仿佛里面装满了柴油。天然的燃料为何会有如此强烈的色彩？我们谁也解释不出来。面对这一切，我们不得不缴械投降——这些东西远远超过了现今科学研究的范畴。

在攻读博士学位的几年以及之后的一段时间里，我曾与来自世界各地不同大学的矿物学和微生物学的专家，一起进行过多项研究。研究表明，这些湖泊原来是被不知名的菌落所占据，给这些地下湖着色的，正是一些特殊的抗生素色素，而在以往，这些色素从未被人们分析过。正是微生物的繁殖扩散，促使了那些奇特的泡沫状球形岩的生成，即非晶态二氧化硅（蛋白石）的“叠层石”。叠层石是由化学元素和微生物（如细菌和绿藻）之间的相互作用形成的一种分层矿物结构，通常出现在海洋中。叠层石的化石是地球上最古老的生命痕迹的证据之一，其历史可以追溯到35亿年前。然而，在发现特普伊的这些洞穴以前，世界上已知的叠层石都是以阳光作为能量来源的，而这里却是一个完全黑暗的环境。这便带来了许多问题：为什么这些生物体会发展出如此复杂的结构？它们都是从什么地方获取的生存资料？它们已经存在多久了？所有这些问题都蕴含着巨大的科学潜力，甚至时至今日，当我写下这些的时候，许多问题仍然还没有答案。可以肯定的是，这座洞穴是一个独特的生态系统，在这里，不同类型的微生物利用硅元素（对生命发展作用最小的元素之一），以及现有的少数资源（如铁或其他金属），不断繁殖生长。为了做到这些，它们或许花费了几千万年的时间。从史前生命，到极其有限的人类时代，在它们的身上，我们可以看到进化过程所留下的痕迹。

十天的探索之后，我们一共绘制了整整15公里长的洞穴地形图，在地下，还有许多区域等待着我们探索。尽管筋疲力尽，我们仍然十分快活。然而，火山地中，这条宏伟的化石通道究竟会把我们带到何方，仍然是一个谜。这条支路向山体北边延伸，那里有另一处巨大的地表塌陷，因此看起来很有希望。在那里，肯定汇聚了一条比以往都要宽阔的地下河。

穿过五彩斑斓的湖泊，我们进入了一条迷宫般的通道，里面吹着很大的风。每一步，我们都要十分小心，按照路线跟着前人的脚步，以免破坏地上的水晶。忽然，从某一个点开始，再向前走，我们身处的隧道就开始逐渐变宽，仿佛隆起了一座地下的大山丘，通道的坡度开始逐渐抬升。两边的岩壁消失了，只剩下一块由洞顶和地面划定的空间。这是一座硕大的空庭，几乎有300米长，180米宽。当我们到达山丘顶部的时候，望着面前这片宏伟的景象，忽然听到，在远处某个非常遥远的地方，似乎传来一阵绵延不绝的淙淙声：这就是我们根据卫星图像推断出的那条庞大的地下河！我们又一次走对了。回到大本营，发现这片新区域的消息让大家无不震惊和兴奋。然而，距离劳尔回来接我们，把我们带回现实世界之前，留给探险队的只剩下了几天的时间。于是，为了抓紧每一分钟，我们当晚便回到了洞里，顺着水流的方向走了好几公里，一直走到一处地形复杂的区域，才满意地停了下来。我们要花一段时间留在这里，进行适当的探索并测绘地图。除此之外，就是沿着水道继续回溯了。

我们潜入了一座又一座深湖，一路向前，走到一条有河流经的通道。洞内吹着很大的风，当我们还在缓缓地逆流而上，前去测量地形的时候，维托里奥已经一马当先走在了前面。当他回来时，我立刻从他的眼神中看出来：他一定是发现了什么重要的东西。

“伙计们，先停一下。你们必须得来看看这个，简直太疯狂了。”他没有再说什么，便沿着来时的路向上游跑去了。我们也把测量的仪器设备收进背包，迅速朝着隧道的尽头走去。这里的环境十分幽暗，河水淹没了一切，但就在一刹那，我们的耳边忽然传来隆隆的轰鸣。随着那声音越来越大，越来越强烈，肾上腺素开始在我们的血管里奔流。最后，我们一下子从洞里钻了出来，冲进一座巨大的圆形空庭。只见百米多高的洞顶上，一道瀑布飞落下来。洞顶有一方天窗，从高空裁出一角湛蓝的天。一缕阳光从天窗里照进来，打在奔腾的瀑布上，映照出银色的光彩。现在已经是早晨了，初升的太阳照亮了遥远的洞口边缘。瀑布震耳欲聋地咆哮着，撞向一汪宽阔的暗红色湖泊。阳光照射着湖泊，又被湖泊反射在四周的岩壁上。我们就这样坐在一块大石头上，一同欣赏着这一奇观。那一刻，心中的情感变得十分纯粹。弗雷迪看着我，说道：“霍滕西亚说得没错，这里就是神灵的家。而这座洞穴就是水神拉托的宫殿了。”

无论在哪一座人造寺庙里，我都未曾感受到这里弥漫着的能量。我仿佛身处另一个世界，又或是处在梦中。在那次探险中，我们终于找到了伊马瓦利·约塔，也就是传说中的“众神之所”。在那之后的几个月里，我们中有许多人，还会在梦里一直反复回到那座奇迹中。我更是梦到了好几个月。每天晚上，我都会梦见自己穿越那座山洞，梦见它斑斓的色彩，梦见一位看不见的艺术家雕刻出它的形状。每当这时，我都会重新体会到当时内心的情感。就像被迷惑住了一样——我们身上的某一部分，就这样永远地留在了特普伊山中。

第二年，也就是2014年，当我们向世界宣布了这一发现之后，来自世界各国的研究人员聚在一起，开始组织一项新的探险任务。在这次任务中，我的一个目标就是带领霍滕西亚和恩里克上山，看看这座圣山里究竟有什么。起初，他们还十分犹豫：此地对他们的祖先来说是如此神圣、禁忌的场所，这会不会让他们对那个世界的景象产生抗拒呢？他们会不会和我们一样，为这片神迹魂牵梦萦？我细细品味着与他们一起进洞的每一刻。他们凝望着岩壁，仿佛凝望着一个具象的神话世界，而我则解释给他们说，即使是我们这些理性的科学家，面对如此众多的未解之谜，也会感到一样的困惑。同样的虔诚贯穿我们所有人的心中，无论是在特普伊山脚下居住了数千代的原住民，还是我们这些在地球上寻找生命意义的人。我们怀揣着同样的尊重，一起分享这同一片奇观。

我把这个故事的最后一段话留给阿方索·芬奇，他是奥扬特普伊山的首批探险家之一。在他的手记中，留下了他关于地球的理解，也是对于我们的教诲：想要在求知的道路上不断前进，人类必须学会接纳未知。我们要沉浸在未知之中，不做反抗，任凭自己被带入新的地方。

在这个世界上，仍然有从未被探索的世界，充满了无数亟待解答的问题。在那里，存活了几十亿年的原始细菌就是神灵最具体的表现形式。只有接受它们的存在，接受这个事实，我们才能真正体会到奇迹降临的感觉，将梦中的幻想转化为对现实的感知。这便是失落的世界的神灵们赐予我们的东西。要知道，关于宇宙的所有问题，都可以在这颗星球的内部找到答案。

# 黑暗的一面

1730年9月1日，清晨，加那利群岛中兰萨罗特岛的居民们被一场剧烈的地震惊醒。周围有喇叭声响起，宣告着一场灾难性事件的到来。上午十点，蒂曼法亚村附近发生了一场爆炸，轰鸣声震耳欲聋，传遍方圆几十公里，甚至在邻近的岛屿上也能听到。首都特吉塞的人们并不知道发生了什么，官方便派出骑兵前去查明情况。展现在他们面前的景象恐怖异常：整座山体已经断裂开来，向着周围的村落喷出涌动的熔岩，村民们匆忙将家当驮在驴背上，向着海岸四散奔逃。

加那利群岛的居民多为西班牙、意大利海员的后裔，以及来自北非的柏柏尔人。事实上，火山爆发对他们来说早就习以为常了——但这一次却不同。这是人类有史以来最惨烈的火山大爆发之一。至少有五立方千米的岩浆从这些裂缝中喷涌出来。在之后漫长的五年里，夜晚将被熔岩喷泉发出的红光照亮，天色再也不会暗下来。三十多个火山锥从地下隆起，一把抹去了地球上至少十几座村庄和超过五分之一的岛面。

很多人离开兰萨罗特岛时都坚信，这片土地在未来的几个世纪里都将不适宜人居住。其实，至少这一回，地球对人类还是手下留情了。熔岩给了每个人逃跑的时间，并没有村民因此遇难。不仅如此，火山的喷发使得岛上的大部分地区都被细小的火山灰和黑色的火山砾所覆盖，随着时间的推移，这些沙砾变成了种植葡萄的绝佳土壤。目前世界上最好的玛尔维萨白葡萄酒，便产自兰萨罗特岛的火山土壤中。

今天，蒂曼法亚凝固的熔岩和火山锥，都被公园很好地保护起来。这是欧洲最美丽的国家公园之一，由于当地气候干旱，古时的岩浆海被保存得非常完美，与三个世纪前别无二致，向我们展示出一片没有生命存在的月球景观。

熔岩是一种富有魔力的物质。它就像地球的血液，涌至地表时，像河流一样流淌，却又可以在很短的时间内变成坚硬无比的岩石，塑造出山的形态。跟随着熔岩红色的光芒，让我们回到过去。从前，整个地球和月球都被岩浆的海洋所包裹覆盖。它们释放出的气体和散发的巨大热量，为我们赖以生存的大气层提供了关键的组成物质。如果将人类的寿命延长一百倍甚至一千倍，我们就会意识到，火山爆发实际上是一种非常频繁的现象。地球的土地早先是无法孕育出任何生命的，甚至连最微小的细菌也难以生存，正是由于火山的喷发，不断形成新的岩石，才锻造出后来的土壤。在新的岩石逐渐冷却的过程中，生命吹响冲锋的号角，向那片失落的地狱不断进攻。

近几年来，我曾经多次前往兰萨罗特岛。这是一座令我十分钟情的岛屿，它的风景可以带我穿越时间，回到从前。在这里，我终于触碰到了儿时渴望的原始土壤。走在石化的熔岩地带，我震惊于大自然难以言喻的力量，以及人类在自然面前的渺小。或许1730年9月的那一天，蒂曼法亚的村民们体会到的也是这样的感受。当然，这些年来我到访此地，主要是为了探索火山表面之下的东西。多年间，我徘徊于不同的大陆，一直在研究流水塑造出的各种岩洞，洞穴多由石灰石、石膏、岩盐甚至坚硬的石英岩组成。即使在极地冰盖内部，我寻找的洞穴也是由流水雕刻而成的。然而，在这里，不仅塑造洞穴的材料发生了改变，它们的缔造者也和以往不同——那便是地球，以及地球的诗性力量。

熔岩洞形成的过程十分迷人，正是由于它的出现，推动了熔岩隧道的发展。当年，岩浆河从蒂曼法亚山的裂缝中溢出来，流向兰萨罗特岛的丘陵，顺着山谷的走势，向着大海的方向推进。然而，岩浆并不属于这颗星球的表面，它来自地球深处，来自一个截然不同的世界，那里运行着另一套规则。出了地表，它就仿佛离了水的鱼。由于气温远远低于岩浆的温度，因此，无论它自身表现出多大的力量，总会与气温相冲突。1730年的那些熔岩流就是这样从外表面开始冷却凝固的。滚烫的熔岩流继续向前蠕动着，渐渐地，熔岩外形成了一层新的岩石壳，覆盖在它的背后，变得十分坚硬，仿佛一层盔甲，使地下的岩浆长时间保持液态高温。就这样，在凝固的洞顶之下，形成了一条圆形或是椭圆形的管道，在外壳的保护下，熔岩不再受到低温的影响，像一条真正的河流似的向前流淌。火山喷发结束之后，就像水龙头突然被关掉一样，火山口便不再有岩浆流出来。剩下的熔岩流会一直流到枯竭，排空管道，一座地下空洞由此形成。

这些“脉络”结构就是熔岩隧道。正是这些秘密通道的存在，使得许多大火山能够将其根部延伸至几十公里之外，覆盖住一片极为广阔的区域，避免因为气温而早早凝固。在夏威夷群岛，就坐落着这样一条总长超过60公里的熔岩隧道——卡祖穆拉隧道。夏威夷洞穴学调查组的专家们曾专门对其进行过探索，并绘制出相应的洞穴地图。有时，在火山爆发结束后，部分地区的洞顶会发生坍塌，从而形成了隧道天窗。在兰萨罗特岛，这些洞口被称为“jameos”，在夏威夷被称为“pukas”。在科学术语中，则被称为“天窗”（意大利语为“collassi”，英语为“skylights”）。与此同时，在地球上的其他地方，有些隧道的脉络甚至在太空中都可以看到，例如澳大利亚昆士兰的乌达拉火山沙漠。由于当地极为干旱，流水全部集中在管道的凹陷处，植被便沿着地下隧道生长，形成一片茂盛的森林。

熔岩隧道是地球上令人印象最为深刻的地下结构之一。这些结构分布较浅，洞顶距离地面可能只有几米厚。但是，如果火山持续喷发岩浆，不断为熔岩的流动提供能量，就像一个永远打开的水龙头，熔岩隧道便可以延伸至数百公里。当然，它迟早会遇到无法战胜的敌人——海洋。当蒂曼法亚的熔岩隧道延伸至大海时，水和岩浆这两种截然不同的物质彼此相遇，便会引发一场巨大的战争。熔岩把水变成了一片片蒸气云，但是，与水的每一次接触，都会使它不断失去流动性，逐渐冷却、凝固。就这样，熔岩的旅程以海洋的胜利而告终，作为补偿，海洋则允许陆地向外扩展几百米的距离。

我总是痴迷于在隧道中行走，想象这些洞穴诞生的过程，和它们曾经释放出的巨大能量。我很幸运能够和朋友达妮埃拉·巴尔别里一起参观蒂曼法亚公园的熔岩隧道。作为一位洞穴学家，达妮埃拉也对这座岛屿十分着迷。在公园的地表之下，分布有数十条隧道，其中一些有数公里长，大部分地区还没被探索过，除此之外，还有一条隧道与众不同，奇异无比，让我简直说不出话来。它有一个小小的洞口，坐落于“熔岩之海”的中心。“熔岩之海”是一片巨大的凝固岩浆，一直延伸到海岸边。进入其中之后，先要经过一条短小的下坡路，约有几米深。再往下爬，就会进入一条庞大的隧道。隧道的截面为椭圆形，至少有十米宽、五米高，站在里面，仿佛置身于一头巨大的鲸鱼腹中。隧道两侧的岩壁黑而光滑，有时，脚下会经过一条条凝固了的岩浆河。洞顶悬挂着形态各异的钟乳石，它们在重力的作用下，凝结成一种近乎塑料的质地，像蜂蜜一样往下滴。另一头，落到地板上的水滴则相继石化，层层堆叠在一起，像是熔化的蜡滴。时间仿佛定格在岩浆涌动的那一刻——我望着岩壁，在脑海中构建出当年它通体滚烫、散发出红光的样子。

虽然两者本质上截然不同，但从某种意义上来说，熔岩隧道和冰洞一样，也是一片被光照耀过的地下世界。如今，尽管隧道内一片漆黑，但如果仔细观察，就会发现，黑色岩壁上有片特殊的区域，每当灯光掠过的时候，就会闪耀出一种独特的光芒。蓝、绿、红、紫，不同的光束反射回来，混合在一起，形成彩虹般夺目的颜色。原来，这是一层叫作黑曜岩的玻璃质结构，由岩浆凝结而成。岩石在形成时凝固得极快，仿佛想把光线收束其中。

沿着隧道向山谷进发，途中便会经过一连串凝固的岩浆瀑布。穿过最后一段坡道，就会进入一座地势较低的洞穴中。洞内有风，空气十分新鲜，飘散着盐和碘的味道。紧接着，当我们匍匐前进，爬行了几百米之后，隧道又会变得宽阔起来；随着我们不断向前，一阵嘈杂的声响从远方传来。在那声响的诱惑下，我们似乎能够感受到火山中流动的熔岩——但就在几米之后，一束阳光照进了通道中。在隧道的尽头，我们看到了一个椭圆形的开口，外面是蔚蓝的天空。从洞口探出头去，展现在我们面前的，是岩浆凝结成的一面峭壁，被海浪来回冲击着，形成一幅动人的奇观。

坐在悬崖边上，我不禁思考，两种完全不同的液体是如何构建出这个奇妙的世界的。我们作为人类，实际上就是红色的火与蓝色的水激情碰撞的结果。当这两种元素邂逅之时，便会诞生自然界最壮美的奇观。兰萨罗特岛的洞穴便是其中之一。

在蒂曼法亚大灾难结束了一个世纪之后，1824年7月，兰萨罗特岛又发生了一系列小型的火山爆发。其中，最后一场喷发最出乎人们的意料。熔岩喷泉从地下开始涌动，沿着百年前火山爆发的同一条裂痕，形成了一座新的火山——廷加顿火山。然而，就在同年10月，岩浆忽然停止上升，火山口开始冒出巨大的蒸气云。在附近的圣巴尔托洛梅村，一位神父勇敢地走近山体边缘，只见“火山口的底部被一座沸腾的湖泊所淹没，在中心和偏北的地区，有两个相隔不远的洞口，两股水柱从那里喷射出来”。原来，海水流入了岛屿深处的裂口，与滚烫的岩浆撞在一起，形成了两座壮观的间歇喷泉。根据塞巴斯蒂安·普雷多莫神父的描述，这两座“喷泉”有

40多米高。几天之后，喷发结束了。在火山口的中心地带，留下了一串排列整齐的裂口。当地人将这些裂口称为“Simas del Diablo”，意为“魔鬼深渊”。那是前往地球深处的直达通道。向火山口里扔一颗小石子，可以听到长达十几秒的滚动声。声音越来越远，给人一种面对无底洞的感觉。

20世纪70年代，一群来自西班牙的洞穴探险家曾经抛开恐惧，进入这段坡道，在大约80米深的地方停了下来。我也想去看看这些竖井，在里面寻找海水和岩浆反应形成的特殊矿物。山脉主峰的部分一开始十分宽阔，但紧接着，竖井就变成了一道幽闭的裂缝。再往下走，岩壁便被碳酸钙和其他矿物构成的流体所包裹。洞穴的尽头看上去非常遥远，由于没有带合适的装备，也没有足够长的绳索可以到达竖井底部，我打消了继续向下走的念头。进洞最深的人是当地的一位洞穴探险家——古斯塔沃·戴维·桑塔纳·戈麦斯。古斯塔沃矫健而瘦削，有着多年的绳索操作经验，对火山底下的世界有着难以抗拒的热忱。他曾带我参观了这座奇妙岛屿上的许多洞穴。但是，当他开始讲述下到魔鬼深渊的经历时，我听得整个后背都毛骨悚然。为了穿过一条逼仄的通道，他不得不摘下头盔，把自己悬挂在一条细细的吊索上，由上方的同伴把他放进去。深渊仿佛信箱的投递口，裂缝有几米多长，却不到25厘米宽。想要进去，必须高举双臂，头部转向肩膀，把肺里的空气全部排出来。好在再往下走，竖井又会再度打开，可以很轻易地下降至一百多米的深处。古斯塔沃说，在那最深的地方，又有一个新的窄口——这次是真的过不去了。然而，如果往里扔一块石头，可以听到，它至少又往内部滚动了一百多米。显然，这道魔鬼深渊一路向下，一直可以通往海平面。

探索古老的间歇泉口无疑是一番壮举。即使这座间歇喷泉如今已经不再活跃，却仍会让人胆战心惊。不久以前，就在我们目前所处的狭窄空间里，曾经爆发出巨大的能量，可以在刹那间将我们撕成碎片。也许正是由于这种恐惧的心理，对于熔岩洞穴，洞穴学家并没有像对流水雕刻的洞穴那般重视。尽管如此，与火山口相关的熔岩隧道和深渊，都为我们提供了关于火山形成的大量信息，这个过程不仅适用于地球，在很多其他的星球也是如此。

在人类的一生中，很少能有机会真正探索出地球的局限性。站在宇宙的视角，我们所栖居的天体是如此的渺小，一个恒星系统可以轻易地迷失在无边无垠的星系中。向外的空间难以估量，与此同时，对于地下的空间，我们的感知也是极其有限的。众所周知，在我们的脚下，分布着几十公里盘根错节的固体岩石。再往下，随着内部温度的上升，我们便来到了软流层。那是一个由滚烫的岩浆所组成的世界。地表的生命是难以想象那片原始的地方的。如果我们一路向着地下，走上从纽约到洛杉矶的路程，便会进入软流层与地核之间，来到一片名副其实的熔岩海洋中。当然，这是不可能的！但那个地狱般的世界离我们并不遥远，由于熔岩洞穴的存在，我们可以体验到它独特的魅力。

在冰岛，离雷克雅未克不远的地方，坐落着迄今为止最为壮观的火山深渊之一——特里努卡基于尔火山的岩浆库。人们从火山锥的洞口进入，穿过一道百余米深的钟形鸿沟，便会来到洞穴的底

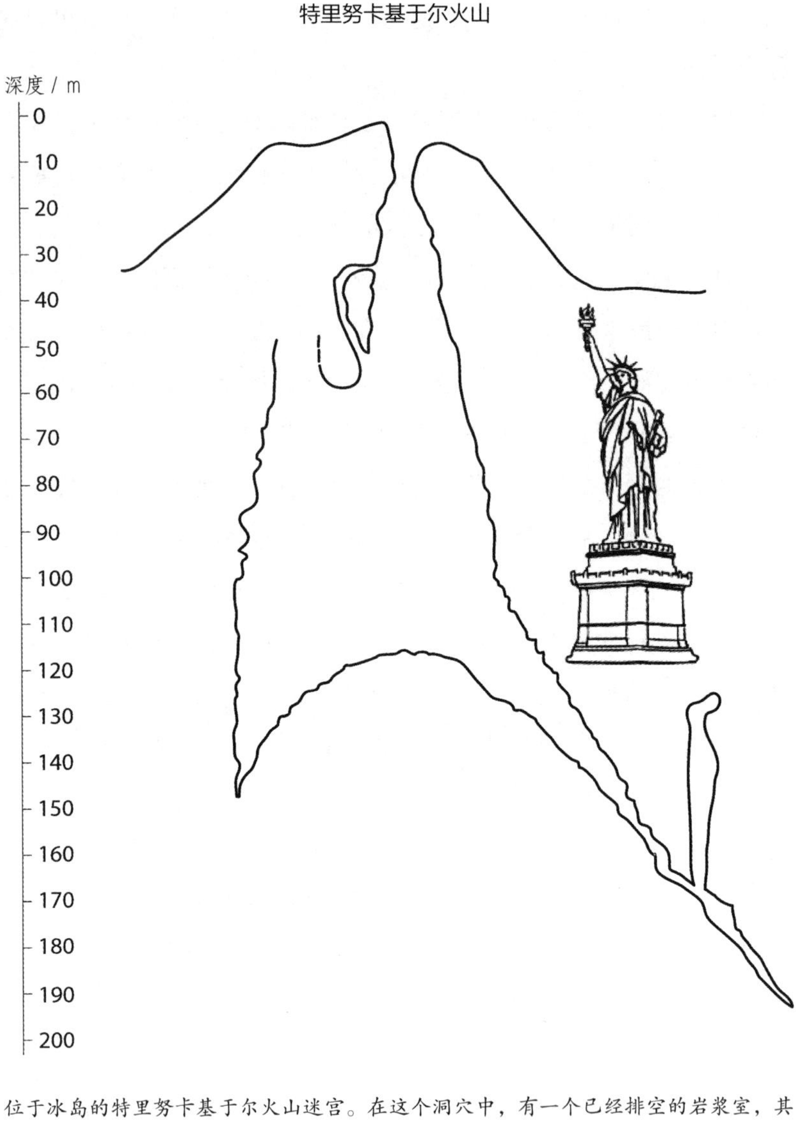


位于冰岛的特里努卡基于尔火山迷宫。在这个洞穴中，有一个已经排空的岩浆室，其大小可以容纳一整座自由女神像。

部。在这里，一座体积超过20万立方米的圆形空庭一路延伸到地下213米的深处。1974年，冰岛探险家奥德尼·斯特凡松首次进入这座山中，儒勒·凡尔纳笔下“进入休眠火山腹地”的梦想从此变为现实。在夏威夷群岛的基劳维亚火山上，也有其他“魔鬼深渊”，不同的是，那些深渊多呈圆形，被称为“锅状火山口”，多由地下空洞的坍塌导致，如“魔鬼之喉”。那是一座宽60多米、深50多米的庞大竖井，而同一地区其他大规模的塌陷大多可达300米深。当然，说起这些深邃迷人的竖井，便不得不提到伊莎贝拉岛了。这座岛屿位于加拉帕戈斯群岛，是全世界该竖井分布最多的地区。在伊莎贝拉岛上，坐落着四座气势巍峨的活火山：谢拉·内格拉火山、阿尔塞多火山、达尔文火山和沃尔夫火山。时至今日，这些火山中，只有一座名为“三重山”的洞穴曾被美国的洞穴学家探索过。其他洞穴都位于北部最偏远的地区，在那里，一座座幽深的竖井仍在等待着探险者的到来。

关于这些锅状火山口的形成过程，至今仍然存在争议。当它们沿着火山坡一字排开分布的时候，常被认为是熔岩隧道坍塌所致。然而，当单个火山口被孤立地发现时，则被认为是岩浆沿断层或裂缝上涌而造成的塌陷。熔岩在上涌的过程中扩大了裂缝，当它撤回深处之后，便留下了一片巨大的空隙，随时可能向内坍塌。

2007年，来自美国地质勘探局的地质学家格伦·库欣，从美国航空航天局奥德赛火星探测器传回的高清图像中发现，在火星表面火山的侧面，也可以看到类似的洞口。这是人类第一次探测到外星的洞穴入口。在整个太阳系中，火星表面的火山规模最大。其中，奥林匹斯山的高度足足有23千米，几乎是珠穆朗玛峰海拔的三倍，其熔岩流也延伸到1500千米之外。因此，如果地球的火山底部就有大规模的地下洞穴、熔岩隧道、岩浆库和锅形火山口，那么火星上就更不必说了。

库欣在第一次研究中确定了七个大洞口，它们被称为“七姐妹”：德纳、克洛伊、温迪、安妮、艾比、尼基和珍妮。这些洞穴是真正的“黑洞”，任何光线都无法到达，因此，它们的深度至今仍然是未知数。在七姐妹中，最令我着迷的就是珍妮洞。那是一座直径165米、几乎完美的圆形火山口，坐落于阿西亚山的侧峰。阿西亚山是火星上另一座大火山，高度约为12千米。在之后的几年里，我们不断以越来越高的分辨率观察这座深渊，但它从未展现出底部的模样。每当我看着它的时候都会感到，这种黑暗便是“绝对未知”的代表。这种感觉就像进入了黑洞里，迷失在宇宙最遥远的地方。它会把我们带到哪里去呢？在它的内部，究竟包含着什么东西？当太阳高度达到最高的时候，我们借助HiRISE[1]相机拍下照片，开始探测珍妮洞的深度。岩壁上的阴影显示，珍妮洞至少有345米深，尽管如此，图像上仍然看不见洞穴的底部！

在将近15年的时间里，人们不断研究卫星图像，发现了越来越多潜在的火星洞穴。目前，火星上已经有一千多个已知洞穴，其中包括许多明显的熔岩隧道。遗憾的是，到目前为止，这些神秘的洞

1. 高分辨率成像科学设备。

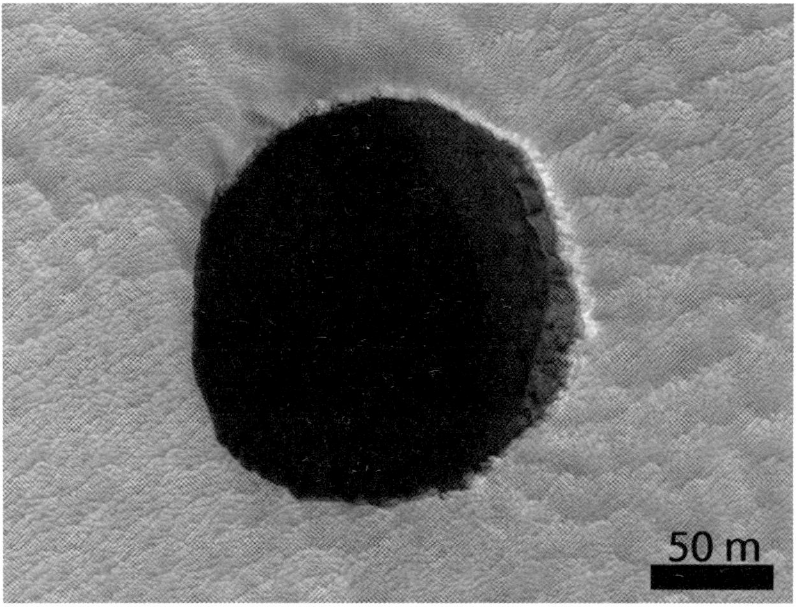


珍妮洞，位于火星阿西亚山的侧峰。

口还不能被我们真正探索。只有我们的目光，还停留在那些被太阳照亮的像素点上，除此之外便只有黑暗。谁也不知道在那些洞穴里还会有怎样的奇迹，或许只有后人的眼睛才能亲眼见证它们了。

2008年，同样的情况也出现在了月球上。日本科学家春山纯一在观察“辉夜号”探测器传回的图像时发现，在玄武岩月海中，分布有几座巨大的圆形洞。这些月球表面的黑点甚至通过肉眼就可以观察到。实际上，这些月海正是大片的玄武岩岩浆塌陷形成的洼地，与兰萨罗特岛以及夏威夷群岛的熔岩十分相似。这一发现在当时的学界掀起了一场大辩论。其中一座坑洞 —— 也就是马利厄斯丘陵的火山口——坐落在一条长而宽的熔岩隧道的底部。这就说明，在这个洞口的下方，一定有熔岩管的存在。2009年，随着美国航空航天局月球勘测轨道器（LRO）的发射，科学家们一时间获得了数百张高清的月球表面图像。根据这些图像，研究者对春山发现的坑洞进行了细致的分析，其详尽程度是之前无法想象的。通过对马利厄斯丘陵火山口的底部进行测绘，可以推算出，洞穴内部已经超过50米深。不仅如此，在静海，坐落着另一座更加宏伟的洞穴，内部足足有90米之深。它的底部似乎横向延伸出了许多巨大的山洞，然而，即使研究人员从各个角度对它进行拍摄，仍然无法从图像中看清。对我们来说，月球的地下世界仍然是个巨大的谜团：现如今，我们对月球的表面已经几乎了如指掌，但却从未看到过表面之下掩藏的东西。截至目前，月球勘测轨道器上的高分辨率相机已经确定了300多个潜在的月球洞穴入口。此外，还有其他许多卫星，能够通过复杂的地球物理仪器和雷达仪器穿透地面，不断寻找可能存在的洞穴，勘测出它们的尺寸，研究它们的演变历程。这是一项十分复杂的任务。美国航空航天局通过“圣杯”探测器（GRAIL）收集了诸多数据，根据比重计的测量结果，月球内部可能存在巨大的空洞。

作为一名洞穴学家，从最初发现的那几年起，地外洞穴的话题就一直吸引着我。在博洛尼亚大学攻读博士学位期间，我经常在夜里翻看火星的卫星图像，找到了很多个新的洞口。有时，卫星图像的分辨率不够，无法判断究竟只是影子还是真正的洞穴；有时则十分清晰，毫无疑问有洞口存在。里卡尔多·波佐邦来自帕多瓦大学，是卫星数据处理方面的专家，也是我的一位同事兼好友。后来，我和里卡尔多一起，开始了真正的形态学搜索。让我们最感兴趣的就是在火星火山的侧面，排列成一串的洞穴。如果这些“洞链”能够形成一条蜿蜒的曲线，我们可以断定，这一定是熔岩隧道中洞顶的坍塌现象。借助摄影测量技术，我们对其深度和宽度进行了测定。结果令人无比震惊——在地球上，熔岩隧道宽度大多在几米左右，极少数情况可以达到二三十米；然而，在火星，绝大多数隧道的宽度为50至400米。那一定是极为庞大的空洞！

但是，为了证实这些管道确实是熔岩隧道，还有必要与陆地上的结构进行形态与数量上的比较。当然，作为洞穴学家，我们手上有着各个大洲、各个岛屿几十条熔岩隧道的地图。然而，这些地形图的分辨率往往较为有限。它们只能呈现出洞穴平面上的发展，而我们则需要在三维空间中将隧道可视化，识别隧道顶部的塌陷，进行测量，再与火星上的隧道进行比较。正是在那个时候，出现了激光扫描仪等新技术，让我们能够以毫米级的分辨率对洞穴展开测量。在制造商徕卡公司的协助下，我们已经提前做好一切准备，在各种洞穴进行了测试，确保它们在火山的洞穴中也能发挥作用。

2016年，里卡尔多和我决定前往兰萨罗特岛。那是我们第一次真正到访这座岛屿。我们进行了一场为期两天的短暂访问，与西班牙著名的行星地质学家赫苏斯·马丁内斯·弗里亚斯共同探讨了我们的项目。与此同时，我们还与岛上联合国教科文组织世界地质公园的负责人，地质学家埃莱娜·马特奥·梅德罗斯进行了会面。

在这个项目中，我们选择了科罗纳隧道作为我们的研究对象。在此之前，从卫星图像中，我们已经观察到了它一连串塌陷的洞口。在建筑师塞萨尔·曼里克和赫苏斯·索托的努力下，洞穴经过特殊的改造，安装了一系列照明设施。现如今，隧道中有两个部分——韦尔德洞和阿古艾天窗——已经允许游客进入，无数登岛游玩的旅客都能来此参观。

在初次访问的过程中，我们在奥兰多·埃尔南德斯的陪同下，进入韦尔德洞进行了一次短期考察。奥兰多是一位当地的技术人员，负责管理地下地球物理实验室，其中包含了各种监测地壳运动的仪器设备。沿着游客路线，我们通过一条美丽的小路，进入了一座巨大的地下峡谷。峡谷中，一侧是凝固的熔岩流，另一侧的岩壁上则覆盖着一根根正在溶解的钟乳石。紧接着，穿过一座空洞之后，我们离开了之前的小路，来到了一条地下走廊。走廊的地面上布满了骨骼和贝壳，过去，岛上的居民常常利用这些洞穴来躲避海盗袭击。再往前走，奥兰多打开手电筒，带领我们进入了一座黑暗的空庭，在这座庞大的洞穴中，有一个小小的地下舱体。那是一幢玻璃做的小方屋，里面保存着珍贵的科学仪器。当一个人造元素浸没在火山洞穴的黑暗中，那一刻，我仿佛置身于另一颗星球，面前则是一片太空基地的景象。我看着奥兰多，他就像一名在基地工作的宇航员，在重大的仪器上进行不知什么样的实验，追寻着知识与真理。在他的头顶上方，有岩石的拱顶保护，使他不受陨石坠落的影响，也不会被宇宙射线灼伤身体。

这些场景是那样的虚幻迷人，让我感到这片洞穴遥远而不真实。离开了韦尔德洞，我们向着科罗纳大火山底部的其他洞口进发。从这些天窗往外看的时候，我们意识到，这真是一座完美的洞穴，可以最好地模拟出火星上看到的景象。其中，最大的洞口被称为普尔塔·法尔萨天窗：站在岩洞前，就会看到一条直径超过30米的宏伟隧道一路延伸至黑暗中。可以想见，当年，熔岩就像河水一样从火山口流淌出来，在巨大的管道中奔腾，流速甚至超过了每秒100立方米。而现在，一切都归于沉寂，四下清冷无比，只有几只海燕将巢穴筑在岩壁的沟壑中，偶尔飞出来，打破了周围的寂静。

在那次访问之后两年多的时间里，我们曾多次回到此地，制作了完整的火山隧道地图。这是迄今为止规模最大的火山洞三维模型。从火山锥到海洋，我们绘制了大约6公里长的三维通道。为了精准构建出模型，我们采用多种激光仪器进行辅助，并得到了欧洲航天局和洞穴学家托马索·圣阿加塔领导的意大利VIGEA公司的支持。最后，把所有的数据放在一起，我们能够清楚地观察到熔岩流下方的隧道产生的过程。原来，地下的熔岩管道时而扩张，时而收缩，时而向外打开，时而又陷入地底深处，看上去就像一座怪兽的巢穴。当然，在想象之外，有了这些数据，我们就能够将它与火星、月球上观察到的塌陷进行定量的比较。

2000年的夏天，经过七年多的学习与研究，最终，我们在著名的《地球科学评论》期刊上发表了这项长期研究的成果。除了科罗纳隧道，我们还将许多其他洞穴纳入比较中，如夏威夷群岛的卡祖穆拉系统，以及澳大利亚巨大的乌达拉隧道。研究结果令人十分震惊：原来，火星上的熔岩隧道比地球上最大的对照管道还要大一个量级；而在月球上，则要大上两个量级。这也就意味着，马利厄斯丘陵天窗下的洞穴很可能有一千米宽、数百米高。同时，在月球的另一个地区，有一片火山平原，以巴伐利亚天文学家格鲁特伊森命名。根据我们的计算，那里很可能存在着一座体积超过10亿立方米的竖井！ 这座空洞之大，可以容纳一千五百多个圣彼得大教堂。换句话说，如果把整个纽约或上海都装进去，那些城市里的摩天大楼甚至还够不到洞顶。

在我们的星球上，不可能存在这样庞大的地下世界。原因很简单：在地球上，如此巨大的洞穴根本无法支持其自身的重量——而在月球则不同。那是一个轻盈的世界，其重力仅为地球表面的六分之一。有了这一前提，这座难以想象的地下大教堂才可能构筑起来。

地下的世界藏着太多太多的谜团。想到在未来的某一天，我们能够从那些洞穴中解读出太阳系的历史，我便感到无比幸福。在地球的洞穴中，岩层可以捕捉时间，每一个曾经发生的事件都会被地质年代记录下来，月球也是如此。在月球的岩洞中，火山地层已经存在了数十亿年。关于太阳风的历史，彗星与小行星撞击所汇集的冰，可能形成原始生命的有机分子——所有这些都可能被保存在月球的地层中。

不仅如此，在火星的洞穴中，我们甚至可能发现生命的存在。近几十年来，科学家们一直在坚定地寻找地外生命。目前我们可以确定，火星的表面并没有任何生命的迹象。由于缺乏像地球表面那样厚的大气层，火星表面长期受到紫外线的强烈照射，使得生命难以繁衍。然而，事实并非总是如此。距今41亿至37亿年前，有一段时间，火星上曾经存在着和地球一样的大气层。那时候的火星表面还分布着许多湖泊与河流，其形态与原始的地球极为相似。如果那时有生命出现在火星，那么到了后来，它能够存活下来的唯一有可能的地方就是地下空间了。

写下这几页的时候，我又一次来到了兰萨罗特岛。此番前来，是为了执行一项科学任务：带领来自西班牙与葡萄牙的微生物学家进入黑暗的火山洞穴。我们研究的目的与寻找太阳系中的生命紧密相关。在我们看来，这片熔岩表面上发生的一切，都可能在其他星球上重复上演：火山爆发之后，一道岩石地层逐渐形成，起初，这是一片完全无菌的环境，没有任何生命存在。然而，随着地层渐渐冷却，在风、气流和水的作用下，微生物卷土重来，开始在这片新的世界里不断繁衍。问题在于，这些熔岩隧道距今只有三个世纪的历史，如果我们真的能在地下找到生命，那么，这些生命又需要多长时间才能重新占领一块处女地呢？为此，我们来到蒂曼法亚国家公园，走访了许多洞穴，试图寻找细菌存活的痕迹。这个过程并不简单，最终，我们在一些石膏晶体发现了一些有机物的斑点。研究证明，在这些斑点下方，有微生物正在利用其化学资源（如硫黄）来获取能量。收集好样本之后，我们回到酒店，通过小型的第三代测序仪对其DNA展开了分析。结果显示，不同洞穴的微生物群落差异很大，这表明每个洞穴都已经形成了独立的生态系统。由于不同的隧道形成于不同的时期，通过对比生命演化的过程，可以更好地了解这一过程将如何在其他星球上发生。

在蒂曼法亚，生命漫长的征服过程才刚刚开始。然而，当我们来到更加古老的科罗纳隧道，展现在我们面前的，则是生命难以置信的适应能力。大约22000年前，一次（或许是地球上最大的）火山喷发，导致了这条庞大隧道的形成。当时，地球正处于最后一个大冰期，两极和大陆冰川中汇集了大量的水，使得海平面比今天低了数十米，相应地，火山到海岸线的距离也比今天远了几公里。正因如此，熔岩可以流得更远，熔岩隧道也会延伸得更长。然而，在接下来的几千年中，冰川开始不断融化，形成海水，涌向洞穴。于是，科罗纳隧道中有一部分就这样浸没在了冰冷的海水中。今天，人们将海水淹没的部分称作“阿特兰蒂达隧道”，仿佛只要穿越这片洞穴，就可以到达海洋深处，找寻到那些失落的文明。在这座洞穴中，阿古艾天窗是最后一个洞口。这个壮观的火山坍塌口，被建筑师塞萨尔·曼里克改造成了一个自然博物馆。在洞底，隧道沉入一座美丽的咸水湖中。20世纪80年代，著名的瑞士洞穴潜水员奥利维尔·伊斯勒曾经对这片水下区域进行过探索。这里的海水十分清澈，能见度可以达到数十米。探索发现，这条隧道在水下不断延伸，其规模大得惊人——看起来简直就像一条铁路隧道一般。近年来，在地质学家哈维尔·拉里奥的带领下，我的一些西班牙朋友在此地开展了一系列新的潜水活动，再度刷新了这个奇迹。每当晚上，等游客散去之后，我们都会来到此地，给探险者们搬来勘探所需的氧气筒。彼此帮忙穿好衣服、佩戴齐了所有设备之后，我们便会潜入水中，一同欣赏海底的壮观景象。洞穴潜水员打开强力探照灯，点亮了整个水下洞穴。他们在巨大的水下环境中前进的身影，仿佛宇航员在黑暗的太空中飞行。

哈维尔向我展示了他们拍摄到的水下洞穴的尽头。视频显示，在水中穿行了1.5公里之后，快到洞底时，探险者们遇到了一座巨大的沙锥。或许洞穴的拱顶上开有一个水下的天窗，与海底相互连通——从那里不断有沙子滑落下来，仿佛一个巨大的沙漏，测量着我们无法想象的时间。与此同时，也正是在那扇天窗之后，各类海洋生物相继出现，开始占据那片水下的空间。小螃蟹、小虾，还有许多海洋无脊椎动物，都在那里找到了理想的栖息地，享受丰富矿物资源的同时，还可以免受暴风雨的侵袭。为了在黑暗的环境下生存，它们改变了自己的身体特征。由于这种地方性物种的分化，洞穴中进化出了盲眼白化洞穴蟹（*Munidopsis polymorpha*），以及来自史前的无眼甲壳纲浆足动物（*Speleonectes ondinae*）。目前，科罗纳隧道中已经被探索出77种已知的无脊椎动物，其中有37种为此地独有。它们已经成功地适应了海底隧道的生存环境。

所有这一切，都把我们推向了同一个问题：即使在这些地狱般的地方，都能够有生命成功地繁衍生息，适应黑暗、适应没有阳光的特殊条件，把它们当作自己的家园。那么，如果火星上曾经存在过生命，那些生命为什么不会采取同样的策略呢？如此来说，当“好奇号”和“毅力号”探测器仅仅停留在火山表面，是否就意味着，太空探索距离成功还有一段不小的距离？

我们到底会不会探索到外星洞穴里的东西？谁也不知道。习惯于地表生活的我们，从未把地下世界当作人类的家园。然而，作为人类，我们在诞生之初，也曾在洞穴中寻求庇护，恐惧未知，又渴望探知。如果有一天，人类能够彻底地探索其他星球，那么这种原始、朴素的视角或许又会从地底深处再度浮现。而我们也将再一次意识到，每一颗星球都有其黑暗的一面。那片黑暗的大陆将会庇护着我们，带我们踏上新的求知之旅。

# 出　口

在海拔三千多米的沙漠里，仰望繁星点点的夜空，无疑是一段令人难忘的经历。与此同时，如果没有帐篷，露天睡在一块巨大的石灰岩上，与周围的环境融为一体，便会更加难以忘怀。每当我睁开眼睛，凝望着苍穹，都能感觉到天球在我的头顶上不停地转动。这种旋转是如此令人着迷，使我整整一夜都难以入眠。

那次考察，我要前往的是位于乌兹别克斯坦和塔吉克斯坦边境的白桑塔山区。临行前，我带上了卡洛斯·卡斯塔涅达《做梦的艺术》一书。在那里，日复一日，夜复一夜，梦想与现实之间的界限变得越来越模糊。我们和来自俄罗斯叶卡捷琳堡洞穴探险队的朋友们一起，来到了霍贾古尔阿塔山脉高大的岩壁下方。这座山的侧壁高约400米，长度则超过了30千米。我们的任务就是找到一条最容易上山的路，在悬崖边缘走上4千米，寻找一处特殊的位置：在那里的地层中，有许多巨型的恐龙脚印。站在峭壁的边缘，只要一探身，便会进入一座名为“暗星”的洞穴里——1990年，来自英国的洞穴探险家们给它取了这样一个名字。夜晚，月光照在岩壁上，天空中繁星闪烁，只有这座洞口化作一枚彻底的黑点，因此被称作“暗星”。1991年后，由于苏联解体，这座洞穴一度被放弃探索，这片区域也变得难以到达，暗星就这样变为了传说。时隔二十年之后，我们是第一批再次到达此地的探险者。

我们的探险队一共有三个人：马科·佐卡、米沙·拉菲科夫和我。马科是我的好朋友，曾与我共同进行过许多次探险；米沙则来自俄罗斯，是一位身形矫健的洞穴学家，我们一直在努力跟上他的步伐。攀登岩壁的过程十分辛苦，到了太阳快要落山的时候，我们停下来，躲在一座小帐篷里避风。这里的海拔近4千米，由于之前爬得太快，我们一时间水土不服，头痛欲裂，躺在帐篷里昏睡过去。然而，就在半梦半醒之间，我的脑海里浮现出一个特殊的画面：黄昏时分，远方传来一阵声响，只见一个男子行走在山巅。他的额头上系着一块优雅的刺绣头巾，身上披着一条美丽的亮蓝色斗篷。夕阳西斜，斗篷在余晖的照耀下随风飘扬。其他同伴都去睡觉了，只有那人迎着我的目光，举起手臂向我打招呼。而我却实在没有力气回应他了，只是昏昏沉沉地进入了梦乡。当我再次睁开眼睛的时候，那人早已不见了踪影。一时间，我感觉自己仿佛置身于《一千零一夜》的故事中。真有这样一位衣着考究的牧羊人向我走过来吗？还是说，一切都是我梦中的场景？

接下来的几天里，我们耗尽了所有的力气，水也快要喝完了，好在探险队队长瓦季姆·洛吉诺夫和其他几个俄罗斯伙伴为我们带来了补给。就这样，我们沿着山脊前进，直到暗星洞口的上方。到了那里，再通过绳降进到岩壁上的入口里去。事实上，这座洞口距离地面有两百米高，当我们第一次站在洞穴边缘的时候，里面吹出阵阵冷风，简直就像地下有怪物在呼吸。随后，我们从洞口下山，与山脚下等待我们的队员会合。在接下来的日子里，我们准备利用装备好的绳索一同进行探险。

这座洞穴里充满了未知。1990年，英国的洞穴探险家前来探索时，曾经穿过一段巨大的方形隧道（又名“地铁”隧道），进入了一条宽阔的走廊。洞内寒风凛冽，走廊的地面全部被冰雪所覆盖，于是，他们便在这座天然冰场上滑行了两公里，穿过了一座又一座冰封的瀑布和湖泊。其中，有一条凝结成冰的溪流最为特别，名叫“冰冻小河”。每当探照灯打在冰晶上的时候，灯光便会碎裂成无数道反射的光线，覆盖在周围的岩壁上。最终，过了这条通道，他们在一座巨大的竖井面前停住了探索的脚步。然而，一年之后，当他们再度返回探索的时候，情况却变得完全不同：洞穴过不去了。此时，“冰冻小河”早已融化，在薄薄的冰层下方，尽是冰冷刺骨的湖水，危机四伏——无法再继续走下去了。

从1991年到现在，经过了这么长的一段时间，不知道这一次进洞我们会有什么发现。好在，上天并没有辜负我们。也许洞穴看到了我们所做出的努力，进去之后，只见“冰冻小河”被冰封在一起，像水晶一般清澈透明，为我们打开了前行的路。不仅如此，那一年，暗星洞穴重新开始扩张起来。我们和俄罗斯朋友们一起，一路向前，沿着当初英国探险家放弃的竖井往下走。米沙一马当先，势不可当，在他的带领下，我们进入了一座宽大的空庭。和之前的通道一样，这里也被一层奇异的冰霜覆盖。在空庭中央，矗立着一根巨大的冰块，在冷风的雕琢下，冰块呈现出深蓝的颜色，仿佛当初山顶那人身披的斗篷。我们给这座空庭取名为“满月庭（Fullmoon Hall）”。再往里走，洞穴重新收窄，一个个竖井和隧道衔接在一起，继续无止境地向下延伸。那一年，我们到达了地下约350米深的位置，紧接着，又在随后的探险中前进了17公里，路上勘测了各类地形，一直走到地下900多米的深处。

这次考察的最后几天，当俄罗斯的队友们继续往下走的时候，摄影师阿莱西奥·罗密欧、马科和我决定一起去看看冰峡谷。这座峡谷与冰冻小河相连，从未被探索过，通道里总是吹着猛烈的冷风，一度给我留下了很深的印象。这次，我倒要看看，这座峡谷究竟会把我们带到哪里去。就这样，我们开始向上攀登，在一簇一簇手掌大小的六角形晶体之间来回穿梭，最终翻越了好几座冰山。第一次探索的时候，我们走了几百米，在一条岩壁之间的窄缝面前停了下来。这条裂口实在太高了，用手头的绳索根本爬不上去。不仅如此，时间也不早了，很快就要进入深夜，我们还得长途跋涉回到大本营去。在竖井的拱顶之外，似乎还是一片漆黑的洞穴。然而，在岩洞的底部，我们发现了一只猛禽的羽毛，这也就意味着，出口或许就在离我们不远的地方。

在考察的最后一天，我们决定回去解开这个谜团。想到马上就要与这个地方说再见了，一路上我总是心事重重。这真是一片神奇的土地。我们的营地驻扎在岩壁底下，整整三周，每天晚上我都睡在一块大石头上，完全沉浸在这片奇观之中：一边是夜空中明亮的星星，另一边则是深邃而幽黑的暗星洞穴。经过这些天的探索，我的身体已然筋疲力尽。忍受着寒冷、口渴、沙漠中阳光的灼烧，行走了几十公里之后，我的脚上起满了流血的水泡。尽管如此，我仍然不舍得离开这个地方。

就这样，我们沿着长长的走廊，向着上次探索的最深处走去。就在我走过最后一个转角的时候，出乎意料的事情发生了——刹那间，一束阳光穿过拱顶，钻入岩壁的裂缝，打在我身上，也照亮了我们脚下的地面。这个惊喜解释起来其实很简单：之前探索的时候，我们是半夜到达这里的，那时我们并没有意识到，这座洞穴的尽头实际上正是另一个向外打开的洞口。马科率先爬到二十多米的高处，揳入了几颗岩钉，固定好绳子，喊我们跟上去。我走在了最后。等我爬上去的时候，只见同伴们没有一个人出声，只是静静地坐在洞口的边缘。原来，我们又一次来到了那面巨大的岩壁边上，只是这里比暗星的洞口还要高些。坐在此处，仿佛置身于一座布道台上，从高空向下俯瞰，周围一切都尽收眼底。在阳光的照耀下，我看见马科和阿莱西奥的剪影。他们的面前，是幅员辽阔的白桑塔山脉，而向远方眺望，则会看到巴德希兹-卡拉比尔沙漠在地平线的尽头不断延伸，一直绵延到阿姆河畔。阿姆河蜿蜒曲折，百转千回，横跨了整个阿富汗地区。这个洞口仿佛悬浮在虚空中一般。向下，是霍贾古尔阿塔山脉陡峭的悬崖；向上，只有一片深蓝色的天空。

我走到他们跟前，在一块石头上坐了下来。阳光照耀着我们，温暖着我们，把一路上的寒冷一扫而空。仿佛在探索地下世界的过程中，我们进入了一个新的空间。在书中，卡斯塔涅达曾借着萨满唐璜的话语，向我们讲述梦中之梦。这段描写总是令我想入非非：进入洞穴，穿越到另一个时空，在那里找到新的洞口，又可以走入下一个世界 —— 洞穴是否也可以如此往复循环，永无止境？在那一刻，我忽然感受到，作为人类，我们对周围环境的感知是多么地局限。跟随洞穴的指引，我们来到了一个新的地理环境中，一切都是未知的，谁也不知道下一步会有什么等待着我们。此时此刻，站在这个悬浮的洞口，望着地球表面壮美的奇观，我不禁想到，洞穴可能远没有结束，对我们这些渺小的生命来说，它只是变成了一个无比巨大的空间。这段旅程彻底地改变了我们，克服了艰难险阻，进入寒冷黑暗的深渊，一切都是为了回到这里，沐浴在阳光下，眺望面前广阔的疆域。整个旅程在那座洞口被推向了高潮，怀揣着激动的心情，我们踏上了新的道路。

就这样，我沉浸在自己的思绪中，甚至没有注意到，马科从包里掏出了一个金属做的行军壶。当他把壶递给我时，我本以为是水，并没有太在意。然而，马科脸上的笑意说明事情不那么简单。刚喝第一口，我就明白过来 —— 这不是水，是酒。原来，马科从意大利一路背来了这壶酒，穿越了无数沙漠、山脉和洞穴，一直带在身边，只为在这一刻与我一同品尝它的滋味。在之前几周的考察里，我们喝到的只有冰冷的泉水。此时此刻，对我们来说，这壶酒就像波斯诗人奥玛·海亚姆在四行诗中赞颂的仙露一般。

我一边喝，一边想，能与我的朋友、队友们一起分享眼前的景色是何其重要。这些年来，在我探索世界各地洞穴的过程中，他们的存在一直占据着举足轻重的地位。如果只身探险，无论看到了什么，洞穴都是虚幻的，只有情感的分享才能使它们变为实在。一个人眼中的大陆，甚至整个星球，都不足以纳入人类的集体意识中。相反，如果洞穴被一群探险者的灯光照亮，逐渐成形，就能够成为人类地理的一部分。有时，洞穴只是一种稍纵即逝的感受，只能在自己的心中反复回味。有时，它又会变成一些记忆、一些情绪、一串连续的通道。还有的时候，它会化作一张张地图、无数的科学研究和三维测量。这就是地表之下的世界，它在我们的星球上无边无际地延伸着，孕育出无数的神话传说，却又隐匿在时间的迷雾之中。

走出洞穴，重新回到蓝天下，感觉就像脱胎换骨了一般。许多之前认为理所当然的东西，都重新刺激着我们的感官。我们细细品味着周围的一切，仿佛找回了曾经忘记的那一口味道。朱利奥·巴迪尼是1963年到达斯普鲁加·普雷塔深渊底部的一员，在他的著作中，曾经讲述了在地下停留8天后再出来的感觉："现在的我，享受着阳光的温度，陶醉于花粉的香气，欣赏着草坪嫩绿的色彩，这些感觉都是以前从来没有体会过的。这是大自然馈赠给我的礼物，虽然朴素，但却是永恒的。当我沉浸其中的时候，疲惫的感觉就像变魔术一般神奇地消失了。"

在这片黑暗大陆上展开的每一次探索，都仿佛是昨天的事。从多洛米蒂山的洞穴到撒丁岛的地下河，从恰帕斯州的拉文塔洞穴到被极光照亮的冰川瓯穴。每次前往委内瑞拉奥扬特普伊山的"众神之所"考察的时候，我都希望自己的手电筒是最后一个熄灭的。离别是一种仪式，我们好像留下了一部分自我在洞里，又把其余的部分带到了外面。回到地表，仿佛一切都需要重新感知，就像把身体探入危险的深渊，在虚空中再度获得平衡。

出口是解脱的时刻，标志着一场原始探索的结束。进入洞穴的人中，又有一个人走了出来。在《神曲·地狱篇》的结尾，但丁以这样一句话作为收束："我们从那里面走出，又见到繁多的星辰。"这句话仿佛一个护身符，将旅途中全部的疲劳都注入了无限的宇宙空间中。

洞穴的出口便是星空。两个截然相反的方向，构成了我们与未知世界的最紧密的联系。黑暗的大陆在地表之下不断蔓延，让我们领略它的美丽、它的脆弱、它的永恒，以及它的不确定。有时，甚至不必仰望星空，只需回头看看那座漆黑的洞穴就够了——几万年的时间里，它一直在向我们欢迎招手。在明与暗交叠的洞口，我们永远会看到探索者的身影。

# 附录

# 术语词源汇编

本附录为我的好友彼得罗·比齐尼所作。在附录中，他运用语言学、宗教、神话方面的专业知识，深入研究了相关的词汇及术语，带领我们在地下这片黑暗大陆展开一场词源学之旅。本书的每一章都涉及一些特殊的词语，它们与洞穴的奥义和地下世界的探索密切相关。

## 洞口

**Soglia（洞口）**

即洞穴的拱形门。它将天空和大地分割为两个部分。随着时间的推移，这个词语被引申为洞口处一块特殊的石头，洞门的合页置于其上，人们可以由此进入。该词源于梵语，形容一种难以抗拒、想要穿越、逾越的欲望。这也许就是洞口最深刻的本质：它的存在就是为了守候每一个进洞、出洞的人。它只会与那些进入洞穴的人产生最亲密的联结，至于那些在入口徘徊的人，它丝毫不关心。

“Soglia”一词的词源寓意丰富：其一为脚掌，脚底；其二为“*báthron*”，与梵语中的“*gam*”一词有关。“*gam*”一词具有深刻的性意义和社会意义，衍生出“*gamo*”（与女人做爱）和“*gamos*”（婚礼，婚姻）两个词语。

因此，越过洞口就意味着物理上真正进入了地下世界。这是一场脱胎换骨的体验，跨过这道门槛，一切都会无情地闯入我们的视野，成为我们生命的一部分。踏入这片脚下的世界，翻天覆地的变化和无数全新的知识将会向我们涌来。

**Grotta（山洞）**

源自拉丁语中的“*crypta*”一词和希腊语中的“*kripte*”一词，意为“隐藏的地方，被帷幔所覆盖的地方”。在梵语中，“*guh*”“*gupta*”意为“所有的秘密”，又指未断奶的婴儿离开硕大的乳房，望向黑暗时发出的声音。

**Caverna e cavità（洞穴和腔室）**

两词均源自拉丁语中的“*cavus*”一词，意为“墙壁内部的空隙”。值得注意的是，“*cavus*”作为词根，意指某物充气、膨胀后，在自身内部留下的中空的部分。就像新的血液沿着静脉一路穿行，排除了沿途的所有障碍，当一切都被疏散后，留下的血管就是到达心脏最快的通道。

“Caverna”一词与梵语中的“*kha*”一词有着古老的渊源。“*kha*”意为“虚空”，“*kháos*”一词便由此衍生而来。“*kháos*”意为“深渊，无尽的空间”，世间万物皆从这里生发，诞生出不同的形态。因此，这个可怖的词又具有原始世界的色彩。

天上的水与地上的水是一对孪生姊妹，相互映照出彼此的身影。因此，“*kha*”除了有“虚空”的含义外，也指“原始的星云”，整个宇宙便是从这里扩展出来的。同时，“*kaleum*”一词则意为“天空”。

从词源的角度，我们可以看出，古往今来的神话都在不断诉说着同一件事——洞穴是有生命的。在希腊语中，“*kha*”衍生出“*koilía*”一词，意为“肚腹”，而“*khános*”一词则指一张“巨口”，吞噬、消化掉（有时还会吐出）每一个进洞的人。无数神祇、先知、英雄和君王都在洞穴中降世或重生。从洞穴里出来的人都经历了脱胎换骨的变化，而留在里面的则还在等人解救他们出来。

**Antro（洞窟）**

在希腊语中，“*antron*”“*antara*”近似于拉丁语中的“*inter*”一词，即一物与另一物之间的间隔，尤指两块同质的岩石之间相隔的部分。也许在数千个地质年代之后，在下一次地震中，这两块岩石会再度相遇。

**Spelonca（大山洞）**

源于日耳曼语词根“*spa*”，意为“铺开，展开”。同时，“*spa*”又衍生出意大利语中的“spazio”一词，意为“空间”。而山洞作为一串连续的空间，小中有大，大中有小，就这样在万物的中心无限延伸。

**Paura（恐惧）**

一种被人类驱逐的丑陋的野兽。该词源自普罗旺斯语，这种语言充满了反叛、大胆、无畏的气质。如果向前追溯至清洁派教派兴起之前的几个世纪，我们会发现该词的词根可能是“*pat*”，即“击，打”，指在黑暗中被食肉动物抓踢的过程。

害怕被捕食的恐惧是一种非常古老的心理感受。除非真正看到对手的脸，否则我们将一直受困于这种感觉：也许我们的祖先携带火把穿越山洞，就是为了看清那些让我们害怕的东西——当我们了解得越多，恐惧的情绪就会逐渐变得可笑。然而，一旦我们在脑海里构建出了探索地图，越来越多的未知的部分也会相应地浮现出来，出现在一个个世界的角落里。随之而来的是再度的不安、焦虑，以及从焦虑中产生的、需要不断驱赶的恐惧心态。

**Carso（喀斯特）**

这种地貌由无数坑坑洼洼的岩石构成。在这里，所有的岩石无论大小，都经历了永久性的侵蚀与打磨。喀斯特地貌最早产生于的里雅斯特地区，发展到后来，世界上五个大洲都有它的分布。“在的里雅斯特，有一个叛逆的元素，在积年累月之下，唤醒了一个不同的世界。这个世界奇异又神秘，充满挑战，从不循规蹈矩……这就是喀斯特，一个真正的无序地带。”（Jan Morris，*Trieste o del nessun luogo*，il Saggiatore，2021）。只有在那些广袤的石灰岩地区，才会塑造出这样一种混乱却又精确的形态。石灰岩就像水一样，在适应每一种变化的同时，始终保持自己本来的样子。

**Ombelico（肚脐）**

这不单是一个名词，还可以用来代指一处栖身之所，为人提供食物的补给和安全的庇护。如果我们的地球是一位母亲，也许它就是母体身上一个独特又丰富的地方。对古人来说，它可以是一座空洞，一棵大树，一处具有特殊性质的地方；可以是一个花园，一座喷泉，一个地球或是其他天体上河流的漩涡，还可能是一座静止或漂流的岛屿。它可以没入海面之下，也可以浮在海面上方，当然，还可能位于地底的世界。

## 黑暗

**Buio（黑暗）**

源自拉丁语中的“*burrus*”一词，意为“黑暗的颜色”或“动脉血”，也指木炭余烬中显现出的暗红色痕迹，使周遭显得更加黑暗。当炭火燃烧殆尽，人们总是会立刻再生起火来，以驱散周围昏暗的阴影。

“黑暗”一词在梵语中被称作“*kāla*”。如果我们查阅梵文，则会发现，“*kāla*”一词中的首字母“K”与上文“*kháos*”一词的首字母是同源的。不过，它们似乎与“*kaleum*”一词联系更为紧密，“*kaleum*”意为天空，若隐若现。

同时，“黑暗”一词还是对于光的否定：如果说词根“*dh*”意为光，那么“黑暗”一词的词根“*andh*”则是对前者的否定，即“光不存在”。

此外，“*andhikā*”一词意为“夜的黑暗”，每当日落时分，这种黑暗便会悄然出现。在神话中，这种黑暗经常被描述为一个实体，一路穿越地下洞穴，直至黎明在东方再度出现。

“*Andhatva*”意为生理上的失明。这种失明可以指永久性的盲眼，也可以指因为被蒙住眼睛而看不见东西（源自梵文“*bandh*”一词，也同样由“*andh*”演变而来）。

“失明”是一个宏大的主题。事实上，在许多通过仪式或入会仪式中，都设有蒙住双眼的环节。而盲人一旦恢复视力，往往标志着神祇显圣或是天国降临。北欧神话中，奥丁将一只眼睛献给了密米尔——一位栖居在地下，拥有古老记忆的智者——从此单目失明。希腊神话中，独眼巨人波吕斐摩斯被“没有人”刺瞎。而古希腊吟游诗人（Aedo）更是双目失明，但他讲述的传奇史诗生动无比，鲜活得仿佛刚刚才发生过一样。

**Serpente（蛇）**

一种可怜的野兽，不幸蒙受了多年的污名。即使在《圣经》中，蛇的形象也十分不堪（当然，这只是一种粗浅的解读）。事实上，面对问题，我们人类总是想揪出一个罪魁祸首，而从来没有去寻找智慧。当我们用一种古老而又深刻的视角来看待它的时候，便会发现，“蛇”一词在希伯来语中被称作“*nakhash*”。当我们把这个词的重音放在不同位置上的时候，词语的含义也会随之改变：如果我们把它念成“*nakhàsh*”，意思就是“蛇”；但如果把它念成“*nàkhash*”，意思则变成了“魔法、仙术”。

## 寂静

**Silenzio（寂静）**

介乎存在与虚无之间，这个词似乎涵盖了更广阔的东西。它形容的是一种静谧的存在：能够呼吸，却不会发出一点声音。这个词的词根十分奇特，它将“寂静”与一种物理上的动作联系起来，可能是闭上嘴巴，也可能是其他避免空气流动、避免发出声音的动作。

时至今日，字母“S”作为延长音，仍然被用在“Silenzio（寂静）”一词中，源自梵语中的“*si-nômi*”“*si-nâmi*”两词。这两个词同根同源，在宗教语言中的意思是“束缚”“克制”。

此外，在古语中，“寂静”和“神秘”也是由同一个词衍生而来：“神秘”一词来自希腊语中的“*myein*”和“*mystagogus*”，前者意为“合上嘴，紧闭双唇”；后者意为“启蒙者”，即传授学问的大师，通过揭示世间隐藏的知识来点化信徒。这些含义融合在一起，诞生了“*mystes*”一词，意为“信徒”。在启蒙者的引导下，神秘学将生活文化中无法解决的问题一一给予解答，将这些知识融入信徒的肉身之中。最后是“*mysticos*”一词，即“笼罩在谜团中的东西”，它很好地阐明了神秘主义者与“寂静”一词之间的联系——他们在寂静中观察、领悟。

**Rumore（噪声）**

这是一个十分可怕的词语，和许多恼人的东西有关。词根“*Ru*”作为一个拟声词，常用来形容猪、狼或牛发出的原始的嗥叫，或是夜晚从遥远的地方传来的哭声。正是这个词根道出了问题的开端——一股能量正在袭来，极其强大、猛烈，势不可当。它可以是随闪电而至的轰鸣，也可以是巨石落入深渊后粉碎的声音。那是一种震耳欲聋的嚎叫，充满野性，一下子就把听者带入了原始森林。“*rūmor*”“*rūmōris*”两个词衍生出了“*morari*”，意为“延迟，推迟”，也许形容的就是聆听石子飞入虚空、触底、发出扑通声的过程。与此同时，“*in-ducere*”一词也可以表示“延迟”，而它的字面意思则是“携带（某物）进入又返回”，表示“钻进（某物）中，复又迅速回到出发的位置”。毕竟谁也不会知道，我们发出的噪声是否会招致潜在的威胁。

**Suono（声音）**

如果说“寂静”是最原始的状态，那么“声音”的出现则一定由某些事物而引发。它是一种呼唤的声响，产生曲线般的回响、共振，向外播散出去，刺穿周围的空间。

它的梵语词根为“*kal*”。在梵语中，“*kalēō*”意为“呼唤”，而“*kléō*”则意为“庆祝”——声音迅速向四方蔓延，填满一切，充斥整个空间，把原本的寂静赶至九霄云外。

在拉丁语中，“*calendae*”一词指的是古罗马首任国王罗慕路斯制定的罗马历。根据这个最早的古罗马历法，每年的3月15日正是春天的开始，也是恺撒遇刺的“月中日”。此外，“*clamor*”一词意为“叫喊”，与之相仿的“*clarus*”一词则意为“大地复苏时的声音”。这种声音清晰、明亮，扫除了人世间的担忧与焦虑。

**Ascolto（聆听）**

来自拉丁语中的“*auris*”，即“耳朵”一词。在希伯来语圣经中，“orecchiare”一词用来表示“聆听”，它虽然是一个动词，但却是一种实在。它由一个来源生发，传递给被感知的听众，从而改变现实。根据圣经律法（Torah）的教诲，“听”不仅仅是要用耳朵，更要用心；而心，不仅仅是用来处理情绪的地方，更要用来对现实世界和宇宙空间进行最高层次的感知——这便是《旧约·列王纪上》中“用心聆听（*lev shomeà*）”这一典故。

“*shemà*”一词的含义不仅包括“聆听”，也包括对教诲的“服从”，即“*ob-audire*”——认真倾听你面前说话的人。“*śru*”作为梵语词根，意为与声音的联结，就像一根红线，将我的行为与我所听到的东西联系起来。

**Leviatano（利维坦）**

在出海航行的旅途中，很少有生物曾如此一夜又一夜地折磨人类。其中，能够掌握声波力量的则更是极为罕见。利维坦（*Liwiātān*）起源于地中海沿岸的中东文化，可能最初来自当地民族的一个原始神灵。传说中，它总是与大海深处、可怕的天象（如日食）等事物联系在一起。在神秘的《约伯记》中，就曾经两次提及利维坦：它的样子不像鲸鱼，更像是一只盘踞在深渊中的海兽；它状似一条巨蛇，力大无比，却被耶和华毫不费力地从海底钓了出来。除《圣经》之外，利维坦后来还成了政治实体的代名词，在欧洲现代文学中产生了极大的反响。

这个《圣经》中的深渊巨怪和《白鲸》或《木偶奇遇记》中的鲸颇为

相似，最早出自先知约拿的故事。然而，在这个故事里，这个深渊中的怪物不叫利维坦，而叫作“舍尔（*Sheol*）”。原来，先知约拿曾被上帝选中前去拯救东方的异教城市，而上帝告诫过约拿之后，则启程前往了遥远的西方。旅途中，一场肆虐的风暴几乎要把约拿的小船吞没在海中。据先知所言，他本人就是引起风暴的原因，于是便让水手们把他从船上扔下去。就在这时，一头怪兽忽然出现，将约拿一口吞进了肚里，三天之后，才把他吐在了古城尼尼微的海边。后来的译者和宗教画家在创作的过程中把这只怪兽描绘成了鲸的形象。作家科洛迪在创作《木偶奇遇记》时也做出了同样的改编。

然而，这个怪物其实与鲸（或鱼类）没有任何关系。而它的名字正是被人们忽略的关键。实际上，“*Sheol*”一词意为冥府，是克托尼亚（ctonia）所住的一座巨大的岩洞，十分空旷，也是亡灵逗留的地方。克托尼亚类似于希腊神话中的冥王哈迪斯，在《约拿书》中，她被具象化为一个特殊的形象。

不过，巨兽舍尔并没有落得像利维坦那样被耶和华钓起的结局，而是被派去将一个不听话的先知运到远方，直至天涯海角。这样的结局定会让人们重新打起精神。

**Echo（回声）**

每个地方都有生灵的存在。对于古人来说，回声不是别的，正是山林中的神女厄科（ninfa-sposa）变成石头的声音。在一些神话故事中，厄科因为触怒了女神而遭到惩罚，而在另外的版本中，她则单恋着一位名叫纳西索斯的美男子——然而，无论是哪个版本，她的结局都是不停地重复她所听到的每一句话。毕竟，总有人能够在声音中得到自己的映照，向圣山流下的水中望去，总能看到永恒的倒影。

“回声”和“声音”两个词，在梵语中写作“*ēkhō*”和“*ēkhos*”，这两个词极为相近，就像人们很难分辨回声和声音本身。

“cacofonia”意为噪声，当声音在洞穴般狭窄的空间内往复回荡，便会出现这样嘈杂的回音。这是一种由青铜乐器发出的声音，常用来表达欣喜若狂的心理状态，或是用来驱赶自然界中不受欢迎的生物。在希腊神话中，英雄海格立斯完成国王交给他的第六项任务时，就是用这样刺耳的声音赶走了斯廷法罗斯湖的怪鸟。

## 深渊

### Abisso（深渊）

该词源自希腊语中的“*bythos*”，其含义类似于“无底洞”。它的梵语词根为“*gudh*”和“*gudah*”，在演变的过程中，词中的辅音发生了变化，从字母“G”逐渐转化为字母“B”。它可以被理解为一座“巨大的山洞”或是“深坑”，可以想见，当人们说出这个词的时候，一定震惊得睁大了眼睛。与此同时，当人们在篝火的映照下讲故事的时候，“*guru*”这个词逐渐衍生出来。在梵语中，它与一种特殊的发音方式有关。这种发音与意大利语发音相去甚远，但都具有高度的拟声性：“*kṛt*”，即“切割”，从一个点到另一个点的裁切；它指的不是自然界长期的地质作用，而是地震所带来的撕裂。事实上，“*kṛt*”也指“分离，分裂”，而“*kṛtā*”则指“山脉的裂口”，即深渊。

希腊语中的“*barathron*（深坑）”一词离意大利语的“深渊”十分相近。事实上，这个词与饕餮（mangiatore）有关，它与“*boros*”同源，后者来自拉丁语中的“*voro*”一词，即“吞噬”。“voragine（深渊，鸿沟）”一词便是从这里衍生而来。

此外，“深渊”在意大利语中还有一个近义词——“dirupo（峭壁）”，揭示出了它蕴含的另一种特质。这个词来自拉丁语中的“*rupes rupis*”，既表示“极高的墙壁”，也代指可能随之而来的“坠落，覆灭”，即“*ruina ruinae*”。在希腊语中，与之对应的单词为“*krēmnós*”，既有“坠落”的意思，也有“悬在峭壁上”的含义。事实上，“*krēmnós*”这个词与动词“*krēmnízō*”有关，意为“悬空，悬停”，也有“跌落，摔落”的含义。

**Vertigine（眩晕）**

从医学意义上来讲，眩晕实际上是一种空间敏感性障碍。当身体相对于周围环境发生位移，或周围环境相对于身体发生位移的时候，便会产生这种难受的感觉。在这个过程中，主观世界与客观世界逐渐融合在一起，把人们带到了一个似乎与感知不相符的状态。这些感受交织在一起，卷入一个漩涡中，汇入一片深渊。事实上，在古语中，对于这种漩涡，有一个非常精准的拟声词：“*gṛ*”，意为“吞没，吞噬，吞食”。意大利语单词“*gorgo*（漩涡，涡流）”就是从这个可怕的声音中衍生出来的。在神话中，这个词经常被用在妖怪身上，譬如希腊神话中的斯库拉（Scilla）和卡律布狄斯（Cariddi）。她们原是水泽仙女，因为受到诅咒而变成可怕的海妖，驻守在墨西拿海峡两边，将那些试图跨越海峡的船只吞入口中。除此之外，可怕的戈尔贡三姐妹也会发出“*gṛ*”

一般的声音。

希腊语中的“*eligmós*”一词，表示的也是“漩涡”的意思。这个词常常与“蛇”这个意象有关，使人联想到缠绕、盘旋的东西。

当然，漩涡并不仅仅存在于大海中。如果我们仔细观察星系的形状，就会发现，宇宙中也存在同样的漩涡。事实上，意大利语中的“漩涡”一词便有一对和星空相关的词根：“*dínē*”和“*dinēsis*”，前者意为“天体的旋转”，后者则意为“星辰的转动”。

**Cima e fondo（山顶和山底）**

山顶是一个极为特殊的位置。它距离天空最近，能够清晰地观察到日月星辰的移动。这是一个十分神圣的地方，几百年来，人们总是选择在山顶向神灵献祭，试图与神灵对话。与此同时，在古人看来，离神灵太近会带来危险。所以在山的高处通常很少有人居住，只有在开展祭祀仪式的时候才会登临山顶。

相比高耸的山峰，低矮的山丘则更受人们欢迎。事实上，意大利语中的“山峰（cima）”一词便来源于梵语词根“*Ak*”。在希腊语中，“acropoli（卫城）”一词便是由此衍生出来的。

在卫城的下方，便是大公墓（necropoli），即“死者的城市”。事实上，在意大利语中，“山底（fondo）”比“山顶”一词更加拟声化，它来自词根“*dhu*”，意为“召唤并祈求光明”。其中，音节“*hu*”的意思是“召唤”，音节“*d*”则意为“光明”。之所以“祈求光明”，是因为阳光无法照进这个地方——“山底”这个词便由此衍化而来。当然，词根“*dhu*”还常被用来指代“发光的东西”，尤其是祭祀时点燃的火焰。在拉丁语中，

“*fundus*（山底）”一词来自梵语“*dhūmra*”，意为“烟雾的颜色”，不禁使人联想到山脉下方弥漫的雾气，或是遮天蔽日、深不见底的阴影地带。

在希腊语中，词根“*dhu*”衍生出了许多有趣的名词，细腻地描绘出了谷底的氛围：“*tȳphō*”一词意为“慢慢地把火生起来”，也就是“生烟”的意思；“*typhoō*”一词则是指“头脑冒烟，陷入混沌之中”，也就是“发狂，发疯”的意思；“*typhos*”一词指“云雾弥漫，模糊不清”；而“*typhlós*”则是指“盲目，失明”。

## 迷宫

### **Labirinto（迷宫）**

由于“迷宫”一词的释义极其丰富，千头万绪，对于这个词的起源，人们一直以来也是众说纷纭。在这个问题的研究上，保罗·圣阿尔坎杰利堪称最伟大的学者。他对于该词的词源展开了一系列探索，并对此前的语言学家做出的阐释提出了新的问题。最早，这个词被普遍认为来自希腊语中的“*labrys*”一词，即“双刃斧”。在克里特岛的著名迷宫——克诺索斯宫的大门和立柱上，都出现过这个词。然而，由于迷宫本身具有原始洞穴的一些特质，许多研究者（包括古罗马地理学家、历史学家斯特拉博内）都对这一假设提出了疑问。在他们看来，“迷宫”一词更可能源自词根“*labra*”，即“洞穴或矿井”。

假设不同，每个人对于这个词的解释也不同——这样看来，对于词源学的研究工作便显得没什么意义了。然而，正是桑塔坎杰洛的出现，真正意义上解释了“迷宫”一词的实际含义，那便是人类最原始的探索活动："这是非常重要的一点。一旦确定了这个词的真正来源，就可以由此推断出相关神话、相关仪式的起源，进而揭示出克里特岛迷宫的本质所在。"

说到底，这个问题并没有那么复杂，所有的现象汇聚在一起，相互盘旋、交错，最终都指向了同一个答案——那便是原始希腊语中的前缀"*la*"。"*laulav*（熔岩）""*latomia*（采石场）""*labirion*（鼹鼠的地洞）"等词，都由这个前缀发展而来，将岩石、热量与地球深处联系在一起。此外，原始希腊语中的"*labur*"一词及其派生的词根都与"石头"有关，它们一方面被当作工具，另一方面被用来锻造金属。

同时，词尾的"*inda*""*inta*"也很有意思。在古希腊语中，这个词尾专门用在表示儿童游戏的词语中，也就是"玩耍"的意思。因此，"*labrinda*"一词从"*labyrinthos*"中衍生而来，形容的就是"在洞穴、矿坑中，用石头玩的游戏"——这便是孩子们与未知的地下世界的第一次接触。

**Bussola（罗盘）**

我们要到哪里去——这是人类不断探索的一个永恒的命题，同时也为人类带来了许多其他的疑问。对于向外探求的人们而言，罗盘无疑是一个伟大的发明。在古代，人们不仅会根据罗盘红色端指向的方位引导车马通行、船只通航，还会据此放置祭品、祈福祝祷，建造民用或宗教建筑。

在古希腊时期，罗盘通常由铁匠打造而成。事实上，铁匠并不像很多人想象的那样，只知道在烧得通红的铁料上用锤子打来打去，他们也是富有智慧的建筑工人，对于自然有着极为敏锐的鉴赏能力。通过罗盘，他们能够建造出完美的圆形物体，如盾牌或杯子。不仅如此，他们还在罗盘的底座上描绘出玫瑰的纹样，让磁针浮动在底座上方，转动磁针，从而辨别方向。

在古希腊神话中，传说中的能工巧匠除了住在埃特纳火山口的赫淮斯托，还有一位名叫塔罗斯的年轻人。这个小伙子与克里特岛上的巨人同名，住在雅典，是一位极其聪明的蹄铁匠，天赋异禀，仿佛专为铁花和风箱灰而生的一般。他利用蛇的颌骨和鱼的脊背发明出了锯子，还为阿凯亚(achee)部族的船只制作出了最为精良的罗盘。

塔罗斯的技艺精湛无比，举世无双，令他的叔叔代达罗斯十分嫉妒。于是，妒火中烧的代达罗斯把塔罗斯从雅典娜胜利神庙的屋顶上推了下去，塔罗斯就这样摔死了。事发之后，为了逃避死刑，代达罗斯被迫逃到克里特岛，利用自己的手艺，效力于日渐衰落的米诺斯王朝。在岛上，代达罗斯建造了一座著名的迷宫，用来围困弥诺陶洛斯。在那座迷宫里，任何人类的地理工具都毫无用处。

**Sogno e incubo（梦与噩梦）**

“死了；睡着了；睡着了也许还会做梦；嗯，阻碍就在这儿；因为当我们摆脱了这一具朽腐的皮囊以后，在那死的睡眠里，究竟将要做些什么梦，那不能不使我们踌躇顾虑。”[1]（《哈姆莱特》，第三幕，第一场）。

对人类来说，睡眠与做梦从古至今都是一种失去控制、丧失意识的过程。在梦境中，人们可以摆脱现实的束缚，在充满不确定的环境中

---

1. 译文摘自《哈姆莱特》，[英]莎士比亚著，朱生豪译，人民文学出版社，2001年。

找寻自我，开启一场无边无际的旅程。

和以瓦格纳为首的那些浪漫主义者不同，尼采在《人性的，太人性的》（1878）一书中曾经提出，宗教和形而上学最初是在梦境中诞生的："在原始文化的蛮荒时代，人们相信在梦境中可以见到第二个真实世界；一切形而上学的源头即在于此。没有梦，人们就没有区分世界的缘由。灵肉二分也与最古老的梦观念有关，显灵的假定也是如此。一切信鬼现象均源自甚至信神现象也可能源自这种假定。"[1]

这是一个十分有趣的理论。不过，在此基础上，人们还会通过植物香料、神秘仪式以及东西方的各种神秘主义来左右人的意识状态。

在梵文文化中，人们认为，睡眠是认真完成工作后得到的馈赠。这个概念也存在于希腊语中的"*eúdō*"一词中，意为"出色地完成后所收到的回报"。其中，音节"*eú*"意为"出色地完成"，而音节"*dō*"则意为"回馈"。与此同时，梦境源于睡眠之中，因此，从希腊语中的"*hypnos*（睡眠）"一词，衍生出了"*óneiros*"和"*ónar*"两词，均意为"梦境"，与睡眠中的幻象密切相关。在梵语中，"看"所对应的动作是"*dṛś*"，意为"与光的运动相联系起来"，在古籍中，这一动词既可以被用来描述清醒时的状态，也可以被用来形容睡眠状态下的视觉，并没有进行具体的区分。

在古人看来，人们生活中的每一种行动往往都有一位相应的神灵或守护者存在。因此，"睡眠"一词同时也是睡神修普诺斯（Hypnos）的名字。修普诺斯的父亲厄瑞玻斯是先祖之神，早在生命诞生前的混沌世界中就已经存在了，修普诺斯就是在这样一个史前的黑夜里出生的。

---

1. 译文摘自《人性的，太人性的》，[德]尼采著，魏育青等译，华东师范大学出版社，2008年。

平日里，他居住在勒忒河附近一座极深的洞穴中。到了那里，所有过去的记忆都会消失不见，美梦和噩梦皆从此地生发出来。

除此之外，《古兰经》中最为重要的章节——第十八章便以“山洞”为题，讲述了“以弗所七眠子”之谜：在罗马帝国时期，七位不愿改变信仰的基督徒受到了残酷的压迫，被活生生地封死在洞穴里，就此沉睡过去，直到几百年后才得以再度醒来。

“噩梦（incubo）”一词有两个词源。一方面，这个词本质上与地理有关，和意大利语中的“*cubicolo*”一词紧密相连，原指房中必须俯身才能穿过的狭小隔间。另一方面，这个词还源自梵语中的“*kupas*”一词，意为“洞，空洞”，也与“睡眠”和“床铺”有关。在神话中，梦魔便是由此演化而来的：正如约翰·海因里希·菲斯利在他的浪漫主义画作中所描绘的那样，梦魔是噩梦的人格化形象，常常压在睡眠者身上，向沉睡的人们抒发梦境般的迷恋之情。

## 时间

**Malik（马利克）**

穆斯林王国的统治者或高级领导人的名字。同时，马拉克（Malak）在希伯来语中也是一位神祇使者的名字——通常被认为是天使，也有说法认为是先知。

探险员让诺·朗贝东将迄今为止人类探索过的最深的冰川瓯穴以马利克的名字命名。这无疑是一个非常独特的选择——或许就像这个名字所寓意的那样，这座洞穴当真是深渊之王，是所有瓯穴的统治者。其实，在斯堪的纳维亚半岛地区，自古以来便流传着这样一个故事：在莎士比亚笔下的哈姆莱特诞生之前，此地也有一位哈姆莱特王子。他拥有一间特殊的磨坊，里面只磨金子，从不磨其他东西。但是，忽然有一天，这位王子开始磨起了盐，并将得到的盐粒全部填入大海。紧接着，整个磨坊都沉入了海底，形成了一个极为危险的“大漩涡（Maelstrom）”——其字面意义即为“磨碎的水流”。就这样，在狭窄的挪威海岸之间，一个巨大的漩涡吞没了一切。事实上，在意大利语中，“磨坊（mulino）”和“漩涡（mulinello）”两个词在词源上也有着共通之处：它们最早皆源自梵语词根“*mṛ*”，逐渐衍化为拉丁语中的“*mola*”“*molae*”，意为“挤压”、“摩擦”以及“擦除”。这一系列的动作一方面描绘出了石磨的运转方式，另一方面也展现出了一种循环流动的、具有毁灭性的能量。

从古至今，人们总是对螺旋状的图案无比着迷：早在远古时期的洞穴壁画中，这些不断收缩的同心圆纹样就已经为人所发现，融入了人类在各纬度地区的生产生活之中。在冥想过程中，通过绘制环形漩涡或曼陀罗图案，冥想者可以走入一个无限的空间，将外部可感知的地理环境映射在内部世界中。与此同时，地球上天然形成的螺旋图案也在提醒我们，我们身处的星球每时每刻都在不停地运动；而这些螺旋图案所环绕的地轴，则深入地球的内部。

马利克便是这一轴心在人类社会的象征。作为古代的统治者，他是天与地、神与人之间最直接的沟通媒介；发生在国王身上的一切，都会在周遭的自然界和臣民间彼此的社会关系中再度上演。

**Kraken, mostro（怪物克拉肯）**

在很久以前，世界上有一种名叫“克拉肯”的怪物，生活在人类身边。它们常常出没于山洞、海底、森林的暗处或是迷宫的中心，栖居在神圣又阴暗的地方，隐匿在最僻静幽深的处所。当这些怪物邻居来拜访我们的时候，虽然会引起我们的反感与恐惧，但与此同时，许多童话、神话和奇闻逸事也由此而生。

随着人类文明的发展，我们与地球上的居民曾经建立起的古老的关系，时至今日已然消泯。当这些传说中的“生物”从人类世界悄然退场之后，现代社会的人们则需要独自面对心中的怪物。比起克拉肯，现如今，我们的“怪物邻居”已然被驱赶到了很远的地方——有时我们能够看到它们驾驶不明飞行物在天空中航行时留下的痕迹。

然而，我们的祖先与这些怪物的关系其实谈不上友好。在他们眼中，这些怪兽十分神圣，往往代表着神力或自然界最狂野的一面，令人忐忑不安。怪物的存在将这种敬畏感植入了每一个人的心中，直到今天，当我们面对重大自然事件的时候，仍然能感知到这种崇敬又恐惧的心理。

关于克拉肯的传说起源于挪威，相比古老的北欧神话，这个故事诞生的时间或许更晚一些。从词源的角度来看，它总让人联想到一棵海上漂浮的大树，虽然树身已死，但其根部却仍有生机。对于几乎所有的欧洲人和中东人来说，大海都是一个能够召唤出冥界的地方。在这里，时而有奇观显现，时而有海怪出没，随时可以把人永远带离这个世界。水不仅仅是电的导体，更是一个世界与另一个世界对话的通道。因此，海洋中的鱼类通常被认为与智慧、神灵和魔法有着密切的关系。

对克拉肯的描写最早来自17世纪。根据当时的记述，克拉肯的形状与一种乌贼颇为类似。然而，倘若我们回顾早期的维京传奇，便会发现，它的模样似乎更接近于一条巨大的鲨鱼或奇怪的鲸鱼。

据记载，这种哺乳动物与冥界有着极为密切的联系，它们有时会招致祸患，被女巫骑在身上。斯诺里・斯图鲁松是12世纪的一位冰岛神话作家，正是由于他的存在，大部分北欧神话才得以为人所熟知。在《挪威王列传》（*Heimskringla*）中，一个男子被赋予了神奇力量，化身鲸鱼，前去拜谒著名的哈拉尔蓝牙王——这位国王善于协调各方，最终统一了北欧三国，"蓝牙"应用程序的名字也由此而来。

在北欧神话中，这个巨怪通常被叫作"赫维尔鲸"，当挪威王国改奉基督教后，这个称呼逐渐演变为魔鬼的名字之一。

因此，"怪物"这个词在词源上延续了一种神谕般的、令人不安的特质，形容的正是那些在人类文明边缘探出头来的特殊生物。相比于"显示，显露"，这个词的含义更侧重于"预感，感觉"，究其原因，可能源自一个最为朴素的观念——倘若看到了自然奇观，或是有"奇怪的"生物出现，那么不久之后，周遭一定会有事件发生。

## 尘世之外

**Cristallo（水晶）**

来自希腊语中的"*krystallon*""*kryos*"两个词，前者意为"所有被冻结的东西"，后者则指"冰霜"。它的梵语词根为"*kry-kru*"，有"坚硬"之意，但其内涵却不止于此。事实上，人类总会对身边的自然万物赋予特殊的原始意义，“水晶”一词也是如此。词根“*kru*”有“用力缠绕”的意思，就像初入冬时刮来的第一场暴风雪，一下子将湖面的波浪冻结成冰。当然，可能许多人都没有料到，从词根“*kru*”中，还衍生出了“crudità（生食）”“crosta（硬皮，痂皮）”“carne（肉，肉体）”“sangue（血液）”等词汇。在最黑暗、最寒冷的年代，这些词语无疑体现出了人类对生存的渴望与追求，展现出人们在生存与毁灭之间的永恒挣扎。

另一方面，当我们一路向东，把目光投向南亚次大陆，便会发现，根据那里的词源发展，“水晶”一词并非由词根“*kru*”演变而来，而更多地来自词根“*kā*”，即“太阳”。在由词根“*kā*”组成的词汇中，“*kāca*”一词既指“水晶”，也可以用来形容“光”；同样地，“*kāś*”一词既有“打光”的意思，也可以代指“明亮的空间”。甚至连印度教圣地瓦拉纳西（又称贝拿勒斯）也有一个以此为词根的名字——“*kāśī*”，意为“闪耀的，辉煌的”。

此外，“纯净的宝石”在梵语中名为“*śucimaṇi*”，这个词同样也被用来指代水晶。由同一词根衍化而来的还有动词“luccicare”，意为“发光，闪闪发亮”。事实上，词根“*sūci*”用来代指所有纯洁、光明的事物，当我们想要描绘一个神、一个女神、一个英雄，想要描绘一个行为的纯粹性的时候，用这个词就够了。

在各类神话传说中，我们总能频繁地看到矿石和水晶的身影。然而，在这些故事中，却很少提及它们未经雕琢时的原始状态。事实上，想要将一块石头变成宝石，需要经历两个相互独立的重要过程：要么赋予它一段记忆、一种它从前没有过的神奇能力；要么从孕育它的洞穴中（或是从它的拥有者身上）获得某种坚定的力量。在奈卡巨晶洞的所在地——墨西哥，相传曾有一条长满水晶羽毛的羽蛇神翱翔在陆地上空。关于这个场景最早的记录是在公元前15世纪的拉文塔地区，现如今，那里已经成为中美洲文明中心的考古遗址。

**Immaginazione（想象）**

想象源自滑稽剧和口技演员在舞台上的表演，源自画家在画布取色时的灵光一现，它体现在心理活动外化的过程中。

在希腊语中，“*ophthalmós*”与“*optasía*”两个词之间的词源关系十分紧密：前者意为“眼睛”，后者则意为“视觉印象”。当这两个词相遇在一起的时候，便产生了一个在西方文化中至关重要的术语：“*prosōpōn*”，即“人，人性”，同时也指“人物，演员饰演的角色”。

在真正的形象和反射的映像之间，究竟哪个是更实在的东西？它们又和影子之间存在怎样的关系？或许对人类而言，白天从身边一闪而过的黑色剪影，可能就是我们感知到的第一个镜像形象——甚至比第一次看到水中倒影还要早。在希腊语中，“*skià*”一词意为“影子”，即“与阳光分离的事物”。作为一个拟声词，它的发音和切割、裁剪的声音十分相似，同时又与“immaginare（想象）”和“occhio（眼睛）”两个词构建起另一个极具戏剧性的词——“*skēnikós*”，意为“戏剧的，舞台的”。从这个角度来讲，通过感官感知到的现实世界仿佛一出宏大的戏剧，一片伟大的奇观。正如查尔斯·马拉莫德所写的那样：“当古印度的神明显灵时，他们既不会用手遮挡太阳，也不会眯起眼睛，相反，他们会把双眼睁得很大——因为他们不害怕太阳。”

在印欧语系中，词根“*id*”意为“被光照射的东西”，同时也有“思想行为”“外表”等意思，由此衍生出的拉丁语词汇“*idos*”和“*idolum*”，便都有“想象”的含义，后者更是和“idolo（偶像，崇拜对象）”一词紧密相关。在拉丁语中，表示“想象”的还有“*figmentum*”，由此又演变出意大利语中的“figura（形象）”一词。

“想象”与“幻想”之间的关系非常复杂。有时，它们可以作为彼此的同义词互相替换使用，但与此同时，对于古人而言，它们其实又来源于多个不同的词语，适用于各自特殊的语境：“*phaínō*”一词意为“闪耀”；“*phainomenon*”一词意为“表明，显示出来的东西”；“*phantasía*”意为“想象，描绘”；“*phantasma*”则意为“幻象，幻影”。此外，“Epifania”作为同根词，意为“从高处显露，出现”，即神的意志在人世间的显现，进而引申为“主显节”。另一个诞生时间稍晚的词“apofenia”则指的是将所见事物相互联系起来的能力。借此，人们可以将不同的现实情况关联在一起，从而产生新的想法和观点——而这些看法本身，并不一定是真实发生的事情。总而言之，无论是在内部还是外部，无论是在脑海里还是在现实中，人类的想象、思绪、光和影，都通过一个又一个词语再度呈现出来，在地表上下相互追逐。

## 河流与火把

### Rito（仪式）

笛卡尔在思考宇宙时曾说：“自然憎恶真空（Natura abhorret a vacuo）。”当我们靠近一座深渊，仔细向下观察的时候，一种绝对虚空的恐怖感会狠狠揪住我们的心。山洞真的是空的吗？这是一个值得深思的问题。几千年来，人类的存在让这些洞穴充满了生机，带来许多深刻的意义。

每日西沉的太阳，是如何回到东方，又是从哪里重新升起来的呢？古人的疑问在神话故事中一一得到了解答：在地底下，一定有一条长长的通道，一颗颗星辰每晚都会从这里经过，为阴间、冥界的灵魂、为我们祖先的魂魄带去光明。

在太阳进入山洞的同时，象征着黑夜的尼克斯女神，身披神秘的黑色斗篷，也从同一个洞口钻了出来。事实上，所有的事物都是在神秘中诞生的，获得名字之后，才为人所知。尼克斯有两个孩子，一个是白色的，另一个则是黑色的，分别代表睡眠和死亡。黑夜中隐藏着未知，也孕育着未知。当阳光散去之后，到了夜晚，人们能够进入另一种平静的状态，进行情绪的沟通与交流。在夜间，所有的轮廓和边界都变得模糊，不同的身份彼此交融。而洞穴正是一个永远浸没在黑夜中的地方。因此，许多人物形象的原型都是由洞穴产生，围绕着它不断发展的。

神灵诞生在洞窟里，隐匿在岩穴中；英雄进入洞穴深处，脱胎换骨；先知寄居在山洞的寂静里，双眼修炼出富有神性的光芒，复又投身于城市的喧嚣。山洞里有宝藏，也有迷宫。会魔法的精灵被人类驱逐，便将他们的王国转移到爱尔兰、德国和阿尔卑斯山地区的地下世界。

美丽的春天逃到何处去了，只留下荒芜的地球，蛰伏在冬天的控制之下？原来，掌管阴间的冥王哈迪斯（有时也作他名）想与春之少女珀尔塞福涅结婚，于是便把她掳走，带到了深渊的尽头。只有太阳神赫利俄斯和赫卡忒“从他们的洞穴中”听到了少女的哭声。而少女的母亲，掌管农业、丰收的女神德墨忒尔，则披上一袭黑衣，仿佛一只野鸟，在地球上来回寻找着女儿的踪迹。谁知此时的珀尔塞福涅既不在天上，也不在地上，已经作为哈迪斯的妻子在冥府生活了半年。从此之后，赫卡忒每年都会带着明亮的火把，陪伴珀尔塞福涅前往冥府居住，季节的交替变化由此产生。

原来，珀尔塞福涅被劫掠的举动很早就得到了宙斯的允诺，一切都在计划之中。德墨忒尔从太阳神那里得知这个消息之后，愤怒不已，决定离开众神，化身为一个年迈的护士，前往希腊的伊莱夫希纳城。在那里，苦闷的德墨忒尔在侍女的照顾下重展笑颜，并教授给人们古老的仪式和礼仪。正如荷马在《德墨忒尔颂歌》中写道的，必须在“不违背、不背叛、不谈论”它们的情况下教授它们：“在凡人中，能够来瞻仰她的人是有福的；那些世俗之人，不参与仪式之人，则有不同的命运，死后将前往潮湿的黑暗中。”

洞穴及其周围的空间是人类最早的宗教圣地之一，从宗教相关的词语中不难看出这一点：印欧语中的“*grah*”和梵语中的“*garbha*”皆有“寺庙”的意思，由此形成意大利语中的“grembo（怀抱，子宫）”一词。“*gṛbha*”意为“房子”，“*devagṛbha*”则指“寺庙，神殿，神的房子”。

在拉丁语中，“寺庙”一词则为“*eades*”“*aedis*”，最初指的是在一个神圣的地方点火的行为。“esoterismo”是指在封闭、隐秘的地方教授的东西；而“essoterismo”则指在寺庙之外提供的教学，大部分人都能接触到的东西。

仪式的诞生，作为一条神圣的纽带，将宗教、人类与神灵联系在了一起。它会在一些特定的场所进行，并对动作和语言有着精确的要求。通常情况下，沐浴在阳光下的山洞、圣林或寺庙，都是仪式开展的地方。

## 人类探险家

### Mente（心灵）

在梵语中，“*man*”指的是人，“*manas*”指的则是心灵；在梵文里，人是指可以用心灵之力来衡量、探索的存在。心灵指引我们想象未来，在深渊中找寻潜在的答案，构建我们的感知世界，将我们与过去的经历紧密地联系在一起。在古人眼中，心是灵魂的栖居之所，位于人的胸口，而非（如今我们认为的）头部。在他们看来，心灵是人体内部的中央器官，每个人的活动都从这里开始。

在古老的《吠陀经》中，心灵是“欲望”和“克制”的同义词，由它协调、掌管着呼吸。那么，心灵又是由何产生的呢？答案是火（梵语中作“*Agni*”）与风。

从词根“*man*”中，衍生出了许多描述心灵产物的意大利语词语：“emozioni（情绪）”“memorie（回忆）”“amnesie（失忆）”“manie（狂躁）”“moniti（告诫）”。在印度文化中，“*sumanas*”意为“有一个善良的心灵”，即“仁慈”。

心灵是回忆的地方，即“*smṛta*”。回忆关乎传统，是要传给子女，传给下一代的故事。意大利语中的“cultura（文化）”一词最早来源于拉丁语中的“agreste”。该词还有一个特殊的含义，即“心灵的培养与耕耘”。此外，动词“*cogito*”意为“调动心灵”，即“思索”，是一个富有活力、难以止歇的动作。

梵语中的“*bodhi*”一词意为“启迪，开悟”。与我们所认为的“思考”不同，这是一种心灵中自发的思维过程。“心如是集，澄澈明亮，净化一切污秽，勇于行，坚定不移，安住其中，内观诸恶。依循真理，我领悟生苦之本，证得痛苦在此，因缘在此，断灭在此，道路在此。”这是《巴利经》最古老的版本（诞生于公元前1世纪）中对佛陀开悟的描述——一颗无牵挂、不执着，但随时准备行动的心。

**Conoscenza**

词语“*vid*”在梵语中意为“知识”。从词源上讲，它与“光（*div*）”的概念十分接近，其反面则是黑暗与未知。从这个意义上看，知识就是一面镜子，映照出光的身影。在拉丁语中，词语“*video*”“*vides*”清晰地描绘出了认知的过程：看见，了解，然后获得。就像那句已经成为谚语的福音箴言：“想要去寻找，就一定会找到。”

“*Veda*”是梵语中第一个表示“知识”的词。印度教最早的经典《吠陀经》写于公元前1500至公元前800年，其名称（*Veda*）就来源于此。这些古代经文旨在引导人们放弃虚幻的知识，转而信仰梵天（*Brahma*），拥抱对神的认知。“*Bṛh*”一词指的就是助人成长、发展的知识。

## 奥德赛

**Spazio（空间）**

当“spazio”这个词从嘴部发出的时候，通过观察口腔中的变化可以看出这个词的本质：字母“S”将空气推到牙齿上，字母“P”需要闭上嘴并鼓起气，说到字母“A”的时候，则要将空气爆破出来。事实上，这个词的词根“*spa*”意为“在伸展的同时向外扩充”。而当字母“S”与音节“*-pan*”组合在一起，就会得到“spandere（蔓延）”一词。

在梵语中，“*kha*”意为“没有被占用的空间或是空洞”，“*khan*”意为“挖掘”，“*khabha*”则指“星球”，即“虚空中的光”。除此之外，“*kha*”还可以表示“绝对零度”，这个温度在现实的地理环境中简直无法想象，只能与天空、海螺内部、洞穴等类似的事物来比较。

与此同时，也有一个对应的拟声词与之相反：“*tam*”，在希腊语中为“*tém*”，由此衍生出“*témenos*”，即“被神圣的围墙所围筑的空间”，在这里，人们可以与神灵直接接触，只是因为围墙的存在而受到了更多的限制。此外，词根“*tém*”同时也衍生出了“tempo（时间）”。

地点即被精确界定的空间。实际上，地理学的诞生与“luce（光）”这个词的词根“*locus*”密切相关，最初源于梵文中的“*loka*”，意为“自由、开放、发光的空间”和“*loc*”，即“看见，考虑”。

当然，填充空间的事物也和空间一词相伴而生——不是别的，正是声音和光。“*svar*”意为“孤独”；“*svarati*”意为“闪耀的空间”“太空”；“*svarga*”意为“天空”；“*svṛ*”“*svarati*”则意为“发出声音”。

**Tempo（时间）**

正如拉丁谚语所说，“Tempus fugit（时光飞逝）”。在人们眼中，时间就像《爱丽丝梦游仙境》中的白兔，是一种具有自身力量的存在。随着时间的流逝，人的器官会逐渐衰老，各种工具和手段会逐渐失效。因此，当人们以有限的生命来丈量时间的时候，它总是显得那样迫在眉睫，带来一个又一个问题。与此同时，时间的流动似乎又不受任何限制，有时来回反复，有时却溜走得很快。当我们兴致盎然时，时间总是匆匆而过；当我们百无聊赖时，时间则过得很慢很慢。

时间有诞生的起点吗？就像每个神话都会把一个戏剧性的事件放在开头。关于这个问题，《圣经律法》认为，《圣经》其实并非以拉丁文本中的“起初（In principio）”为首句，而是以“在脑海中（Sulla testa）”开始的（希伯来语中为“*rē'šîṯ*”）。时间被拟化为一个具体的形象。

人类的事务需要安排规划，想要做到这一点，就必须研究“*Kal*”——计算天体的运行状态，观察每小时、每一天、每个季节的延续，进而构建起一部历法，将黑暗（*caligo*）、阴郁的日子与炎热、多彩的日子区分开来。同时，颁布历法的人还可以创造不同的节日，给每一天赋予不同的名字，从而获得巨大的文化优势。事实上，在现代革命时期，人们曾多次试图用新的方式给日子命名，很显然，这些尝试都失败了：直到今天，每一天的名称仍然与古代神祇和宗教圣人紧密相关。

与此同时，计算时间也意味着要确定哪些日子是吉日，哪些是凶日。在古希腊人看来，时间是有序的，在流动的过程中，一切人与事物都会被消耗、吞噬。而他们想要寻找的则是“*kairos*”，即“有利的时间”。岁月像火车一般飞驰而过，一旦你抓住了特殊的时刻，整个生命就会向新的方向展开。正如古希腊的作家们说过的那样——“行动的要义在于把握契机（*kairos*）”。在时间的各个阶段中，还有一个极为特殊的部分，即永恒（*aion*）。年复一年，万象更新，一个又一个节日相继而来，年份却在永恒地向上增长，在老者不断死亡的同时，年轻人也茁壮成长起来——这便是“*eniautós*（周年）”的内涵。

时间是在线性地流动，还是形成了一个闭环？是一支终究要停住的箭，还是一条衔尾蛇？它的形状究竟是一个躺倒的“8”字，还是一个封闭（或者不封闭）的螺旋？时间是否真的存在？是像时轮那样具有层次结构，还是一片奔腾的海洋，无始无终，无边无垠？

## 失落的世界

### Acqua（水）

在伊万里耶塔洞穴的源头，坐落着原住民佩门人所谓的“众神之所”。掌管雨水、风暴的女神拉托的宫殿，便在这些洞穴之中。水是一种至关重要的基本元素。生命诞生于水，我们身边的景观也往往由水塑造、由水主导（如海洋）、由水破坏（如洪涝）。水就像日月一般，是一个永远存在的神，同时，它还能呈现出不同的形态——雨水、河流、湖泊，从而衍生出许多其他的神灵。

毫无疑问，“水”是人类最早构造的词语之一。因此，想要理解它的含义，就必须从字面意义上入手，将自己完全沉浸于一种熟悉却又神秘的感觉之中。事实上，水几乎存在于所有与宇宙演化有关的神话中。在《圣经》里，我们可以看到，水与一种原始的魅力有关：“神的灵运行在水面上。在高处，神道出了第一个词：光。”在《吠陀经》中，梵天在开天辟地、创造宇宙之前，曾在一个原始金蛋形状的“金胎”里游泳。在道教中，水和“道”颇有相似之处，吞吐着天地间的阴气，而当水流过地表，升腾为雨之后，又会以阳气的形式返回大地。水与“道”一样，随物赋形，同时又能以柔克刚，将山洞中最为坚硬的岩石塑造成新的样子。对许多非洲和美洲的原住民来说，正是从水中升起的动物图腾创造了整个地球。而在玛雅文明中，在地球几经覆灭之后，来自天海的特佩乌（Tepeu）和来自地海的库库玛兹（Gukumatz）重新创造了整个世界。在此过程中，两位羽蛇神的交流便是在水中进行的。除此之外，所有涉及洗礼、净身、沐浴的宗教都与水密切相关。

水不仅存在于开创世界的过程中，也体现在文字形成的过程里。在古埃及的象形文字中，"水"字由波浪符号组成，而字母"N"就是从这个质地柔软的图形中演化出来的。

在梵语中，字母"N"与单词"*nā*"有一种特殊的关系。实际上，古印欧人并没有将"水"与"呼吸""灵魂"等概念做出区分：词根"*an*"意为"开启了水富有生命力的呼吸"，其中"*a*"意为"开启"，而"*n*"则指"呼吸"。由此衍生出的"*anelare*"一词也具有"喘气""空气""风"的含义。

**Tempio（寺庙）**

与其他地方不同，寺庙与"神圣"一词紧密相关。在意大利语中，"sacro"和"santo"两个词都有神圣的意思，但前者原意是"属于神的"，后者则意为"分离"。随着寺庙的诞生，人类标记了有史以来的第一条边界，划区内部则标志着一种特殊力量的居所。这是一种至高无上的力量，令所有的子民心生敬畏。

**Esplorare（探索）**

人类自诞生以来，身上并没有任何野性的特征：没有翅膀，没有锋利的獠牙，也没有惊人的速度。无论是力量上，还是视力上，我们都被许多动物远远地甩在了后面。正是由于这个原因，人类开始了探索世界的旅程。探索是学习、观察，是灵光一闪，是保护自身，是在脑海中构建一幅地图来推测大自然未知的部分。几千年来，人类一直是游牧民族或半游牧民族，正因如此，探索成为写入我们基因里的一部分，至今在我们的身上仍然存在。

在拉丁语中，“*explōro*”一词的含义极为丰富，用来指代一系列具有细微差别的行动：探索、调查、观测、探究、验证、核实，同时也包括窥视、体验和实验。同时，前缀“*ex*”给这个词赋予了一层特定的状态，表示其关乎“运动”、“根源”或是“起因”。

此外，动词“*plōro*”则用来表示“恳求，祈求”。或许是因为当人类走出安全地带、向外探索的时候，不可避免地会与危险、与不确定性持续地打交道——这种关系极大地体现在了恐惧的情绪中。事实上，“implorare（乞求）”一词在梵语中与“pregare（祈祷）”同根同源，意指求助天上的神灵。探索的过程总是包含着恐惧，然而，当对知识的渴望超越一切，这种恐惧感终将被征服。

词语“esplorare”意为“体验周围的世界”，源自印欧语词根“*para*”。这个词根极为强大，由它产生了拉丁语动词“*porto*”，即“搬运，取送”，以及名词“*porta*”和“*portus*”，意为“送至安全的地方”。

此外，“体验”与“探索”之间的关系也十分有趣。哲人与体验者的不同之处便在于此：一个是懂得体验、会体验的人；另一个则是从亲身体验中得到了正确启示的人。

## 黑暗的一面

**Oscuro（昏暗）**

该词意为“位于某物之前或之上，但可能并不存在（或被掩盖）的东西”。在这个词中，音节“*o*”令人回味无穷，而紧随其后的音节“*scu*”则较为坚硬刺耳，仿佛从远处飞来的利箭所发出的声响。每当我们读出这个词的时候，脑海中总会浮现出一个丛林宇宙，在那里，每个人既是猎物也是猎手。

**Ignoto（未知）**

对于一切能够安抚人的事物，其反面便是未知。“我思故我在”，因为思考，所以了解，故而不会迷失自我，也许还会安然无恙地回到开始的地方。在这个词语中，字母“I”仿佛在冲击着什么，试图达到“*gnosi*（神智，灵知）”的境界。阻隔它的也许是一堵墙，也许是一位高高的守护者，稳稳地矗立在地上，也许只是又一座漆黑无比的深渊，必须一路向下才能找到出路。

## 出口

**Uscita（出口）**

公元1300年，但丁走入了黑暗森林。没有人——甚至连他自己也不知道，他究竟是怎么进入这片丛林里的。我们唯一知道的便是一旦误入，需要在三个向导的指引下，经过漫长的旅程才能脱身：先是落入一个深渊，再爬上一座极高的高山，最后则会升入高空，游历天堂。

词根“*hū*”意为“走出去的力量”，它的形体仿佛伸向天空的手臂，被一个个手掌紧紧地抓住，试图把它们从地洞里拉出来，就像从母亲的子宫里出来一样。

词语“*excito*”意为“使人或物出去”，同时也有“唤起，激起”的意思，源于梵语中的“*cay*”一词，即“使人或物移动”。出走旅行总是为了满足一种或几种基本需求，其中之一也自然与性有关：在梵语中，“*sev*”“*sevate*”意为“进出”，其对象既可以指房间，也可以指女人。

因此，进入是为了满足一种需求，离开则需要做出很多努力。

“Uscio（门口）”这个词具有一种极为罕见的美感，它精准地描绘出了那片既不算作内部也不算作外部的空间。站在那里，人们可以向前迈出探索的第一步，又或者向庞大的外部世界屈服，恐惧地退回到洞穴的阴影中去。

作为现实和幻象世界的杰出探索者，J. R. R. 托尔金在他的故事中这样写道：“大门外，从此始，旅途永不绝。纵然前路漫漫，我有脚步切切，追行不停歇。直抵大道歧处，无数路径交会，届时何处去？我自随其缘。”[1]

此外，在神话传说中，走在探索的旅途上，总会遇到几个住在路旁的女人。如果运气不好、自己粗心大意或是不幸被施了魔法，就可能落入妖精或仙女的圈套中。如何脱身是一个大问题。由于这里和外界维度不同，时间流逝的方式也不一样。当倒霉的探险者回到现实世界

1. 该句出自《魔戒》“第一章 盼望已久的宴会”，［英］J. R. R. 托尔金著，邓嘉宛、石中歌、杜蕴慈译，上海人民出版社，2013年。

之后，往往会发现时光飞逝，外界早已经历了好几个地质年代。同样的情况也会发生在洞穴之中：一旦走出洞口，便会发现，世界再也不是从前那般模样。这就是为什么不仅进洞时会害怕，离开洞穴的时候也同样会感到恐惧。入口和出口本是同一条道路，改变的只是我们行走的方向——从光明到黑暗，再从黑暗到光明。

尤利西斯就曾被女神卡吕普索在洞穴里软禁了七年。洞中，女神总会一边用金梭在织机上来回织布，一边唱着动听的歌曲。洞外，周围遍布杨树和雪松——那是亡灵之树，洞口附近却爬满了生机勃勃的葡萄藤，郁郁葱葱，果实累累。在这里，这位英雄本可以永远地生活在痴情仙女的温柔乡里，免受死亡的威胁，远离烦恼与悲伤。然而，尤利西斯深知，自己的使命还没有完成，他注定要离开这座山洞。

与此同时，阿里阿德涅——那位圣洁的少女，也在黑暗的迷宫入口编织着线。她在等待一个陌生人，一位舞者，一个英雄，来助她完成无法独自完成的任务。她自然知道如何进退，如何利用那条细细的线为每一条岔路赋予不同的意义，从而理解整个空间。说到底，洞穴、洞口、山洞、洞窟、出口、光明与黑暗、生命与死亡……这些词本身便富于女性气质。

# 致　谢

感谢我的伴侣达妮埃拉·巴尔比耶里，没有她，这本书就无法完成。在疫情封锁期间，我们住在莱西尼山，一个名叫康塔达·坦德的小村庄。在这里，达妮埃拉一直不断给予我写作的支持。是她的存在，以及村里宁静的森林和风景，让我能够细细整理关于地下世界的思考和回忆。对此，我十分感激。

还要感谢我的父母和家人，特别是我的姐夫彼得罗·比齐尼。他不仅为我编写了本书的术语词源附录，还为我提供了大量的灵感，将每个章节的内容向神话与人类学方面进行拓展。我还要感谢我的表兄乔瓦姆巴蒂斯塔和我的好朋友安德烈埃·帕斯夸利尼，从我刚开始迷上洞穴的时候，他们就一直在我身边，始终支持着我。感谢我的朋友安东尼奥·德威沃和菲利波·费利奇，感谢他们为这本书贡献的想法和付出的时间。

如果阿蒂利奥·贝内蒂先生尚未辞世，如今的我一定会将这本书

第一个献给他看 —— 是他点燃了我对地下世界的热忱。我要感谢贝内蒂切亚斯文化协会的所有成员，是他们对于古生物地质博物馆的建设，以及对坎波西尔瓦诺村洞穴的维护，让关于贝内蒂先生的记忆鲜活至今。我还要感谢其中一位成员 —— 拉法埃莱·库列尔，他为本书绘制了许多洞穴图片。

我要特别感谢拉文塔协会的成员们，在这个奇妙的社团里，大家总能够迸发出有关探索最疯狂的点子。没有他们，《地心之旅》根本无法实现。

特别感谢纳塔利诺·鲁索和达米亚诺·斯卡拉梅拉，从最初的想法到第一份手稿，他们一直陪伴着我，见证了本书的创作历程。感谢乔瓦尼·费拉雷塞和保拉·萨拉，感谢他们认真而富有建设性地重读了本书。感谢我的摄影师朋友阿莱西奥·罗密欧、罗比·肖恩、维托里奥·克罗布、鲍鲁特·洛泽伊、保罗·彼得里尼亚尼、弗拉维奥·佩特内、桑德罗·塞德兰、洛伦佐·罗萨托、托比·哈米特、布里塞·马斯特拉奇、图利奥·贝尔纳贝伊、埃齐奥·安萨内洛和弗朗西斯科·洛马斯特罗，感谢他们为本书提供了精美的图片。

我还要感谢那些曾经帮助我寻找史料、图纸和地形图的人。在洞穴委员会中，我要特别感谢欧金尼奥·博根、路易斯·托雷利、皮诺·圭迪、伊戈尔·阿德蒂、保罗·托法宁和朱利亚诺·阿德蒂。感谢意大利洞穴学协会洞穴学文献中心的米凯莱·西维利。感谢吉姆·库克和570多名洞穴潜水员，他们为金塔纳罗奥州洞穴学调查所绘制的玛雅海岸含水层地图做出了意义非凡的贡献。感谢来自洞穴研究基金会的猛犸洞地形图协调人阿龙·阿迪松，他总是乐于为他人提供帮助。感谢“探索云中界”项目组，特别是托马斯·阿文斯和马克·特林汉姆。感谢鲍鲁特·佩里奇和圣坎齐亚诺洞穴公园。感谢我的朋友菲利波·费利奇，感谢他留给我的时间和带给我的想法。感谢各位宇航员，感谢我的朋友卢卡·帕尔米塔诺、马蒂亚斯·毛雷尔和谢尔盖·库德·斯维奇科夫，他们总在不断地鼓励着我，同他们聊天总是很愉快。

感谢弗雷迪·韦尔加拉，他的奉献精神让委内瑞拉特普伊岩洞充满了魅力。感谢安德烈埃·哥伦布、乔·德维勒、里卡尔多·波佐邦、马特奥·马西罗尼和阿伦·哈伯德，感谢他们就地球和其他星球上的洞穴展开的科学讨论。

最后，非常感谢这些年来陪伴我探索地下世界的每一个人。在写这本书的过程中，我回顾了在洞穴中共同经历的许多时刻。那些记忆仍安然无恙地保存在脑海里、镌刻在黑暗中，随时可以被重新点亮，再度想起。

# 图片来源

p. 15 Raffaele Curiel

p. 18 Nastasic, DigitalVision Vectors, via Getty Images

p. 21 *Ursus spelaeus* da Meyers

p. 44 World History Archive

p. 68 Patrick Guenette

p. 71 William Dwight Whitney, *The Century Dictionary: An Encyclopedic Lexicon of the English Language*, The Century Co., New York 1911

p. 81 Antonio Polley, *Zusammenstellung über den unterirdischen Lauf des Karst-Wasser*, Trieste 1908.

p. 83 Édouard-Alfred Martel, *Irlande et cavernes anglaises*, C. Delagrave, Parigi 1897

p. 91 Norbert Casteret, *Trente ans sous terre*, Perrin, Parigi 1954

p. 101 Perovo Speleo Team

pp. 121 - 123 Cave Research Fundation / In the Abode of Clouds Project / Progetto Piani Eterni Parco Nazionale Dolomiti Bellunesi

p. 150 Andrea Columbu, Università di Bologna

p. 156 Getty Images

p. 161 Historic Images / Alamy Foto Stock

p. 257 Marianna Sauro

p. 271 Associazione di Esplorazioni Geografiche La Venta

p. 291 HiRISE/NASA

# 译名对照表

## A

| | |
|---|---|
| 阿达梅洛山 | Adamello |
| 阿道夫·施米德尔 | Adolf Schmidl |
| 阿德里安·布赖奥德 | Adrien Briod |
| 阿迪杰山谷 | Valle dell'Adige |
| 阿蒂利奥·贝内蒂 | Attilio Benetti |
| 阿尔代什峡谷 | gole dell'Ardeche |
| 阿尔梅里亚 | Almeria |
| 阿尔蒙德洞穴 | Aven d'Armand |
| 阿尔塞多火山 | Alcedo |
| 阿方索·芬奇 | Alfonso Vinci |
| 阿戈纳人 | Argonauti |
| 阿葛利坚托 | Agrigento |
| 阿古艾天窗 | Jameo de l'Agua |
| 阿科潘 | Akopan |
| 阿克塞尔 | Axel |
| 阿拉贝卡山脉 | Arabika |
| 阿拉卡山 | Serra do Araca |

| | |
|---|---|
| 阿拉诺内拉系统 | sistema di Arañonera |
| 阿莱西奥・罗密欧 | Alessio Romeo |
| 阿里阿德涅之线 | Ariadne's thread |
| 阿里安娜 | Arianna |
| 阿龙・阿迪松 | Aaron Addison |
| 阿明・威尔逊 | Armin Wilson |
| 阿普安阿尔卑斯山 | Alpi Apuane |
| 阿塔卡马沙漠 | Atacama |
| 阿塔纳修斯・基歇尔 | Athanasius Kircher |
| 阿特兰蒂达隧道 | Tubo de la Atlantida |
| 阿西亚山 | Arsia Mons |
| 埃德蒙・哈雷 | Edmond Halley |
| 埃德蒙・希拉里 | Edmund Hillary |
| 埃尔奥科特森林 | El Ocote |
| 埃尔多拉杜山 | Eldorado |
| 埃尔韦・斯泰弗南 | Hervé Stevenin |
| 埃莱娜・马特奥・梅德罗斯 | Elena Mateo Mederos |
| 埃利埃特・布吕内尔－德尚 | Eliette Brunel-Deschamps |
| 埃罗洞 | Buca di Eolo |
| 埃洛伊 | Eloy |
| 埃齐奥・安萨内洛 | Ezio Anzanello |
| 埃其普・赛米亚冰川 | Eqip Sermia |
| 艾比 | Abby |
| 艾布拉姆・鲁伊斯 | Abram Ruiz |
| 爱德华・里欧 | Edouard Riou |
| 爱德华－阿尔弗雷德・马特尔 | Edouard-Alfred Martel |
| 《爱尔兰与英格兰洞穴》 | *Irlande et cavernes anglaises* |
| 安德烈埃・戈贝蒂 | Andrea Gobetti |

| | |
|---|---|
| 安德烈埃·哥伦布 | Andrea Columbu |
| 安德烈埃·帕斯夸利尼 | Andrea Pasqualini |
| 安东·汉克 | Anton Hanke |
| 安东尼奥·波利 | Antonio Polley |
| 安东尼奥·德威沃（托诺） | Antonio De Vivo (Tono) |
| 安东尼奥·费德里科·林德纳 | Antonio Federico Lindner |
| 安赫尔瀑布 | Salto Angel |
| 安妮特洞 | Grotta Annette |
| 安忒诺耳 | Antenore |
| 安提卡之路 | Via Antika |
| 暗星洞穴 | Dark Star |
| 奥德尼·斯特凡松 | Arni Stefansson |
| 奥尔达斯港 | Puerto Ordaz |
| 奥尔德萨国家公园 | Parco Nazionale Ordesa |
| 奥尔科 | Orchi |
| 奥古斯特·皮卡德 | Auguste Piccard |
| 奥焦尔纳亚洞穴 | Ozernaya |
| 奥克斯贝尔哈 | Ox Bel Ha |
| 奥拉山脉 | Ora |
| 奥兰多·埃尔南德斯 | Orlando Hernandez |
| 奥里诺科河 | Orinoco |
| 奥利维尔·伊斯勒 | Olivier Isler |
| 奥列格·乌斯季诺夫 | Oleg Ustinov |
| 奥马尔·卡内伊 | Omar Canei |
| 奥玛·海亚姆 | Omar Khayyam |
| 奥普蒂米纳洞穴 | Optimistyčna |
| 奥扬特普伊山 | Auyan Tepui |

# B

| | |
|---|---|
| 巴德希兹－卡拉比尔沙漠 | deserto del Badkhiz-Karabil |
| 巴兰廷斯竖井 | Pozzo Ballantines |
| 白洞系统 | sistema Sac Actum |
| 白桑塔山区 | Baisun Tau |
| 拜布洛克洞穴 | Boy Bulok |
| 保拉·萨拉 | Paola Sala |
| 保罗·彼得里尼亚尼 | Paolo Petrignani |
| 保罗·福尔蒂 | Paolo Forti |
| 保罗·格罗托 | Paolo Grotto |
| 保罗·加耶－唐克雷德 | Paul Gayet-Tancréde |
| 保罗·内斯波利 | Paolo Nespoli |
| 保罗·圣阿尔坎杰利 | Paolo Santarcangeli |
| 保罗·托法宁 | Paolo Toffanin |
| 保罗－埃米尔·维克多 | Paul-Emile Victor |
| 鲍鲁特·洛泽伊 | Borut Lozej |
| 鲍鲁特·佩里奇 | Borut Perič |
| 鲍威尔 | Powell |
| 贝尔菲奥雷深渊 | Abisso di Monte Belfiore |
| 贝卢诺多洛米蒂国家公园 | Parco nazionale Dolomiti bellunesi |
| 贝内蒂切亚斯文化协会 | Associazione Benetticeras APS |
| 贝塔雷利深渊 | Abisso Bertarelli |
| 比利亚努埃瓦－赫尔特鲁 | Vilanova i la Geltrú |
| 比亚焦 | Biagio |
| 彼得罗·比齐尼 | Pietro Bizzini |
| 冰尘 | crioconite |
| 《冰川上的旅行》 | *Voyage dans le glaces* |
| 冰海冰川 | Mer de Glace |

| | |
|---|---|
| 冰屋 | igloo |
| 波斯托伊纳 | Postumia |
| 波斯托伊纳洞穴 | Grotte di Postumia |
| 勃朗峰 | Monte Bianco |
| 博尔托洛米深渊 | Abisso Bortolomiol |
| 博纳尔河 | Bonheur |
| 博塞亚洞穴 | Grotta di Bossea |
| 博特罗 | Botero |
| 卜兹克山脉 | Bzybsk |
| 布拉克山 | Black Hills |
| 布拉马比奥峡谷 | Bramabiau |
| 布莱克特 | Blackett |
| 布里塞·马斯特拉奇 | Brice Maestracci |
| 布鲁内莱斯基 | Brunelleschi |
| 布伦塔山脉 | Brenta |

# C

| | |
|---|---|
| 采尔马特 | Zermatt |
| 查尔斯·布鲁尔·卡里亚斯 | Charles Brewer Carias |
| 查尔斯·马拉莫德 | Charles Malamond |
| 楚伦河 | fiume Churun |
| 茨多葛拉维察 | Vrtoglavica |

# D

| | |
|---|---|
| 达尔文火山 | Darwin |
| 达赫施泰因山 | Dachstein Gruppe |
| 达米亚诺·斯卡拉梅拉 | Damiano Scaramella |
| 达妮埃拉·巴尔别里 | Daniela Barbieri |
| 达维德·多梅尼奇 | Davide Domenici |
| 达维德·克雷瓦廷 | Davide Crevatin |
| 大乔拉斯峰 | Grand Jorasses |

| | |
|---|---|
| 代达罗斯 | Dedalo |
| 丹增·诺盖 | Tenzing Norgay |
| 德巴尔地区 | Debar |
| 德鲁·福伊斯特尔 | Drew Feustel |
| 德纳 | Dena |
| 《地球科学前沿》 | *Frontiers in Earth Science* |
| 《地球深处》 | *Depths of the Earth* |
| 《地下攀岩》 | *Escalades souterraines* |
| 《地下三十年》 | *Trent'anni sottoterra* |
| 《地狱篇》 | "El Infierno" |
| 的里雅斯特号 | Trieste |
| 狄奥多罗斯·西库鲁斯 | Diodoro Siculo |
| 迪瓦卡村 | Divaca |
| 蒂马沃河 | Timavo |
| 蒂曼法亚村 | Timanfaya |
| 蒂姆·皮克 | Tim Peake |
| 东方一号 | Vostok 1 |
| 东方站 | Vostok |
| 洞穴之声 | Sounds of Caves |
| 杜巴洛村 | Dubalo |
| 杜伊诺镇 | Duino |
| 多洛米蒂山 | Dolomiti |

## E

| | |
|---|---|
| 厄尔特尼恩特 | El Teniente |
| 恩里克 | Enrique |

## F

| | |
|---|---|
| 法德 | Fade |
| 《Filò 的故事》 | *I racconti del Filò* |
| 飞行力公司 | Flyability |

| | |
|---|---|
| 菲吉耶拉深渊 | Abisso Fighierà |
| 菲利波·多布里拉 | Filippo Dobrilla |
| 菲利波·费利奇（“费尔佩”） | Filippo Felici (“Felpe”) |
| 菲利普·布尔塞耶 | Philippe Bourseiller |
| 菲利普·霍伊斯尔曼 | Philipp Hauselmann |
| 费德里科·法琼 | Federico Faggion |
| 费尔南德·佩茨尔 | Fernand Petzl |
| 费拉泰拉河谷 | Grava della Ferratella |
| 费里诺公司 | Ferrino |
| 弗拉维奥·佩特内 | Flavio Pettene |
| 弗兰克·日尼代尔希奇 | Franc Znidersic |
| 弗兰诺索迷宫 | Labirinto Franoso |
| 弗兰萨西洞穴 | Frasassi |
| 弗朗科·卡普雷塔 | Franco Capretta |
| 弗朗切斯科·乌贝蒂尼 | Francesco Ubertini |
| 弗朗西斯科·洛马斯特罗 | Francesco Lo Mastro |
| 弗雷迪·韦尔加拉 | Freddy Vergara |
| 弗里德里希·穆勒 | Friedrich Muiller |
| 佛朗哥·阿内利 | Franco Anelli |

## G

| | |
|---|---|
| 高勒峰 | Dent De Crolles |
| 戈尔蒂纳 | Gortina |
| 戈尔古萨卡斯深渊 | Gorgouthakas |
| 戈尔内 | Gorner |
| 戈弗尔·贝尔热洞 | Gouffre Berger |
| 戈隆德里纳斯天坑 | Sotano de las Golondrinas |
| 格拉帕山脉 | Monte Grappa |
| 格拉兹洞 | Trou du Glaz |
| 格兰·萨瓦纳 | Gran Sabana |

| | |
|---|---|
| 格勒诺布尔 | Grenoble |
| 格鲁特伊森 | Gruithuisen |
| 格伦·库欣 | Glen Cushing |
| 根齐亚纳山洞 | Grotta della Genziana |
| 古渗流迷宫 | Labirinto paleofreatico profondo |
| 古斯塔沃·戴维·桑塔纳·戈麦斯 | Gustavo David Santana Gomez |
| 古伊尔上校 | colonnello Gulier |
| 瓜查罗 | guácharo |
| 瓜达卢佩山脉 | Guadalupe |
| 瓜卡玛亚洞穴 | Guacamaya |
| 国家登山及洞穴探险协会 | Corpo Nazionale di Soccorso Alpino e Speleologico (CNSAS) |

# H

| | |
|---|---|
| 哈尔施塔特镇 | Hallstatt |
| 哈罗恩·塔捷耶夫 | Haroun Tazieff |
| 哈瓦拉迷宫 | Hawara |
| 哈维尔·德尔加多 | Javier Delgado |
| 哈维尔·拉里奥 | Javier Lario |
| 亥姆霍兹共振 | risonanza di Helmholtz |
| 韩松洞 | Hang Song Dong |
| 汉克运河 | Canale di Hanke |
| 赫苏斯·利拉 | Jesus Lira |
| 赫苏斯·马丁内斯·弗里亚斯 | Jesus Martinez Frias |
| 赫苏斯·索托 | Jesus Soto |
| 黑山洞 | Grotta Nera |
| 亨纳迪·萨莫欣 | Hennadij Samokhin |

| | |
|---|---|
| 怀托摩洞穴 | Waitomo |
| 黄金山深渊 | Abisso di Monte Oro |
| 辉夜号探测器 | Selene-Kaguya |
| 火山地 | Tierra de los Volcanes |
| 火石岭 | Flint Ridge |
| 霍贾古尔阿塔山脉 | Hodja gur Gur Ata |
| 霍滕西亚 | Hortensia |

## J

| | |
|---|---|
| 基劳维亚火山 | Kilawea |
| 基韦洞穴系统 | Sistema Cheve |
| 吉尔伽美什 | Gilgamesh |
| 吉姆・库克 | Jim Coke |
| 吉耶尔河 | Guiers Mort |
| 寂静之感基金会 | The Sense of Silence |
| 加埃塔诺・博尔德里尼 | Gaetano Boldrini |
| 加宾峡谷 | Gaping Gill |
| 加那利群岛 | Canarie |
| 加西亚・洛尔迦 | Garcia Lorca |
| 贾恩卡洛・普雷诺托 | Giancarlo Prenotto |
| 贾科莫・斯韦蒂纳 | Giacomo Svetina |
| 贾尼・塞戈尔 | Gianni Cergol |
| 简兹・德莱兹 | Janez Delez |
| 剑洞 | la Cueva de Las Espadas |
| 杰弗里・勒皮万 | Geoffroy Le Pivain |
| 杰克・费希尔 | Jack Fischer |
| 杰西卡・迈尔 | Jessica Meir |
| 金波利河 | Rio dei Gamberi |
| 金井宣茂 | Norishige Kanai |
| 惊奇迷宫洞 | Amazing Maze Cave |

| | |
|---|---|
| 精灵幽谷 | Imladris |
| 静海 | Mare Tranquillitatis |
| 巨山穴 | grotta del Supramonte |
| 飓风井 | Pozzo dell' Uragano |

## K

| | |
|---|---|
| 卡尔斯巴德 | Carlsbad |
| 卡拉・科龙朱 | Carla Corongiu |
| 卡罗・卡塞利 | Carlo Caselli |
| 卡罗尼河 | il Caronie |
| 卡洛・博齐克 | Carlo Bozic |
| 卡洛斯・卡斯塔涅达 | Carlos Castaneda |
| 卡玛拉塔 | Kamarata |
| 卡米科城 | Camico |
| 卡奈玛国家公园 | Parco nazionale di Canaima |
| 卡萨德佩德拉斯山洞 | Gruta Casa de Pedras |
| 卡瓦克村 | Kavak |
| 卡祖穆拉 | Kazumura |
| 坎波西尔瓦诺 | Camposilvano |
| 坎西里奥高原 | Cansiglio |
| 康克鲁斯瓦格 | Kangerlussuaq |
| 康斯坦丁深渊 | Abisso Costanza |
| 康塔达・坦德 | Contrada Tander |
| 科卡罗斯 | Cocalo |
| 科拉超深钻孔 | Kola Super Deep Borehole |
| 科洛迪 | Collodi |
| 科罗拉多大峡谷 | The Grand Canyon |
| 科罗纳隧道 | Tubo de La Corona |
| 科诺・阿奎里奥山 | Corno d'Aquilio |
| 科奇亚洞穴 | Antro del Corchia |

| | |
|---|---|
| 科沃洛 | cóvoli |
| 克拉肯瓯穴 | Mulino del Kraken |
| 克里姆·普里洞穴 | Krem Puri |
| 克里斯·亨迪 | Chris Hendy |
| 克里斯蒂安·伊莱尔 | Christian Hillaire |
| 克罗尼奥山 | Monte Kronio |
| 克洛伊 | Chloë |
| 克尼普医生 | dottor Kneipp |
| 库奇亚拉洞穴 | Cucchiara |
| 奎扎尔地洞 | Quetzal |

# L

| | |
|---|---|
| 拉法埃莱·库列尔 | Raffaele Curiel |
| 拉蓬佐罗洞穴 | Raponzolo |
| 拉曲吉亚洞穴 | Lechuguilla |
| 拉斯波山谷 | valle di Raspo |
| 拉文塔河峡谷 | canyon del Rio La Venta |
| 拉文塔协会 | Associazione La Venta |
| 莱昂纳多·皮奇尼 | Leonardo Piccini |
| 莱昂塔里深渊 | Liontari |
| 莱奥冈施泰因山 | Leoganger Steinberge |
| 莱夫塔奥里山区 | Lefta Ori |
| 莱西尼山 | Monti Lessini |
| 兰迪·布雷兹尼克 | Randy Breznik |
| 兰普雷希茨索芬洞 | Lamprechtsofen |
| 兰萨罗特岛 | Lanzarote |
| 《朗格多克的喀斯山》 | *Les Causses du Languedoc* |
| 劳尔·阿里亚斯 | Raúl Arias |
| 雷维深渊 | Abisso Revel |
| 黎明深渊 | l'abisso morning |

| | |
|---|---|
| 里奥拉文塔峡谷 | Rio La Venta |
| 里基・阿诺德 | Ricky Arnold |
| 里卡尔多・波佐邦 | Riccardo Pozzobon |
| 里耶卡河 | Rjeka |
| 里约・桑格 | Rio Sangre |
| 列楚基耶洞穴 | Luchuguilla Cave |
| 猎鹰洞穴探险队 | Gruppo Grotte Falchi |
| 卢卡・马萨 | Luca Massa |
| 卢卡・帕尔米塔诺 | Luca Parmitano |
| 卢卡斯 | Lucas |
| 鹿洞 | Deer Cave |
| 路姆考夫灯 | apparecchio di Ruhmkorff |
| 路易吉・德巴蒂斯蒂 | Luigi De Battisti |
| 路易斯・托雷利 | Louis Torelli |
| 罗比・肖恩 | Robbie Shone |
| 罗伯特・法尔肯・斯科特 | Robert Falcon Scott |
| 罗德岛的阿波罗尼奥斯 | Apollonio Rodio |
| 罗尔德・阿蒙森 | Roald Amundsen |
| 罗赖马山 | Roraima |
| 罗腾博登 | Rottenboden |
| 罗西安东尼岩 | rossiantonite |
| 洛雷达纳・贝索内 | Loredana Bessone |
| 洛伦佐・罗萨托 | Lorenzo Rossato |
| 洛佩斯・马特奥斯高原 | Lopez Mateos |
| 吕克・莫罗 | Luc Moreau |
| 绿柱石 | berillo |

# M

| | |
|---|---|
| 马德雷山脉峡谷 | Sierra Madre |
| 马蒂亚斯・毛雷尔 | Matthias Maurer |
| 马尔加・福塞塔深渊 | Abisso di Malga Fossetta |

| | |
|---|---|
| 马霍西克洞穴 | la Caverna Mahorcic |
| 马科・萨洛格尼 | Marco Salogni |
| 马科・佐卡 | Marco Zocca |
| 马克・特林汉姆 | Mark Tringham |
| 马克斯・科桑 | Max Cosyns |
| 马拉溶斗 | Mala Dolina |
| 马拉瓦卡山 | Marahuaca |
| 马里奥・卡涅尔 | Mario Cargnel |
| 马里奥・维亚内洛 | Mario Vianello |
| 马里卡・布兰凯西 | Marica Branchesi |
| 马里尼奇洞 | Caverna Mrinic |
| 马利厄斯丘陵 | Marius Hills |
| 马利克 | Malik |
| 马奇蒂湖 | lago Marchesetti |
| 马塞尔・卢本斯 | Marcel Loubens |
| 马特奥・马西罗尼 | Matteo Massioni |
| 马耶拉国家公园 | Maiella National Park |
| 玛格丽特・卡梅伦 | Margaret Cameron |
| 玛丽安娜 | Marianna |
| 玛雅海岸 | Riviera Maya |
| 迈克・巴拉特 | Mike Barratt |
| 迈克・芬克 | Mike Fincke |
| 迈雷 | Mairey |
| 盲鱼洞 | la grotta dei pesci ciechi |
| 毛罗・博尔丁 | Mauro Bordin |
| 梅加拉亚邦 | Meghalaya |
| 蒙特斯潘洞穴 | catena dei Pirenei |
| 蒙托里奥村 | Montorio |
| 猛犸洞 | Mammoth Cave |

| | |
|---|---|
| 米凯拉 | Michela |
| 米凯莱・西维利 | Michele Sivelli |
| 米纳斯吉拉斯州 | Minas Gerais |
| 米尼西尼系统 | Minisini |
| 米沙・拉菲科夫 | Misha Rafikov |
| 米歇尔・安德烈 | Michel André |
| 米歇尔・伦达 | Michel Renda |
| 米亚里・福尔西斯 | Miari Fulcis |
| 密斯峡谷 | Valle del Mis |
| 明耶山脉 | Minye |
| 魔鬼洞 | Devils Hole |
| 墨西哥燕洞 | Sotano de Las Golondrinas |
| 穆斯塔法 | Mustafa |

# N

| | |
|---|---|
| 纳卡奈山脉 | Nakanai |
| 纳拉伯洞穴 | grotte di Nullarbor |
| 纳雷山脉 | Nare |
| 纳塔利诺・鲁索 | Natalino Russo |
| 奈卡巨晶洞 | Grotta dei Cristalli di Naica |
| 奈卡山 | Sierra de Naica |
| 瑙亚卡蛇 | serpente Nauyaca |
| 内布利纳山 | Pico da Nieblina |
| 内德穆鲁克洞穴系统 | Sistema di Neide-Muruk |
| 尼基 | Nikki |
| 诺贝尔・卡斯特雷 | Norbert Casteret |
| 女神拉托 | Rato |

# O

| | |
|---|---|
| 欧金尼奥·博根 | Eugenio Boegan |
| 欧洲之巅 | Picos de Europa |

# P

| | |
|---|---|
| 帕德里西亚诺洞穴 | Grotta di Padriciano |
| 帕迪拉克洞穴 | Padirac |
| 帕多瓦诺洞穴探险队 | Gruppo Speleologico Padovano |
| 帕基梅印第安人 | Paquime |
| 帕拉瓜河 | il Paragua |
| 帕特加峡谷 | Gouffre de Partages |
| 帕特里克·德·加亚登 | Patrick De Gayardon |
| 帕特里夏·克劳瑟 | Patricia Crowther |
| 帕维尔·安东契奇 | Pavel Antoncic |
| 帕维尔·杰米多夫 | Pavel Demidov |
| 佩德罗·杜克 | Pedro Duque |
| 佩门 | Pemon |
| 佩诺莱斯集团 | Penoles |
| 皮埃尔·舍瓦利埃 | Pierre Chevalier |
| 《皮埃尔·圣马丁的神话》 | *Le Gouffre de la Pierre Saint-Martin* |
| 皮诺·圭迪 | Pino Guidi |
| 皮亚克斯特拉峡谷 | Piaxtla |
| 皮亚尼·埃特纳深渊 | Abisso dei Piani Eterni |
| 普尔皮 | Pulpi |
| 普尔塔·法尔萨天窗 | Jameo de la Puerta Falsa |
| 普雷阿尔皮地区 | Prealpi |
| 普雷塔地区 | Preta |
| 普罗科斯宾山洞（“豪猪洞”） | Cueva del Puercoespín |

## Q

| | |
|---|---|
| 奇里比克特山 | Chiribiquete |
| 奇瓦瓦沙漠 | Chihuahua |
| 恰帕斯州 | Chiapas |
| 千柱走廊 | Galeria Mil Columnas |
| 乔·阿卡巴 | Joe Acaba |
| 乔·德维勒 | Jo De Waele |
| 乔瓦姆巴蒂斯塔 | Giovambattista |
| 乔瓦尼·巴迪诺 | Giovanni Badino |
| 乔瓦尼·费拉雷塞 | Giovanni Ferrarese |
| 乔瓦尼·玛丽亚·平托里 | Giovanni Maria Pintori |
| 乔泽·安东契奇 | Joze Antoncic |
| 乔泽·瑟克维尼克 | Joze Cerkvenik |
| 乔治·勒皮努 | Georges Lépineux |
| 丘里高原 | Churi |
| 丘伦梅鲁瀑布 | Kerepakupai Merú |

## R

| | |
|---|---|
| 让－贝尔纳洞穴 | Reseau Jean-Bernard |
| 让－马里·肖韦 | Jean-Marie Chauvet |
| 让诺·朗贝东 | Jeannot Lamberton |
| 日蚀空庭 | Salle de l'Eclipse |
| 熔岩之海 | Mar de Lava |
| 瑞森洞穴系统 | Riesending |

## S

| | |
|---|---|
| 撒马尔罕 | Samarkand |
| 萨拉加托洞穴 | Abisso Saragato |
| 萨拉莫拉吉店 | A. Salmoiraghi |
| 萨拉瓦洞穴 | Sharawak Chamber |
| 萨里萨里尼亚马高原 | Sarisariñama |
| 萨米韦尔 | Samivel |

| | |
|---|---|
| 塞巴斯蒂安・普雷多莫 | Sebastian Predomo |
| 塞尔日・阿维奥蒂 | Serge Aviotte |
| 塞萨尔・曼里克 | Cesar Manrique |
| 塞西利奥・洛佩兹－特瑟罗 | Cecilio López-Tercero |
| 三重山 | Triple Volcan |
| 桑德罗・塞德兰 | Sandro Sedran |
| 瑟克维尼克桥 | Cerkvenik |
| 蛇渊 | Abisso dei Serpenti |
| 舍瓦利埃空庭 | Salle Chevalier |
| 《深渊》 | *L'Abisso* |
| 什科茨扬洞穴 | Grotte di San Canziano |
| 圣埃莱娜・乌艾伦 | Santa Elena de Uairen |
| 圣奥诺雷路 | Rue Saint-Honoré |
| 圣巴尔托洛梅村 | San Bartolome |
| 圣保罗地下河 | Saint Paul Underground River |
| 圣胡安岩 | sanjuanite |
| 圣卡洛杰若 | San Calogero |
| 圣卢卡诺山脉 | Pale di San Lucano |
| 圣母无原罪始胎兄弟会 | la Confraternita dell'Immacolata concezione |
| 湿润指数 | indice humidex |
| 石灰岩洞 | cenotes |
| 时间之门 | Arco del Tiempo |
| 十月三十协会 | XXX Ottobre |
| 史密森尼研究所 | Smithsonian Institute |
| 世界之脐 | Ombligo del Mundo |
| 双眼系统 | Dos Ojos |
| 水晶洞 | Crystal Cave |

| | |
|---|---|
| 司马昂达 | Sima Aonda |
| 司马德尔韦恩托 | Sima del Viento |
| 司马洪堡 | Sima Humboldt |
| 司马马特 | Sima Martel |
| 斯芬吉山谷 | Valle delle Sfingi |
| 斯卡奇山洞 | Grotta degli Scalchi |
| 斯科特·廷格尔 | Scott Tingle |
| 斯内茨亚纳洞穴 | Sneznaja |
| 斯内齐尼克山 | Sneinik |
| 斯帕尔塔科·萨维奥 | Spartaco Savio |
| 斯普鲁加 | Splughe |
| 斯普鲁加·普雷塔深渊 | Spluga della Preta |
| 斯通波利火山 | Stromboli |
| 斯特拉博内 | Strabone |
| 苏尔汉河 | Surxondaryo |
| 苏米德峡谷 | Canon del Sumidero |
| 琐克人 | Zoque |

# T

| | |
|---|---|
| 塔季扬娜·涅姆琴科 | Tatiana Nemčenko |
| 泰奥利隧道 | il tunnel dei Taioli |
| 泰普拉系统 | Sistema della Tambura |
| 泰坦洞穴 | Titan |
| 探索云中界项目 | Caving in the Abode of the Clouds |
| 唐纳德·沃尔什 | Don Walsh |
| 特吉塞 | Teguise |
| 特拉斯山洞 | Gruta de Torras |
| 特雷比西亚诺深渊 | l'Abisso di Trebiciano |
| 特里努卡基于尔火山 | Vulcano Thríhnúkagígur |

| | |
|---|---|
| 特普伊山 | *tepui* |
| 提洛 | Tiro |
| 天鹅深渊 | Abisso del Cigno |
| 廷加顿火山 | vulcano di Tinguaton |
| 图利奥・贝尔纳贝伊 | Tullio Bernabei |
| 图卢姆地区 | Tulum |
| 托比・哈米特 | Toby Hammet |
| 托拉博拉 | Tora Bora |
| 托勒密 | Tolomea |
| 托马斯・阿文斯 | Thomas Arbenz |
| 托马斯・佩斯凯 | Thomas Pesquet |
| 托马索・圣阿加塔 | Tommaso Santagata |

## W

| | |
|---|---|
| 瓦季姆・洛吉诺夫 | Vadim Loginov |
| 瓦伊昂大坝 | Vajont |
| 威廉・哈利迪 | William Halliday |
| 韦尔德洞 | Cueva de los Verdes |
| 韦尔纳空庭 | Salle de la Verna |
| 维尔吉利奥・阿布雷乌 | Virgilio Abreu |
| 维拉诺瓦・格拉特鲁 | Villanova i la Geltru |
| 维利卡溶斗 | Velika Dolina |
| 维罗纳意大利高山俱乐部 | CAI |
| 维洛夫金娜洞穴 | Verëvkina Cave |
| 维洛山洞 | Covoli di Velo |
| 维托里奥・克罗布 | Vittorio Crobu |
| 维瓦尔达出版社 | Vivalda |
| 温迪 | Wendy |
| 翁特峰 | Untersberg |
| 沃尔夫火山 | Wolf |

| | |
|---|---|
| 沃尔佩山洞（“狐狸洞”） | Grotta della Volpe |
| 沃罗尼亚·库鲁伯亚拉洞穴 | Voronja-Krubera |
| 沃纳·赫尔佐克 | Werner Herzog |
| 乌达拉隧道 | tubo di Undara |
| 乌鲁格贝格洞 | Ulugh Begh |

# X

| | |
|---|---|
| 西坎人 | Sicani |
| 西科尔斯基61N型直升机 | Sikorski 61N |
| 希拉茨霍勒 | Hirlatzhoele |
| 夏卡 | Sciacca |
| 《想象中的边界，天空的根系，时间的影子》 | *Una frontiera da immaginare, Le radici del cielo, L'ombra del tempo* |
| 小德鲁峰 | Petit Dru |
| 小法达洞 | Grotta della Fada Nana |
| 小真菌蚋 | Arachnocampa |
| 肖维岩洞 | Grotta Chauvet |
| 谢尔盖·库德·斯维尔奇科夫 | Sergej Kud'-Sverčkov |
| 谢尔盖·里兹科夫 | Sergej R'ižikov |
| 谢拉·内格拉火山 | Sierra Negra |
| 雪洞 | Pozzo della Neve |

# Y

| | |
|---|---|
| 雅克·皮卡德 | Jacques Piccard |
| 亚达奈马·埃武特洞穴 | Yadanaima Ewutu |
| 亚当·海多克 | Adam Haydock |
| 亚历山大·冯·洪堡 | Alexander von Humboldt |
| 亚历山大·格斯特 | Alexander Gerst |
| 亚历山大·克里姆丘克 | Alexander Klimchouk |
| 岩基 | batolite |
| 《岩间圣母》 | *Vergine delle Rocce* |

| | |
|---|---|
| 伊戈尔·阿德蒂 | Igor Ardetti |
| 伊里安查亚 | Irian Jaya |
| 伊里伽尔 | Irkalla |
| 伊利湖 | Lake Eire |
| 伊马瓦利·约塔 | Imawari Yeuta |
| 伊桑古塔冰川 | Isunnguata |
| 伊莎贝拉洞穴 | Grotta Isabella |
| 伊塔洛·朱利沃 | Italo Giulivo |
| 伊万里耶塔洞穴 | Imawari Yeuta |
| 伊兹托克·岑奇 | Iztok Cencic |
| 意大利国家登山救援队 | Corpo Nazionale del Soccorso Alpino |
| 应急通道 | Rettungsweg |
| 尤卡坦半岛 | Yucatan |
| 尤里·卡西扬 | Jurij Kasjan |
| 尤里·瑟克维尼克 | Jurij Cerkvenik |
| 约翰·韦斯特霍伊泽 | Johann Westhauser |
| 约翰·海因里希·菲斯利 | Johann Heinrich Füssli |
| 约瑟夫·安东·纳格尔 | Josef Anton Nagel |
| 约瑟夫·库克 | Joseph Cook |
| 约瑟夫·马里尼奇 | Josef Marinic |
| 约瑟夫·瓦洛特 | Joseph Vallot |

## Z

| | |
|---|---|
| 詹姆斯·G. 库克四世 | James G. Coke IV |
| 詹尼·卡比安卡 | Gianni Cabianca |
| 詹尼·托迪尼 | Gianni Todini |
| 针眼道 | la cruna d'ago |
| 珍妮 | Jeanne |
| 珍妮特·埃普斯 | Jeanette Epps |

| | |
|---|---|
| 蒸汽洞 | Stufe |
| 朱利安·杜荷 | Julien d'Huy |
| 朱利安阿尔卑斯协会 | Societa Alpina delle Giulie |
| 朱利奥·巴迪尼 | Giulio Badini |
| 朱利亚诺·阿德蒂 | Giuliano Ardetti |
| 朱塞佩·奥基亚利尼（贝波） | Giuseppe (detto Beppo) Occhialini |
| 朱塞佩·焦维内 | Giuseppe Giovine |
| 朱塞佩·特朗康 | Giuseppe Troncon |
| 佐齐尔人 | indigeni Tzotzil |
| 《做梦的艺术》 | *L'arte di sognare* |